ハヤカワ・ミステリ文庫
〈HM485-1〉

殺人記念日

サマンサ・ダウニング
唐木田みゆき訳

早川書房
8647

MY LOVELY WIFE

by

Samantha Downing

Translated by
Miyuki Karakida
First published 2021 in Japan by
HAYAKAWA PUBLISHING, INC.
This book is published in Japan by
arrangement with
BERKLEY,
an imprint of PENGUIN PUBLISHING GROUP,
a division of PENGUIN RANDOM HOUSE LLC.
through TUTTLE-MORI AGENCY, INC., TOKYO.

殺人記念日

登場人物

わたし……………………………………テニスのコーチ
ミリセント………………………………わたしの妻。不動産仲介業
ローリー…………………………………わたしの息子
ジェンナ…………………………………わたしの娘
ホリー……………………………………ミリセントの姉
リンジー…………………………………一年前から行方不明の女性
ペトラ……………………………………ロシア系の女性
ナオミ・ジョージ………………………ホテルのフロント係の女性
アナベル・パーソン……………………駐車違反監視員
アンディ・プレストン…………………わたしの旧友
トリスタ…………………………………アンディの妻。わたしの生徒
ケコナ……………………………………わたしの生徒。ハワイ出身
ジョッシュ………………………………リポーター
クレア・ウェリントン…………………刑事
オーウェン・オリバー・ライリー……殺人鬼

1

彼女がこちらを見ている。青い目に生気がなく、視線が一瞬飲み物に落ち、またあがる。むこうも気があるのかしらと観察されているのが、手もとのグラスから目を離さなくてもわかる。目をあげ、そうだよと微笑みかける。彼女が笑みを返す。口紅がだいぶはげて、グラスのふちの赤い汚れとなっている。わたしは歩いていって彼女の隣にすわる。

彼女が髪を手でふわっとさせる。色も長さもこれといった特徴はない。唇が動いてこんにちはと言い、目がさっきより明るい。バックライトつきみたいな目だ。

このバーに来るたいがいの女たちと同様、わたしの外見が彼女を惹《ひ》きつける。三十九歳、申し分のない体型、豊かな髪、両頬の深いえくぼ、スーツはこれ以上望めないほど体に合っている。だからこそ彼女は目をとめ、笑みを浮かべ、よろこんで迎え入れる。自分のお眼鏡《めがね》にかなった男を。

　カウンターに置いた携帯電話を彼女のほうへそっと押しやる。メッセージを表示してある。

　やあ。トビアスっていうんだ。

　それを読んだ彼女が眉間に皺《しわ》を寄せ、電話とわたしを見くらべる。そこでもうひとつメッセージを入力する。

　耳が不自由でね。

　たちまち眉間の皺がほどかれて、手が口元へ行き、肌がピンクに染まる。きまり悪いときの反応はだれでも同じだ。

　彼女がこちらに向かって首を横に振る。ごめんなさい。ほんとうに。知らなかったものだから。

そりゃあそうだ。きみが知るわけないよね。

彼女が微笑む。満面の笑みとまではいかない。自分の頭に浮かんだ絵とちがい、想像どおりの男ではなかったのだが、それでもどうしようかと迷っている。彼女がわたしのスマートフォンを手に取り、入力する。

わたしはペトラよ。

はじめまして、ペトラ。きみはロシア人？

両親がね。

うなずいて微笑む。ペトラもうなずいて微笑む。彼女の頭のなかがいそがしく動いているのがわかる。

できればわたしといっしょにいたくない。笑い声を聞き取ることができ、ことばを入力しなくてもいい男を見つけにいきたい。

一方で、差別をするなと良心が言う。耳が不自由だという理由で男を拒絶するような浅ましい女に、ペトラはなりたくない。大勢の人たちと同じようなことわり方をしたくない。あるいは、そう思いこんでいる。

その内面の戦いは目の前で繰り広げられる三幕の舞台そのもので、結末はわかっている。少なくともたいていの場合は。

ペトラはとどまる。

最初の質問はわたしの聴覚または聴覚の欠如についてだ。そうだよ、生まれたときから聞こえなかった。うん、どんな音も聞いたことがない——笑い声も、歌声も、子犬の吠え声も、飛行機が飛んでいく音も。

ペトラが悲しそうな顔を見せる。それが優位者の態度だとは気づかず、こちらからも伝えない。だって彼女は努力しているのだから。とどまっているのだから。

唇の動きを読めるかと訊かれる。うなずく。彼女は話しだす。

「十二歳のとき、脚を二ヵ所骨折したの。自転車の事故でね」口の動きが最大限に誇張されてグロテスクだ。「とにかく、足の先から太腿《ふともも》まで覆うギプスを着けなくちゃいけなかった」そこでことばを切り、話が伝わっていない場合を考えて自分の太腿を指でなぞる。

伝わっているのだが、その気遣いは称賛に値する。そして太腿も。

ペトラがつづける。「六週間まったく歩けなかったのよ。学校では車椅子を使うしかなかった。ギプスが重くて杖ではどうにもならないんだもの」

大きなギプスをつけた小さなペトラを脳裏の半分で想像し、笑みを浮かべる。もう半分でこの悲しい物語がどこへ向かうのかを想像する。

「車椅子で生活したり、いろいろな障害を一生かかえて生きるのがどんなものかわかってるって言うつもりはないのよ。ただ、いつもなんとなく……ええとね、それがどんなものかをちょっぴり味わった気がするっていうのかな」

うなずいてみせる。

ペトラがほっとした笑みを浮かべる。自分の話でいやな思いをさせたかもしれないと心配したらしい。

そこで文字を打つ。

とても思いやりがあるんだね。

彼女が肩をすくめる。褒められて顔を輝かせる。

ふたりで飲み物のお代わりをする。

聴覚障害とはまったく関係のない話を彼女に聞かせる。子供のころにペットだったシャーマンというカエルの話だ。シャーマンはウシガエルで、池の一番大きな岩に陣取ってハエをつぎつぎ食べたものだ。シャーマンをつかまえようと思ったことはなかった。ただながめるだけで、ときどきシャーマンもわたしをながめた。いっしょにじっとしているのが好きだったので、やがてこのカエルを自分のペットだということにした。

「シャーマンはどうなったの」ペトラが尋ねる。

わたしは肩をすくめる。

ある日、岩の上には何もいなかった。シャーマンとはそれっきりだ。

それはつらいわね、とペトラが言う。そんなことはないとわたしは彼女に伝える。つらいのは、死骸が見つかってそれを埋めるしかない場合だ。そんなことは少しもせずにすんだ。シャーマンはもっと多くのハエを求めて大きな池へ行った、と思うだけでよかった。

彼女はその考えを気に入り、そうねと言う。

シャーマンの話を彼女に全部教えたりはしない。たとえば、シャーマンには長い舌があって、それがすごい速さで飛び出すのでほとんど目で追えないけれど、いつもその舌をつまんでみたかった。池のそばにすわり、そう思うのがどれくらいいけないことかと考えたものだ。カエルの舌をつまむなんてひどいじゃないか。それって痛いんじゃないか。それで死んだら、殺したことになるのかな。舌をつまもうとしたことは一度もなかったし、どうやってもできなかっただろうけれど、でもそんなことを考えてはいた。だから、自分がシャーマンのいい友達ではないような気がした。

ペトラがライオネルという飼い猫の話をする。子供のときに飼っていた猫がライオネルという名だったから、同じにしたのだという。面白いねと彼女には言うけれど、どうだかよくわからない。写真をいくつか見せてくれる。ライオネルは体の大部分が黒い猫で、顔が白黒だ。かなり地味で、かわいいとはいえない。

彼女の話はつづき、自分の仕事の話題になる。製品や会社のブランディングをしていて、それがたいそう簡単で、たいそうむずかしくもあるという。むずかしいのははじめのうちで、それはだれかに何かを覚えてもらうのが簡単ではないからだ。でも、世間の人がブランドを見聞きしてわかるようになれば、そこから先は簡単だ。

「そのうちに、何を売っているかなんてどうでもよくなる。製品よりもブランドのほうが重要になるの」そしてわたしの携帯電話を指さし、名前につられて買ったのか、それとも品物が気に入って買ったのかと尋ねる。

両方かな？

彼女が笑みを浮かべる。「ほら、はっきりしないでしょ」

まあ、そうかな。

「あなたは何をしてるの」

会計士。

彼女がうなずく。世界で一番スリルを感じない職業だけど、堅実で、安定していて、聴覚障害の男でも簡単にできる仕事だ。数字は声を出してしゃべったりしない。

バーテンダーがやってくる。きちんとした格好をして、大学生ぐらいの年齢だ。連れが聴覚障害者なので、ペトラが注文をする。面倒を見てあげなくてはと女はいつも思う。あれこれと好んでしてくれるのは、こちらを弱者だと見なすからだ。

ドリンクの追加ふたつと新しいつまみのボウルを手に入れ、ペトラが誇らしげに微笑む。それを見ておおいに笑う。声は出さないが、それでも笑いにはちがいない。

彼女が体を寄せて手をわたしの腕に置く。そのまま離れない。相手が理想的な男ではないことを忘れた以上、このあとは目に見えている。部屋へ誘われて行くまでそう長くはからない。その決定は一般に考えられているより簡単だ。とはいえ、この女に格別の魅力があるからではない。もう選んであるからだ。彼女から決定する力を与えられれば、わたしはすぐに承諾する男だ。

ペトラが住んでいるのはバーから近いダウンタウンで、大きなブランドの看板がひしめく中心だ。部屋は意外と片づいていない。いたるところが散らかっている。紙類、衣服、皿。しょっちゅう鍵を失くすんだろうなと思う。

「ライオネルはその辺にいるはず。隠れてるのかも」そう言われても、わたしはぱっとしない地味な猫を探したりしない。

ペトラがひょいひょいと動きまわりながら、バッグをある場所に置き、靴を別の場所で脱ぐ。グラスがふたつ現れて赤ワインが注がれ、寝室へ案内される。彼女がこちらへ振り向いて微笑む。ペトラがさっきよりなまめかしくなっている——平凡な髪さえ輝いて見える。もちろんアルコールのせいだが、彼女が幸せを感じているせいでもある。本人がしばらくこのよろこびを味わっていなかったのをなんとなく察するが、その原因はわからない。ペトラはそこそこ素敵な女性だ。

彼女が体を押しつける。体はあたたかく、息はワインのにおいだ。わたしの手からグラスを取りあげて下へ置く。

それを飲み終えるのはだいぶあとになってからで、そのとき暗がりのなかの明かりはわたしの携帯電話だけだ。かわるがわる文字を入力しては、自分たちのことをまだ知らないお互いのことを種にふざけ合う。

まずこちらから尋ねる。

好きな色は？

ライムグリーン。好きなアイスクリームは？

バブルガム入りアイス。

バブルガム？　あの青いの？

うん。

まさか、嘘でしょ。

きみのお気に入りは？

フレンチバニラ。ピザのトッピングでは？

ハム。

これでおしまい。

そうなの？

あのね、ふたりでまだピザのことを話すわけ？


ふたりはもうピザのことを話していない。

終わったあと、彼女がはじめにうとうとする。そのそばで、帰ろうかまだいようかと迷い、いつまでもあれこれ考えるうちにうたた寝をする。

目を覚ますと、あたりはまだ暗い。ペトラを起こさないようにそっとベッドから抜け出す。突っ伏して片脚を曲げた寝姿で、枕に髪が広がっている。ほんとうに彼女が好きかきらいか決められないので、何も決めないでおく。そんな必要もない。

ナイトテーブルにピアス。色つきのガラスで作られ、青い渦がはいっていて彼女の瞳を思わせる。服を着てから、そのピアスをポケットに滑りこませる。これきりだと自分に言い聞かせるためにもらっていく。うまくいくのはほぼまちがいない。

振り向かずに玄関ドアへ歩いていく。

「ほんとに聞こえないの？」

彼女がわたしの背中に声をかける。

聴覚障害者ではないからそれが聞こえる。

そして、歩きつづける。

聞こえないふりをして真っ直ぐ玄関まで行き、出てドアを閉めたあとも、止まらずに建物を出て、ブロック沿いに進んで角を曲がる。そこでようやく立ち止まり、どうして見抜かれたかを考える。へまをしたにちがいない。

2

わたしの名前はトビアスではない。この名前を使うのは、自分のことをだれかの記憶にとどめたいときだけだ。今回はバーテンダー。はじめて店へ行って飲み物を注文するときに、名前を入力して自己紹介する。バーテンダーはわたしを覚えているだろう。トビアスが聴覚障害者で、会ったばかりの女とバーを出たことも。この名前は彼のためにあり、ペトラのためではない。どのみちペトラはわたしを覚えている。何人の耳の聞こえない男と寝たことがあるというのか。

そして、もしミスをしなかったら、わたしは彼女の男性遍歴に加えられる一風変わった補足事項となっていただろう。しかしいまとなっては、彼女はわたしのことを〝偽の聴覚障害者〟か〝偽の聴覚障害者かもしれない男〟として思い出すだろう。

考えれば考えるほど、二回はへまをしたのではないかと思う。聞こえるのではないかと尋ねられたときに動きが止まったかもしれない。意外なことを耳にすればだれでもそうなる。そしてそうなったのなら、彼女はそれを見ただろう。嘘をつかれたとわかるだろう。

車で帰宅する途中、何もかもが気持ちをざわつかせる。車のシートがちくちくし、背中に当たって痛い。ラジオはどれを聞いても音がうるさく、みんなが金切り声で叫んでいるみたいだ。でも、それを全部ペトラのせいにするわけにはいかない。このところしばらく神経が立っている。

わが家は静まりかえっている。妻のミリセントはまだベッドのなかだ。結婚して十五年、妻はわたしをトビアスとは呼ばない。子供がふたりいて、兄のローリーは十四歳、妹のジェンナはひとつ下だ。

寝室は暗いが、ベッドカバーがかかったミリセントの輪郭がかろうじて見える。靴を脱いでそっとバスルームへ向かう。

「どうなの」

ミリセントはすっかり目を覚ましているらしい。

なかば振り返ると、肘《ひじ》をついている妻の黒い影が目にはいる。やはりそうなるか。選択。

ミリセントから言うのはめずらしい。「だめだった」わたしは言う。

「だめ？」

「彼女はまずい」

ふたりのあいだの空気が凍る。ようやく緊張が解けたのは、ミリセントが息を吐き出して頭をおろしてからだ。

妻はわたしより早く起きる。わたしがキッチンへ行くころには、朝食と学校に持たせるランチとその日の予定と家族の暮らしをミリセントは整えている。

ペトラのことを伝えるべきなのはわかっている。セックスのことではない――それはだまっているつもりだ。そうではなく、わたしがまちがいを犯したのであって、ペトラがわたしたちにとってまずいわけじゃないと言うべきだ。なぜなら、ペトラをそのままにしておくのは危険だからだ。

でも、何も言わない。

ミリセントがわたしへ目を向け、失望が物理的な力を持っているかのように視線でわたしを叩いてくる。妻の瞳はさまざまな色合いを持つグリーンで、まるで迷彩柄だ。

ペトラの瞳とはまったくちがう。ミリセントとペトラとの共通点はひとつもなく、あるとすればふたりともわたしと寝たことぐらいだ。あるいはわたしの変種と。

子供たちが階段を駆けおりながら、きのう学校でだれがだれそれのことをなんと言ったかをめぐって、大声で言い争っている。子供たちが着替えて学校へ行くしたくができているように、わたしも仕事用の白いテニスウエアを着ている。会計士だったことは一度もない。

子供たちが学校へ行き、妻が家を売っているあいだ、わたしは日の当たる野外のテニスコートでテニスを教えている。ほとんどの客が中年で体型が崩れていて、金と暇を持て余している。自分の子供が神童、チャンピオン、将来その道の手本とされるべき人間だと信じる親から雇われることもある。いまのところ、どの親も全員まちがっていた。

ともかく、だれに何を教えにいくのであれ、その前にミリセントは家族全員を最低五分はいっしょにすわらせる。そしてそれを朝食と呼ぶ。

ジェンナは天を仰いで足を踏み鳴らし、一刻も早く携帯電話を取りもどしたいらしい。食卓で電話を使うのは禁止だ。ローリーは妹より冷静だ。家族いっしょの五分のほとんどをできるだけ多く食べることに使い、食べきれないものはなんでもポケットに詰めこむ。

ミリセントがわたしの向かいにすわり、口もとにコーヒーカップを寄せる。スカートとブラウスとハイヒールという出勤用の身なりで、赤い髪は後ろでまとめてある。朝の陽光のせいで髪が銅色に見える。わたしたちはおない年だが、妻のほうが若々しい――ずっとそうだった。本来なら手が届くはずのない女性だ。

娘が歌の拍子を取るみたいに軽くリズミカルにわたしの腕を叩き、注目されるまでやめない。ジェンナは母親似ではない。目も髪も顔の形も父親似で、それがときどきわたしを悲しい気持ちにさせる。それ以外で悲しくなったりはしない。

「パパ、きょう新しい靴を買いに連れてってくれない？」ジェンナが言う。笑みを浮かべているのは、わたしがいいよと言うのを知っているからだ。

「いいよ」とわたし。

ミリセントがテーブルの下でわたしを蹴る。「一カ月前に買ってあげたでしょう」ジェンナに言う。

「だってもうきついんだもの」

さすがの妻もこう言われては言い返せない。

ローリーが、学校へ行くまでの二、三分ビデオゲームをしてもいいかと訊く。

「だめ」ミリセントが言う。

ローリーがわたしを見る。だめだと言うべきだが、妹にいい顔をしたあとでは禁じるわけにもいかない。ローリーは賢いのでそこをわかっている。そのうえ、容姿がミリセントに似ている。

「別にいいさ」わたしは言う。

ローリーがすっとんでいく。

ミリセントが音を立ててコーヒーカップを置く。

ジェンナが携帯電話を手に取る。

朝食は終わりだ。

テーブルから立ちあがる前にミリセントがわたしをにらむ。妻にそっくりであると同時に、妻に少しも似ていない女、そんなふうに見える。


はじめてミリセントを見たのは空港だった。当時わたしは二十二歳、カンボジアで友人三人と夏を過ごして帰る途中だった。わたしたちは毎日ハイになって毎晩酔っ払い、一度もひげを剃らなかった。国を出るときは郊外育ちのこざっぱりした若造だったわたしが、帰ってきたときはむさくるしいひげ面で、真っ黒に日焼けして多少のほら話をする男になっていた。そして、ミリセントの足もとにも及ばなかった。

帰国して最初の乗り継ぎのときだった。税関を通って国内線ターミナルへ向かっていたとき、彼女を見かけた。ミリセントは閑散としたゲートエリアにぽつんとすわり、スーツケースに両脚を載せていた。床から天井まである窓から滑走路を見渡している。赤い髪がゆるいおだんごにまとめられ、服装はTシャツとジーンズとスニーカーだ。彼女が飛行機をながめるのを、わたしは立ち止まってながめた。

窓の外を見る姿が気になった。

旅へ出るとき、わたしも同じことをしたものだ。タイやカンボジアやベトナムのような国を旅行するのが夢で、その夢をわたしはかなえた。そしてようやく慣れ親しんだ国へ帰ってきたけれども、両親はもういない。とはいえ、そもそもあの人たちがほんとうに存在したのだろうか。わたしにとって。

帰国したとき、旅行するという夢は果たされたけれども、それに取って代わる別の夢はなかった。ミリセントを見るまでは。彼女は自分の夢に乗り出したばかりらしい。あのとき、わたしはその夢の一部になりたいと思った。

その時点でそんなことを全部考えたわけではない。なぜ彼女がそんなに魅力的だとわかったかを本人やほかのだれかれに説明しようとして、あとで思いついたことだ。それでもあのときは、そのままつぎの乗り場へ向かった。二十時間旅をしたあとでさらに移動しなければならなかったので、彼女に話しかけるだけの気力を掻き集められなかった。見とれるだけで精一杯だった。

ところが、彼女も同じ飛行機に乗ることがわかった。これは天啓だ。

彼女がすわったのは窓際の席で、わたしの席は中央の列の真ん中だった。客室乗務員への少々説得力のあるくどき文句と二十ドル札で、ミリセントの隣の席へ移る。わたしがすわったとき、彼女は目もあげなかった。

ドリンクのカートがまわってくるころには計画ができていた。どんなものであれ、彼女と同じものを注文すること。彼女が非凡な女性だと思いこんでいたから、水みたいなつまらないものを注文するなんて想像もできなかった。もっと変わったもの、たとえば氷入りのパイナップルジュースとかだろう。そして同じものを注文したとき、ふたりにはお似合いと助け合いとめぐり合いの瞬間が訪れる——どんな飲み物かはどうでもいい。

ずいぶん長い時間眠っていないせいもあって、頭のなかではうまくいくと思ったのだが、なんとミリセントは客室乗務員に礼を言って要りませんとことわった。彼女は飲み物をほしがらなかった。

わたしも同じことを言った。でも、望んだ効果は得られなかった。

それでも、ミリセントが客室乗務員のほうを向いたとき、はじめて彼女の目が見えた。その色は、カンボジアのいたるところで見た豊かな平原を思い起こさせた。いまみたいな暗い目とは似ても似つかない。

彼女はまた窓の外を見つめはじめた。わたしはまた、見つめていないふりをして彼女を見つめはじめた。

胸の内で、ばかだな、ふつうに話しかければいいじゃないか、と自分に言う。それは困る、だって、ふつうの人間ははじめて会った女の子にそんなことをしないだろう、と自分に言う。

ストーカーはだめだ、と自分に言う。

だって美しすぎるんだよ、と自分に言う。

あと三十分で到着というときに、わたしは声をかけた。

「こんにちは」

彼女が顔を向けた。目を見開く。「こんにちは」

構えるのをやめたのはあのときだったと思う。

何年も経ってから、なぜ空港でも機内でも窓の外ばかり見つめていたのかと尋ねたことがある。飛行機に乗るのがはじめてだったから、とミリセントは言った。彼女が夢見ていたのは、安全に着陸することだけだった。

3

ペトラは候補の筆頭だったけれど、もう取り消しなので、こんどはナオミ・ジョージという若い女にする。まだ話したことはない。

夕方、車でランカスター・ホテルへ行く。ナオミがフロント係として働くランカスターは、過去の栄光ゆえに生き残っている古風なホテルのひとつだ。建物は大きく、内装がとても豪華だから、いまの時代に建てるのは無理だろう。まともに造ったら費用がかかりすぎ、手を抜いたらけばけばしくなるだけだ。

ホテル正面の扉とサイドパネルはガラス製だからフロントがよく見える。ナオミはフロントの向こう側にいて、ランカスターの制服の青いスカートと上着と——どちらにも金色のふち飾りがある——ぱりっとした白いブラウスを身に着けている。髪は長くて黒っぽく、鼻のそばかすのおかげで実年齢より若く見える。ナオミは二十七歳だ。年齢確認のためにバーで身分証明書の提示を求められそうな容姿だが、見かけほどうぶではない。

夜遅くに、彼女が複数の男性客と少し親しくなりすぎるのを見たことがある。相手はおひとり様の客ばかりで、年配で身なりがよく、彼女は自分のシフトを終えてもホテルから出ないことがある。ナオミは副業で臨時収入を稼いでいるか、野心を秘めた一夜かぎりの関係を求めているかのどちらかだ。

ソーシャルメディアのおかげで、ナオミの好物はスシだが赤身は食べないと知っている。ハイスクールではバレーボールをやり、アダムというボーイフレンドがいた。いまやその男はまぬけ君と言われている。最近付き合っていたジェイソンが三カ月前に引っ越したので、それ以来独り身だ。ペットを――たぶん猫だろう――飼おうと思っているが、まだ実現していない。オンライン上に千人以上の友達がいるが、親しいのはおそらくふたりだけだ。多くても三人。

ナオミにするかどうかはまだわからない。もっと知る必要がある。

ミリセントが待ちくたびれている。

ゆうべ、ミリセントがバスルームの鏡の前で化粧を落としているところに出くわした。身に着けているのはジーンズと、七年生の優等生の母だと公表するTシャツ。それはジェンナのことで、ローリーではない。

「あの人のどこがいけないの」と訊いてくる。

ペトラの名前を出さないのは、その必要がないからだ。わたしにはだれのことか通じる。

「その女じゃないだけだよ」

ミリセントは鏡のなかのわたしを見なかった。顔にローションをのばす。「あなたが取り消したのはこれでふたり目よ」

「これだと思う相手でなくちゃ。わかるだろ」

妻がローションの瓶の蓋をぱちりと閉める。わたしは寝室へ行き、すわって靴を脱いだ。その日は長い一日だったからもう終わりにしたかったが、ミリセントがそうはさせないだろう。あとをついてきて、そばに立ちはだかる。

「ほんとうにつづけたいの？」

「ああ」

ほかの女と寝たやましさが勝って、熱意のこもった返事ができない。その日の午後、小柄な老夫婦を見てふと思うことがあった。ふたりは少なくとも九十歳にはなっているはずで、手をつないで通りを歩いていった。ああいう夫婦は相手に嘘をついたりしないのだろう。ミリセントを見あげ、自分たちもあんなふうになれたらいいのにと思う。

ミリセントが手前で膝をつき、片手をわたしの膝に置いた。「やるしかないのよ、わたしたち」

その目に光が揺らめき、手のぬくもりが脚にゆっくり伝わってくる。「そのとおりだ」わたしは言う。「たしかにやるしかないな」

妻がさらに身を寄せ、長く深いキスをした。そのせいでかえってやましさが増した。そしてそのせいで、彼女がよろこぶならなんでもしようという気になった。

それから二十四時間も経たないうちに、ランカスター・ホテルの前に陣取っている。ナオミのシフトは十一時まで終わらず、あと三時間ホテルの外でただ待っている気になれない。家へは帰らず、何か食べてから通りのバーに居すわる。行き場がないときには便利な場所だ。

選んだのは席が半分ほど埋まった店で、だいたいが男のひとり客だ。ペトラといっしょだったバーほどいい店ではない。カクテルは半額の安さでスーツを着ている者はだれもがはやばやとネクタイをゆるめている。スツールでできた傷が木の床に一様に刻まれ、グラスの輪染みがカウンターを飾る。ここは酒飲みのための酒飲みによる場所、くわしく言えばだれもが深酒をする場所だ。

ビールを注文してから、ひとつのスクリーンで野球の試合を、もうひとつのほうでニュースを見る。

三回裏、ツーアウト。あしたはたぶん雨、といっても晴れるかもしれない。ここフロリダのウッドビューでは年中晴れていて、いわゆる現実世界の飛び地だ。一時間以内で大西洋、国立公園、世界屈指のアミューズメントパークへ行ける。フロリダの真ん中に住めてほんとうに運がよかったと、みんながいつも言う。なかでもヒドゥン・オークス分譲地の住人たちが言う。オークスは飛び地のさらにまた飛び地だ。

四回の表、ワンアウト。ナオミのシフトが終わって尾行できるまで、まだ二時間ある。

そしてこっちは――リンジー。

リンジーの笑顔がテレビの画面から見つめてくる。

リンジー、細い茶色の目、真っ直ぐなブロンドの髪、日焼けした肌、大きな白い歯。

彼女は一年前に行方不明になった。一週間ニュースで取りあげられたが、その後報道されなくなった。テレビで捜索を訴える親族はおらず、だれも気にとめなかった。行方不明といってもリンジーは子供ではない。身を守れないわけではない。大人の女だったリンジーは七日も経たないうちに忘れられた。

わたしは別だ。彼女の笑い声をまだ覚えている。こちらもつられてしまうような笑い方だった。もう一度顔を見たことで、どれほど彼女を好きだったかを思い出す。

4

はじめてリンジーと話したのはハイキングのときだった。ある土曜日の朝、あとをつけて町はずれの丘の小道へ向かった。彼女が一本の小道からはいり、わたしは別の小道からはいり、一時間後にわたしたちは出くわした。

　わたしを見ると、リンジーはちょっとうなずいてこんにちはと言うだけで、それ以上は話したくなさそうだった。そこで、手を振って口の形でこんにちはと伝えた。なんとなく妙な目で見られたので、携帯電話を渡して自己紹介をした。

　ごめん、変に見えたよね！　はじめまして、トビアスっていうんだ。耳が聞こえなくてね。

　リンジーが警戒を解くのを観察する。

　彼女も自己紹介をして話をしたあと、いっしょにすわって水を飲み、それからおやつをくれた。ピクシースティックス（細長い小袋に入った粉末状の飴）だ。それをひとにぎり持っていた。

　リンジーが目をくるりとさせて言った。「ひどいもんでしょ。運動しながら砂糖を食べるなんて。でも大好きなの」

　ぼくもさ。

ほんとうだった。ピクシースティックスは子供のとき以来食べてなかったけれど、大好きだった。

彼女は自分の仕事や家や趣味について、すでにこちらがつかんでいることを話した。わたしはだれにでもする同じ話をした。太陽が高くのぼるころ、わたしたちは最後までいっしょにハイキングをすることにした。道中はほとんど無言で、それがいい感じだった。自分の生活に静けさはないにひとしい。

彼女はランチの誘いを辞退したけれど、わたしたちは電話番号を交換した。わたしはトビアスでいるときに使う電話の番号を教えた。

ハイキングの数日後にリンジーがメールをよこした。彼女のほうから連絡してきたので、思わず顔がほころんだ。

先週はとても楽しかった。ときどきいっしょにハイキングできたらいいな。

わたしたちはそうした。

二回目はちがう道を選び、もっと北のインディアンレイク州立森林公園のほうへと足を延ばした。彼女はこんどもピクシースティックスを持参し、こちらからは毛布を持っていった。枝葉が鬱蒼《うっそう》と茂る木陰で休憩を取ることにした。いっしょにすわって彼女に微笑みかけた。それはほんとうだ。

「あなたってかわいい」彼女が言った。

いいや、かわいいのはきみのほうだ。

彼女から二、三日後にメールが届いたけれど、それは無視した。そのころには、ミリセントと意見が一致してリンジーに決まっていた。

一年後のいま、リンジーがテレビにふたたび映っている。彼女が見つかった。

バーから真っ直ぐ帰宅する。ミリセントがとっくに家にいて、玄関前のポーチにすわっている。まだ仕事用の服のままで、エナメル革のパンプスが肌の色とよく合っている。このほうが脚が長く見えるという彼女の意見にわたしも賛成だ。妻がそれを履いていればならず気づく。こんなときでさえ。

終日働いてから車内に閉じこもってナオミを監視したあとでは、何を置いてもまずシャワーを浴びなくてはと思う。でも、わたしが隣にすわってもミリセントは鼻をそむけもしない。こちらから話しかける前に言う。

「問題ないわ」

「ほんとうに?」

「決まってるじゃない」

それが正しいかどうか、じつはわからない。ふたりでいっしょにリンジーの始末をすることになっていたが、予定どおりにはいかなかった。それに、とやかく言ってもはじまらない。

「わからないのは、どういうわけで――」

「問題ないのよ」ミリセントが繰り返す。そして二階のほうを指さす。子供たちがいる。もっと聞きたいけれど無理だ。

「つぎのは延期したほうがいい」わたしは言う。「いまは動くべきじゃない」

返事がない。

「ミリセント?」

「聞こえてるわよ」

わかったのかどうか訊いてみたいけれど、もちろん彼女は承知している。気に入らないだけだ。リンジーがいまごろ、よりによってつぎの計画を立てていたときに発見されたので、腹を立てている。病みつきになってきたみたいだ。

病みつきになっているのは、彼女だけではない。


飛行機でのミリセントとの出会いは、ひと目ぼれではなかった。彼女のほうから見れば。軽い興味すらなかった。挨拶《あいさつ》をしたあと、彼女はそっぽを向いて窓の外を見つめつづけた。わたしはもとの体勢にもどる。そして、ヘッドレストに頭をもたれさせて目を閉じ、もっとことばをかける勇気のない自分を心のなかで叱り飛ばした。

「あのう」

目をぱっと開く。

彼女がこちらを見ていた。緑の目を大きく見開き、眉間に皺を寄せている。「だいじょうぶ？」と尋ねてくる。

うなずいた。

「ほんとに？」

「ほんとだよ。でもいったいどうして――」

「頭をそこにぶつけてるから」ヘッドレストを指で示す。「座席を揺らしてるわよ」

自分が何をしているか気づきもしなかった。心のなかの叱責はそこだけのものだと思っていた。心のなかだけだと。「悪かったね」

「それで、だいじょうぶなの」

ある程度気持ちを立て直し、自分が見つめていた女の子がいまやこちらに話しかけていると気づく。心配そうな顔さえ見せている。

だからにっこりと笑った。「ほんとうにだいじょうぶさ。ただちょっと――」

「自分を叩きのめしてたんでしょ。わたしも同じことをするのよ」

「どういったことで？」

彼女が肩をすくめる。「いっぱいある」

この女の子がいてもたってもいられず自分の頭を叩く原因をすべて知りたい衝動に駆られたが、ちょうど着陸態勢にはいったところだったのでそんな時間はない。「ひとつでいいから教えて」

彼女が人差し指を唇に当ててじっと考える。また浮かびかけた笑みをわたしが引っこめたのは、そのしぐさがかわいかったからというより、自分が彼女に注目されたからだ。

着陸後、彼女が答えた。

「おばかさんたち」と言う。「ひとりでいたいのに飛行機のなかで言い寄ってくるおばかさんたち」

何も考えず、自分のことを言われているとも思わずにわたしはこう言った。「そいつらから守ってあげるよ」

彼女が啞然《あぜん》としてわたしを見つめた。真面目に言っているのだとわかると、いきなり笑いだした。

なぜ彼女が笑っているのか気づいて、わたしも笑った。

乗降用ブリッジを渡るころには、わたしたちは自己紹介だけでなく、電話番号も交換していた。

歩き去る前に彼女が言った。「どうやるの」

「何を？」

「飛行機にいるおばかさん全員からどうやって守ってくれるの」

「無理やり真ん中の席にすわらせて肘掛けをひとり占めし、緊急情報カード（飛行機の緊急避難の方法や避難口が書かれたカード）の紙で切りつける」

彼女はまた笑い、さっきより大きな笑い声が長くつづいた。彼女の笑い声を聞くのはいまだに飽きない。

あのときの会話がわたしたちの一部になった。ともに過ごした最初のクリスマスに、わたしは大型テレビがはいるぐらいの巨大な箱を包装してリボンをかけ、彼女に渡した。中身は緊急情報カードだけだった。

あれ以来、わたしたちはクリスマスが来るたびに、自分たちの内輪ネタにまつわる最大限独創的なものを思いつこうと頭を絞ってきた。一度、彼女に座席下の救命胴衣をプレゼントしたことがある。別の年には、天井からおりてくる酸素マスクで彼女がツリーを飾り直した。

飛行機に乗って緊急情報カードを見るたびに、いまだにわたしは笑みを浮かべる。

不思議なことだが、あらゆることが動きだしていまのわたしたちがある、その明確なきっかけをひとつ選ぶとしたら、それは紙で切りつけると言ったときだった。

ローリーが八歳のときだった。友達はいるがあまり多くはなく、人気の度合いも中くらいの子供だったので、ハンターという少年がローリーを紙で切りつけたときは驚いた。しかも、わざとだった。どちらのスーパーヒーローが最強かをめぐって言い争っていたとき、ハンターが癇癪《かんしゃく》を起こしてローリーに切りつけた。傷は右手の親指と人差し指の谷間だった。かなり痛かったのでローリーは悲鳴をあげた。その日ハンターは家へ帰され、ローリーは保健室で包帯を巻かれて無糖の棒つきキャンディーをもらった。痛みはもう感じなかった。

その夜子供たちが眠ったあと、ミリセントとわたしは紙で皮膚を切ること、ペーパーカットについて話し合った。わたしたちはベッドにいた。ミリセントがノートパソコンを閉じたので、わたしもテレビを消した。学校がはじまったばかりで、ミリセントの肌には夏の日焼けがまだ残っていた。彼女はテニスをやらないが、泳ぐのが大好きだ。

ミリセントはわたしの手を取り、親指と人差し指のあいだの薄くのびた皮膚をなでた。

「ここを切ったことがある？」

「ないよ。きみは？」

「ある。ものすごく痛いんだから」

「どうしてそんなところを？」

「ホリーよ」

ホリーのことはほとんど知らない。ミリセントが自分の姉の話をまったくと言っていいほどしないからだ。

「ホリーに切られたのかい」わたしは尋ねた。

「わたしたち、好きなものばかりでコラージュを作ってたの。雑誌の写真を切り抜いてそれを大きな工作用紙に貼っていくの。ホリーとわたしが同じ切り抜きに同時に手を伸ばして、それで」肩をすくめる。「切られたのよ」

「叫び声をあげた？」

「覚えてない。でも、声をあげて泣いた」

わたしは妻の手を取り、昔治った傷にキスをする。「好きなものって？」

「え？」

「好きなものの写真を切り抜いたって言っただろ。それはどんなもの？」

「あら、いやだ」ミリセントはそう言うと、手を引っこめて明かりを消した。「それをクリスマスのとんでもないプレゼントに変えるつもりじゃないわよね」

「わが家のクリスマスのとんでもないプレゼントが好きじゃないのかい」

「大好きよ。でも、もうなくてもいい」

なくてもいいのは知っていた。わたしがホリーの話題をできるだけ避けていたのは、ミリセントが姉のことを話したがらないからだ。だからこそ、好きなものについて尋ねた。

ホリーのことを訊いておけばよかった。

5

ニュースではリンジーばかりを取りあげている。見つかったのは彼女だけだが、まず驚いたのは発見場所だ。

最後にリンジーを見たとき、わたしたちは何もない辺鄙《へんぴ》な場所にいた。ミリセントとわたしは自然保護区に近い湿地の奥深くへ彼女を連れこみ、そこなら人間より早く野生動物が見つけると思った。リンジーはまだ生きていて、ふたりでいっしょに殺すことになっていた。そういう計画を立てていた。

そこが大事な点だった。

でも、ジェンナのせいでそうはならなかった。わたしたちは子供たちふたりが仲間と夜を過ごせるように段取りをつけておいた。ローリーには友達のところでビデオゲームをさせ、ジェンナには十二歳の女の子たち五、六人のパジャマパーティーに参加させた。ミリセントの電話が子猫の鳴き声のような音で響いた。ジェンナの呼び出し音だ。二度目が鳴る前にミリセントが電話に出た。

「ジェンナ？　どうしたの」

ミリセントが耳を傾けるのを見守りながら、彼女がうなずくたびにわたしの心臓の鼓動が少しずつ速くなる。

リンジーが地面に横たえられ、日に焼けた両脚が土の上で広がっている。おとなしくさせるために使った薬の効果が薄れ、少し動きはじめていた。

「いい子だから、ミセス・シーハンと代わってくれる？」ミリセントが言った。

さらにうなずいている。

ミリセントがふたたびことばを発したとき、声の調子が変わっていた。「よくわかりました。ありがとうございます。すぐ迎えにいきます」そして電話を切った。

「何が――」

「ジェンナの具合が悪いの。お腹の風邪か、もしかしたら食あたりかもしれない。一時間バスルームにこもりっぱなしですって」わたしが言う前にミリセントが言った。「わたしが行く」

わたしは首を横に振った。「ぼくが迎えにいこう」

ミリセントはさからわなかった。リンジーを見おろしてからわたしへ目をもどす。「でも――」

「まかせてくれ」わたしは言った。「ジェンナを引き取って家へ連れて帰る」

「わたしは彼女の担当ね」ミリセントはリンジーを見ながら言った。娘のことではない。

「もちろんきみならできるさ」わたしは少しも疑わなかった。ただ自分がたずさわれないのが残念だった。

シーハン家に着いたとき、ジェンナの具合はまだ悪かった。ジェンナが吐くために帰り道で二回車を停めた。朝までろくに眠らず付き添った。

ミリセントは夜が明ける少し前に帰宅した。わたしは彼女にリンジーを動かしたかどうか訊かなかった。あの荒涼とした場所に埋めたと思いこんでいたからだ。リンジーがどのようにしてムーンライト・モーター・インの十八号室で最期を迎えたのか、さっぱりわからない。

ムーンライトが廃業したのは二十年以上前、あらたなハイウェイが造られたときだ。そのモーテルは廃墟となり、風雨にさらされて、齧歯《げっし》動物と渡り労働者と薬物依存者のものになっていた。目をとめる者がいなかったのは、だれもその近くを通る必要がなかったからだ。何人かのティーンエイジャーがリンジーを発見し、警察を呼んだ。

そのモーテルは一棟のみの平屋建てで、手前と裏側の両方に部屋が並んでいる。十八号室は裏側の角にあり、道路からは見えない。わたしはモーテルを空から撮った映像をテレビで見ながら、ミリセントがムーンライトの裏へまわって車を停め、おりてトランクをあけるところを想像してみる。

リンジーを引きずって敷地を移動していくところを。

そこまで力持ちだろうか。リンジーはアウトドアのスポーツをいろいろやっていたからかなり筋肉質だ。おそらくミリセントは何かを使ってリンジーを運んだのだろう。カートとか、車輪がついた何かで。そのくらいの機転はじゅうぶん利くはずだ。

リポーターは若くひたむきで、ひと言ひと言が重要であるかのような話し方をする。彼が伝えるところによると、リンジーはビニールシートにくるまれてクローゼットに押しこまれたうえ、毛布で覆われていた。ティーンエイジャーが発見したのは、酔っ払いながらかくれんぼをしていたからだ。遺体がどれくらいクローゼットに置かれていたのかわからないが、そのリポーターが言うには、遺体がリンジーであることはまずはじめに歯の記録から確認された。DNA検査の結果はまだ出ていない。リンジーの指先が削られていたので、警察は指紋を使えなかった。

ミリセントがどんなふうにそれをしたのか、そもそもそれをしたこと自体を考えまいとするけれども、それしか思い浮かんでこなくなる。

頭のなかにいくつかの像が残る。リンジーが白い歯を見せて笑っている静止画像。リンジーの指紋を削り取っている妻の像。リンジーの遺体をモーテルの部屋へ運んでクローゼットに押しこんでいる像。日中も夕方も、眠ろうとするときも、それらの像が脳裏にちらついて消えない。

それなのに、ミリセントはふだんと変わらない。仕事から帰って手早くサラダを作るときも、化粧を落とすときも、寝る前にパソコンで作業をするときも、いつもどおりに見える。ニュースを聞いているとしても、態度には出さない。リンジーはなぜ、どのようにしてあのモーテルへ行き着いたのか、わたしは何度も尋ねそうになる。

でも、尋ねない。なぜこちらから尋ねなくてはいけないのか、という思いばかりが湧きあがってくるからだ。なぜ彼女はわたしに言わなかったのだろう。

翌日、午後もなかばを過ぎたころにミリセントから電話があり、その質問が舌の先まで出かかる。ほかにも自分の知らないことがあるのではないかと思いはじめているところだ。

「忘れないでね」彼女が言う。「今夜はプレストン夫妻とディナーよ」

「忘れてないさ」

忘れていた。妻はお見通しで、わたしが訊くまでもなくレストランの名前を伝える。

「七時よ」彼女が言う。

「直接行くよ」

アンディとトリスタのプレストン夫妻はミリセントの仲介で家を買った。アンディはわたしよりふたつか三つ歳が上だが、昔からの知り合いだ。ヒドゥン・オークスで育ち、同じ学校へ通い、両親同士も知り合いだった。現在彼はソフトウエアの会社に勤め、しっかり稼いで毎日テニスのレッスンを受けられるぐらいの余裕はあるが、それはしない——だから太鼓腹だ。

でも、奥方のほうはレッスンを受けている。トリスタもこのあたりの出身だが、住んでいたのはウッドビューの別の地域で、オークス育ちではない。わたしとレッスンで週二回顔を合わせ、それ以外は画廊で仕事をしている。ふたり合わせると、プレストン夫妻にはわたしたち夫婦の二倍は収入がある。

ミリセントは顧客の懐《ふところ》具合をつかんでいて、たいがいはわたしたちより金まわりのいい連中ばかりだ。それを気にしているのがミリセントより自分だというのは認めざるをえない。それは夫より妻のほうが稼ぎがいいせいだ、とミリセントは思っている。それはちがう。アンディのほうがわたしより稼ぎがいいからだ。とはいえ、彼女にそんな話はしない。妻はオークス出身ではない。ここで育ち、やがてここで働くようになることがどんなものか、彼女にはわからない。

ディナーの店は高級レストランで、そこではだれもがサラダとチキンかサーモンを食べ、赤ワインを飲む。アンディとトリスタはボトルを一本空ける。ミリセントはあまり飲まず、わたしが飲むのをひどくいやがる。彼女がいるとき、わたしは飲まない。

「うらやましいわ」トリスタがわたしに言う。「あなたみたいな仕事で一日中外に出ていられたらいいのに。わたし、テニスが大好き」

アンディが笑う。頬が赤い。「でも、画廊で働いてるだろう。同じようなものじゃないか」

「一日中外にいるのと、一日中外で働くのはちがう」わたしは言う。「それより何もせずに一日中ビーチでのんびりしてみたいね」

トリスタが形のいい鼻に皺を寄せる。「退屈じゃないかしら、そんなふうにごろごろしてるだけなんて」

テニスのレッスンを受けるのとテニスを教えるのは別物だとわたしは言いたくなる。仕事で野外スポーツを満喫するなど考えたこともない。どちらかといえば携帯電話をいじったりテレビを見たり酔っぱらったり食べたりするほうが好きな人間に、なんとかテニスを教えることに日々の大半が費やされる。ほんとうにテニスをしたい人間、ましてや練習をしたい人間を数えるのに一本の指も必要ない。トリスタも大半の人間のひとりだ。テニスが大好きなのではなく、見栄えがいいのが大好きなだけだ。

それでも口を閉じておくのは、友達が言うべきことではないからだ。わたしたちは訊かれもしないのに相手の欠点をあげつらったりしない。

アンディの仕事の話題になり、わたしは重要なことばだけとらえてあとは聞き流す。ナイフとフォークの音で気が散るせいだ。グリルしたチキンをミリセントが切るたびに、彼女がリンジーを殺したことを考えてしまう。

「注目だ」アンディが言う。「ソフトウエア会社が気にかけるのは唯一そこだ。どうしたら人々の注目を得、どうしたらそれを保てるか。どうしたら一日中パソコンの前にすわらせておけるか」

わたしはやれやれと上を見あげる。酒がはいるとアンディはもったいぶるきらいがある。というより、演説をしがちだ。

「ではいくぞ」とアンディ。「質問に答えてくれ。おまえをパソコンの前から離れなくさせるものはなんだ」

「猫の動画」わたしは言う。

トリスタがくすくすと笑う。

「ばか言うな」アンディが言う。

「セックスよ」ミリセントが言う。「セックスか暴力のどちらかしかないわね」

「それとも両方か」とわたし。

「じつを言うと、セックスはなくてもいいんだ」とアンディ。「セックスそのものはね。必要なのはセックスの気配だ。あるいは暴力の。あるいは両方の。そして、大事なのは話の筋――人は話の筋を追わずにいられない。ほんとうか嘘か、だれが語っているのかはどうでもいい。つぎに何が起こるか、世間の人間に気にしてもらうことが必要なんだよ」

「じゃあ、それをどんなふうにやるの」ミリセントが尋ねる。

アンディが笑みを浮かべ、人差し指で見えない円を描く。「セックスと暴力」

「でも、そう言ったらなんにでも当てはまるじゃないか。ニュースだってセックスと暴力で成り立っている」わたしは言う。

「全世界がセックスと暴力に興奮する」アンディが言う。もう一度円を描いた指をわたしへ向ける。「わかるだろ――ここで育ったんなら」

「そりゃあわかるさ」表向きは、ヒドゥン・オークスは州で最も安全な地域のひとつだ。いっさいの暴力はドアの内側でおこなわれるからだ。

「わたしもわかる」トリスタが夫に言う。「ウッドビューってどこもそんなにちがわないもの」

ちがっているのだが、アンディは口に出さない。その代わり妻のほうへ身を寄せて唇に軽くキスをする。唇がふれるとき、トリスタが手をアンディの頬に添える。

妬《ねた》ましい。

この夫婦の単純な会話が。したたかに飲んでいるのが。単純なじゃれ合いと今夜するはずのセックスが。

「みんなわかってると思うよ」わたしは言う。

アンディがわたしにウィンクをする。わたしがミリセントをちらりと見ると、彼女は自分の料理をじっと見ている。人前での愛情表現を不愉快に思っているらしい。

勘定書が来るころ、ミリセントもトリスタも席を立って化粧室へ行く。アンディがわたしより早く勘定書をつかむ。

「抵抗しなくてもいい。ここはおれが持つ」そう言って勘定書きに目を通す。「そっちの分はたいした額じゃない。アルコールなしだからな」

わたしは肩をすくめる。「ぼくたちはあまり飲まないんだよ」

アンディが首を振って笑みを浮かべる。

「なんだい」とわたし。

「おまえがこんな退屈な所帯持ちになると知っていたら、もっとずっと長くカンボジアにいさせたのにな」

わたしはあきれたふりをする。「ずいぶん嫌味を言うじゃないか」

「そのためにここに来たんだ」

わたしが言い返す前に妻たちがもどってきたので、飲酒の話はおしまいになる。勘定書の話もだ。

四人いっしょに外へ出て、駐車場で別れの挨拶をする。つぎのレッスンで会いましょうとトリスタが言う。おれもうじきはじめるよとアンディが言う。その後ろでトリスタが目をくるりとまわして微笑む。ふたりはミリセントとわたしを残して車で去る。わたしたちの車が二台あるのは、レストランで落ち合ったからだ。

ミリセントがわたしへ顔を向ける。街灯の下にいると、いままでになく老けて見える。

「だいじょうぶ？」彼女が言う。

わたしは肩をすくめる。「平気だよ」そう言う以外どうしようもない。

「心配しすぎなのよ」そう言って彼女が車の海を見つめる。「何もかもうまくいってるのに」

「そうだといいな」

「わたしを信じて」ミリセントが手を伸ばし、わたしの手のなかに自分の手を滑りこませる。そして強く握る。

わたしはうなずいてから自分の車へ乗りこむが、真っ直ぐ帰宅しない。帰らずに、ランカスター・ホテルへと向かう。

ナオミがフロントデスクの奥にいる。濃い色の髪を肩まで垂らし、鼻のそばかすは見えないが、見えるような気がする。彼女を見て、まだフロントデスクの奥で働き、まだ課外活動にいそしんでいるらしいとわかり、安心する。いまは待とうという話になっているのだから、彼女に異変があったと考える理由はない。ナオミの安否を確認するのは理屈に合わないが、とにかく確認する。

理屈に合わないのはこれがはじめてではない。リンジーが発見されて以来、よく眠れない。夜中に動悸が激しくなって目を覚ますが、いつもありえないことで頭を悩ませる。玄関の鍵をかけたか。請求書の支払いはすんでいるか。家が焼け落ちたり銀行に取りあげられないために、しておくべき細かいことを忘れずにしたか。ブレーキを定期的に点検しなかったために車が衝突するのではないか。

こうしたつまらない雑事にだけこだわっていれば、リンジーから心を離していられる。いま彼女のことでできることは何もないという事実からも。

6

土曜日の午前中は、ジェンナのサッカーの試合だ。ミリセントは物件を紹介しなくてはいけないので、わたしだけが観戦にいく。不動産業とテニスのレッスンどちらにとっても、土曜日は週のなかで最大の書き入れどきだ。子供たちの活動にとって一番大事な日でもある。ミリセントとわたしは交替で土曜日を子供たちと過ごすことにしていて、家族全員がそろったのは一年以上も前、ローリーが十から十三歳部門のゴルフトーナメントの決勝戦へ進んだときだった。ローリーはいまもゴルフをやり――だから妹の試合がはじまる前の早朝に車で送った――わたしがテニスを教える同じカントリークラブに通っている。息子がゴルフをするのはそれがテニスではないからで、それについては息子の望みどおり癪にさわっている。

いまのところ、ジェンナは兄のような反抗的態度を少しも見せていない。偏屈ぶったりしない。ジェンナが何かをするのはそれをしたいからであって、だれかを怒らせようという意図はなく、わたしは娘のそうした資質をうれしく思っている。そのうえ彼女はしょっちゅう笑顔を見せるのだが、わたしはそれにつられて微笑んだあげく、ほしがるものをなんでも与えてしまう。自分が何に気づいていないのかがさっぱりわからない。わからないので、ジェンナには死ぬほどびっくりさせられる。

サッカーはわたしの専門ではない。ジェンナがはじめたときに一応ルールを覚えたが、あまり役には立たない。何をどのようにしたほうがいいかをテニスでなら娘に教えられたのに、それができない。娘がたまたま運よくゴールキーパーなので、少なくとも彼女の役目が対戦チームに得点を入れさせないことだとわかる程度だ。それ以外は励ますぐらいしかできない。

「やればできる！」

「その調子！」

「よく頑張ったよ！」

気まずい思いをさせているのだろうかと思うこともよくある。そうかもしれないが、やるしかない。やめたらだまって試合をながめるしかないからだ。それでは冷たいと思われる。こっちが気まずい。ボールがゴールにはいるのを娘がブロックするとき、わたしは理性を失う。娘は笑みを浮かべながら手を振って、静かにしてと伝える。こんな瞬間は、娘とサッカーの試合のこと以外何も考えない。

そこへミリセントがメールで邪魔をする。

心配しないで。

いつもこれだ。

競技場では子供たちが声を張りあげている。対戦チームが点を入れようとするので、うちの娘がまたボールをブロックするしかない。こんどは防ぎきれない。

ジェンナがわたしに背を向け、手を腰に当てる。たいしたことない、だれにでもミスはある、と娘に伝えたいが、まさによけいなお世話だろう。親はだれでもそう言うが、子供はそれがいやでたまらない。わたしもそうだった。

ジェンナがじっと芝を見つめる。チームメイトが歩いてきて肩を叩き、何かを言う。ジェンナがうなずいて笑みを浮かべるので、何を言われたのだろうと思う。わたしがかけることばと変わりはないだろうが、重みがちがう。

試合が再開する。携帯電話を見る。ミリセントはほかに何も言ってこない。

ニュースサイトを見て息を呑む。

検死医の報告によると、リンジーは死後わずか二、三週間だった。

どこかで、どうにかして、ミリセントはリンジーを一年近く生かしておいた。

逃げ出したい衝動に駆られる。どこへ、わからない。そんなことはいい。なんのために、見当もつかない。とにかくどこかへ逃げたい。

でも、サッカーの応援を投げ出してジェンナをひとりぼっちにするわけにはいかない。

自分の娘をほったらかしにはできない。自分の息子もだ。

ジェンナの試合が終わってから、カントリークラブでローリーを拾って三人でいつもどおり運動後のピザ、そのつぎはフローズン・ヨーグルトを食べる。会話をつづけるのがむずかしい。子供たちは気づいている。うちの子だから——毎日顔を合わせていれば異変があったときはわかる。とすると、ふたりはミリセントについてどう思っているのだろう。

ただ、彼女はおかしな様子をけっして見せない。この一年間冷静だった。例の女に対しても。つぎのを探そうと言い出したのはひと月前だ。

すべてが腑に落ちる。リンジーを殺すまで、ミリセントはつぎの女のことを口に出さなかった。

わたしにとってこの一年の出来事といえば、仕事、子供たちの活動、家にまつわる雑事、請求書をめぐる言い合い、車を洗車場で洗ってもらうこと。特別なことは何もない。どんな出来事もどんな日もどんな思い出も、いまから二十年、三十年、四十年経てば忘れているだろう。ジェンナのサッカーチームはあと少しで市の決勝戦へ進めるところだったがだめだった。ミリセントは今年も仕事で成果を出した。ガソリンの値段はあがってはまたさがり、地方選挙の時期が来ては終わり、贔屓《ひいき》のクリーニング店がつぶれたので別のを探さなくてはならなかった。

それとも、クリーニング店は二年前に閉店していたかも。記憶がごたまぜだ。

そのあいだ、ミリセントはリンジーを生かしておいた。監禁していた。

怪しいものから野蛮なものまで、脳裏にいくつもの像が駆けめぐる。ニュースで見聞きしたことがあるこの手の事件を思い浮かべる。何人かの女性が精神錯乱の男に長年監禁されたすえに発見されたという。女性がこういうことをするのは聞いたことがない。それに、わたしは男だが、そんな行為に及ぶなど想像もできない。

子供たちを家に残し、ミリセントが仕事をしている展示中の家屋へ車で向かう。家の前に車が二台、彼女の車とだれかの車、ＳＵＶだ。

待つ。

二十分後、ミリセントがわたしたちより若いカップルとともに出てくる。女のほうは目を丸くしている。男のほうは微笑んでいる。カップルと握手を交わしながら、ミリセントが視界の隅にわたしを入れる。緑の目がこちらへ向くが、ひるむ様子はなく、なめらかな立ち居ふるまいのままだ。

カップルが歩いて車へもどる。ミリセントが家の正面にとどまり、客が去るのを見届ける。きょう身に着けている色はネイビーブルーで、タイトスカートにハイヒール、それにピンストライプのブラウスだ。真っ直ぐな赤い髪を顎のあたりですっぱりと切りそろえている。出会ったころはいまよりずっと長かったのが、年を追うごとに短くなっていく。まるで定期的な一センチカットに執念を燃やしているかのようだ。まちがいなく彼女がやってのけたことだとわかっても意外ではない。いまさらミリセントのことで驚くとも思えない。

ミリセントがSUVを見送り、それからこちらへ目を向ける。わたしは車をおり、家へ向かって歩く。

「面食らってるのね」彼女が言う。

わたしは妻をじっと見る。

彼女が家を手で示す。「なかへはいりましょ」

ふたりで家へはいる。玄関は広大で、天井の高さは六メートル以上だ。新築なのはわが家と同じだが、こちらは格段に大きい。どこもかしこも広々として風通しがよく、すべてが居間とつながり、わたしたちはそこへ向かう。

「彼女に何をしたんだ。一年のあいだ何をした」

ミリセントが首を横に振る。髪が揺れ動く。「いまは話してる場合じゃないのよ」

「話し合わなきゃ――」

「ここではだめ。予約がはいってるの」

彼女が歩いていき、わたしはあとを追う。

結婚して数カ月後にミリセントは妊娠した。もう少し経ってからにしようと言っていたのでそれなりに驚きはあったが、とことんこだわっていたわけでもなかった。つねに避妊に気を配ったりしなかった。受胎調節の方法をいろいろ話し合ったものの、結局いつもコンドームに落ち着いた。ミリセントはホルモン剤の服用を好まなかった。服用すると感情の起伏が激しくなるからだ。

ミリセントの生理が遅れたとき、わたしたちは妊娠を疑った。自宅とクリニックの検査で確認した。その夜は遅くまで眠れなかった。古びた借家の中古のソファで、わたしたちは長いこと起きていた。彼女のそばで丸くなり、頭を彼女の腹にくっつけながら、わたしはあらゆることを心配しはじめた。

「うまくいかなかったらどうする」わたしは言う。

「だいじょうぶよ」

「お金が要るね。どうやったら――」

「なんとかなるわ」

「かつかつでなんとかなりたいとは思わない。成功したいんだ。それも――」

「そうなるわよ」

頭をあげて妻を見た。「なぜそんなに自信があるんだい」

「なぜそんなに自信がないの」

「ないわけじゃない」とわたし。「ただ――」

「心配なのね」

「そうなんだ」

ミリセントはため息をつき、わたしの頭をそっと自分の腹へ押しつけた。「つまらないことを考えないで」と言う。「わたしたちはちゃんとやれる。それどころかもっといいところまで行ける」

数分前まで、わたしは自分がもうじき父親になるというより、まだ子供のような気持ちでいた。

彼女がわたしをいままでより強くしてくれた。

わたしたちは文無しだった日々から長い道のりを歩いてきた。わたしは経営学修士《MBA》を取るために復学していたが、途中で彼女が妊娠した。わたしたちには金が必要だったので、わたしはその計画をあきらめて、自分が一番よく知っている分野へと帰った。テニスだ。わたしにはテニスの素質があり、幼馴染のだれにも負けなかった。コートでは異彩を放ったものだ。プロになるほどではなくても、個人レッスンで教えはじめるのにじゅうぶんな腕前を持っていた。

ミリセントと出会ったとき、彼女はちょうど一年間の不動産仲介業の講座を修了したところで、資格試験の勉強をしていた。いったん合格してしまえば、売りはじめるのにしばらく時間はかかったけれど、彼女はやりはじめた。妊娠中だろうが、赤ん坊をかかえていようが。そして、ミリセントは正しかった――わたしたちはうまく乗り切った。さらにいいところまで行った。それに、わたしの知るかぎり、子供たちに道を踏みはずさせてはいない。

7

いま、わたしたちはミリセントが売ろうとしている空き家にいるけれど、自分がいままでより強いという気持ちを妻は感じさせてくれない。むしろ恐怖感をいだかせる。

「まずいんじゃないか」わたしは言う。「まずいことだらけだ」

ミリセントが片眉をあげる。昔はそれがかわいかった。「良心がうずいてきたってこと？」

「いつだって良心が――」

「ちがう。あなたに良心はなかったはず」

またしてもミリセントが正しい。妻をよろこばせようとしているとき、わたしには良心のかけらもなかった。

「彼女に何をした」わたしは訊く。

「もういいじゃない。死んだんだから」

「発見されたんだぞ」

「心配しすぎなのよ。だいじょうぶだから」

呼び鈴が鳴る。

「仕事が呼んでる」妻が言う。

いっしょに玄関まで行く。ミリセントがわたしを顧客に紹介し、テニストレーナーとしての実力を伝える。顧客はさっきのカップルと似たり寄ったりの若さで、無知という点ではまったく同じだ。

わたしは帰路につくが、自宅を素通りする。

はじめにランカスターへ行く。ナオミはカウンターの奥にいて、勤務時間はまだたっぷり残っている。

それからカントリークラブのそばを通る。気晴らしにクラブハウスをうろついて、スポーツ観戦をしながら客と世間話でもしようかと考える。やはりやめておく。

ほかにもさまざまな場所が脳裏に浮かぶ。バー、公園、図書館、映画館。タンクの半量近いガソリンを使って走りまわり、行き先を決めようとするが、結局避けようのない場所へ向かう。

わが家へ。

そこがいつもの場所だ。

ドアをあけたとたん、わたしの人生の音が聞こえる。わたしの家族。いままでで唯一手に入れた、ほんとうの家族。

ローリーがビデオゲーム中で、電子的な発砲音を家中に響かせている。ジェンナは携帯電話を手にしゃべったりメールしたりしながら、食器を並べている。居間を抜けてただよってくるのは、夕食のチキンとガーリックとシナモン入りの何かの香りだ。ミリセントがカウンターの向こうで平然としている。食事のしたくどき、彼女はかならず鼻歌を歌う。たいていが場ちがいな曲で——映画音楽、アリア、最新のポップミュージック——それも家族の内輪ネタのひとつだ。

ミリセントが顔をあげて微笑むが、これは夢ではない。彼女の目を見ればわかる。

わたしたちはすわっていっしょに食べる。ジェンナがサッカーの試合の様子をくわしく語って母親を楽しませ、兄をうんざりさせる。ローリーがゴルフのスコアを自慢する。きょうは十六歳以下で一番の成績だったらしい。だいたいいつもこんな食事風景だ。陽気でやかましく、その日のおしゃべりと、ずっといっしょに暮らしている者同士の気楽さに満ちている。

リンジーが監禁されているあいだ、わたしたちは何回こうしてくつろいだのだろう。

リンジー、警察、ミリセントとわたしがした行為。ベッドにはいるとき、そうしたことを最後に考えてから何時間も経っているのに驚く。わたしにとって家庭と家庭にまつわるいっさいは、そこまで力強いものだ。

子供のころはちがった。育った環境はヒドゥン・オークスの立派な家のふた親そろった家庭で、車二台といい学校とたくさんの習い事があったが、いまの自分の家族みたいにいっしょに食事をせず、たまたま同時に食べるときは互いを無視した。父は新聞を読み、母は宙をじっと見つめ、わたしはできるだけ急いで食べた。

トーナメントに出場するときだけ両親はわたしのテニスを見にきたが、それも最終ラウンドまで進んだ場合にかぎられた。ふたりとも何かのために土曜日をつぶしたりしなかっただろう。家は眠るための場所、わたしのものを置いておく場所、できるだけ早く立ち退く場所だった。だから、わたしはそうした。できるだけ早く国外へ出た。一生失望めいた感情をかかえて生きるなど考えられなかった。

　とはいえ、直接関係がなくてもわたしのせいだったのかどうか、それはわからない。しいて推測するなら、わたしは両親の結婚を修復するべき存在だった。長年それについて考え、何度も子供時代全体を振り返ったあげく、つぎの結論に達した。両親はわたしを生んで結婚生活を修復しようとした。でもうまくいかなかった。それで、ふたりの失望はわたしのせいになった。

　ヒドゥン・オークスに帰ってきたのは、両親が亡くなったからにすぎない。めずらしい事故で、防ぐのも予測するのも不可能だった。ハイウェイを走行中、一台の車からはずれたタイヤが前方から飛んできた。それが父の豪華なセダンのフロントガラスを突き破り、ふたりとも死んだ。あっけなくいなくなった。相変わらず夫婦いっしょに、きっとみじめなままで。

　遺体は一度も見なかった。見たくないだろうと警察で言われた。

　また、両親が見かけよりずっと貧乏だったと判明した。だから、帰ってきても家は抵当にはいっていて、不動産弁護士へ払う財産整理や処分の費用で金はちょうどなくなった。おまけに、両親はわたしが思っていたような人間ですらなく、とんだ食わせ者だった。ヒドゥン・オークスに住むだけの余裕がないのに、金があるふりをしていた。わたしは家族をすっかり失ったうえに、その家族がどんな人間かもわかっていなかった。

そして、ミリセントがわたしたちの家庭を築いた。なぜ彼女のおかげかと言うと、わたしにできたはずがないからだ。家庭の作り方も、全員そろって食事をさせるやり方も、わたしはまったく知らなかった。彼女が知っていた。ローリーがはじめて幼児用の椅子におさまったとき、ミリセントがそれをテーブルにくっつけ、それ以来わたしたちはともに食事をしている。日に日に成長する子供たちから不満の声があがっても、わたしたちはまだいっしょに食べている。

ジェンナを身ごもったとき、ミリセントは家族のルールを決めた。わたしはそれをミリセントの掟《おきて》と呼んだ。

朝食と夕食は毎日いっしょに食べること。
食卓にはおもちゃも携帯電話も置かないこと。
お小遣いは家の用事をして稼ぐこと。

週に一度家族で映画を見ること。
糖分はフルーツだけで摂り、フルーツジュースは特別な日だけにすること。
お金に余裕があるなら食べ物はすべてオーガニックにすること。
運動や体操はなるべくすること。というより、しなくてはいけない。
テレビやビデオゲームの前に宿題をすませること。

このリストを見てわたしは笑った。でも、笑ったとき、ミリセントがにらみつけたのでだまった。そのころには、妻が腹を立てたふりをしているときと、ほんとうに怒っているときのちがいがわかっていた。

彼女はひとつひとつルールをもうけていった。家を牢獄に変える代わりに、家族に骨組みを与えた。子供たちはふたりともスポーツをする。用事をこなさなければお金をもらえない。週に一度家族いっしょにすわって映画を見る。食べるものはほとんどオーガニックで、ごくたまにしか甘いものを食べない。わたしが仕事から帰るころにはいつも宿題を終えている。みんなミリセントのおかげだ。

リンジーを一年間監禁して得体の知れない仕打ちをしていた、そのミリセントのおかげだ。

なかなか眠れない。起きて、子供たちの様子を見にいく。ローリーはベッドで大の字になり、カバー類があちこちに落ちている。十四歳になったとき、もう壁に描いた恐竜は要らなくなった。わたしたちは部屋の模様替えをし、塗り直し、家具を補修した。いまは壁の一面が黒っぽいけれど、ほかの三面がベージュ色で、ロックバンドのポスターが少しと、全部濃い色に塗った木の家具、眠るときに使う遮光カーテンがある。おとなの部屋に対する、いかにも子供らしい発想だ。息子はティーンエイジャーになってきている。

ジェンナの部屋はいまだにオレンジ色だ。彼女は生まれたばかりのころからこの色にこだわりがある。ミリセントの髪の色に影響を受けているのだろう。ジェンナの髪はわたしに似て濃い茶色で、まったく赤みがない。女性サッカー選手のポスターを壁にいくつも貼り、ミュージックグループのが数枚、男性俳優のも一、二枚ある。わたしにはだれがだれだかわからないが、テレビに登場するたびにジェンナとその友達がキャーキャーと声をあげる。十三歳というおませな年齢になったので、人形は全部クローゼットに押しこまれている。ジェンナはまだ禁止されているファッションや装身具や化粧にご執心だ。いくつかの動物のぬいぐるみとビデオゲームにも。

家じゅうを歩いてすべてのドアと窓を点検する。ガレージへも行き、齧歯動物や虫や水漏れの形跡を探す。裏庭へ出て、横の門扉をチェックする。前庭でも同じことをし、そのあとでもう一度家じゅうを調べ、すべてのドアの錠をかけ直す。

ミリセントも、とくにローリーが生まれてからはこうしていた。わたしたちは古ぼけた借家に住んでいて、毎晩彼女が全部のドアと窓に鍵をかけてまわった。二、三分腰を落ち着けると、また立ちあがり、もう一度繰り返したものだ。

「この辺は物騒な地域じゃないよ」わたしは言った。「押し入ってくるやつなんていないさ」

「わかってる」そう言いながら彼女はまた立ちあがった。

とうとうわたしはついていくことにした。彼女のすぐ後ろでことごとく動作を真似た。最初はにらみつけられた。本気のやつだ。

しつこくつづけると、平手打ちを食らった。

「全然面白くないから」彼女が言う。

わたしはびっくりして口も聞けなかった。女性から平手打ちをされたのははじめてだった。ふざけて尻をひっぱたかれたことすらなかった。でも、たしかに妻をばかにしたわけだから、わたしは降参してあやまった。

「叩かれたから反省してるだけでしょ」ミリセントが言った。そしてぷいと背を向けて寝室へ行き、ドアに鍵をかけた。

わたしは妻が出ていくのではないかと思ってひと晩過ごした。彼女が息子を連れてふといなくなるとしたら、それはわたしがすべてをぶち壊したせいだ。ぜったいそうだ。とにかく、ミリセントはむかついたときに我慢しない、何がなんでも。昔つき合っていたとき、ある時刻に電話すると言っておきながらしなかった。彼女は一週間以上口をきいてくれなかったものだ。電話にさえ出てくれなかった。

あのときは機嫌を直してくれた。それでも、ミリセントをある程度怒らせたら彼女はすぐに離れていくにちがいないと思った。そして、彼女は一度出ていった。

ローリーが一歳半、ジェンナが生後六カ月、ミリセントとわたしは毎日朝から晩まで仕事と育児の両立に四苦八苦していた。ある日、わたしはいつものようにくたびれて目を覚まし、二十七歳にして妻とふたりの子供を持ち、おまけに住宅ローンをかかえたばかりの身であることをつくづくと思い知った。

とにかく息抜きがしたかった。もろもろの責任からいっときだけ逃れたかった。そこで仲間と出かけ、酔いつぶれたので家まで連れて帰ってもらった。つぎの日起きたら、ミリセントがいなかった。

ミリセントは電話に出なかった。職場にもいなかった。彼女の両親に訊いても娘は来ていないと言った。数人しかいない親友も消息を知らなかった。ミリセントは消え、わたしの子供たちを連れていった。
三、四日後も、わたしは一時間ごとに彼女に電話をかけていた。パソコンでメールを送り、携帯でメールし、あれほど血迷ったのは生まれてはじめてだった。彼女の身を心配したわけではない。彼女が元気で子供たちもだいじょうぶだとわかっている。わたしがどうかしてしまったのは、妻が、そして子供たちが、一生帰ってこないと思ったからだ。
八日間が過ぎた。ようやく彼女はもどった。

それまでわたしは寝乱れたベッドに手足を投げ出し、遅くまで眠っていた。ベッドにはピザの箱、雑多な皿やカップ、さまざまな食品パッケージが散乱していた。ところが、目覚めるとベッドにごみがなく、パンケーキのにおいがただよってくる。

ミリセントがキッチンで朝食を作っていた。ローリーはテーブルの幼児椅子におさまり、ジェンナは乳児用ベッドのなかだ。ミリセントがこちらを見て微笑む。夢ではなかった。

「ぴったりのタイミングね」彼女が言う。「ちょうど朝食の用意ができたところよ」

わたしはローリーへ駆け寄って抱きあげ、高い高いをすると息子の歓声があがった。ジェンナにキスをし、娘の黒っぽい瞳で見つめられた。テーブルについたが、しゃべるのがこわかった。夢を見ているのかもしれず、目を覚ましたくなかった。高く積み重ねたパンケーキをミリセントがテーブルへ運んできた。それを置きながら、かがんでわたしの耳もとへ口を近づけ、こうささやいた。「二回目はもどってこないわよ」

いままでの結婚生活で、わたしには妻を信じる以外の道はなかった。それなのに、ペトラと寝た。

そして、もうひとりとも。

8

仕事から帰ると、ミリセントと子供たちがいる。ローリーがソファに寝そべってビデオゲームの最中だ。ミリセントがそばに立って両手を腰に当て、厳しい顔をしている。その後ろでは、ジェンナが携帯電話をあちこち動かし、窓辺での自撮りを試しているところだ。テレビのスクリーンが三人を照らす。一瞬家族の動きが止まり、現代生活のポートレートとなる。

ミリセントのきつい視線がローリーからわたしへと移る。その目は一番暗い緑色だ。

「知ってる？」彼女が言う。「わたしたちの息子がきょう何をしたか」

ローリーのベースボールキャップは目と顔を覆うほど深くおろされている。それでも、薄笑いを隠しきれるほどではない。

「わたしたちの息子がきょう何をしたって？」わたしは尋ねる。

「自分がしたことをお父さんに報告なさい」

ジェンナが兄に代わって答える。「テストのとき携帯電話を使ってカンニングしたの」

「自分の部屋へ行ってなさい」ミリセントが言う。

娘が立ち去る。階段をあがるあいだじゅうくすくすと笑い、寝室のドアを音を立てて閉める。

「ローリー」わたしは声をかける。「どうしたんだ」

返事がない。

「お父さんに答えなさい」

父親に取るべき態度をミリセントが息子に教える場面がわたしは苦手だけれど、何も言わない。

ミリセントがゲームのコントローラーをローリーの手からひったくる。ローリーがため息をつき、ようやく話す。

「ぼくは植物学者になるわけじゃない。光合成について知る必要があれば、きょうやったのと同じ方法で調べるんじゃないかな」わたしを見て目を見開き、無言で伝える。〝そうだよね〟

息子の言い分にも一理あるから、そうだと言いたい。しかし、わたしは父親だ。

「三日間の停学よ」ミリセントが言う。「運よく退学にはならなかったけど」

私立校を退学になれば公立校へ通うことになる。息子へ罰を小出しに与えているミリセントにその話は持ち出さないでおく。

「……携帯電話は禁止、ビデオゲーム禁止、インターネットもだめ。放課後は真っ直ぐ帰宅すること。心配しないで、ちゃんとチェックしますからね」

そしてさっと背を向けてヒールの音を響かせて廊下を歩き、ガレージへ向かう。きょうはペールオレンジ色のハイヒールだ。

車が出ていく音を聞いてから、わたしは息子の隣に腰をおろす。ローリーはミリセントの赤い髪を受け継いでいるが、緑の目はもっと明るい。あけっぴろげだ。

「なぜなんだ」

ローリーが肩をすくめる。「そのほうが簡単だから」

それはわかる。いろいろなものに頼るほうが簡単なときもある。全部壊してゼロからはじめるより楽だ。

「ずるをしてはいけないな」わたしは言う。

「だって父さんもやるだろ」

「なんの話だ」

「こっそり出ていくよね」

それはそうだ。わたしが夜間こっそり外出するのは眠れないからだ。「ドライブへ行くことはある」

ローリーが鼻で笑う。「ぼくが間抜けに見えるかい」

「いいや」

「父さん、ぼくは父さんがスーツ姿でこっそり帰ってくるのを見たんだ。だれがスーツを着てドライブへ行くんだよ」

ペトラと会ってからスーツは着ていない。

「日が暮れてからしょっちゅうカントリークラブで過ごしてるのは知ってるだろう。人脈作りも仕事のうちだ」

「人脈作りね」ローリーが皮肉たっぷりに言う。

「母さんを裏切るようなことはしていない」わたしは言う。

「嘘だ」

嘘じゃないと言いかけるが、言うだけ無駄だと気づく。浮気はしていないと言いかけるが、それも無駄だと気づく。わたしの息子は目端《めはし》が利きすぎる。

状況を説明できたらいいのだが、それは無理だ。だからわたしは偽善者になる。

「父さんのことはどうでもいい」

ローリーはあきれたように天を仰ぎ、何も言わない。

「それに、父さんは学校で一度もカンニングをしなかった。つまりこういうことだ。ある日ゾンビの襲撃で世界が終末を迎え、人間が島へのがれて新しい文明を築きはじめて、植物を育てるしかなかったらどうする。光合成を知っておいたほうが役に立つと思わないか」

「努力はおおいに認めるよ、父さん。とくに、ゾンビの襲撃で世界が終わるあたりとかね。でも、手っ取り早くいこうよ」ローリーがポケットから何かを出し、わたしの前に置く。

光る青いガラスを見て顎が落ちる。ペトラのピアスの片方だ。

「ジェンナは耳に穴をあけていない」ローリーが言う。「それに、母さんはこんなダサいのはぜったい身に着けない」

そのとおりだ。ミリセントが着けているのはダイヤのスタッドピアスだ。本物のダイヤで、ガラスではない。

「もう言うことはあまりないよね」とローリー。

二打席二安打。ぐうの音も出ない。

「心配ないよ。ジェンナは父さんに愛人がいることを知らないからさ」また薄笑いを浮かべる。「いまのところはね」

息子がわたしを強請《ゆす》ろうとしていると気づくのに一秒かかる。証拠もある。わたしは感銘を受けている。息子がじつに賢いからだ。同時に、恐ろしさに身がすくんでいる。なぜなら、わたしがもっとも望まないのは、子供たちが、とくに娘が、ろくでもない浮気野郎の父親のもとで成長することだから。専門家によれば、こうした環境は避けなくてはならない。男性との人間関係に一生影響を及ぼすらしい。昼のテレビで見たことがある。

ジェンナに知られてはならない。ローリーが事実だと信じているものを薄々感じ取らせてもならない。どんな事態になろうがそれよりましだ。

ローリーへ顔を向ける。「何が望みだ」

「〈ブラディ・ヘル〉の新作」

「うちでは母さんが禁止しただろう」

「わかってる」

ことわれば、ローリーはわたしが子供たちの母親を裏切っているとジェンナに告げるだろう。脅したとおりのことをするはずだ。

承諾すれば、十四歳の息子はわたしへの恐喝に成功することになる。

こうなることを予測しておくべきだったのかもしれない。息子が生まれた日に覚悟しておくべきだったのかも。あまりにも静かな赤ん坊なので、最初は死んでいると思われたほどだ。ようやく泣いたときは耳鳴りがするほど大きな声だった。

あるいは、妹が生まれた日に予測しておくべきだったのかもしれない。ローリーは同じように泣き騒ぎ、そのときは自分の誕生ではなく、自分の無頓着さを知らしめたものだ。

その後、ジェンナとローリーがハロウィンでいっしょにお菓子をもらってまわることがあり、そのときローリーは、近所のスーパーマーケットで働いている変質者が小さなチョコバー全部に毒を入れたと妹に信じこませた。その変質者とやらは大きな木こりのような男で、ハムスターみたいにおとなしかったが、いるだけで子供たちをこわがらせた。ジェンナは兄の言うとおりだと思い、毒入りだというチョコバーを全部捨てた。ミリセントもわたしもそんなことがあったとは知らなかったが、ジェンナが一週間夢にうなされ、ローリーの部屋から小さなチョコバーの包み紙がたくさん出てきたので気がついた。

こうして息子に恐喝されている真っ最中なら、昔を振り返り、こういうことをやりそうな子だったと言うこともできる。けれども、こうなるまでは考えも及ばなかった。

「ひとつ訊きたい」わたしは息子に言う。

「いいよ」

「いつから知っていた」浮気ということばを慎重に避ける。あたかも重大事であるかのように。

「二、三カ月前。最初はサッカーボールを取りにガレージへ行ったときだった。父さんの車がなかった。それから気にしだしたんだ」

わたしはうなずく。

「見られるもんか。父さんこそ、こっそり帰ってくるところを母さんに見つからないようにね」

「もう二度としないよ」

ローリーが笑みを浮かべながらピアスをポケットへもどす。わたしを信じていないが、勝ったときに口を閉じておくぐらいの知恵はある。

息子のことをミリセントに伝えるべきだ。夕食のあいだわたしがその件を考えているそばで、ジェンナは見つからないようにローリーをからかおうと精一杯がんばっている。夕食のあとも考えていると、ミリセントが就寝時間に向けてローリーの携帯電話を没収する。いまこそ寝室で妻とふたりきりになり、いつもの寝じたくをしているときも考えている。息子のたくらみを打ち明けるべきだが、だまっている。

妻に告げないのは、そうすることで自分に答えられる以上の質問を生んでしまうからだ。ペトラと一夜をともにしてからちょうど二週間だ。彼女のことを考えるのは夜中だけ、目が覚めてしまい、もう一度寝つけないときだ。そんなときは、どうして正体がばれたのだろうと思い悩む。何が原因で、ほんとうに耳が聞こえないのかと彼女は訊いたのだろう。音に反応したのか、話を聞いているときに口ではなく目を見たのか、彼女がベッドで立てる物音に注意を払いすぎたのか。わからない。もう一度聴覚障害者のふりをするかどうかもわからないが、考えるうちに眠れなくなる。引っ張らずにはいられないほつれ糸のようだ。

ローリーの恐喝も同じだ。これもまたミスだ。うっかりしていたらしいが、夜の外出を息子に気づかれるべきではなかった。ミリセントはよく思わないだろう。

だから、何も言わない。ローリーとペトラどちらの件も妻には内緒だ。それにたぶん、彼女には彼女の、わたしが考えもしなかった秘密があるようだ。ローリーとペトラのふたりもそれなりに危険ではあるが、やはりわたしは口を閉じておく。

どんなにひどいへまをしたか、妻には知られたくない。

9

それは何か悪いものとしてはじまったわけではない。わたしはいまだにそう信じている。三年前、十月のある土曜日の午後も遅めの時間、わたしはローリーやジェンナと前庭にいた。子供たちはまだ屈託なく父親にまとわりつくほど幼くて、わたしたちは三人でハロウィンの飾りつけをしていた。それはクリスマスのつぎぐらいに子供たちが大好きな祝日で、わたしたちは毎年クモの巣、クモ、骸骨、魔女などで家の外側を飾った。機械仕掛けの人形を買えればそれも使っただろう。

ミリセントが家の案内を終えて帰ってきた。仕事用の服のまま玄関前の小道に立って微笑み、わたしたちの仕事ぶりを褒めた。お腹が空いたと子供たちが訴えた。ミリセントは大げさに目をぐるりとまわし、サンドイッチを作ってくると言った。にっこり笑いながらそう言った。家族みんながにこにこしていたと思う。

けれども、文句なしの幸せとはちがった。飾りつけていたのはわたしたちの新しい家で

——住んでまだ六ヵ月だった——住宅ローンは莫大だった。ミリセントは家の売り上げをあげなくてはならず、大きなストレスにさらされていた。わたしも同様のストレスをかかえていた。何度か副業を考えたほどだ。

ミリセントの母親の問題に取り組んでいるところでもあった。彼女の父親は二年前に他界した。その後母親がアルツハイマーと診断され、病気とともに長い下り坂をゆっくりと進みはじめていた。わたしたちは住みこみの看護師を根気よく探した。最初のふたりはどちらもミリセントの基準を満たさず、やめてしまった。三人目はとりあえずつづいていた。わたしたち家族は問題をかかえていたが——しかもたくさん——あの日はみんな笑っていた。ミリセントが悲鳴をあげる直前まで。

わたしは家へ駆けこみ、子供たちもすぐあとにつづいた。キッチンへ着いたちょうどそのとき、ミリセントが携帯電話を投げつけるのが見えた。電話は壁にぶつかって砕け、壁面に跡をつけた。ミリセントは両手に顔をうずめて泣きはじめた。

ジェンナが金切り声をあげた。

ローリーが壊れた電話のかけらを拾った。

わたしは震えてむせび泣くミリセントの体を抱き寄せた。

最悪の凶事が脳裏にふたつよぎった。

だれかが死んだ。たぶん彼女の母親だ。友達かもしれない。それとも、これからだれかが死ぬ。不治の病で。子供たちのひとりかもしれない。わたしの妻かもしれない。

そのふたつのどちらかに決まっている。こんな反応をもたらすものはほかにない。原因は金でも仕事でもない。ペットは飼ったことがないから、もちろんペットの死であるはずがない。だれかが死んだか、もうすぐ死ぬにちがいない。

どちらでもないと知ったときは衝撃を受けた。だれも死んでおらず、だれも死なない。むしろその反対だった。

つき合いはじめて数カ月後、ミリセントとわたしは〈トリビアの夜〉と称することをした。ピザとワインを買い、彼女のささやかなアパートメントへ持ちこんだ。居間が狭いのでふたり掛けのソファとコーヒーテーブルしかなく、わたしたちは床にすわった。彼女はいくつかのキャンドルに火をともし、ちゃんとした皿にペパロニ・ピザを取り分けて、シャンパングラスしかないのでそれにワインを注いだ。

わたしたちはひと晩中質問をして過ごした。制限はなく、何を訊いてもいい――そんなふうに決めていた。どちらも最初の質問は当たり障りのないものだった。まだ酔わないうちにセックスについて語るのは気が引けるので、それ以外のあらゆることを話した。映画、音楽、好きな食べ物、好きな色。わたしは彼女に何かアレルギーがあるかとさえ訊いた。アレルギーはあった。目薬だ。

「目薬？」わたしは言う。

彼女がうなずいてもうひとロワインを飲む。「充血を直すやつよ。それを使うと目があけられないほど腫《は》れぼったくなるの」

「ロッキーみたいに？」

「まさにロッキーよ。十六のとき麻薬でハイになってそれがわかったの。目が赤いのを親にばれないようにしようと思ったんだけど、結局病院行きよ」

「へえ」とわたし。「じゃあ、悪い子だったんだ」

彼女が肩をすくめる。「あなたはどうなの。アレルギーはある？」

「ミリセント以外の名前を持つ女性に対してだけ」

わたしは冗談だとわかるようにウィンクをする。彼女がわたしの脚を蹴り、あきれた顔をする。最終的にわたしたちはぶっちゃけた質問をするぐらいまで酔っぱらった。ほとんどの質問がセックスと以前の異性関係を中心に展開された。

前のボーイフレンドの話を聞くのに飽きてきたので、こんどは家族について質問した。

彼女の出身地も、両親がまだ離婚していないことも知っていたとはいえ、わかっているのはそれくらいだった。彼女は兄弟姉妹の話をまったくしなかった。

「兄弟か姉妹はいるのかい」

そのころにはふたりとも、というより少なくともわたしはかなり酔っていて、目の前のキャンドルからしたたり落ちた蠟《ろう》をもてあそんでいた。皿にたまった蠟を指でつまんで押しつぶしてから丸め、それをまた平たくした。ミリセントが質問に答えずにわたしをながめる。

「聞こえた？」わたしは言う。

彼女がワインをひと口飲んだ。「女のきょうだいがひとり。ホリーっていうの」

「お姉さん？　それとも妹？」

「姉よ。もう死んだけど」

わたしは蠟を落とし、手を伸ばして彼女の手にふれ、シャンパングラスがどうなろうとかまわず握り締めた。「ごめん、悪かった」

「いいのよ」

ほかに何か語るのではないかと思って待った。何も言ってこないのでこちらから訊いた。

「何があったんだい」

彼女が後ろの壁にもたれた。アルコールとキャンドルの明かりのせいで、赤い髪をはじめ何もかもが揺らめいた。ほんの一瞬、その髪から熱い燃えさしが落ちているように見えた。

彼女は顔をそむけて話した。「姉は十五歳で、わたしよりふたつ上だった。ホリーは何よりも車の運転をしたくてたまらなかった。免許を取るまで待ちきれなくてね。ある日、両親が外出したの。パパの車で出かけたから、ママの車は家にあった。ホリーはわたしたちで車を走らせようと言った。ちょっとその辺まで――すごくゆっくり運転するからって」ミリセントがわたしに顔を向け、肩をすくめた。「でも、ホリーはそうしなかった。だから死んだの」

「なんて恐ろしい。かわいそうに」

「気にしないで。ホリーはわたしの姉だけど、なんというか……いい人間じゃなかった。一度も」

もっと質問したかったたし、〈トリビアの夜〉だからそうしてもよかったけれど、わたしはそれ以上訊かなかった。その代わりに、はじめて酔っぱらったときのことを尋ねた。

その後、彼女の実家へ食事をしにいくまでホリーの話は出なかった。わたしは彼女の両親が町へ来たときに一度レストランで会っていたが、こんどは三時間運転して先方の家へ出向いた。ミリセントの両親は、北のジョージア州と接するあたりの人里離れた大きな家に住んでいた。父親のスタンは釣りのルアーを考案して特許を取り、その特許権をスポーツ用品会社に売った。彼らは裕福ではないが、働かなくても食べていけた。スタンの日課はバードウォッチング、フライフィッシング、木彫りのバードハウス作りだ。ミリセントの母親アビーはもと教師で、ハーブガーデンの世話をしていないときは、教育関係のブログを書く。マリファナではなくコリアンダーを育てているが、ふたりとも少しヒッピーに似たところがあった。

ミリセントは父親似で、多彩な瞳もそっくりだが、性格は母親ゆずりだ。アビーはミリセント以上に几帳面なたちだった。

その写真を目にしたのは夕食が終わったあとだ。わたしはあと片づけを手伝い、自分の皿をキッチンへ運んだ。写真はシンクの上の窓台にあった。小さいので鉢植えの後ろに半分隠れている。写真のなかの赤い髪が目にとまった。よく見ようとして手に取ると、それがミリセントと姉のホリーだと気づいた。そのときまで、家じゅうの写真に欠けているものに気づかなかった。ミリセントの両親やミリセントの写真はあったけれど、ホリーが写っているのはこれだけだった。

「あの子に見せないでね」

顔をあげた。ミリセントの母親が目の前に立っている。おだやかな茶色の目に懇願めいたものがあった。

「ホリーに何があったか知ってる？」

「ええ。ミリセントから聞きました」

「じゃあ、それを見てあの子が動揺するのはわかるでしょう」アビーが写真をわたしから取りあげ、鉢植えの後ろへもどした。「あの子が来るときは写真をしまうのよ。ミリセントは姉を思い出してしまうのがいやなの」

「事故のことがショックだったんでしょう。あんなふうにホリーを失ったらつらいに決まってますよ」

アビーが奇妙な目でわたしを見た。

その日電話が鳴ってミリセントが悲鳴をあげるまで、わたしはあの目の意味を理解していなかった。

10

〈ブラディ・ヘルⅦ〉の箱にはあまりにも生々しい絵が描かれているので、大きな黄色の警告ステッカーでそれを隠してある。箱の裏には、このゲーム自体に対する赤い警告ステッカーが貼ってある。

これがわが家にあっていいものかどうかはわからない。

とにかくわたしは買った。

ローリーは三日間の停学処分中なので家にいる。母親はローリーのパソコンを取りあげてインターネットのパスワードを変え、ケーブルテレビの回線を遮断しようとしたが、途中であきらめた。ローリーは居間のソファでチャンネルをつぎつぎと切り替えている。

わたしはゲームを息子のいるソファへほうる。

「サンキュー」とローリー。「でもその態度はどうにかならないかな」

「知るか」

ローリーがにやりと笑い、ゲームの箱をつかんで前面の黄色い警告ステッカーをはがす。その下から、何十もの死体がうずたかく重なった絵が現れる。たぶん悪魔だろう、角が生えた醜い生き物が死体の山の上に立っている。

わたしを見あげるローリーの目が輝いている。ゲーム機の場所を訊かれる。ためらってから、食堂のガラスの食器棚のほうを指さす。「銀のトレーの後ろだ。何も壊すなよ」

「壊さないよ」

「それから、返しておけよ」

「そうする」

「もうカンニングはしないだろうな」わたしは言う。

ローリーが目をくるりとまわす。「この父にしてこの息子ありだよ（「カンニング」の原語 cheat には「浮気」の意味もある）」

そのときテレビが話をさえぎる。昼間のトーク番組にニュース速報が割ってはいる。ローカルニュースのロゴが現れる。つづいて、リンジーの事件を追っている例の若くてひたむきなリポーターが登場する。名前をジョッシュといい、リンジーの遺体が発見されて以来わたしは毎日顔を見ている。きょうは少し疲れているようだが、目はらんらんとしている。

警察はリンジーの死因をついに公表した。

「今夜はジョージア州ディカーブ郡のもと検死医、ヨハネス・ロリンズ博士をお招きしています」ジョッシュが言う。「ロリンズ博士、ご参加いただきありがとうございます」

「こちらこそ」ロリンズ博士はわたしが知るすべての人間を合わせたより高齢に見え、服装はちがうがサンタクロースを思い起こさせる。いま着ているのはチェック柄のボタンアップシャツに無地の青いネクタイだ。

「ロリンズ博士、きょうの警察の発表をごらんになりましたよね。専門家の立場から、どういったことが言えるでしょう」

「被害女性は絞殺されました」

「ええ、そうですね。警察はこう言っています。絞扼《こうやく》による窒息と」

ロリンズ博士がうなずく。「だからそう言ったでしょう。絞殺されたんです」

「ほかに言えることはありませんか」

「被害者は数秒で意識を失い、数分で死亡しました」

ロリンズ博士の話につづきがあるのではないかと、ジョッシュが待つ。つづきはない。

「わかりました。ありがとうございました、ロリンズ博士。お時間を割いていただき、心より感謝いたします」カメラがジョッシュにズームインし、ジョッシュが深く息を吸う。

正式な報道のあとにいつも裏情報を伝えるのは、ひとえにジョッシュが野心家で、あらゆる方面に情報源を持っているからだろう。

「われわれが知っているのはこれだけではありません。いつもと同じく、ニュース9はほかのどこよりも情報を持っていますが、これは警察や他局では発表されません。ある関係筋によると、リンジーさんの首には鎖で絞められたと思われる跡がありました。犯人は被害者の後ろに立ち、死ぬまで鎖で気管を絞めつけたのです」

「すげえ」ローリーが言う。

わたしはあまりにも気分が悪く、たしなめることもできない。なぜなら、ローリーの母親を、つまりわたしの妻を、ジョッシュが言う殺人犯として思い描いているところだから。その光景がじつにあざやかに脳裏に浮かびあがるのは、ひとつにはどちらの女性も知っている、あるいは知っていたからだ。わたしにはリンジーの顔に浮かぶ恐怖の表情が見える。ミリセントの顔も見えるが、こちらは表情が刻一刻と変化する。こわがっている、ほっとしている、絶頂に達している、微笑んでいる。

ローリーがビデオゲームの設定をはじめる。

「どうかしたの」とローリー。

「なんでもない」

息子は何も言わない。〈ブラディ・ヘルⅦ〉が起動している。

テニスのレッスンがあるので、わたしは出かける。最近キャンセルをしすぎている。道のずっと先にカントリークラブがあり、中年女性が待っている。真っ直ぐな黒髪と褐色の肌の持ち主で、ことばに訛りがある。ケコナはハワイの出身だ。短気を起こすとピジン語で悪態をつく。

ケコナは仕事を引退したうえに夫に先立たれたので、あらゆる他人の行動に目をつける暇がたっぷりとある。だから、あらゆる他人の噂話をする。ケコナのせいで、だれとだれが寝ているか、どの夫婦が離婚するか、だれが妊娠しているか、どの若者がトラブルに巻きこまれているか、わたしは知っている。ときには、知りたくないことまで知ることもある。テニスを教えるだけにしたいと思うこともある。

きょうは、ローリーの教師のひとりが生徒の父親と不倫しているらしいとわかる。おだやかな話ではないが、少なくともその女性教師は生徒のほうと性的関係を持っているわけではない。ケコナはマカリスター夫妻の一年以上にわたる離婚問題についても新情報を握っていて、和解の見こみについてあらたな噂が流れているという。そして、この手の噂には〝ガセネタっぽいけどそうとも言い切れない〟というレッテルをすばやく貼る。

レッスンがはじまって三十分過ぎたころ、彼女はリンジーの件を口にする。めずらしいことだ。なぜなら、リンジーはわたしたちの小さなコミュニティーであるヒドゥン・オークス内で発見されたのではなく、カントリークラブの会員でもなかった。リンジーが生活し、働き、発見された場所はここから三十キロ以上離れていて、ケコナのゴシップ圏の外だ。彼女はだいたいいつもヒドゥン・オークスの内側、ゲートから奥まった場所を動かず、そこの最大級に広い屋敷に住んでいる。わたしの育った場所から一ブロックも離れておらず、わたしはケコナの屋敷をよく知っている。というより、昔はよく知っていた。はじめてのガールフレンドがそこに住んでいたからだ。

「モーテルの例の女性だけど、なんだか異様ね」

「どんな殺人事件も異様なんじゃないですか」

「そうでもないわよ。殺人事件は国民的娯楽みたいなものですからね。だからといって、ふつうの女性が廃墟となったモーテルで死体で発見されたりはしない」

わたしがずっと考えていたことをケコナが言う。

モーテルの件ではいまだに途方に暮れている。ミリセントがどうしてリンジーを埋めなかったのか、遺体を百キロ以上遠く離れた森かここ以外の——わたしたちが住んでいる地域の結局見つかるに決まっている建物以外の——どこかに、どうして運ばなかったのかわたしには理解できない。理屈に合わない。

ミリセントがつかまりたいのでもなければ。

「ふつうの女性?」わたしはケコナに問いかける。「ふつうの女性とはどういう人ですかね」

「そりゃあ、薬も売春もやってない女のことよ。社会の枠からはずれていない人のこと。この女性はふつうの人だった。仕事をし、アパートメントに住み、たぶん税金も払っていたはず。ふつうよ」

「そういう警察ドラマをたくさん見るんですか」
ケコナが肩をすくめる。「もちろんよ。だれでも見るでしょ」
ミリセントは見ない。その代わり本を読む。
わたしは妻へメールする。

デートの夜が必要だ。

ミリセントとわたしは本物のデートの夜を十年以上経験していない。このことばはわたしたちがよくよく考えて思いついた暗号だ。〝デートの夜〟とは、自分たちの課外活動について話をする、という意味だ。きちんとした話し合いであり、暗闇でささやきを交わすわけではない。

メールからデートの夜までのあいだに、ローリーの停学問題がある。息子は日中ひとりで自宅にいて、ミリセントの幻想によれば本を読んで心を入れ替えているところだ。ところが、わたしのおかげで新しいビデオゲームで遊んでいる。わたしが帰宅するときは、ゲームは跡形もない。ローリーは静かにテーブルについている。

わたしを見てウィンクをする。そんな人間になっていく息子をわたしははじめてきらいになる。そして、こうなったのはわたしのせいだ。

二階へ行き、夕食の前に手早くシャワーを浴びる。下へもどるとジェンナがいる。ローリーをからかっているところだ。

「きょうみんながあんたのことを言ってた」とジェンナ。話しながら携帯電話に入力する。こんな芸当はいつものことだ。「あまりにもばかだから、あんたは自分の名前のつづりを調べるしかなかったんだって。だからカンニングしたのね」

「はは！」とローリー。

「あたしより年上なのにばかすぎるって」

ローリーが目玉をぐるりとまわす。

ミリセントはキッチンにいる。仕事用の服を着替え、いまはヨガパンツに長めのスウェットシャツ、縞模様の靴下という格好だ。髪を頭のてっぺんでまとめ、大きなクリップでとめている。微笑んで、テーブルに置くサラダの鉢をわたしに差し出す。

子供たちが口喧嘩をつづけるそばで、妻とわたしは料理を並べる。

「あんまり頭が悪いから」とジェンナ。「家族のなかであたしが全部脳みそをもらっちゃったんだろうってみんな言ってる」

「おまえはたしかに美しさを少しももらわなかったからな」ローリーが言う。

「ママ！」

「いいかげんにしなさい」ミリセントが言う。そしてテーブルにつく。

ローリーとジェンナがだまる。ナプキンを膝に広げる。

何もかもがじつにふつうだ。

食べ終わると、ミリセントがジェンナとわたしに皿洗いを頼む。ローリーの宿題を本人といっしょに見て、きょう全部終わらせたかをたしかめるつもりだ。

息子の目に動揺が浮かぶのがわかる。

ローリーにとって長い夕べとなるだろう。その様子をキッチンで聞きながら、ジェンナとふたりで後片づけをする。わたしが軽くすすいだものを、娘が食洗機に並べ、わたしたちは少しおしゃべりをする。

ジェンナはサッカーについて、わたしがとうてい理解できないことまであれこれと話す。もっと積極的にかかわって、アシスタント・コーチなどに志願するべきだろうかと考えるのは、これがはじめてではない。そのあとで、そんな暇はないと気づく。

娘がしゃべりつづけ、わたしの心はミリセントへとさまよっていく。ふたりのデートの夜へと。

皿洗いが終わり、ローリーの言いわけが尽きるころ、すべてがゆるやかに流れて夜が深まる。ローリーはきょうさぼった宿題をやりに自分の部屋へ行く。ジェンナはチャットと通話とメールを同時にこなす。就寝時間になり、ミリセントがふたりのパソコンを取りあげる。毎晩そうするのは、親が寝てしまったあとも子供たちが眠らずに見知らぬ輩《やから》とインターネットでチャットするのを防ぐためだ。インターネット上に見知らぬ輩は四六時中いるはずだが、その問題で妻にとやかく言ったりはしない。

子供たちがベッドへはいると、ミリセントとわたしはデートの夜のためにガレージへ行く。

11

わたしたちはミリセントの車にいる。彼女が使う車のほうが立派で、豪華なクロスオーバー車なのだが、それは顧客を乗せて家を見せてまわることが多いからだ。すわり心地のいい革張りのシート、ゆったりとした車内、そのうえドアを閉めれば子供たちに盗み聞きされる心配もない。

わたしの手はふたりのあいだのセンターコンソールにあり、その上に妻の手が重ねられる。

「びくついてるのね」彼女が言う。

「きみはちがうのか」

「わたしたちにつながるものは何も見つからないはずよ」

「どうして言い切れる。遺体が発見されると思ってたかい」

彼女が肩をすくめる。「気にしてなかったかも」

知っていることが手のひらにおさまる一方、ありとあらゆる知らないことが家じゅうに満ちている気がする。疑問はあまりにも多いが、その答を知りたくない。

「ほかのはまったく見つからなかった」わたしは言う。「なのになぜリンジーが」

「リンジー」彼女がゆっくりと名前をとなえる。その声で、わたしたちがはじめてリンジーに目をつけたときの記憶がよみがえる。わたしたちはいっしょにそれをした。探し、選び、すべての決定にわたしもかかわった。

リンジーと二度目のハイキングへ行ったあと、わたしは彼女がその女だとミリセントに告げた。はじめての暗号、わたしたちだけの〝デートの夜〟を考え出したのはあの夜だったけれど、あのときはガレージで会ったわけではない。近所の人にいっとき子供たちを見てもらっているあいだ、ミリセントとわたしはフローズン・ヨーグルトを食べに出かけた。彼女はバニラ、わたしはバター・ピーカンを買って、映画館以外は全部閉店しているショッピングモールを歩いた。高級なキッチン用品店の前で立ち止まり、ウィンドウの商品を見つめる。ミリセントの大好きな店のひとつだ。

「それで」彼女が言う。「どうなの」

わたしはまわりに目を配った。一番近くにいるのが、ここから百メートルほど離れた映画のチケット売り場に並ぶ客だ。それでも声を落として言った。「彼女は完璧だと思う」

ミリセントが驚いたように眉をあげた。そして、楽しそうだった。「ほんと？」

「もしそれをするなら、答はイエス。彼女がその女だ」リンジーだけがその女だったわけではない。彼女は三人目だった。ほかとちがったのは、リンジーがインターネットから選んだ知らない人間だったという点だ。わたしたちはおびただしい数の候補から彼女を絞りこんだ。最初のふたりについては、わたしたちには選択の余地がまったくなかった。彼女たちのほうからやってきたのだから。

ミリセントがバニラヨーグルトをひと匙《さじ》食べ、スプーンをなめた。「じゃあ、やるべきだと思う？　わたしたちでそれをやるべきだと」

彼女の目に何かが宿り、わたしは思わず目をそらした。ミリセントといると、息ができない気分に襲われることがある。ショッピングモールでリンジーの運命を決めている、まさにあのときがそうだった。わたしはミリセントから視線を移し、閉まっているキッチン用品の店内を覗いた。新品の輝くばかりの商品がそろって見つめ返し、どうせ買えまいとあざ笑う。わたしたちにはほしいものをなんでも買う余裕はなかった。だれでもそんなものだが、やはり悩みの種ではあった。

「ああ」わたしはミリセントに言った。「ぜったいやるべきだよ」

彼女が身を寄せて冷たいバニラのキスをくれた。

あのとき、リンジーを監禁する相談はまったくしなかった。

そしていま、ガレージでもう一度デートの夜がおこなわれている。フローズン・ヨーグルトはなく、あるのはグローブコンパートメントにあったプレッツェルの小袋だけだ。それを差し出すと、ミリセントがそっけなく顔をそむける。

いっしょに車内にいる理由を思い出す。「リンジーが発見されるのはわかってたはずじゃ——」

「わかってた」

「でもどうして。どうして見つかってもいいと思うんだ」

彼女が車の窓から、積み重ねたプラスチックの収納箱をながめる。なかにあるのは古くなったおもちゃやクリスマス用の装飾品だ。こちらへ向き直ったとき、頭をかしげ、かすかな笑みを浮かべている。「わたしたちの記念日だから」

「結婚記念日は五カ月前だ」

「その記念日じゃないの」

知っているはずのことでへまをしたくないので、わたしは考える。こういうことは覚えているのが当たり前だ。

突然わかる。「一年前にリンジーを選んだ。ふたりで決めたね」

ミリセントが顔を輝かせる。「そうよ。そして彼女が発見されるその日まで一年」

妻を見つめる。まだ意味がわからない。「どうしてそんなふうにしたいと――」

「オーウェン・ライリーって聞いたことある？」彼女が言う。

「え？」

「オーウェン・ライリーよ。だれのことかわかる？」

はじめは聞き覚えがない。それから思い出す。「オーウェン・オリバーのことかい。あの連続殺人鬼の」

「あなたはそう呼んでたの」

「オーウェン・オリバー・ライリー。このあたりではオーウェン・オリバーって言ってたな」

「じゃあ、その男が何をしたか知ってる？」

「もちろん知ってるさ。ここに住んでいて知らないわけがない」

彼女がわたしに微笑み、わたしは混乱するが、これはたまにあることだ。「わたしたちの記念日ってだけじゃない――オーウェンの記念日でもあるの」

わたしは過去を振り返って記憶の垢《あか》を落とし、おとなになったばかりのころの出来事を思い出そうとする。オーウェン・オリバーが現れたのは、わたしがハイスクールを卒業した夏だった。女性がひとり消えてもだれも注目せず、ふたり目が消えても同じだった。ひとりが遺体で発見されたとき、世間はようやく気づいた。自分が偽の身分証明書を使って、おない年の友人たちとバーでたむろしていたのを覚えている。安いビールやもっと安い蒸留酒を飲みながら、ひとり目の遺体が発見されたというニュースを見た。ウッドビューではいままで何も起こらなかった。カーリーという衣料品店の店長をしている善良な女性が殺されるような事件など、起こったためしがなかった。遺体が発見されたのは、州間高速道路沿いの閉鎖されたパーキングエリアだ。トラック運転手が見つけた。

最初は、女性ひとりが殺された陰惨な殺人事件として扱われた。わたしが事件を見守り、事件に心を奪われていたその夏、ニュースも警察も町の人々も動機を見つけようと躍起になった。

〝行きずりの人間〟という受け入れやすい結論に落ち着いた。殺人犯はこのあたりの住人ではないと信じるほうが安心できる。たとえそのよそ者が、カーリーを誘拐して何カ月も生かしておいたのちに殺したとわかってもだ。人々はとにかくそう信じた。わたしも疑わなかった。

二度目に発覚したとき、人々はすっかり裏切られた気持ちになった。地元の人間だと考えるほかなかった。

犯人がオーウェン・オリバー・ライリーであることはだれも知らなかった。その時点ではまだ。ウッドビュー・キラーとだけ呼ばれていた。

九人の女性が殺されたあと、犯人がつかまった。オーウェン・オリバー・ライリーは三十代、髪は干し草のようなブロンドで目が青く、腹のまわりに肉がつきはじめていた。銀色のセダンに乗ってスポーツバーに出入りし、教会でボランティア活動をしている男だった。多くの人が彼を知っていて、話をしたり、物を売ったりサービスを提供したり、通りすがりに手を振ったりしたことがあった。わたしはテレビで本人の写真に見入り、こんな男のはずがないと思った。あまりにもふつうに見えた。九人の女性を殺したこと以外はふつうだった。

当初オーウェン・オリバーは一件の殺人で起訴されたが、残りの事件の起訴については証拠不充分のため未定だった。保釈は却下された。オーウェン・オリバーは三週間勾留されたものの、その後細かな法的理由があって釈放された。警官がオーウェンの頰の内側を綿棒でこすったとき、DNAサンプル採取の令状にサインがされていなかったからだ。オーウェンの公選弁護人でもその手抜かりを指摘できる。そして、弁護人は指摘した。

DNAを否定された警察に打つ手はなかった。当局が依然として証拠集めに奔走するなか、オーウェン・オリバーは拘置所から悠々と出ていった。どこにでもいるふつうの人間に見えるので、世間にすっかり溶けこみ、行方がわからなくなった。

オーウェンが釈放されたとき、わたしは海外にいたが、情報は伝わってきた。両親が亡くなる前によこした数回の連絡のひとつにその知らせがはいっていた。両親が亡くなってわたしは故郷へ帰ったが、ミリセントに会うまではそこにとどまるつもりがなかった。わたしとつき合ってもいいと彼女がはじめて言ったとき、うぶでほかのだれかを知らないからだろうとわたしは思いこんだ。

いまでもときどきそう思う。

そのころオーウェン・オリバーはとっくにいなくなっていた。それでも、毎年オーウェンが釈放された日が来ると、ふたたびニュースに顔写真が出る。長い年月をかけてオーウェンはこの土地の怪物、人さらいの妖怪、連続殺人の悪鬼に変貌した。結局生身の人間としておさまりきれず、伝説となった。

「やつが最後に人を殺してからたしか十七年が経つ」わたしは言う。

「ほんとうは十八年よ。十八年前の今月に最後の犠牲者が姿を消した」

わたしは首を横に振り、頭のなかの断片をまとめようとする。いつものように、わたしに代わってミリセントがやってくれる。

「リンジーが最初にいなくなったときを覚えてる？　みんなが彼女を探しはじめたとき」

「もちろんさ」

「じゃあ、もうひとりいなくなったら何が起こると思う？　たとえば、わたしたちが候補に選んだ女がいなくなったら」

ほどけていた紐《ひも》の端がひとつずつつながっていく。女がもうひとり消えたら、警察は連続殺人鬼を想定しはじめるだろう。ミリセントはオーウェンをよみがえらせ、わたしたちの罪を着せようとしている。

彼女はわたしたちの未来を築いている。

「だからリンジーをあんなに長く生かしておいたんだね」わたしは言う。「やつの模倣をしてたわけだ」

ミリセントがうなずく。「そうよ」

「それに、やつは被害者を絞殺したよね」

「そうよ」

わたしは大きく息を吐く。肉体と精神両方の反応だ。

「はじめから計画してたんだね」

「当然でしょ。警察が捜査をはじめるとしたら——はじめるでしょうけど——オーウェンを探すはず」

「でも、なぜ話してくれなかったんだ。一年ものあいだ」

「あなたをびっくりさせたかったの」ミリセントが言う。「わたしたちの記念日に」

わたしは見つめる。いとしい妻を。

「イカレてるな」

彼女が片眉をあげてわたしを見る。何か言われないうちに、わたしは彼女の唇に指を当てる。

「そして、最高にすばらしい」

ミリセントが体を寄せ、鼻の頭にキスをくれる。息が今夜のデザートのにおいだ。きょうはバニラではない。チョコレートアイスとさくらんぼだ。

彼女がセンターコンソールを越えて、助手席のわたしの上にまたがる。スウェットシャツを脱ぐと同時にクリップがはずれ、髪がほどけ落ちる。わたしを見る目が沼のように暗い。

「やめようと思ったんじゃないわよね」彼女が訊く。

ちがう。もうやめられない。

やめたいとさえ思わない。

12

はじまったのは、ホリーがいたからだ。そして、わたしたちはそれをするしかなかった。

例の電話が鳴ったあのすがすがしい秋の日に、わたしたちの世界は砕け散った。ホリーについての電話だった。彼女が精神科の病院から退院することになった。

聞きまちがいだ。そう感じたのは、姉は十五のときに事故で死んだのではないとミリセントからはじめて告げられたときだった。ホリーは精神科の病院に収容されていた。

それは土曜の夜の遅い時刻、子供たちが落ち着きを取りもどして食事をすませ、眠りについたあとだった。ミリセントとわたしは居間のソファ——クレジットカードでまだ支払いをつづけているソファ——にすわり、妻はホリーのほんとうの話を語った。はじめはペーパーカットだった。好きなものでコラージュを作っていたというその話ならすでに知っていた。

「ホリーはわざとやった」ミリセントが言った。「わたしの手をつかんで紙で切ったの。ここをね」親指と人差し指のあいだをさす。「そして、偶然そうなったと両親に信じこませた」

一カ月経ち、六歳のミリセントはその出来事を忘れかけていた。ふたたび起こるまでは。彼女はホリーの部屋で、いっしょにパープル・ピットという遊びをしていた。ミリセントと姉は、人形や動物のぬいぐるみやプラスチックの馬のフィギュアを使って自分たちの小さな世界を作り、それをパープル・ピットと呼んでいた。ホリーの部屋の色からそう名づけられた。ホリーの部屋はラベンダーの色で、ミリセントの部屋は黄色だった。

ふたりがピットにいるとき、またもやホリーが切りつけた。こんど使ったのは別のおもちゃから折り取ったプラスチックのかけらだった。

切られたのはミリセントの足首のあたりだった。ミリセントが悲鳴をあげるなか、敷物に血がしたたった。ホリーがそれを見つめていると、母親が部屋へはいってきた。それから、ホリーはミリセントといっしょになって泣きだした。

そのときも、偶然の事故として片づけられた。

その後数年にわたり、ミリセントは多くの事故に見舞われた。不器用な子だと父親は思った。気をつけなさいと母親は言った。

ホリーは妹を笑った。

ミリセントが語れば語るほど、わたしは恐怖におののいた。目にしたもののいくつかに納得がいった。

犬に嚙まれたという腕の傷跡。二度と消えない変色したふたつの小さな印。

ドアに挟まれて折れた指。いまだに少し曲がっている。

下の前歯が少し欠けているのは、つまずいて戸口の側柱にぶつかったからだ。

ふくらはぎが長くざっくりと切れたのは、街角の割れたガラスのせいだ。傷はほぼ十五センチの褐色の筋となって残っている。

並べ立てられるいっときが数時間にも感じられる。ふたりの成長にともない、それはさらにひどくなった。

ミリセントが十歳のとき、ホリーは彼女を階段から突き落とした。ミリセントは腕を骨折した。その六カ月後、ホリーはミリセントに自転車で激突した。そのあと、ミリセントは裏庭の木から落ちた。

両親はすべて事故だと信じた。というより、見たいものを見た。どんな親でも自分の子供が怪物だとは思いたくない。

それはある程度理解できる。何があろうと、ローリーやジェンナにそんなことができるとは思えない。どう考えてもありえないし、できるはずがない。きっとホリーの両親も同じ思いだったのだろう。

だからといって、腹立ちがおさまったわけではない。ミリセントが成長過程で耐えてきた仕打ちにじっと耳を傾けていると、憤りを理性で抑えることができなかった。

対処法――なし、虐待――十代前半になってもつづく。そのころには、姉の機嫌をとって攻撃を思いとどまらせるのをミリセントはとっくにあきらめていた。むしろ、ホリーに逆襲しようとした。

ホリーを痛めつけようとしたのはふたりが中学生のときで、それが最初で最後だった。その日の授業が終わり、迎えにきた保護者の列へほかの生徒たちと向かっていたときのことだ。ふたり並んで歩き、ミリセントが足を横に突き出した。

ホリーが地べたに倒れた。

一瞬の出来事だったが、学校中の半分の者が見た。生徒たちが声をあげて笑い、教師たちはあわてて助けにきた。ミリセントは胸の内でひとり笑った。

「たちが悪いでしょ」ミリセントが言った。「でも、ほんとうにそれで終わると思ったのよ。痛い目に遭わせればわたしを攻撃しなくなるだろうって」

それはまちがいだった。

だいぶ時間が過ぎ、ミリセントは真夜中に目を覚ました。両手首がヘッドボードに縛りつけられている。ホリーがミリセントに猿ぐつわを嚙ませているところだった。

ホリーはひと言も話しかけなかった。ただ部屋の隅にすわり、夜が明けるまでミリセントを見つめていた。両親が起き出す直前になって、ホリーはロープをほどいて猿ぐつわをはずした。

「二度とわたしを痛めつけようなんて思わないことね」ホリーは言った。「こんどやったら殺すから」

ミリセントは反撃をやめた。だまって虐待を受け止めながら、自分が不器用ではなく、たまたま怪我をしたのでもないことを証明する手立てを探った。ホリーは抜け目がないのでカメラに写るようなへまをせず、賢いのでだれにも気づかれなかった。

あの車の一件がなければその状態がつづいていただろう、とミリセントはいまでも信じて疑わない。

ミリセントから聞いていた、あの車の事故が起こった。ホリーが十五歳でミリセントが十三歳、ホリーは母親の車をひとっ走りさせることにした。ミリセントに同乗を命じ、それから、はじめに助手席側をわざと塀にぶつけた。

ビデオがなければ、事故として片づけられていただろう。

ふたつの防犯カメラが別々の位置でその事故を記録した。ひとつ目に映っている車は、真っ直ぐ道を走っているときに突然右へ曲がって塀に突っこんだ。ふたつ目には車の運転席側が映っていた。ホリーが運転席にいて、しかも、意図的にハンドルを切ったように見えた。

警察がホリーを取り調べ、その事故は少しも事故ではないと判断した。

ミリセント、ホリー、両親からじゅうぶん話を聞いた結果、警察はホリーにはっきりとした異常があると気づいた。また、ホリーが妹を殺すつもりだったという確信にいたった。娘が殺人未遂で起訴されるよりはましということで、ミリセントの両親はホリーが精神科へ長期入院することに同意した。担当医師たちが彼女をそこに留め置いた。

二十三年後、ホリーは退院した。

だから、一番目はホリーだった。

デートの夜のあと、わたしはオーウェン・オリバーについて調べた。この土地の化け物をよみがえらせるつもりなら、いろいろな事実、とくに狙われた女性のタイプを学び直す必要がある。それについてはあまりよく覚えていない。覚えているのは、オーウェンがこのあたりのすべての女性を死ぬほどこわがらせたため、女の子と知り合うのがすごく簡単かすごくむずかしいかのどちらかになったということ。女の子たちはわたしがウッドビュー・キラーじゃないかという目で見るか、わたしが殺人鬼を撃退してくれそうだと思うかのどちらかだった。

そうした女の子たちは当時のわたしと同年代で、十八から二十歳のあいだだった。とはいえ、オーウェン・オリバーは彼女たちには見向きもしなかったのではないか。やつの好みはもう少し年上、二十五から三十五のあいだだった。

ブロンドかブルネットか——どちらでもいい。オーウェン・オリバーはとくにこだわらなかった。

でも、それ以外の好みはあった。女たちは比較的小柄で、百六十センチを超えるのはひとりもいない。運びやすい。ミリセントにとってもそのほうがずっと楽だ。

全員がひとり暮らしだった。

夜の仕事をしていた者が多い。売春婦もひとりいる。

オーウェンの最後の選択条件が本人の正体を露呈した。被害者はセント・メアリーズ記念病院の患者ばかりだった。しかも何年も前からだ。ひとりはセント・メアリーズで扁桃腺を除去してもらった。別のひとりは肺炎を患って二日間点滴治療を受けた。オーウェンはその病院の経理部の人間だった。だから被害者の治療内容、年齢、配偶者の有無、住所にいたるまですべてを知っていた。

セント・メアリーズは被害者たちを結びつけるひとつの共通項だった。そのことが長いあいだ見落とされていたのは、だれもがセント・メアリーズへ行くからだ。地元で唯一の大病院だ。二番目に近い病院へ行くには一時間かかる。

監禁中の被害者へオーウェンがどんな仕打ちをしたか、その手の詳細はほとんど読み飛ばす。必要のない情報がいろいろあれば、見たくない想像図がいろいろ湧いてくる。

ひとつだけ目にとまったのは指紋のことだ。オーウェンはすべての被害者から指紋を削り落とした。ミリセントもリンジーに同じことをした。

つぎに、殺された女たちの写真をスクロールして見ていく。若くて溌溂《はつらつ》として、幸せそうな顔だ。被害者の写真はいつもそうだ。陰気な若い女の写真などだれも見たいと思わない。たとえ亡くなっていてもだ。

もう二、三気づいたことがある。被害者は地味な女性ばかりだ。あまり化粧をせず、洒《しゃ》落《れ》た服装でもない。飾り気のない女性がほとんどだ。ふつうの髪、ジーンズにTシャツ、色の濃い口紅をつけず、ネイルもしていない。リンジーがこのタイプで、オーウェンが好む背丈でもある。

ナオミも華やかというより、どちらかと言えば飾り気のないほうだが、それでも背が高すぎる。

いままで一度もこうした人物像に沿って女を選んだことがなかった。その女をどれくらいの人間が探すか、警察がどれくらい早く気づき、成人女性の捜索にどれくらいの時間を割くかを基準にしていた。

それ以外は偶然にまかせた。リンジーを選んだのは、重要なその基準にきちんと合っていたし、つぎの候補を選べばミリセントにうるさく口出しされそうだったからだ。

ペトラはちがった。わたしが彼女と寝たからか、それともわたしが聴覚障害者ではないと思われたからか。たぶんその両方だ。彼女は手つかずで、危険な存在のままだが、わたしたちの新しい人物像にはまったくそぐわない。背が高すぎて、色気がありすぎる。スカートとハイヒールを身に着け、足の爪まで赤く塗っている。

別のを探さなくては。四番目を。

これがオーウェン・オリバーのやり方だ。つぎの餌食をつかまえるのは、かならずその前の犠牲者が発見されたあとだった。

ソーシャルメディアのサイトをあさりながら体内にアドレナリンが満ちてくるのを感じる。まだ激流というほどではないが、やがてそうなるだろう。ミリセントとわたしでオーウェンを復活させる。

面白そうだ。

13

最初のふたりはわたしたちが選んだわけではない。わたしたちがはじめて選んだのはリンジーで、彼女はソーシャルメディアで見つかった。けれども当時は人物像や身長の条件を決めていなかった。身体測定の数値をソーシャルメディアに載せる者はほとんどおらず、身長別、体重別、目の色別での正確な分類もそこにはない。というわけで、四番目に向けての下調べはむずかしい。

とりあえず身長が載っているサイトを見つける。出会い系サイトだ。何人かをざっと見るが、どうもしっくりこない。翌日、わたしはミリセントに昼休みに会えないかと言う。

わたしたちはコーヒーを買って通りの向こうにある公園で休む。天気のいい日で空はどこまでも青く、湿気もあまりなかった。おまけに、その公園はコーヒーショップのインターネットが使えるほど店から近い。

わたしはあらたな人物像に当てはまる条件を説明し、ネットで見つけたものを見せる。ミリセントは出会い系サイトの女たちをつぎつぎと見てから、わたしへ目を向ける。

「彼女たちってみんな、なんだかとても……」首を横に振りながら、声が尻すぼまりに消える」

「嘘くさい？」

「そうなのよ。本来の自分ではなく、男たちが望む女になろうとしてる」

趣味がウィンドサーフィンとビーチパーティーだという女をわたしは指さす。「それに、友達が多すぎるかもしれない」

「たしかにそうかもね」

ミリセントがプロフィールのページをさらに見て眉をひそめる。「出会い系サイトから選んではだめよ」

わたしが何も言わないので目をあげる。わたしは微笑んでいる。

「何？」彼女が訊く。

「別の考えがあるんだ」

それならだいじょうぶというようにミリセントが肩の力を抜き、片眉をあげる。

「いま言える？」

「言えるさ」

「教えて」

わたしは公園を見渡し、やがて別のベンチにすわって本を読んでいる女性を目でとらえる。そして指さす。「彼女なんかどうだい」

ミリセントがそちらを見やって女性を観察し、そして微笑む。「現実の世界で探すってことね」

「はじめはね。それで肉体的条件に合うのを見つける。そのあとで、いけそうかどうかをネットで調べる」

ミリセントの目がこちらへ向けられる。すごく輝いている。手がわたしの手に重ねられる。その感触が全身に伝わる。再充電されている感じだ。脳までも小さなうなりをあげている。

彼女がうなずき、口角があがると同時に笑みがこぼれる。わたしはキスすることしか考えられない。公園のど真ん中で彼女を押し倒し、服をはぎ取ることしか。

「やっぱりあなたと結婚して正解だった」ミリセントがいまごろ言う。

「信じられないほど頭脳明晰だから？」

「それに謙虚な人だから」

「見た目もそんなに悪くないだろ」

「これがうまくいけば」彼女が言う。「警察は夫婦に目をつけようなんて夢にも思わない。わたしたちはしたいことを自由にやれるようになる」

それを聞いて興奮がいっそう高まる。この世界は自分のできないことや手に入れられないものでいっぱいだ。家、車、キッチン用品。けれどもこれがあれば、これさえあれば、わたしたちは自由だ。これこそわたしたちのやり方、わたしたちが思いどおりにできるものだ。ミリセントのおかげだ。

「よし」

「よしって何が？」

「何もかもさ」


サンレイイル駅まで車で行き、ペトラが住んでいた場所と反対方向のアルタモンテ・スプリングスへ列車で向かう。厳密にはウッドビューの外だが、はじめのころオーウェンの狩場だった地域でもある。

いたるところに女がいる。若い女、老いた女、背が高い女、低い女、痩せた女、太った女。どこの通りにも、どこの店にも、どこの角にもいる。男が目にはいらず、女だけを見るのは相変わらずだ。若いころはたったひとりを選ぶなど想像もできなかった。手近におおぜいいるのだから選べるわけがない。

もちろん、それはミリセントと出会う前だ。

いまはちがう。すべての女を値踏みするが、昔と同じ見方はしない。パートナーや恋人になりそうな、口説き落とせそうな相手として女を見ない。オーウェンが選ぶ人物像に沿うかどうかで判断する。最初は背丈を基準に品定めをし、つぎに化粧と服装を見る。

若い女がコインランドリーを出て階段をあがり、上のアパートメントへ向かうのをながめる。彼女の背が高すぎるかどうか、わたしが立っている位置からではわからない。

二番目の女がオフィスビルを出る。背はかなり低いが、いやになるほどきびきび歩き、見ているうちにわたしのより高級な車に乗りこむ。あの女に近づけるかどうかわからない。

コーヒーショップの女に目をとめ、彼女の後ろのテーブル席にすわる。ノートパソコンを開いてスクロールしているが、そのサイトはふたつに分類される。政治と食べ物。どちらもほとんど知らない分野なので、どんな会話をすればいいのかわからない。興味があるので彼女が店を出るまで観察し、そのあと尾行して車のナンバーを確認する。

歩道をずっと歩いていると、小柄な女が目にはいり、しかもその女が駐車違反監視員《メーターメイド》だとわかる。違反切符を切っている。爪を短く切りそろえ、同じく髪も短い。サングラスをかけているので目は見えないが、口紅はつけていない。

名札を読み取れるぐらい近い場所を通過する。

A・パーソン。

その女かもしれないし、ちがうかもしれない。まだ決めていない。見られていないときに、写真を二回撮る。


その夜遅く、ミリセントがベッドに横になってパソコンの表計算の画面を見ている。子供たちは眠っているか眠ったことになっている。少なくとも静かにしている。近ごろはそれ以上を望むのは無理かもしれない。

わたしはベッドへはいり、ミリセントの隣におさまる。「なあ、ちょっと」と声をかける。

「ほら」彼女が体をずらして場所を空けるが、わたしたちのベッドはじゅうぶんすぎるほど大きい。

「きょう掘り出し物を探しに行ってきた」

「まったくもう。無駄遣いしなかったでしょうね。いま家計簿を見てるんだけど、もう余分なお金がないのよ。洗濯機を買い替えたあとだし」

わたしは笑みを浮かべる。「そういう掘り出し物じゃないよ」そして携帯電話の画面にA・パーソンの写真を出し、彼女の前に置く。

「あら」ミリセントが言う。写真を拡大し、目を凝らす。「これ、なんのユニフォーム？」

「メーターメイドのさ」

「こういう連中なら少しぐらい仕返しされたっていいわよね」

「まったくだ」わたしたちは笑い合う。「それに、オーウェンが選ぶ人物像にぴったりなんだ」

「そのとおりね」ミリセントがパソコンを閉じ、体ごとこちらへ向き直る。「上出来よ」

「ありがとう」

わたしたちはキスをし、家計の問題がひとつ残らず溶けて消える。

14

はじめはときめいたりしなかった。あまりのことにすくみあがった。

ホリーで終わるはずだった。はじまるのではなく。ホリーが退院した翌日、ミリセントが玄関のドアをあけると、ポーチにホリーがいた。ミリセントは姉の鼻先で勢いよくドアを閉めた。

ホリーは手紙を書いてわが家の郵便受けに入れた。ミリセントはほうっておいた。

ホリーは電話をよこした。ミリセントは電話に出るのをやめた。

わたしは精神科の病院へ問い合わせたが、病院側からの回答はなかった。

ホリーは人前に堂々と姿を見せるようになり、三十メートルぐらい距離を取っているとはいえ、どこにでも現れた。ミリセントが買い物に行けば、その食料品店にいる。ショッピングモールの駐車場にいる。わたしたちが食事に出かければ、通りの向こうにいる。どこに出没しても、こちらが警察に通報するほど長くとどまることはぜったいにない。また、証拠にホリーの写真を撮ろうとするたびに、後ろを向いて立ち去るか、体を動かしてピンボケにする。

ミリセントは母親に言おうとしなかった。アルツハイマーのせいで、母親はホリーがだれなのかもう忘れていたので、そのままそっとしておきたいというのがミリセントの考えだった。

　わたしはストーカー規制法についてネットで調べ、いままでホリーが現れた日時の一覧を作った。それをミリセントに見せると、無駄だと言われた。

「そんなの役に立たない」彼女が言った。

「でも、もしこれを――」

「ストーカー規制法ならわたしも知ってる。ホリーは法を犯してないし、犯すつもりもない。そうならないように抜け目なく細心の注意を払ってるのよ」

「でも何かしないと」わたしは言う。

　ミリセントがわたしのノートをじっと見て、首を横に振る。「わかってないようね。あれはわたしの子供時代を生き地獄にした女よ」

「それは知ってる」

「それなら、一覧表を作ってもしかたがないのはわかるでしょ」

　わたしは警察へ行って現状を訴えたかったが、手もとにある物的証拠はホリーが郵便受けに入れた手紙だけだ。脅すような文面ではなかった。ミリセントの言うとおり、ホリーは抜け目なく細心の注意を払っていた。

Mへ

わたしたちは話し合うべきじゃないかしら。わたしはそう思う。

Hより

警察へ行く代わりに、わたしはホリーに会いにいった。ミリセントとわたしの家族をほうっておいてくれと言った。

ホリーはそうしなかった。つぎに会ったとき、彼女はわたしの家にいた。

火曜日の昼食どきで、わたしはカントリークラブでレッスンをひとつ終わらせ、何を食べようか考えていた。メールの着信音がつづけて三回鳴り、全部ミリセントからだった。

緊急事態

大至急帰って

ホリー

わたしがホリーに会いにいってから一週間も経っていなかった。

わざわざ返信しなかった。家へ帰ると、ミリセントが出迎えた。目がうるみ、涙がいまにも頰を伝って落ちそうだ。妻は些細なことでいちいち泣いたりしない。

「いったい何が――」

言い終える前に腕をつかまれ、居間へ連れていかれた。ホリーが奥のソファにすわっている。わたしを見るなり立ちあがった。

「帰ってきたらホリーがいたの」ミリセントが言った。声が震えている。

「なんですって」とホリー。

「まさにここ、うちの居間に」

「ちがう、そうじゃなくて――」

「わたし、カメラを忘れたの」ミリセントが言う。「きょうはサリバンさんのところを撮影するはずだったから、家に取りにもどったら、姉がちょうどここにいたのよ」

「ちょっと――」

「わたしたちのソファにすわってたのよ」ついに涙がどっとあふれ、ミリセントが両手で顔を覆った。わたしは妻の背中に腕をまわした。

ホリーはふつうの三十代の女に見え、ジーンズとTシャツとサンダルという身なりだ。赤毛のショートヘアを後ろへなでつけ、明るい色の口紅をつけている。そして深く息をつくと、手に何も持っていないと示すかのように両手をあげた。「ちょっと待ってよ。話がちがうんじゃ――」

「嘘はやめて」ミリセントが叫ぶ。「いつも嘘ばっかり」

「嘘なんかついてない！」

「ちょっと待った」わたしは前へ進み出る。「とにかく落ち着こう」

「そうね」とホリー。「それがいいわ」

「いやよ。落ち着いてなんかいられない」ミリセントが部屋の隅にある、家の側面の窓を指さした。カーテンが閉じられているが、床にガラスの破片が散っていた。「この人、こんなふうにはいったんだもの。窓を割ってこの家に侵入したのよ」

「してないって！」

「じゃあ、どうやってはいったの」

「そんなことわたしは――」

「ホリー、やめて。もうやめてよ。ママとパパをだましたみたいには、わたしの夫をだませないわよ」

ミリセントの言うとおりだ。

「あんまりだわ」ホリーが言う。そして握り締めた両手で頭を押さえ、世界を遮断するかのように目を閉じた。

「あんまりだわあんまりだわあんまりだわ」

ミリセントがあとずさった。

わたしは前へ出た。「ホリー」と声をかける。「どうかしたのかい」

ホリーはやめなかった。わたしの声がまるで耳にはいらないらしい。ホリーが自分の側頭部を平手で叩いたとき、わたしはミリセントをちらりと見た。妻はホリーをじっと見ているが、こわくて動けないらしい。凍りついていた。

わたしは大きな声で呼びかけた。「ホリー」

ホリーの頭がびくりとあがる。

両手が垂れる。

ホリーの顔がねじ曲がり、怒りに満ちた、獰猛《どうもう》と言ってもいい形相に変わっている。ミリセントが心底恐れているものをわたしは目の当たりにしているのかもしれない。

「あんたなんてあの事故で死ねばよかったのに」ホリーがミリセントに言った。うなり声のように聞こえる。

ミリセントが近寄ってわたしを楯にし、腕をつかんだ。わたしは妻に警察を呼んでもらおうと振り向きかけるが、彼女のほうが先に口を開いた。やっと聞き取れるような声だった。「いまのを子供たちが見なくてよかった」

子供たち。あの子たちの姿が脳裏にちらついた。わたしたち夫婦ではなく、ローリーとジェンナがこの部屋にいるところをわたしは想像した。この頭のおかしい女に出くわしたときの子供たちの恐怖が手に取るようにわかる。

「ホリー」わたしは言った。

ホリーにはわたしの声が届かない。だれの声も届かない。彼女の目はミリセントに釘づけで、そのミリセントはわたしの後ろに隠れようとしている。

「このくそ女」ホリーが言った。

ホリーがわたしに飛びかかった。

ミリセントに飛びかかった。

そのとき、わたしは判断をくださなかった。頭のなかでいくつかの方法をとっさに考え、いい点とまずい点を秤《はかり》にかけてから、筋道を立てて最良の対応を選ぶ、ということをしなかった。わたしがそれをきちんとやっていたら、ホリーはいまも生きているだろう。

しかし、わたしは考えず、判断もしなかった。つぎにしたことは、どこかとても深い部分に根ざしたものだった。生物学的な自己保存。本能。

ホリーがわたしの家族にとって脅威なら、わたしにとっても脅威だ。わたしは一番手近なものに手を伸ばした。それはすぐそばの壁に立てかけてあった。

テニスのラケットだ。

15

数日が過ぎ、だれかがテレビのなかでオーウェン・オリバー・ライリーについて質問する。

ジョッシュだ。ひたむきで若いジョッシュが、記者会見の最中にその連続殺人鬼の名前を持ち出した。リンジーが発見されてからというもの、警察はとにかく一日おきに記者会見を開いている。会見があるのは午後の遅い時間で、そうすればハイライトをイブニングニュースで流せるという寸法だ。

ジョッシュの質問がきょうのハイライトになるだろう。

〝オーウェン・オリバー・ライリーが帰ってきたと考えたことはありますか〟

主任刑事は薄毛の五十代の男で、その質問に驚いていないように見えた。

ジョッシュは若すぎてオーウェン・オリバーのことをくわしく覚えていないはずだが、それでも頭のいい野心的なリポーターだから、光速でネットサーフィンをすることはできる。きっかけをくれる相手が必要なだけだ。

わたしはこの計画のために、飛び抜けて有名な連続殺人鬼について調べた。何人かは報道機関へ情報を流し、ときには警察にも接触したが、それは電子メールが発明されるだいぶ前の話だ。とはいえ、電子的な手段では簡単に足がつくので、メールは使いたくない。そこで、伝統的なやり方にした。

オーウェンは手紙を一通も書かなかったから、わたしはそれなりに本物らしいものを創作するだけでよかった。長い手紙や短い手紙、詩的な文章やとりとめのない文章など何度か書いてみたのち、結局一行に落ち着いた。

やっぱり故郷はいいね。

――オーウェン

便箋と封筒と切手を扱うあいだは手術用手袋をはめた。封をして準備が整うと、ドラッグストアにある安物のコロンを封筒に振りかけた。麝香《じゃこう》をつけたカウボーイみたいなにおいがする。

これはジョッシュを刺激するためだ。

そのあと車で町はずれまで行き、それを投函した。三日後、ジョッシュが記者会見でオーウェンの名前を出したが、手紙のことは言わなかった。ジョッシュが隠し持っているのかもしれないし、手紙のことは伏せておくようにと警察から言われているのかもしれない。いまのところ問題ないので様子を見守る。ほかにもすることがあるからだ。昨夜はアナベル・パーソンのアパートメントを見にいった。やっとだ。目をつけておいたそのメーターメイドは、ほかの者より見つけづらかった。リンジーやペトラの場合はネットで名前を検索するだけでよかった。アナベルのほうが注意深いのは、違反切符を切られて腹を立てている輩から隠れるためだろう。住所を突き止めるために、ある晩彼女を尾行するしかなかった。少し面倒くさかった。

昨晩はアパートメントの外で待ち、彼女がひとりで帰宅するのか、それともだれかといっしょなのかを見届けるつもりだった。真夜中ごろ、息子からメールが来た。


また出歩いてるの？　高くつくよ。

こんどは何がほしいんだ。

いくらほしいかってこと?


今回ほしがってるのはビデオゲームじゃない。金だ。

つぎの日、仕事から帰ってローリーと顔を合わせる。ローリーは早くもソファに陣取ってテレビのチャンネルをつぎつぎと変え、携帯メールを打ちながらゲームをしている。ミリセントはまだ帰っていない。ジェンナは二階だ。

わたしは息子の隣に腰をおろす。

息子がちらりと見て眉をあげる。

こんなのはまちがっている。ミリセントに全部話すべきだった。わたしたちはローリーもジェンナも呼んでいっしょにすわり、なんでもないんだよと言い聞かせることもできたはずだ。

〝父さんは夜中に長いドライブに出かけるのが好きなだけなんだ。たまにはスーツを着ていくこともあるさ〟

わたしはローリーへ金を渡す。

息子は金を数えるのにいそがしく、テレビに注意を払う暇がないが、ニュースで記者会見のハイライトが流れている。父親が夜出かけるほんとうの理由にローリーは気づいていない。顔をあげて見るだけでピンとくるのに。

夕食は残り物のチキンで作ったタコスで、なかなかおいしい。妻は料理上手で、毎晩きちんと夕食を作ることにこだわっているが、ありあわせで手早く作ったもののほうが上手にできている気がする。

妻にそんなことは言わない。

デザートはブラウンシュガーをかけた桃のスライスに、ひとり一枚のスニッカードゥードゥルクッキー。ローリーがさっそく目をくるりとまわして不満を示すが、ジェンナも同じ気持ちらしい。ミリセントはいつもデザートをけちる。

わたしたちは全員ちがう食べ方でそれを食べる。ジェンナは桃にかかったブラウンシュガーをなめてからクッキーを食べ、残った桃は最後に食べる。ローリーは最初にクッキー、それから桃だが、またたく間に全部たいらげるのでその辺は曖昧《あいまい》だ。ミリセントは果物とクッキーを交互に食べるのが好みで、ひと口齧《かじ》ってはもう一方をひと口齧る。わたしは桃もクッキーもいっしょにつぶしてスプーンで食べる。

あしたは〝映画の夜〟だから、何を見るかみんなで話し合う。先週見たのは動物がしゃべる映画だった。ローリーはいつも最初は不満を漏らすが、この手の映画がだれよりも好きだ。子供たちはふたりともスポーツものが好きなので、少年野球チームが世界選手権大会を目指す映画が候補にあがる。わたしたちは本物の選挙のように採決を取り、〈バッター・アップ〉が大勝をおさめる。

「あしたは五時半に帰る」わたしは言う。

「夕食は六時よ」ミリセントが言う。

「もういいかな」ローリーが尋ねる。

「オーウェン・オリバー・ライリーってだれ？」ジェンナが言う。

すべてが停止する。

ミリセントとわたしはジェンナを見る。

「どこで聞いたの」とミリセント。

「テレビよ」

「オーウェンは人を痛めつける恐ろしい男だ」わたしは言う。「だけど、ジェンナにはぜったいに手を出せないよ」

「そうなんだ」

「オーウェンのことは心配しなくていい」

「でも、どうしてみんなその人のことを話してるの」ジェンナが訊く。

「あの死んだ女のせいさ」ローリーが言う。

「女性だ」とわたし。「死んだ女性」

「ああ。あの人ね」ジェンナが肩をすくめ、携帯電話のほうを見る。「じゃあ、もういいかな」


ミリセントがうなずくと、子供たちが携帯電話を手に取り、メールを打ちながら食器をさげる。わたしがすすいだ皿をジェンナが食洗機へ入れ、ミリセントがタコスの食べ残しを処分する。

寝じたくをしながら、ミリセントがローカルニュースにチャンネルを合わせる。記者会見のハイライトを見てからわたしのほうを向く。何も言わずに、わたしがやったのかと目で尋ねる。

わたしは肩をすくめる。

彼女が片眉をあげる。

わたしはウィンクをする。

彼女が微笑む。

わたしたちには、何も言わなくていいときがある。

いつもというわけではない。はじめのころは恋に落ちたすべての若いカップルと同じく、夜が明けるまで語り合ったものだ。わたしは自分のことを全部話した。手早くすませることなどできなかった。わたしの話をすばらしいと思ってくれる人をとうとう見つけたのだから。わたしをすばらしいと思ってくれる人を。

彼女がいままでのわたしについてようやく全部知ったので、それからのわたしたちは新しいことだけを知らせ合った。わたしは日中にメールして、どんな些細なことも伝えた。彼女は自分の様子がわかる滑稽な写真を送ってよこした。わたしはいままでだれかを深く知ることも、自分の人生を別のひとりと完璧に共有することもまったくなかった。これが結婚するまでつづき、のちにミリセントがローリーを身ごもったときも変わらなかった。

はじめて妻にだまっていた一件をいまだに覚えている。大事な問題ではじめてという意味だ。それは車のことだった。わたしたちは二台持っていた。彼女の車のほうが新しく、わたしのはテニスの道具を全部積みこんだ古いポンコツトラックだった。ミリセントが妊娠八カ月のとき、そのトラックが壊れた。修理代は千ドルだが、わたしたちには金がなかった。あっても将来のために少しずつ貯蓄にまわされていた。ベビーベッドやベビーカーや大量のオムツが必要になるからだ。

わたしはミリセントを動揺させたくない、心配させたくないという気持ちで、ある選択をした。トラックが壊れたのは伝えても、いくらかかるかは教えなかったのだ。そして修理代を払うために、自分だけの名義であらたにクレジットカードを作った。

完済まで一年以上あったが、ミリセントにはひと言も言わなかった。残りの請求金額についてもだまっていた。

それがはじめての大きな内緒事だったが、わたしたちふたりは些細なことについて話すのをやめた。赤ん坊が生まれ、またひとり生まれ、妻の日々は面白いというより骨の折れるものに変わった。もはや彼女は細かいことをいちいち話さず、わたしも自分の客についてくわしい話はしなくなった。

どちらも質問するのをやめ、些末なことを共有するのもやめ、その代わり大事なところにはこだわった。いまでもそうだ。

微笑みとウィンクだけで足りるときもある。

16

二十四時間も経たないうちに、いたるところにオーウェン・オリバー・ライリーがいる。どこのローカルニュースにもウェブサイトにもオーウェンの顔が出まわっている。わたしの客がオーウェンの話をしたがる。地元出身でない者はもっとくわしい事情を知りたがる。地元出身者はオーウェンがほんとうに帰ってきたのか判断しかねている。地元のゴシップ屋ケコナはどちらの意味でも中心人物だ。

ケコナはハワイ生まれだが、ここに来てずいぶん長いので、この土地の言い伝え、作り話、悪名高い住人のことまですべて知っている。そして、オーウェン・オリバーが帰ってきたとは思っていない。一秒たりとも。

わたしたちはコートにいて、ケコナがサーブの練習をしている。まただ。サーブでつぎエースを取ればあとのゲームをする必要がない、と彼女は考える。理屈ではたしかにそうだ。現実の世界でそれをできる者はいない。対戦相手が五歳児でなければ。

「オーウェンはどこへ行ったって女を殺せるのに、それでもあの人たちはオーウェンが帰ってきたと思うわけ？」ケコナが言う。

「〝あの人たち〟が警察をさしているなら、ちがいますね。警察はオーウェン・オリバーのことはまだ何も言ってません。どこかのリポーターが質問しただけですよ」

「シュッ」

「いまのはどういう意味ですか」

「ばかばかしいってこと。オーウェンは一度逃亡した。もどるわけがない」

わたしは肩をすくめる。「だって故郷でしょう」

ケコナがあきれたように黒い目を上に向ける。「人生はホラー映画じゃないのよ」

そう感じるのは彼女だけではない。あのころを一度も体験しなかった者は、オーウェン帰還説をばかばかしいと思うだろう。ケコナと同じ見方をして、合理的に考えれば変だという意見を好む。

けれども、ここに住んでいて当時を覚えている年齢の者は、オーウェンが帰ってきたと思いこむ。とくに女性がそうだ。

家のなかでも外でも、ひとりでいるときにつねに恐怖を感じるのがどのようなものか、彼女たちは覚えている。なぜなら、オーウェンは獲物をさらう際にほとんど場所を選ばなかった。自宅のなかで消えたのがふたりいた。図書館で消えたのがひとり。公園内がもうひとり。少なくとも三人が駐車場でいなくなった。そのうちふたりが防犯カメラに映っていた。古い映像なので、きめが粗かった。オーウェンは大きくて不鮮明な人影に見え、黒っぽい服を着てベースボールキャップをかぶっていた。そのビデオ映像が一日中繰り返しニュースで流れている。

きょうはアンディの妻トリスタのレッスンをする日だが、クラブハウスを歩いていくと、本人がスポーツバーにいるのが見える。大きなスクリーンでニュースを見ているところだ。夫と同じく彼女も四十代前半で、歳をごまかせる年齢ではない。髪の先のほうだけがやけに金色で、目のまわりがいつも黒ずんでいるうえ、心配になるほど濃い色に日焼けしている。ひとりで赤ワインを午後一時に飲んでいる。テーブルにボトルが置いてある。

きょうのレッスンはできないだろう。

遠くから彼女をながめ、声をかけるべきか迷う。ときどき客はこちらが知りたい以上のことを語る。わたしはエクササイズ界の美容師といったところだ。

まあたしかに、面白いこともある。

トリスタのほうへ歩いていく。「やあ」

彼女は空いている席を手で示すが、テレビ画面から少しも目を離さない。パーティーや会食で飲むのは何度も見ているが、こんなのははじめてだ。

コマーシャルがはいり、トリスタがわたしへ顔を向ける。「きょうのレッスンはキャンセルするわ」

「知らせてくれてありがとう」

彼女は笑みを浮かべるが、楽しそうには見えない。もしかして、アンディに腹を立てているのか。あの男が何かやらかしたのなら、渦中に巻きこまれないほうがいい。わたしが椅子から立ちあがりかけたそのとき、トリスタが話す。

「あのころのことを覚えてる?」そう言ってテレビを指さす。「あいつが殺していたころ」

「オーウェンかな」

「ほかにだれがいるの」

「たしかに。ここで育った者ならだれでも知ってる」わたしは肩をすくめ、また腰をおろす。「〈ザ・ハッチ〉へ行ったことがあるかな。土曜の夜はよくあそこに集まって飲んだものだけど、テレビは全部あのニュースにチャンネルを合わせてあった。たしかあの店で――」

トリスタが大きく息を吸う。「わたし、彼を知ってた」

「だれを」

「オーウェン・オリバーよ。彼を知ってたの」トリスタがボトルを手に取り、ふたたびグラスを満たす。

「これまで一度も言わなかったよね」

トリスタがあきれ顔をする。「別に自慢できることじゃないでしょ。つき合ってたんじゃなおさらよ」

「まさか」

「ほんとうの話だから」

わたしの口があんぐりとあく。大げさではなく。「アンディは知ってるのかな」

「いいえ。それに、あの人に言おうなんて考えたこともない」

わたしは首を横に振る。アンディにはぜったい言うまい。こんなことを教える気はまったくない。「でもどうして――」

「まず一杯やりましょうよ」トリスタがワインボトルをわたしのほうへ押しやる。「飲んだほうが楽だから」

トリスタの言うとおりだった。彼女が語る話の恐ろしさをワインがやわらげてくれた。

彼女が出会ったとき、オーウェン・オリバーは三十代前半だった。トリスタはオーウェンより十歳若く、美術史の学位を持っていながら取り立て代行の会社に勤めていた。それが接点だった。オーウェンはセント・メアリーズ記念病院の経理部で働いていた。請求金額が支払われなかった場合、請求業務は取り立て代行会社に委託される。「病気の人に電話をかけてお金を要求した」トリスタは言った。ワインのせいでろれつがまわらない。「病気の人に電話をかけてお金を要求した。だからわたしだってそうよ。クズだった。一日中、クズなことをするクズな人間の気分だった」

そんなことはないとオーウェンは言った。はじめてふたりが話をしたのは、病院に一万ドル以上の未払いがあるリーアンという人物についてだった。十七回電話をかけたあとで、きっと番号がちがっているのだろうとトリスタは思った。電話に出るのは九十歳ぐらいの声の男性だけで、しかも明らかに認知症をわずらっていた。リーアンは二十八歳のひとり暮らしの女性だ。トリスタはセント・メアリーズの経理部へ電話して電話番号を確認した。病院へ直接問い合わせることは禁じられていたが、とにかく電話した。オーウェンが電話に出た。

「もちろん正しい番号だった。オーウェンはリーアンが女優だと言ったの」トリスタが大きくため息をつく。「だまされたのが恥ずかしくて、なぜ知ってるのか訊きもしなかった」

ふたりはお互いに話をした。彼女は彼の声が気に入り、彼は彼女の笑い声が気に入ったので、会うことにした。そして、トリスタはオーウェンと六カ月つき合った。

「わたしたちはどちらも食べたり飲んだりが好きで、スポーツはどちらかと言えば、するより見るほうだった。セックスは別よ。セックスはいっぱいした。よかったけど、すばらしいってほどじゃない。あっと驚くようなものじゃなかった。でもね」トリスタが指を振ってみせる。「彼はあっと驚くようなシナモンロールを作った。しかも、一から自分でこしらえるの。生地を伸ばし、そこに溶かしバターを塗り、それからシナモンと砂糖を合わせたのを……」ほんのいっとき、彼女は虚空を見つめた。ゆっくりとわれに返る。「とにかくそうだったの。そのシナモンロールは絶品だった。シナモンロールにはなんの問題もなかった。オーウェンにだってとくに問題はなかった。医療費請求関係の担当者だったこと以外は」

トリスタはテーブルを見て微笑んだ。本物の笑みではない——嫌悪感でいっぱいの笑み、しかも自分に向けた笑み。顔をあげ、真っ直ぐわたしを見た。「わたしが彼と別れたのは、三十三歳で医療事務をしている男と結婚する気なんてさらさらなかったからよ。ぜったいに浮かびあがれないもの。鼻持ちならないと思われてもかまわない。一生じり貧でいるなんてごめんだわ」彼女は両手をあげ、わたしがどんな非難のことばを投げつけたくなっても甘んじて受け止めるという姿勢を見せた。

わたしは何も言わなかった。それどころかグラスをかかげてみせたので、わたしたちは乾杯し、そして飲んだ。

トリスタはオーウェン・オリバー・ライリーについて二時間近く語った。オーウェンはスポーツを観戦した。ホッケーは一番近いプロチームでも何百キロと離れているのに、大好きなスポーツのひとつだった。オーウェンはいつもジーンズを穿いていた。シャワーを浴びるか、ベッドで眠るか、プールサイドにいるとき以外はいつもだ。でも、泳げなかった。水がこわいのではないかとトリスタは思った。

オーウェンの家は町の北側にあり、そこはミリセントとわたしが結婚当初住んでいた地域だった。北側の治安は悪くないが、ヒドゥン・オークスがある南東側よりも古くてうらぶれた家が多かった。オーウェンは母親が死んだときに家を相続したのだが、トリスタはその家を〝かわいらしい建物だけど、掘立小屋に近い〟と言った。まあそうだろう。北側の家の多くは小さなコテージで、ポーチのほかに精巧な木工部分や小ぶりの屋根窓がついている。家の内部はどれもだいたい時代遅れで使いものにならない。オーウェンの家も例外ではなかった。

暖房器具は作動せず、寝室の窓は開かず、カーペットは陰気な感じの青緑色だった。バスルームにはトリスタの好きな猫足のバスタブがあったが、蛇口から水がしたたってひどくいらいらさせられた。夜を過ごすときはバスルームのドアを閉めた。そうしなければ、水滴の音が廊下の先まで聞こえるからだ。オーウェンの家で食事をするときは彼の母親の皿を使い、皿のへりは黄色の花柄模様だった。

しばらくして、トリスタがもう話せないほど酔って疲れたので、わたしはスポーツクラブのドライバーに言って家まで送り届けてもらった。もっとオーウェンのことを話したければよろこんで聞く、と彼女に言った。社交辞令ではなかった。

ジョッシュへの二通目の手紙にうってつけの情報を、トリスタが提供してくれた。

17

計画を立てるのは大の苦手だ。海外旅行さえ風まかせだった。友人から電話をもらい、一週間後にはその友人とオーランド空港で落ち合った。プロのテニス選手になれるほどの才能はぜったいにないとわかったとき、先のことは考えていなかった。ローリーの妊娠をミリセントから告げられた日も、子供を育てる心構えがまったくなかった。ジェンナの妊娠のときもまだそんな調子だった。でも、ミリセントとの秘密のためなら、そのためだけなら計画を立てられる。

わたしの専門はテニスであって、チェスではない。シングルスのテニスをプレーし、教え、ふだん見えているのは、ネットの両側、拮抗《きっこう》するふたつの力、得点、これだけだ。複雑ではない。それなのに、ここでこうやって、やればできるところを見せるかのように、複数の人間がかかわる計画を立てている。

計画の最新バージョンには三人の人間がかかわっている。オーウェン、ジョッシュ、アナベル。ミリセントを入れれば四人になり、さらにトリスタを加えてもいい。少なくともトリスタがくれた情報は加えよう。

はじめに、手紙をもう一通ジョッシュへ送る。オーウェンの実生活についての――とくに母親の家の――詳細だけでなく、もうひとり女性が消える日も記しておく。

危険なのはわかっている。もしかしたら余計なことかもしれない。でも、一気に目標へ到達できる。そうとも、オーウェンが復活する。そうとも、リンジーもつぎの犠牲者もオーウェンがやったことになる。推測ゲームは終了、本人がほんとうに帰ってきたのか、それとも模倣犯のしわざなのかという、警察とメディア間の堂々めぐりの議論も幕切れだ。トリスタから得た情報が、犯人はオーウェンであることを証明する。そしてつぎの女が消えれば、もうだれひとり疑わない。

それはアナベル・パーソンだが、名前は出さない。不利な点は、警察が総力をあげて当日の夜の女性失踪を待ち構え、失踪の通報を受けるやいなや捜索をはじめることだ。

有利な点は、アナベルに友人がほとんどいないこと。彼女が欠勤するまでだれも通報しないだろう。そうなれば簡単に二日分の先手を打てる。

問題は、ひとりの女性が消えるとだれもが思っている夜に、だれにも見られず、カメラにも映らず、どうやってアナベルを拉致するかということ。そして、警察がオーウェンを探している以上、ミリセントが目をつけられることはまったくない。

あまりにも単純明快で、もしかしたら抜群のできばえかもしれない。

ジョッシュへの手紙ではじまり、アナベルの失踪で終わる一連の流れをもう一度検討してみる。途中で百もの矛盾と未解決事項と問題になりそうな弱点が見つかる。

これだから計画は立てないほうがいい。ほんとうに疲れる。一方、たいへんだからやりがいもある。この計画をなるべくまとめあげてからミリセントに教えたい。何年経っても妻には感心してもらいたいものだ。

そうなったらひさしぶりだ。ミリセントを感心させるのは若いときでも簡単ではなかった。いまではほとんど不可能だ。

とはいえ、わたしたちの関係は一方的なものではない。ミリセントがわたしを感心させようとしたことは何度もある。たとえば、クリスマスツリーを酸素マスクで飾ったときがそうだ。五回目の結婚記念日では結婚式の夜と同じランジェリーを身に着けた。十年目の結婚記念日にはささやかな息抜きを考えてくれた。

子供がふたりいるうえに、もっと大きな家に住むという夢があったので、わたしたちには休暇や豪華なディナーを楽しむ余裕がなかった。そこでミリセントはいいことを考えついた。

まず、彼女はテニスコートへやってきた。ミリセントはふだんけっしてコートへ来ない。そもそもカントリークラブに来るとしたら泳ぐかだれかとランチを食べるときだけだから、コートへ歩いてくる姿を見てわたしは何か悪いことがあったと思った。妻はわたしを拉致したいだけだった。

ミリセントは人里離れた場所まで行って車を止め、森を指さした。

「歩いて」

わたしは歩いた。

道路からはずれて二百メートルばかり進み、わたしたちは空き地へ着いた。テントがすでに張られ、すぐそばに石で作った炉がある。ピクニック用の小さなテーブルにはプラスチックの皿、グラス、大きなキャンドルが並べられていた。

ミリセントはわたしをキャンプに連れてきたのだった。アウトドア派ではないのに、ひと晩そのふりをしてくれた。

虫よけスプレーを忘れたので、虫には悩まされた。キャンドルには覆いがあったが、しょっちゅう風で火が消え、おまけに皿を洗ったり歯を磨いたりするための余分な水を持ってくることも妻は思いつかなかった。でも、そんなことはどうでもいい。わたしたちは焚火の前にすわり、あたためたスープと格安のビールを飲んだあと、さらに格安のセックスをした。そして将来のことを語り合ったが、子供たちがいるためにその将来がいままでとはちがって見えた。悪い意味でちがうのではなく、優先順位がちがうだけだ。

以前はほしかったけれどもう手にはいらない、そういうものについて話すのは避けた。真夜中すぎのいつごろか、わたしたちは眠りに落ちた。あんなに遅くまで起きていたのはクリスマス・イブ以来だ。あのときはサンタのプレゼントを配るために起きているしかなかった。

翌朝わたしがテントから出ると、ミリセントがそこに突っ立って両手を口に当てていた。わたしたちのキャンプは何者かに乱入されていた。

何もかもがひっくり返され、ほうり出され、空っぽにされていた。食べ物は取られるか袋を破かれ、着替えの服は地面のあちこちに散らばっていた。

「ごみをあさる動物だな」わたしは言った。「たぶんアライグマだろう」

ミリセントは無言だった。ことばが出ないくらい腹を立てていた。

そして残った持ち物を集めはじめた。

「まだコーヒーがあるさ」わたしはそう言って、インスタントコーヒーの小瓶を見せた。

「これがあれば――」

「アライグマのしわざじゃないと思う」

わたしが見つめるそばで、彼女がバックパックに残っているものを取り出す。「じゃあ、なんの――」

「だれかがわたしたちのキャンプをめちゃめちゃにした。動物じゃないわ」

「どうしてそう思うんだ」

彼女はわたしたちが寝ていた場所を指さす。「テントは荒らされなかったでしょ」

「そいつらは食べ物がほしかっただけかもしれない。ほかはどうでもよかったんじゃ――」

「それとも、そいつらは人間だったのかもね」

わたしはそれ以上言うのをやめた。ふたりでとぼとぼと森を抜け、車へもどった。

いまでもあのキャンプの話になると、彼女はわたしたちの持ち物をあさった恐ろしい輩のことを口にする。あれは人間ではなく動物のしわざだったとわたしは思っているが、言い返さないことにしている。ミリセントはあらゆる物事の裏に人の意図を読み取る。けれども、あのキャンプでの一番の思い出はそれではない。大切なのは、わたしを感心させるためにミリセントがあれを計画したことだ。

アナベル・パーソンは病欠も遅刻もしたことがなく、二日より長い休暇を取ったこともない。だれかが病欠のときはいつも代わりをつとめる。つまり、ボーイフレンドがいないのだろう。いればたまには遅刻するものだ。また、カップルなら――子供のいないカップルはとくに――長い休暇を取るが、アナベルはちがう。おまけに、サンデーの上に載った完璧なチェリーよろしく、〝今月のメーターメイド〟の栄誉に五回も輝き、郡のウェブサイトに取りあげられている。

ミリセントに調査結果を見せると、彼女が全部に目を通してから言う。「あなたの言うとおりね。彼女は申し分ない」

「それから、ジョッシュにつぎの手紙を書いているところなんだ。でも、これは見せないよ」

「そうなの？」

「驚かせたいんだよ」

妻がかすかに笑みを浮かべる。「まかせるわ」

この返事は今週聞いた一番のニュースだ。

ほかの女たちにしていたように、アナベルの観察をはじめる。適切な調査義務というやつだ。

きょうはいつもと少しちがって、彼女の仕事場所まで電車で向かった。わたしの車を覚えられてはいけない。仕事中の彼女を追うのは不可能だ。アナベルの車は郡支給のオフロード車で、それを乗りまわして時間超過のメーターや駐車違反車両を探している。いつ止まっていつ動きだすかわからない。

しばらくのあいだ、わたしは幹線道路沿いのコーヒーショップに腰を落ち着ける。二、三十分おきに彼女が通過してメーターをチェックする。待っているあいだ、わたしはオーウェン・オリバーのつぎの手紙を下書きする。これが信憑性をもって公開されるという想定で書く。ジョッシュも、ジョッシュが勤めるテレビ局も発表せずにはいられないだろう。

オーウェンの帰還が話題にのぼるだけでだれもが興奮する。ローカル局では昔のニュース映像、回顧談、本人の人物紹介を流している。オーウェンはここ数日新聞の第一面を飾っている。ローリーと彼の友達はオーウェンの名前を早くも動詞に変え（おまえをオーウェン・オリバーしてやる）、地元の女性団体はリンジー殺人事件がヘイトクライムとして認められるべくロビー活動をしている。

この流言が裏づけられたらどこまで騒ぎが大きくなるのか想像してみる。あるいは、裏づけられたと世間の人間が思ったら。ほんとうに必要なのはそれだけだ。信じること。警察にそれを信じさせたら、連中はオーウェン以外のだれも探さなくなる。はじめたのはミリセントだったかもしれないが、わたしはそれをゴールへ導くことができる。妻はおおいに感心するだろう。

18

ロビンがいなかったら、こんなことはひとつも起こらなかったはずだ。わたしたちは彼女を探さなかった。彼女はリンジーのように選ばれたわけではない。ロビンはわが家のドアをノックすることですべてを変えた。

火曜日のことだ。わたしは家にはいったところだった。昼食どきで自宅にはだれもおらず、つぎのレッスンまで二時間ほど空いていた。ホリーの一件から一年ほど経ち、ふつうの日常にもどっていた。遺体はとうになく、土のなかで朽ちている。ミリセントとわたしはホリーの話をしなかった。警察のサイレンがいつ聞こえるかと気を張る日々は過ぎた。電話やドアのベルが鳴るたびに心臓がどきりとすることもなくなっていた。だから、警戒せずにドアをあけた。

ポーチにいる女は二十代前半の若さで、細身のジーンズと襟元が破れたようなデザインのシャツを身に着けている。爪が赤く、口紅はピンク色で、長い髪はローストしたクルミの色だった。

背後の通りに小型の赤い車が停めてある。古い車で、クラシックカーに近いがそこまではない。少し前、家にほど近い場所の停止信号で見かけた車だ。クラクションを鳴らしていたが、わたしに向かって鳴らしていたとはまったく気づかなかった。

「なんでしょう」わたしは言った。

彼女は首をかしげてななめにわたしを見てから、笑みを浮かべた。「やっぱりあんただ」

「どういうことですか」

「あんた、ホリーの知り合いだよね」

照明用ソケットに指を突っこんだように、その名前はわたしにショックを与えた。「ホリー？」

「あんたがあの女といっしょにいるのを見たんだ」

「ほかの人とまちがえてるんじゃないかな」

もちろん、まちがえていなかった。この女の顔をようやく思い出す。

病院がホリーの退院を認めたとき、彼女が食料雑貨店で働けるように医師のひとりが手配してくれた。ホリーはパートタイムで品出しの仕事をした。その店こそ、わたしが行って家族に近づくな、家族をこわがらせるなとホリーに迫った場所だった。

それが手に負えない事態になるとは夢にも思わなかった。

月曜の午前中、客足がとだえて全商品が補充されるときにわたしはそこへ行った。ホリーは通路のひとつにいてグラノーラバーの箱で棚をいっぱいにしている最中で、しかもひとりだった。ホリーへ向かって通路を歩いていくと、彼女がわたしへ顔を向けた。澄んだ緑色の目がぎょっとしたように見開いている。

わたしが間近に立つまで、ホリーは両手を腰に当ててじっと見つめた。

「はい？」ホリーが言った。

「ちゃんと会うのははじめてだね」わたしは手を差し出し、ホリーの握手を待った。

しまいに彼女は手を握った。

こんな会い方をするのは残念だとわたしは言った。いつか別の機会があれば、家族のようにつき合えるかもしれない。しかし、ホリーのふるまいに妻と子供たちがおびえているから、いますぐは無理だ。子供たちがホリーに何かをしたわけではない。こんな目に遭ういわれはない。「お願いだから」わたしは言った。「わたしの家族をほうっておいてくれないか」

ホリーはわたしを笑い飛ばした。

大笑いしてしまいに目の端から涙があふれ、それでもまだ笑った。いつまでも笑われて、わたしはだんだん恥ずかしくなってきた。その様子がさらに笑いを誘ったのかもしれない。ホリーがミリセントをどんな気持ちにさせたのかわかりはじめ、怒りがこみあげてきた。

「くそ女め」わたしは言った。

笑いが止まった。ホリーの目は憤怒《ふんぬ》で燃えあがらんばかりだ。「出てって」

「出ていかなければどうする。ここにずっといてあんたを閉口させたらどうするんだ」思ったよりずっと大きな声が出た。

「出ていけ」

「家族に近づくな」

ホリーはわたしを見据えたまま彫像のように動かなかった。身じろぎをせず、一歩も引かなかった。

わたしは気落ちして引き返した。ホリーを説得できず、わかってもらえなかった。

ロビンは通路の端で何もかも見ていた。

彼女もその店の従業員だった。同じ黄色のシャツを着て、緑色のエプロンを着けていた。わたしは彼女を見て通り過ぎ、そういえばうなずいてみせたかもしれない。それとも素通りだったか。それでも、彼女があそこにいてわたしを見たからこそ、いまこの家の戸口に立っている。

「まちがえてなんかいない」ロビンが言った。「あの日あたしが見たのはあんただよ」

すぐにわたしは言った。「失礼――人ちがいですよ」ドアを閉める。

彼女がまたノックした。

無視した。

ロビンの声がドア越しに聞こえた。「あの女が消えちゃったの知ってるよね。最後の給料日に小切手を受け取りにもこなかった」

わたしはドアをあけた。

「いいかい、きみの友達がいなくなったのはじつに気の毒だが、こっちはなんにも知らな――」

「わかった、わかった。人ちがい。自分じゃない。でも、あんたがだれかわかったから、警察に徹底的に調べてもらうよ」

ロビンは背を向けて立ち去りかけた。

帰らせるわけにはいかなかった。

ホリーの失踪を知る者はいない。だれも彼女を探しておらず、いまさら警察に探されても困る。ミリセントとわたしは法医学だのDNAだの、そういったことにうとかった。本格的に調べられたら、些細な手落ちでも見つかってしまうだろう。

なかへはいって話さないか、とわたしはロビンに言った。彼女は最初ためらった。そこで携帯電話を取り出し、手に持ったまま家へはいった。わたしたちはキッチンへ行った。何か飲むかとわたしは尋ね、要らないと言われた。その代わりロビンはテーブルのオレンジを取って皮を剝《む》きはじめた。わたしはあのことを認めず、自己紹介もせず、何があったのかと尋ねた。彼女は食料雑貨店のこと、ホリーのこと、自分自身のことを話しはじめた。

その店で働くようになったいきさつや、ホリーと出会って友達になったことを彼女は語った。わたしはテーブルを離れ、ソーダを取りに冷蔵庫へ向かった。冷蔵庫のドアをあけておいてミリセントへすばやくメールする。ホリーが家にいたときミリセントが使ったのと同じことばを送る。

緊急事態　大至急帰れ

数時間にも思えるいっときが過ぎ、ようやくミリセントの車が到着した。そのころロビンは、この事態を解決するにはどうするべきかを提案しているところだった。かつての親友ホリーのために正義を求めたわけではなかった。求めたのは金、しかも大金だ。

「そうすることがお互いの利益だと思う」ロビンは言った。玄関のドアがあき、ロビンの顔がそちらへ向いた。「あれはだれ？」

「妻だ」わたしは言った。

ミリセントが戸口に現れ、走ってきたかのように息を切らしていた。仕事をするときのスカートとブラウスとハイヒールという服装だ。ジャケットの前があいている。ボタンをはめるのももどかしかったのだろう。わたしからロビンへと視線を移したあと、またわたしを見た。

「こちらはロビン」わたしは言った。「ホリーとかいう女性といっしょに働いていたそうだ」

ミリセントが片眉をあげてロビンをながめ、ロビンがうなずいた。

「そのとおり。そして、あんたの夫がホリーと話してるところを見た。くそ女って呼んでたよ」

その眉がこんどはわたしへ向けられた。

わたしは何も言わなかった。

ミリセントはジャケットを脱いで椅子へかけた。「ロビン」言いながらキッチンへはいっていく。「何があったのか全部話してくれる？」

ロビンはわたしに向かって薄ら笑いを浮かべると、わたしが食料雑貨店を訪れたくだりから話しはじめた。

わたしの後ろでは、ミリセントがキッチンでごそごそと動いている。何をしているのかは見えなかった。こちらへもどってくるハイヒールの音が聞こえる。ロビンがミリセントを見て妙な顔をしたが、そのまま話しつづけた。

ミリセントが握る鉄のワッフルパンに気づいたのは、ロビンの頭蓋骨が割れる音を聞いたあとだった。

ロビンがドスンと床に倒れた。

わたしがホリーを殺した同じやり方で、ミリセントはロビンを殺した。まったく迷わずに。本能だけで。

そして、そこにはときめきがあった。

19

電話が鳴ったのは、カントリークラブを出てアナベルの様子を見にいく道中だ。ミリセントからで、娘の体調が悪いという。

「学校へ迎えにいったわ」

「熱は？」

「ない。そっちのスケジュールはどうなってるの」

「いまから帰れるよ」

アナベルのことはすっかり頭から消える。そして車の向きを変える。

家ではミリセントが玄関ホールを行ったり来たりしながら電話で話をしている。居間ではテレビがつき、ソファセットの上でジェンナが毛布にくるまって、重ねた枕に頭を載せている。小テーブルには一杯のジンジャーエールとプレーンクラッカーが何枚か、念のために大きなボウルも置いてある。

わたしはジェンナの隣に腰をおろす。「具合がよくないってママから聞いたよ」

ジェンナがうなずく。ふくれっ面をする。「まあね」

「仮病じゃないんだね」

「ちがう」ジェンナが少し笑う。

娘が仮病を使っていないのはわかっている。ジェンナは病気になるのがいやでたまらない。

幼稚園のころ、ジェンナは肺炎にかかって一ヵ月休んだ。入院するほどではなかったが、ずっと記憶に残るほどうんざりする経験だった。ミリセントも同じ思いでいる。ときどきミリセントはジェンナが五歳児に返ったかのように世話をする。十三歳になったジェンナに対して少しやりすぎだが、わたしは口を差し挟まない。わたしだってジェンナのことが心配だ。

「いっしょに見ようよ」ジェンナがテレビを指さす。

わたしは靴を脱いで足をソファにあげる。ふたりでクイズ番組を見て、正解が出る前に大声で答を言う。

ミリセントのハイヒールの音が響く。彼女が歩いてきてテレビの前に立つ。

ジェンナが音量をさげる。

「具合はどう？　楽になった？」ミリセントが尋ねる。

ジェンナがうなずく。「楽になった」

ミリセントはわたしへ顔を向ける。「いつまでここにいられる？」

「午後はずっと」

「あとで電話するわね」

ミリセントはジェンナに近寄って額にふれる。最初は手で、つぎに唇で。「まだ熱はないようね。何かあったら電話して」

ヒールの音が廊下の先へ遠ざかる。玄関のドアが閉まるまで、ジェンナがテレビの音量をさげておく。わたしたちはクイズ番組へもどる。コマーシャルのとき、ジェンナがまた音量をさげる。

「だいじょうぶ？」ジェンナが言う。

「パパが？　具合が悪いのはパパじゃないよ」

「そういう意味じゃなくて」

それはわかっている。「平気さ。ちょっといそがしいけどね」

「いそがしすぎるよね」

「うん。いそがしすぎる」

ジェンナはそれ以上訊かない。

ミリセントが電話を二回、最初はトーク番組、つぎはティーンエイジャー向けのドラマの最中にかけてくる。ローリーが三時ごろに帰り、はじめはぶつくさ言っていたが、結局わたしたちのテレビマラソンに加わる。

五時になり、わたしは父親にもどる。

「宿題をしなさい」わたしは言う。

「体調が悪いんだもの」ジェンナが言う。

「ローリー、宿題だ」

「息子が学校へかよってるのをいまごろ思い出したのかい」

「宿題だ」わたしはもう一度言う。「ルールはわかってるだろ」

やれやれという顔でローリーが二階へ向かう。

もっと早くに言うべきだった。忘れたわけではない。最後に子供たちと三人で過ごしたのがいつだったか思い出せないほど、ひさしぶりのことだったからだ。

ミリセントが四十五分後に帰宅する。歯切れよく家族に声をかけたあと、あわただしくキッチンで立ち働いてオーブンに夕食を入れてから、ようやく着替えにいく。この家の活気は彼女がいるといないではちがう。すべてが一段階アップするのは、みんなの期待が高まるからだ。

今夜のメニューはチキンヌードルスープだが、だれも文句を言わない。だれかの体調が悪いときはこれと決まっている。

おまけにほかの決まり事がゆるくなる。ジェンナがソファで安静にしているので、ミリセントは全員そこで食べていいことにする。わたしたち全員がトレーテーブルに自分の皿を載せてテレビの前にすわる。そのころまでにミリセントがスウェットの上下に着替え、ローリーが宿題を終わらせたと言い張る。わたしたちは新しくはじまったホームコメディを見るがひどい番組だったので、そのあとはありきたりの警察ドラマを選び、二時間のあいだはすべてが平常どおりという気分になる。

子供たちが寝たあと、ミリセントとわたしは居間を片づける。ずっとソファでごろごろしていたのに、疲れ切っている。わたしはキッチンのテーブルにすわって目をこする。

「きょうはだいぶ支障が出た?」ミリセントが訊く。

彼女はわたしの本来の仕事のことを言っているのだが、アナベルの監視にいく予定だったから、どのみち支障が出ていただろう。

肩をすくめる。

ミリセントがわたしの後ろへ来て肩を揉《も》みはじめる。いい気持ちだ。

「肩を揉んでもらうのはきみのほうだ」わたしは言った。「一日中働いているんだから」

「病気の子供の世話のほうがストレスがたまるわよ」

たしかにそうだけれど、ジェンナは病気というよりも体調がすぐれないだけだ。「あの子は心配ないさ」

「もちろんよ」

ミリセントが揉みつづける。いっときして言う。「ほかはどうなってるの」

「もうじきびっくりさせてあげるよ」

「ならいいけど」

「ほんとさ」

ミリセントが肩を揉む手を止める。「約束したみたいに聞こえるけど」

「そうかも」

彼女がわたしの手を取って寝室へと導く。


ロビンのあと、わたしたちは彼女のことを口にしなかった。ホリーのことも口にしなかった。ミリセントとわたしはいつもの暮らし、仕事、親の役目にもどった。リンジーのことを——三人目のことを——計画しはじめたのは一年半が経ってからだ。その時点ではわかっておらず、ひとりの女性を選んでこっそり追跡したあげくに殺すなんて、わたしには想像もできなかった。それはショッピングモールでのちょっとした出来事がきっかけだった。

そこへはミリセントとふたりだけで行った。子供たちへのクリスマスプレゼントを買うためだ。いつもより家計が苦しかった。ミリセントは二軒の物件の契約成立を待ち望んでいたが、どちらもローンの問題が解決するまで棚上げだった。クリスマスまであと一週間、わたしたちの手もとにはプレゼントも現金もなく、クレジットカードの利用可能額もあまりなかった。クリスマスの予算を三分の一に減らした。わたしはやりきれない思いだった。子供たちにプレゼントを買うだけではない。友人や同僚や顧客にも贈り物を用意する必要があった。

ショッピングモールでミリセントはノーと言いつづけた。わたしが選ぶ品物は全部高すぎた。

「みみっちいやつだと思われるよ」わたしは言った。

「大げさね」

「そういう連中に囲まれて育ったんだ」

ミリセントが天を仰ぐ。「また？」

「どういう意味だよ」

「別に。気にしないで」

わたしはミリセントの腕に手を置く。彼女が来ているのは長袖のシャツだが、上着なしですむのはこの地方の気温が十二月でも十五度前後だからだ。「なんだよ、いったいどういう意味だ」

「あなたっていつも〝そういう連中〟の話ばかりしてる。ヒドゥン・オークスの人たち。あの人たちをばかにするくせに、自分もそのひとりだってことを鼻にかけてる」

「ちがう」

ミリセントは言い返さなかった。ろうそく立ての棚をながめている。

「そんなことはない」わたしは言う。

「こんなのはどう?」彼女が手にしたのは銀製の一対だ。あるいは銀製に見えるもの。

わたしは顔をそむける。

ミリセントがそのろうそく立てをぞんざいに棚へ返した。

わたしはとっくに腹を立てていた。そこへ疲労がやってきた。最近のわたしたちは金の話ばかりしている。あれがない、これが買えない、もっと安いのにしなくてはいけない、そんなのは聞き飽きた。わたしはクリスマスに子供たちがほしいものさえ買えない。

予算がどうの銀行の残高がどうのとミリセントが延々としゃべっている。わたしは耳を貸さなかった。これ以上は聞けない、考えられない――気晴らしがしたい。

たまたますぐそばを人が通った。その女の髪はローストしたクルミの色だった。

「ねえ、聞いてる？」ミリセントがわたしの顔の前で指をパチンと鳴らした。

「聞いてるよ」

「ほんとに？　だって――」

「あの女性がちょっとロビンに似てた」わたしは言う。「ホリーの友達の」

ミリセントは振り返り、その女が人ごみに消えるのを見守った。こちらへ向き直ったとき、彼女の片眉はあがっていた。「そう思う？」

「ああ」

「変な人」

たしかに変だった。頭のなかでロビンの殺害場面を再生するときの感覚がそれだ。思い返すたびに考えるのは、あの日がすばらしかったこと、力を合わせてするべきことをし、自分たちの身を守ったこと。そして、家族を守ったこと。あれはすごかった。

それに、すごくときめいた。

わたしはまさにその気持ちを妻に伝えはじめた。

20

アナベルの仕事のスケジュールはけっして変わらない。月曜から金曜まで、八時から五時まで、違反切符を切り、レッカー車を呼び、自分の仕事をすることで怒鳴りつけられる。人は彼女を罵《ののし》り、侮辱の身振りを示し、悪口を叩く。アナベルはいつも冷静だが、どうして平気でいられるのだろう。ほんとうに気にしていないのか、それとも少しは薬物の助けを借りているのか。メーターメイドの薬物依存症率はどれくらいだろう。

彼女の夜の行動を追うのはそれほど簡単ではない。独身女性はよく出歩くものだが、彼女はあまり頻繁に外出せず、というのも、メーターメイドだからあまり懐があたたかくないのだろう。毎週水曜日に両親と夕食をともにするが、それ以外の夜については決まったパターンがない。ほかの日より外出が多い夜があるとしたら、金曜日だろう。

二週間後は十三日の金曜日だ。これ以上うってつけのタイミングはない。十三日の金曜日にアナベルが消える。

オーウェンからジョッシュへの二通目の手紙をようやく書きあげる。文字をタイプしてあるのは一通目と同じだが、こんどはあれよりもずっと長い。

親愛なるジョッシュへ

きみはわたしがやったと信じていないのかな。それともきみではなく、警察が信じないのか。わたしは模倣犯でも偽物でもない。シーダークレスト通り四二三三の、青緑色のカーペットがある小さな古い家に昔住んでいた、あのオーウェン・オリバー・ライリーそのものだ。ちなみに、あれを敷いたのはわたしじゃない。母はひどい色を選んだものだ。

どうもわたしたちのあいだには信頼が築けていないようだね。わたしと会ったり話したりした者がひとりもいないのだから、それはすごくわかる。まあ、リンジーは別だ。彼女はわたしとたくさん会った。そして彼女がわたしのものになったその年には、何度も何度も話した。

でも、いまのわたしはひとりぼっちで、きみはわたしを信じてくれない。だから、ひとつ約束しよう。きょうから二週間後にもうひとり女が消える。正確な日まで教えようか。十三日の金曜日だ。悪趣味だろ。いや、ほんとそうだよ。それに覚えやすいしね。

それからジョッシュ、いまは疑っているかもしれないが、わたしがかならず約束を守ることがいまにわかる。

――オーウェン

火曜日にはジョッシュへ手紙が届くだろう。今回も麝香をつけたカウボーイみたいなにおいのコロンを手紙に振りかけ、それから投函する。その手紙をまず警察が調べ、果てしない議論が重ねられたのちに公開が決まるだろう。いずれにしても、十三日の金曜日の部分だけは。

それはさておき、現実の生活にもどろう。この二、三週間はずいぶんレッスンのキャンセルをした。いま仕事のスケジュールは朝から晩まで毎日詰まっていて、おまけにしなくてはならない雑用もいろいろある。子供たちの送り迎え、切らしたものの買い足し。細かい用事に忙殺されると、自分の人生がまともなものに思えてくる。そのせいか、日ごろ緊張で筋肉がひきつる感覚がほとんど消える。だいたいミリセントがいつもわたしを見てはいろいろな疑問を目で訴えるが、それがなければ消えていたのかもしれない。

その疑問への答は木曜の夜に届いた。

ミリセントとわたしはカントリークラブで、理事会メンバーの引退記念パーティーに出席している。カントリークラブの夜会は下品なくらい派手だ。料理は豪華でワインもたっぷりあり、全員がその他全員の成功に賞賛のことばを述べる。

わたしたちが行くのは行くべきだからだ。どちらにとっても人脈作りは仕事の一部だ。手順も決めてある。そろってはいったあと分かれる。わたしは左、彼女は右へ行き、会場をめぐってから中央で会う。進行方向を交換してふたたび分かれ、こんどは入り口でいっしょになる。

ミリセントが着ているのは鮮やかな黄色のドレスだ。赤い髪と相まって炎のように見える。人群れのなかを動くのが会場のこちら側からちらりと見えるが、あの黄色いドレスは見失いようがない。声をあげて笑い、微笑み、気遣いやよろこびの表情を見せているのがわかる。唇の動きを見て、何を言っているのか見当をつけてみる。彼女はシャンパングラスを持っているが、一度も口をつけない。だれもそれに気づいていない。

今夜、彼女の目は長年見てきたなかでも一番の輝きを放ち、日を浴びて生えてきたばかりの若葉さながらだ。その目がわたしの目と合う。見つめられていることに彼女が気づく。

彼女がウィンクをする。

わたしはほっと息を吐き、自分の人脈作りに取りかかる。

アンディとトリスタがいて、どちらもワインがたっぷり注がれたグラスを持っている。

アンディが自分の腹をポンポンと叩き、ほんとうに何か運動でもはじめなくてはと言うが、たしかにそうだ。トリスタの口数は少ないが、わたしに向けた視線が少しだけ長くとどまる。オーウェンの話をしたときのことを覚えているはずだ。少なくともある程度は。

ケコナもパーティーに来ている。最近のエスコート役である若い男を連れているが、わざわざ紹介はしない。それより、ほかの全員についてとやかく言う――だれの見栄えがいいとか悪いとか、だれが整形手術をしたとかしたほうがいいとか。ケコナはカントリークラブの抜群の金持ちとして言いたいことをなんでも言うが、それでもまわりは受け入れる。カントリークラブでウェイトレスをしているベスが飲み物のトレーを持ってそばを通り、わたしに勧める。アラバマ訛りが強い女性で、そのせいでいつも活発に見える。

わたしは首を振ってことわる。「今夜はやめておくよ」

「オッケイ」

わたしは新参者のラインハート夫妻のほうへ移動する。リジーとマックスはヒドゥン・オークスへ越してきたばかりだ。妻がこの夫婦に家を売った関係で、わたしは一度会ったことがある。マックスはゴルフ好きだが、リジーは以前テニスをやっていたという。またはじめる気があるらしい。夫のほうはその話に飽きて、自分の仕事であるマーケティングに話題を変える。マックスはヒドゥン・オークス・カントリークラブにおおいに貢献ができると考えているが、正式に雇われているわけではない。

わたしはその場を離れる際に、テニスに復帰したくなったら電話をしてとリジーに言う。ぜひそうすると言われる。

ミリセントとわたしは折り返し点で顔を合わせる。シャンパングラスの中身はまだ減っていない。妻が半分を鉢植えへ捨てる。

「うまくいってる？」彼女が言う。

「まずまずだ」

「もう一回行く？」

「行こう」

そこで二度目の別行動にはいり、わたしは会場の別の壁に沿って進みながら、まだ会っていなかった全員に挨拶をする。円を描いている気がするのは、実際そうしているからだ。

十一時のニュースの前にその発表がある。最初にだれが見て言ったのか知らないが、みんな携帯電話を出している。あまりにも大勢の人々がいっせいに。

隣にいた女性が小声で言う。「彼だわ」

そのあとでわかる。

だれかがバーのテレビスクリーンをいっせいに映す。わたしたちはジョッシュに囲まれ、いまやジョッシュは輝かしい瞬間のただなかにいる。今夜あまり若く見えないのは眼鏡のせいかもしれない。眼鏡ははじめてだ。

〝わたしは今週のはじめにこの手紙を受け取りました。警察および報道局のオーナーと協議のすえ、わたしたちは公共の安全のためにこれを公開するしかないと判断しました〟

手紙がスクリーンに映る。タイプされた文字を全員が目で追う一方、ジョッシュがそれを読みあげる。十三日の金曜日にひとりの女性が消えるというくだりで、パーティー客からあえぎ声がいっせいに沸き起こる。

わたしはあたりを見まわし、黄色いドレスを見つける。

こちらを見ているミリセントがかすかな笑みを浮かべ、問いかけるように片方の眉をあげる。

わたしはウィンクをする。

「すごい」彼女が言う。「あなたってすごいのね」

ミリセントが裸でベッドに横たわり、黄色いドレスが椅子に投げ置かれている。

「こんどはみんな信じるかな」信じたに決まっている。でも、彼女にそう言ってもらいたい。

「当たり前じゃない。だれもが信じるわよ」

ベッドの脇に立っているわたしは同じく裸で笑みを浮かべ、敵の旗を勝ち取った気分になる。

ミリセントが両腕を上へ伸ばしてヘッドボードをつかむ。

わたしは彼女の隣に身を寄せる。「警察はいっせいにオーウェンを探しにかかる」

「そうね」

「ほかには何も目にはいらなくなる」

ミリセントがわたしの鼻をさわる。「あなたのせいでね」

「やめてくれ」

「ほんとうだもの」

わたしは首を横に振る。「浮かれるのはやめよう」

「いいでしょ、きょうぐらい」

それから二、三日はそれまでと変わらずいい調子だ。ミリセントに笑みを向けられると心が弾む。背筋さえしゃんと伸びる。

彼女もそれを感じている。パーティーの翌日、わたしへのメールにペニーという名を使った。わたしがいままで彼女につけた唯一のニックネームだ。何年も使ったことがなかった。

はじめて思いついたのはデートの最中で、正式な交際はまだだけれど、一夜をともにしたあとだった。どちらも金欠だったので、質素なデートばかりだった。わたしたちは長い道のりを歩いて昼の部《マチネ》の芝居を観にいったり、サービスタイムのビュッフェを利用したりした。ときには、それを上まわる創意工夫もあった。ほかでもないその夜のことだ。わたしたちは三十キロ以上ドライブして安いピザを食べ、昔ながらのゲームセンターでビデオゲームをした。わたしはスポーツゲームで勝ったものの、銃が出てくるすべてのゲームでミリセントに叩きのめされた。

ゲームセンターを出た通りの向こうに小さな公園と噴水があった。彼女が一ペニーを出して願い事をし、それを投げ入れる。コインが沈んでたくさんのコインの上に着地するのをふたりでながめた。水が澄んでいたので、池の底にあるそのコインの文字がまだ見えた。

一セント。

「きみをこう呼ばなくちゃ」わたしは言った。「ペニーって」

「ペニー?」

「ミリセント」

「あは、そうね」

「それに、きみの髪は赤い」

「だから赤銅色のペニー硬貨？　真面目に言ってるの」

わたしは微笑んだ。「ペニー」

彼女はわたしに向かってあきれたように首を振った。

わたしは完全に、疑いようもなく恋に落ちていたけれど、それをことばにして言ったことがなかった。その代わり、彼女をペニーと呼んだ。あとになって、わたしたちはちゃんとことばで伝え合うようになり、わたしは彼女をペニーと呼ぶのをやめた。こんどは彼女から名乗ってきたのだから、わたしも応じないわけにはいかない。

21

九日の月曜日、アナベルは仕事だ。天気は良好——日差しは強いが暑すぎない。さわやかと言ってもいいくらいだ。アナベルが自分の車をブロックの端に駐車し、通りを歩きながらナンバープレートに目を走らせてはパーキングメーターを確認する。まぶしさを避けるためにかぶったキャップから短い髪がのぞいている。右の耳にイヤホンをつけ、白いコードが肩に垂れてシャツを通り、ズボンの右前ポケットへとはいる。青い制服は明らかにユニセックスだ。

わたしはブロックの遠くのほうで観察して待つ。緑色の車まで来ると、彼女は小型のスキャナーのボタンを押しはじめる。

わたしはそのブロックを全速力で走って彼女の一メートル手前で止まる。待ってくれと言うように両手をあげてみせる。

頭のおかしなやつが来たという目でアナベルがわたしを見る。

わたしは携帯電話を出して入力し、それを渡す。

ごめん、驚かすつもりはなかったんだ！　ぼくはトビアス。耳が聞こえない。

彼女がそれを読む。肩の緊張をやわらげ、大きくうなずく。

わたしは車を指さしたあと、自分を指す。

彼女が時間超過のメーターを指す。

わたしは顎の下で手を組み合わせ、懇願しているように見せる。というか、祈っているように。

彼女が声をあげて笑う。アナベルの笑い声はすてきだ。

わたしは微笑んで彼女にえくぼを見せる。

アナベルがわたしを叱るように人差し指を立てる。

わたしは携帯電話を渡す。


もう二度としないから……


彼女がため息をつく。

わたしの勝ちだ。緑色の車は違反切符を切られない。

そもそもわたしの車ではない。

なぜアナベルと話をしたのか、よくわからない。今回はその必要がなかった。彼女の人生についても、住んでいる場所も、待っている相手がいるかどうかも、これ以上知らなくてもよかった。すでに答を知っているのに、それでも話をした。人選に当たってのちょっとした行程だ。

水曜日、アナベルともう一度会うつもりだ。彼女はそれを知らない。

オーウェンの顔写真がいたるところにある。コンピューターの専門家が歳を取った現在の風貌を理論的に導き出した。変装した場合まで考えてある。わたしはそうした顔写真による写真攻めに遭っている。どのニュース番組でも、新聞でも、インターネットでも出くわす。ビラは電柱に貼ってある。オーウェンの頬ひげつき、口ひげつき、黒っぽい髪、薄毛、肥満型、やせ型。オーウェンのロングヘアにショートヘア、サングラスにコンタクト、もみあげと頬ひげをつなげたやつ、ヤギひげ。オーウェンはあらゆる男に似ていて、どんな男とも似ていない。

わたしがこれをやった。

いやいや、ミリセントがやった。というより、それをはじめた。でも、わたしもやった。世の中でたいした成功をおさめていないが――はっきり言って並み外れたところはないが――それでもわたしのせいで、だれもがオーウェン・オリバー・ライリーを探している。わたしはいつも並みより上へ行きたかった。

最初はテニスだった。父がテニスをし、母もテニスの真似事をしたので、わたしがはじめてテニスボールを打ったのは七歳のときだった。息子が真っ先に興味を持ったスポーツだったので、両親はコーチを雇って息子にラケットを買い与え、あとは好きにさせた。二、三年も経たないうちに、わたしはクラブの年少組で最優秀選手になった。それでも自分が望むほど両親の関心を引き出せず、テニスが強くなっただけだった。小さな黄色いボールを打つまで、自分がどれほど怒りをかかえているのかまったく気づかなかった。

あのころのわたしは月並みではなく、両親以外の人間にとっては期待はずれな存在ではなかった。ほかのだれよりも強かったが、そのあと並みに落ちた。並みとしての生き方がもうわからなくなっていたわたしは外国へ行き、両親のもとを離れて並みより上へ行ける場所、期待はずれでいるよりましな場所を探した。ミリセントといっしょならそれができる。

ひどいことを言うようだが、わたしの人生は両親が死んだあとのほうがずっとよくなった。

そして、ミリセントが現れてからのほうがずっとよくなった。彼女はわたしをだれよりもいい気分にしてくれる。わたしの手紙にとても感心している。ベッドでもその話をする。

「切り抜いて冷蔵庫に貼っておけたらいいんだけど」

わたしは笑って彼女の脚をなでる。脚がわたしの脚にしどけなく載っている。「子供たちが変に思うんじゃないか」

「気がつきもしないわよ」

たしかにそうだ。わが家の冷蔵庫には写真がごたごたと飾ってあり、テープでとめたのやら台紙におさめたのやら家族のアルバム風に貼り合わせたのやらでいっぱいだ。ひとつひとつの印象が薄く、目立つものはひとつもない。

「そうだね」わたしは言う。「気づかないだろうな」

ミリセントが寝返りを打って顔を近づける。ささやき声で言う。「だまってたことがあるの」

いい意味ではなく、少し胸が高鳴る。

「なんだい」わたしは言う。ささやき声にはならない。

「彼女を見たのよ」

「彼女？」

〝アナベル〟ミリセントが声に出さず、口の形で伝える。胸の高鳴りが少しおさまる。前のときもそうだった。わたしたちはリンジーを観察し、あとでそれを報告した。

「それで？」わたしは言う。

「彼女がテレビに映ったら最高ね」

照明を消してあるが、部屋のなかは真っ暗闇ではない。わたしたちの寝室は二階にあり、家の表側だ。街灯の明かりがカーテンを縁取っている。この家に越してきてから、わたしは何度もそれに目を凝らしたものだ。金色に光る四角形からはただならぬ気配が感じられる。

「ペニー」わたしは言う。

ミリセントが笑う。「何よ」

「愛してる」

「わたしも愛してるわ」

わたしは目を閉じる。

わたしから言うときもあれば、彼女からのときもある。なんとなく公平な気がして、わたしは好きだ。でも最初は彼女が言った。もともとは、という意味だ。愛してると言ったのは彼女のほうからだった。

三カ月かかった。飛行機で出会ってから愛してると言われるまで三カ月。三カ月のうち少なくとも二カ月半は彼女を愛していたくせに、わたしはそれを言わなかった。先に言われるまでは。そのときふたりは木の上にいた。若くて文無しで、何かすることはないかと思い、わたしたちは木にのぼった。

名前のとおり、ウッドビューには木が多い。公園には樫《かし》や楢《なら》の大木がいっぱいあり、木登りにはもってこいだ。けれどもあの日、ミリセントとわたしは楓《かえで》の木にのぼった。ミリセントが木にのぼりたいと言ったら、それは進入禁止の場所にある木のことだと知っておくべきだった。

その木は私有地にあり、通りから数百メートル奥まった家の正面に立っていた。道路から玄関まで、平らな緑の芝生とその楓の大木しかなかった。

八月中旬の暑いさかりで、わたしたちはエアコンの効いた車内からその木を見つめた。一ブロック先の見通しのいい場所に車を停め、家の明かりがすべて消えるのを待った。二階の右のほうが一ヵ所だけ明るいままだ。ミリセントが切羽詰まったようにわたしの手をつかんだ。

「ほんとにあの木にのぼりたいのかい」わたしは訊いた。

振り返った彼女の目が光っている。「いやなの？」

「以前ならこんなことぜったい考えなかった」

「じゃあ、いまは？」

「いまは、あのいまいましい木にのぼりたくてたまらない」

彼女が微笑んだ。わたしも微笑んだ。明かりがついに消えた。

わたしはキーをまわしてエアコンを切った。車内がたちまち暑くなる。ミリセントが最初に車をおりた。ドアを閉めるときは取っ手を持ちあげて、なるべく音を立てないようにする。わたしもおりて、同じことをした。

あらためて楓の木を見ると、そこが急にあけっぴろげで人目につきやすい場所に感じられ、侵入罪の刑罰には服役もあるのだろうかと考えた。

ミリセントが走りだした。通りを渡って芝生を越え、木の幹の後ろへと消える。音を立てたとしても、わたしには聞こえなかった。

わたしも同じ道筋を走った。なんだか足が重く、ぎくしゃくとした走り方で、ひと足ごとに足音が一帯に響いている気がした。走りつづけてようやくミリセントのもとへ着いた。木に手をかけようとすると、彼女がわたしを引き寄せてキスをした。激しいキスを。終わったとき、ひと息つかなくてはならなかった。

「そろそろのぼれる？」彼女が訊いた。

わたしが答える間もなく、彼女は大きな木のこぶに足をかけて体を持ちあげた。その位置から手を伸ばして一番下の枝をつかみ、さらにのぼっていく。わたしはそれをながめながら、家の明かりが灯るのではないかと身構えた。あるいは、彼女が落ちてきたら受け止めようとして。どちらも起こらなかった。

「来て」彼女がささやいた。

ミリセントが高い枝にいて、わたしを見おろしている。月光が彼女の輪郭を浮かびあがらせた。長い髪が風にそよぎ、枝にまたがった両脚がぶらぶらしている。それ以外のいっさいが幻影のようだった。

わたしものぼったが、意外とたいへんで、またしても自分のうめき声とあえぎ声が耳について、半径十数キロ内のすべての人間を目覚めさせるのではないかと思った。それでも、すぐそこの家の住人は眠りつづけた。部屋は暗いままだった。

ミリセントのもとへたどり着くころには汗びっしょりだった。それほど暑かった。枝の茂みはもっと空気がよどんでいる。汗と苔《こけ》と樹皮のにおいがした。

ミリセントがわたしのTシャツをつかんで引き寄せ、口で口をふさいだ。あれはぜったいメープルシロップの味だった。彼女はわたしの首元にもぐりこみたいかのように顔をうずめ、肌にかかる息が熱かった。

「どうした」わたしは言った。

彼女が顔をあげてわたしを見た。ひと筋の湿った髪が顔の横に貼りついている。

「愛してる」彼女が言った。

「愛してるよ」

「ほんと？　ほんとに愛してる？」

「もちろんだよ」

彼女がわたしの頬に手を置いた。

「約束して」

「約束する」

22

全自動コーヒーメーカーほど便利なものはない。バリスタは要らない、乳脂肪二パーセントの牛乳の代わりに高脂肪牛乳が使われることもない、追加のフレーバーを入れ忘れたりしない。わたしは選ぶだけでいい。コーヒー、ミルク、フレーバーの種類と、温度さえも選んでから、緑色のスタートボタンを押す。するとわたしのコーヒーが出てくる。しかも安い。

欠点は、よくできているのにお手軽なこのマシンが、ガソリンスタンド横のコンビニエンスストアにしか置かれていないことだ。本物のコーヒー店にはセルフサービスのコーヒーメーカーがない。

わたしのお気に入りのコーヒーメーカーがあるのは、ヒドゥン・オークスから三キロほど離れたコンビニ兼ガソリンスタンドのＥＺ－Ｇｏだ。時間がないときでもそこまで行く。レジ係は感じのいい若い女性でジェシカという。笑顔を絶やさず、だれとでも親しげに話すタイプだ。三キロ先まで足を延ばすのは、ひとつには彼女がいるからかもしれない。つまり言いたいのは、ＥＺ－Ｇｏが欠かせない習慣の一部であること。そして、だれにでも習慣はある。

もちろんアナベルにも。

毎週水曜日の夜、彼女は両親といつも決まったイタリアン・レストランで食事をする。たぶん、いつも決まった料理と飲み物を注文し、デザートまで決まっているのかもしれない。ディナーは六時半にはじまり、八時に終わる。

アナベルは歩いて帰り、レストランからアパートメントまで十一分かかるが、店に立ち寄ったり、電話がかかってきたり、知っている人間に出くわしたりすれば話は別だ。たとえばわたしに。

携帯電話を見ているアナベルにぶつかる。

彼女が驚いて顔をあげる。そのあとでわたしだと気づく。

「あら、あのときの」

昼間より化粧が念入りだ。口紅の色が濃く、目にはアイラインを引いてある。短く刈りこんだ髪のせいで、いつもより一段と魅力的に見える。
わたしは自分の携帯電話を取り出す。

だれかと思ったら、街で一番すてきなメーターメイドさんだ。☺

彼女がおやおやという顔をする。「元気にしてる？」
わたしはうなずき、それから彼女を指さす。
彼女が親指をあげてみせる。

ひとりで何してるの。殺人鬼がうろついてるのを知らないのかい。

彼女が読んで笑みを浮かべる。「家に帰るところよ」

それより一杯飲むのはどう？

彼女がためらう。

わたしは通りの先のバーを指さす。

アナベルが腕時計を見る。いいわよと言われ、わたしは驚く。ことわられるのが当然で、いまはオーウェン・オリバーの一件が騒がれているからなおさらだが、アナベルはわたしが考えるよりずっと孤独なのだろう。

バーテンダーのエリックが手を振ってわたしに挨拶する。この店には何度か来たことがある。ここでいつもひとり、アナベルが両親とのディナーから帰宅するのを見張っていたものだ。エリックはわたしをトビアスという名で知っている。わたしは覚えている手話を全部教えた。エリックはわたしの名前を正確につづることができ、わたしがいつもジントニックを頼むのもわかっている。

アナベルも同じものを注文する。「トニック多めで」と言う。わたしを信用していないからだが、それを責めるわけにはいかない。わたしは違反切符を切らないでくれと懇願した男にすぎない。とても人好きのする、害のない聴覚障害者の男といったところだろう。

「じゃあ、この人を知ってるのね」アナベルがわたしを指さしながらエリックに話しかける。

「知ってますとも。トビアスはあまり飲まないのにチップをはずんでくれるんですよ。ただ、無口でしてね」エリックがウィンクをして冗談だと知らせる。

アナベルが笑い、それは気持ちのいい笑い声だ。彼女とベッドをともにしているところを想像しはじめる。自宅に誘われるまでどれくらいかかるだろうと考える。彼女がそうするのは先刻承知で、場所が近いのも知っている。じゅうぶんに知り、つぎに何が起こるかを選ぶ力——わたしが好きなのはこれだ。

「あなたたちはタッグチームね」エリックとわたしを指しながら彼女が言う。話すとき、アナベルはわたしのほうを向くように気をつける。わたしが聴覚障害者なのを忘れない。

わたしたちが飲み物に少し口をつけたあと、エリックが店の向こう端へ引っこむ。ふたりきりになり、アナベルがわたしの知っていることをたくさん、知らないことをいくつか話す。たとえば、今夜彼女がマッシュルーム入りリングイネを食べたのは知らなかった。でもいまは、彼女が毎週水曜の夜に食べるのはこれだと知っている。

わたしはトビアスの身の上話をする。会計士、離婚歴あり、子供はいない。妻をとても愛していたけれど、ハイスクールで出会ったものだから結婚が早すぎた。よくある話だ。

アナベルは熱心に耳を傾け、ここぞというところでかならずうなずく。

きみはどうなの。ボーイフレンドは？

彼女が首を横に振る。「しばらくだれともつき合ってないの」

どうせそれもあと少しのことだ。二杯目と三杯目のあいだにお誘いが来るのではないか。


どうしてつき合わないの？


ただのおしゃべりで訊いたのではない。ほんとうに興味が湧いてくる。

アナベルが肩をすくめる。「出会いがないからかな」

わたしは納得しかねるように首を振る。


ありきたりすぎる。


返事に一分かかる。以前つき合っていた男がろくでなしだったからと言うつもりだろう。

そいつが浮気をした、仲間と出かけてばかりだった。自分勝手な馬鹿野郎だった。

「前つき合ってた人が殺されたの」彼女が言う。

あまりの衝撃にわたしは声を出して話しそうになる。

恐ろしいことだ。何があったんだい。

「飲酒運転よ」

そういえばアナベルは、飲酒運転撲滅のイベントについて、オンラインで何か投稿していたと思う。とはいえ、個人的な思い入れは感じられなかった。

その恋人のことを尋ねる。名前はベンといい、仕事を通じて出会った。ベンは警官だった。夜学で刑事司法の講座を受け、まずは刑事に、そのつぎは巡査部長になろうとがんばっていた。

携帯電話にもう彼の写真を保存していないのは、それをじっと見ているのが健全だと思えなかったからだ。

あまりにも悲しい話なので、わたしは目をそらさずにいられない。

「ねえ」アナベルが声をかける。わたしの腕を軽く叩き、こっちを見てと伝える。「ごめんなさいね。話が重すぎて」

いや、かまわないよ。こっちが訊いたんだから。

「自分のことを話すのは飽きたわ。あなたはどうなの。ガールフレンドはいるの」

首を振って、いないと伝える。

「こんどはあなたの番よ。どうしていないの」


またたれかと交際するのはなかなかむずかしい。十年間結婚していた。それに聴覚障害があると……もっとむずかしいだろうね。


「あら、あなたの耳が聞こえないのを理由にデートをことわる女なんて、つき合う価値ないわよ」

わたしは微笑む。ありがちなせりふなのに、彼女が言うとそのとおりだと思える。わたしが真実を打ち明けたら、彼女はなんと言うのだろう。

やがてこう決める。彼女とは寝ない。

そうとなったら話題を変え、もう自分たちの話はしない。音楽や映画、最近の出来事についておしゃべりをする。個人的なことにはふれず、つらくならない話を思いつくままにする。わたしがふざけるのをやめると、彼女もやめる。ふたりのあいだの空気が変わる。

バーの端にいるわたしたちのところにエリックがもどってきて、お代わりを尋ねる。どちらも注文しない。

彼女は家まで送ってもらいたくないようだ。その気持ちはわかるが、わたしはエリックにタクシーを呼んでもらうよう強く勧める。彼女はその勧めを受け入れるが、それはきっとオーウェン・オリバーのせいだろう。別れ際にわたしは電話番号を尋ねる。彼女がそれを教え、わたしは使い捨て携帯の番号を伝える。

アナベルが飲み物の礼を言って握手する。きちんとしていて、なおかつ愛情がこもっている。わたしはバーを出る彼女を見守る。

わたしは彼女にメールしないだろう。それはたしかだ。

アナベルがその女でないのもたしかだ。金曜日の夜、彼女は行方不明にならない。

理由は彼女の恋人だ。その話を聞いたとたん、狙うのは彼女ではないとわかった。ひとりの若い人間にとってあまりにもむごい運命だからかもしれない。悲惨な交通事故で恋人を失ったあげくにただ殺されるなんて。

こんなのはフェアじゃない。わたしたちの人選計画はオーウェンによってある程度発展をとげたものの、実際のやり方は自由裁量だった。わたしはあの日たまたまアナベルを見かけただけだ。対象者になる可能性はだれにでもあった。

いま、ふたたびランカスター・ホテルでナオミを監視している。彼女はオーウェンが好む人物像より少し背が高い。わたしはパソコンを通して、そしてランカスターのガラス扉を通してしか彼女を知らない。一度も話したことがなく、声を聞いたこともない。

そうしたいのはやまやまだ。彼女の笑い声を聞き、一、二杯飲んだらどうなるかを見てみたい。ほんとうに年配好みなのか、金がほしいだけなのかを知りたい。自分が彼女を好きになるかきらいになるか、それとも何も感じないかを知りたい。でも、やめておく。何かのきっかけで彼女を生かしておきたくなっては困る。

だから、ホテルのなかへははいらない。彼女には接近しない。シフトが終わり、彼女が帰っていくのを見守る。制服からジーンズとTシャツに着替えたあとだ。歩きながら電話で話し、ライム色の小さな車へ向かう。水曜の夜の十一時十五分、立ち寄ったのはドライブスルーのファストフード店だけだ。数分後に帰り着き、片手に食べ物の袋、もう片手に制服の袋を持ってアパートメントまで歩く。ナオミが住んでいるのは、あまり裕福でない住人向きの静かな建物の一階だ。裏庭では草が伸び放題で、部屋の正面のドア付近には鬱蒼とした藪《やぶ》がある。

完璧だ。十三日の金曜日におあつらえむきの場所は、ホテルの駐車場からナオミのアパートメントの建物に着くまで、いくらでもある。

あとは考えが変わったとミリセントに言うだけでいい。

23

朝六時、ラジオのアナウンサーの声が耳に飛びこみ、けっこう大きな音量にぎくりとする。ミリセントはこのクロックラジオを気に入っている。数字がフリップ式で表示される木目調の旧式なやつで、迷惑きわまりない代物だ。こういうのが彼女流の便座あげっぱなしだ。

「おはようございます。十月十二日木曜日です。女性のみなさん、外出自粛の日まで残り一日となりました。オーウェン・ライリーがやってきてかわいらしいだれかを――」

ラジオが静かになる。目をあけると、ミリセントがすぐそばに立っている。

「ごめんなさいね」と言う。「切っておくのを忘れてた」

そして背を向けてバスルームへもどっていく。赤い髪と綿のショーツとタンクトップ、それが溶けて形を変え、黒くて長いポニーテールと金色のふち飾りつきの青い制服になる。

アラームが鳴ったとき、ナオミの夢を見ていた。彼女がランカスターの受付カウンターの向こうにいて、話すときに喘鳴《ぜんめい》を漏らすほど年寄りの男とおしゃべりをしていた。ナオミが顔をのけぞらせて笑った。おとぎ話に出てくる魔女の高笑いみたいだ。そのあと、こちらを見てウィンクをした。鼻のそばかすから血が流れだした。わたしが何か言おうとしたときにアラームが鳴ったらしい。

ミリセントが言ったことは嘘だ。アラームを切っておくのを忘れたのではない。わたしにまだ少し腹を立てている。最後の最後にナオミに乗り換えざるをえなかったからではなく、相談せずにわたしが決めたからだ。

昨夜わたしたちはもう一度デートの夜をガレージでおこなった。決行日直前の総ざらいだとミリセントは思っていた。はじめはそのはずだった。少なくともわたしがアナベルでは無理だと言うまでは。

「意味がわからない」彼女が言った。

「だから、ナオミに変更するべきなんだよ」

「ナオミは背が高すぎる。人物像に合わないでしょ」

「それはわかるけど、アナベルが――」

「彼女が何？」

嘘をつこうと瞬時に決めた。「だれかと会いはじめた」

「ボーイフレンド？」

「いまはまだでも、そうなりそうだ。その男がすぐに通報する」できれば避けたい筋書きだ。

ミリセントが首を横に振った。小声で毒づいていたかもしれない。「信じられない。いまになってわかるなんて」

「勤務中の彼女をいつも監視してたんだけどね」

「いつもじゃないでしょ」

それ以上はだまっておく。わたしだってミリセントから何を聞かされていないのか、いまは質問するときではない。自分が嘘をついているときはだめだ。

「というわけで」わたしは言った。「ナオミだ」

ミリセントが大きく息を吐いた。「ナオミねえ」

わたしたちはもうアナベルのことを言わない。

仕事を休みたいがそうもいかない。日中は立てつづけにレッスンがはいっていて、それをようやく終えると、こんどは学校へ子供たちを迎えにいって歯医者へ連れていく。予約日がたまたま十二日の木曜日だった。ミリセントがきっかり六カ月ごとに歯のクリーニングを予約しておくからだ。

クリニックへはいるとき、どちらが先に診てもらうかをジェンナとローリーがじゃんけんで決める。ふたりが声をそろえて何かを言う少ない機会だ。

「ロック、ペーパー、シザーズ、シュート！」

ローリーが負け、ジェンナが勝ち誇るが、ふたりはもっと大事な事実に思いいたらない。歯垢を取ってもらうのはどちらも同じだ。

待合室にいるあいだ、携帯電話でニュースをチェックし、オーウェンのかつての犠牲者の写真を山ほど見るはめになる。地元紙の第一面に全員の写真が載り、どれも生きて微笑んでいるときに撮られたものだ。伝えたいことは明らかだ。この女性たちに似ていれば、あしたはあぶない。オーウェンがやってくるかもしれない。そして、こうすれば反撃したり逃げたりできるとはひと言も書かず、生き残る唯一の方法は選ばれないことだとしている。これには少しむっとする。女性があまりにも無力な存在として扱われている。この記事を書いた記者はわたしの妻に会ったことがないのだろう。

歯医者のあとはアイスクリームだ。この変わった習わしにミリセントも参加する。これをはじめたのはわたしで、子供たちがいまよりずっと小さかったころ、歯医者で泣くのをやめさせたいがためだった。アイスクリームを約束すればうまくいき、いまでは子供たちがその習慣を手放そうとしない。

好みはそれぞれちがう。ミリセントはバニラアイスを注文し、わたしはチョコレートアイスをもらい、ローリーはロッキーロードアイスにする。ジェンナはいろいろ試してみるたちだ。いつも本日のお勧めを注文する。きょう選んだのはチョコチップ入りブルーベリーアイスで、すごく気に入っている。食べられたものじゃないとわたしは思う。

全員の歯がうずいて脳みそが凍りつけば解散だ。ミリセントは子供たちを家へ連れ帰り、わたしは仕事にもどる。カントリークラブへはいると、思いがけずトリスタを見かける。この前のレッスンをキャンセルされたので、オーウェン・オリバーとの関係を酔ってわたしに語ったあの日以来、ほとんど姿を見ていなかった。その件では彼女にとても感謝しているが、本人はそれを知らない。たったいまも、何がなんだかよくわかっていない。酔っているような生気のない目でわたしを見つめるが、これはアルコールのせいではない。薬を──たぶん鎮痛剤、それもかなり多く──飲んでいる。カントリークラブではよく見る光景だ。

とはいえ、トリスタがこうなるのははじめてだ。

「やあ」わたしは手を伸ばして彼女の腕にふれる。「だいじょうぶ?」

「最高にだいじょうぶ」かたくなな口調がそうではないと感じさせる。

「だいじょうぶには見えないな。アンディを呼ぼうか」

「いいえ、アンディは呼ばなくていい」

呼ぶべきだろう。なぜなら、自分の妻が酔いつぶれていた場合、わたしなら知りたいと思うからだ。携帯電話に手を伸ばす。

トリスタがわたしを見る。「あした、ひとりの女が消える。そのあと、その女は死ぬ」

たぶんそんなことは起こらない、たぶん警察がつかまえる、とわたしは言いたいが、嘘だから言わない。警察がミリセントとわたしをつかまえることはない。わたしたちの存在すら知らない。

「そう」わたしは言う。「だれかが消えるかもしれない」

「オーウェンは悪党よ」頭がぼんやりしているように見えるが、そうではない。無感覚になるまいとする何かが薬の力をしのいでいる。猛々《たけだけ》しい何かが。

「もうそこでストップ。そんなくそったれのことで自分を責めちゃだめだ」

トリスタが鼻で笑う。

「あしたはひとりにならないよね」わたしがこう言うのはほんとうに彼女を心配しているからだ。トリスタは自分を傷つけてばかりいる。

「アンディが家にいる」彼女がテレビを見あげると、そこでは十五年前にオーウェンが逮捕されたときの映像が流れている。トリスタが身震いをする。「もう行くわ」

「待って――家まで送ろう」

「家には帰らない」

「トリスタ」

「またこんどね。電話するってミリセントに伝えて」

彼女が女性用ロッカールームへ向かうが、途中で引き返す。「アンディには言わないで、わかった？」

酔っているトリスタを見たなんてわたしはアンディにひと言も言わなかったし、彼の妻とオーウェン・オリバーとの過去についても話さなかった。もう一度だまっていても、友をいままでよりひどく裏切ることにはなるまい。

「言わないよ」わたしは言う。

「ありがとう」

彼女がロッカールームへと消えていくのを目で追いながら、わたしたちは何をやってしまったんだろうと考える。オーウェンの復活は警察の捜査以上の影響をもたらした。

その日の最後の客もその話をする。三人の娘を持つ善良な男性で、娘ふたりはオーウェンのターゲットに相当する年齢だ。三人ともこのあたりに住んでいる。そのうちふたりは独身のひとり暮らしなので、心配でたまらないその客は週末どこか遠くへ行くように娘たちにすすめたという。オーウェンが昔うろついていたころ、本人はここに住んでいなかったが、話はじゅうぶんすぎるほど聞いていた。

午後アイスクリームを食べたのに、夕食はやはり六時だ。ジェンナが言うには、学校では一週間ずっとオーウェンの話題で持ちきりらしい。オーウェンが自分のところへ来ると友達の姉が思いこんでいるとか。これを聞いたローリーが鼻で笑い、だいじょうぶ、姉妹そろってブスだから連続殺人鬼でも辞退するさと言う。ジェンナが兄へ丸パンを投げつけ、ミリセントが子供たちにやめなさいと言う。こんどはテーブルを挟んで悪口合戦がはじまる。

「やめなさいと言ったはずよ」

何度も注意するのがミリセントは好きではないので、ふたりともやめる。一分間はもつ。テーブルの下でローリーに蹴りを入れられ、ジェンナがひるむ。ミリセントが見逃すはずはないが、何も言わないのは、夕食が終わったとき、今夜は特別に映画観賞会を開くと宣言するからだ。ときどききょうだい喧嘩が度を越すと、ミリセントは子供たちにいつもより長くいっしょのときを過ごさせる。別々に離しておくのではなく、その時間をかならずうまく過ごせるようにするのが彼女のやり方だ。

どの映画を観るかで子供たちが二十分もめる。ミリセントもわたしも口を出さない。というより、注意を払わない。ふたりでキッチンにいて皿を片づけていると、今夜も行くのかとミリセントが訊く。

「ああ」

「ほんとうにそれでいいのかしら」

「いいんだよ」

声の調子が思ったよりきつくなる。一日中オーウェンのことを耳にしているとストレスが発散されない。トリスタに会ったときもそうだった。彼女のことを、彼女が自分自身にしていることを思うと、わたしの気は晴れない。

あした起こることすべてがわたしのせいだ。わたしがジョッシュに手紙を書き、わたしが日を決め、もうひとり女性が消えるとわたしが約束した。そして、昨夜になってアナベルからナオミに乗り換えたのはわたしだ。それが正しい選択なのかたしかめるのは、このわたしだ。

コイン投げをしたあげく、今夜はイルカが登場する映画に決まる。ローリーとジェンナがポップコーンのボウルを持っていっしょに床にすわるが、ポップコーンを投げつけ合ったりはしない。ミリセントとわたしも自分たちのポップコーンを持ってソファにすわる。彼女は映画よりも子供たちを見ていて、目の色がいつもより十段階明るい。子供たちをながめるときはいつもそうだ。

そうやってながめるうちに、やがて映画が終わり、子供たちがベッドへはいるためにのろのろと階段をあがるが、交わす軽口は屈託なく、イルカのことばかりだ。わたしが立ちあがろうとすると、ミリセントがわたしの膝に手を置いてしっかりとつかむ。

「準備したほうがいいわよ」

自分が思いついたみたいな言い方に聞こえ、それが癇にさわる。「もちろんさ」わたしは言う。「だから出かけるんだ」

「ねえ、だいじょうぶ?」

妻に目を向け、トリスタの目とは似ても似つかない澄んだ目を見る。ミリセントはアンディの妻とは何もかも正反対だ。

わたしは笑みを浮かべ、結婚相手がトリスタでないことに感謝する。

24

ナオミと話をする予定はないからスーツを着ないつもりだったが、最後になってミリセントの一番のお気に入りに袖を通す。襟に手縫いのステッチがはいったダークブルーのスーツで、べらぼうに高い。でも、持っているのだから着てもいいだろう。

鏡の前に立ってネクタイをつけていると、後ろにミリセントが現れる。壁にもたれて腕を組み、わたしをながめる。妻と出かけるとき以外でこれを着るのははじめてだから、問いただしたい気持ちはわかる。買ったのは彼女だ。

手を止めずにネクタイを結び、靴を履き、財布と携帯電話とキーを持つ。使い捨て携帯は家に置いていていない。

顔をあげると、彼女がまだそこに、同じ場所にいる。

「そろそろ行こうかな」

彼女がうなずく。

何か言われるのを待つが、相変わらずだまっている。彼女の横を通って歩き、階段をおりる。ガレージのドアへ手を伸ばしたとき、声が聞こえる。

「父さん」

ローリーがキッチンの入り口で水のはいったコップを持っている。もう片方の手を出し、親指と人差し指をこすり合わせる。さらなる金の要求だ。

たまたまキッチンにいたのではない。わたしを待っていた。

わたしはうなずいて出ていく。


ナオミが受付カウンターで到着客の相手をし、電話の応対をし、やってくるすべての客の困り事を解決している。今夜わたしがいるのはホテルの外ではない。ロビーだ。広くて贅沢なつくりで、張りぐるみのソファや椅子は色が濃く、生地に厚みがある。壁にベルベットのカーテンがかかり、ランカスターの制服同様、ふちが金色だ。ふち飾りとタッセルがいたるところにある。

このロビーにいなら隠れられる。華美な装飾のなかに溶けこみ、何か飲みながらパソコンで仕事をしている見知らぬ客のひとりになればいいのであって、なぜなら、自前の個室ではあと一分もじっとしていられないからだ。これはほぼ真実だ。わたしはホテルの外に停めた車のなかでは、あと一分もじっとしていられない。ナオミがその女ならば、なんとしてでももう少し近づかなくてはいけない気がする。

けれども、話しかけるのはだめだ。それはしないと決めている。とにかく時間がない。土壇場で変更したのだから。重圧も不安も半端ではない。オーウェン・オリバーの復活は予想していたよりややこしくなってきた。原因はメディアかもしれないし、トリスタかもしれないが、子供たちがオーウェンの話をやめようとしないのも一因だ。

リンジーのときとは大ちがいだ。あのときはミリセントとわたしだけで、ほかにだれもおらず、末端でかかわる者さえいなかった。

ニューイヤー・イブにミリセントとわたしはカントリークラブのパーティーに出かけた。ジェンナが十二歳、ローリーがひとつ上で、十二月三十一日を子供たちだけで過ごさせるのははじめてだった。子供たちは舞いあがっていた。わたしたちもだ。子供たちが生まれる以前から、大人同士で新年を祝ったことはなかった。

ショッピングモールでロビンに似た例の女を見かけてから、まだ一カ月も経っていなかった。あの夜、ミリセントとわたしはセックスをした。夫婦のいとなみというより、この世のしおさめのようなセックスだった。最初のデートでしたときのような、どれだけしてもし足りない交わり。ものすごいセックスだった。

翌日、すっかり終わっていた。あのセックスも、あの雰囲気も、あの感覚も。わたしたちはふたたび金のことで言い争った――何に使って何をあきらめるか。ニューイヤー・イブの祝祭もそのひとつだった。

それは仮装パーティーだった。ミリセントとわたしは一九二〇年代から抜け出したようなギャングとフラッパーな愛人の格好をした。わたしはピンストライプのスーツを着てぴかぴかのウィングチップを履き、中折れ帽子をかぶった。ミリセントはちらちら光るすみれ色のドレスに羽根飾りつきヘッドバンドを身に着け、唇を真っ赤に塗った。

いつもなら、仮装パーティーへ行っても気が滅入るだけだった。だれでもいいから別人になりたくてたまらない連中に囲まれている気がするからだ。

あの夜のわたしたちは一風変わっていた。ほかの人間とちがい、あのパーティー会場のだれともちがっていた。ミリセントとわたしはそれをもう一度するという話をした。ひとりの女を殺す。その女に何をするのか。もしするとしたら。なぜするのか。

「彼女はどう？」ミリセントがグロテスクすれすれの巨乳の持ち主をそれとなくさす。巨乳が作り物なのは、かかった費用を本人が言いふらしているからだれもが知っている。

わたしは肩をすくめる。「溺死させるのは無理だな」

「それもそうね」

「じゃあ、あの女は？」祖父かと思うほど年の離れた男に同伴している、ビーチ風ブロンドの女にわたしは顎を向ける。

ミリセントがにっこり笑い、ルビーの唇に白い歯が映える。「安らかに死なせてあげる。あの日焼けじゃどうせ皮膚癌になるもの」

わたしは笑いを嚙み殺す。ミリセントがくすりと笑う。わたしたちは非道な人間と化し、じつにひねくれたやり方で陰口を叩いていたが、あくまでもただの話だった。その夜はほとんどふたりきりで話していた。

大きな夜の催しに出かけるのはひさしぶりだったので、わたしは遅くまでいるつもりで、家を出る前に栄養ドリンクさえ飲んだ。けれども、遅くまでいなかった。零時を五分過ぎるころには、わたしたちは家路についていた。

零時十五分、一九二〇年代の衣装が寝室の床に脱ぎ捨てられた。

自分たちが何かをはじめようとしているのか、それともつづけているのか、わたしにはわからなかったが、それをやめたいとは思わなかった。

ランカスターのホテルで腕時計に目をやり、携帯電話をチェックし、ネットサーフィンをする。ナオミを監視していないふりをするためだけに。彼女はわたしに気づいていない。今夜がふだんよりずっと立てこんでいるのは、ひとつには、あしたが十三日の金曜日だからだ。オーウェンが何をするか、だれをさらって殺すか、それを見届けるために街に人が集まった。正規の報道関係者もいるが、撮影してネットに流すために大がかりな見世物や事件を追っている輩もいる。

その手の一団がロビーのわたしの近くにすわっている。金もうけが目的の大学生ぐらいの歳の若者たちで、いくら稼げるか胸算用しているところだ。とにかくどぎつい映像を撮るのが基本とはいえ、本命は実際の女性誘拐現場をとらえることだろう。それならカメラを静かに構えていなくては。

連続殺人鬼がうろつきそうな場所を探しにその一団がようやく出ていくと、わたしはふたたびナオミに集中する。ミリセントに伝えられること、ふたりで分かち合えることを探す。そうすることで、前と同じだという感触を得たい。

ナオミが微笑んでいて、その笑みはひと晩中消えることがない。これはすごいことで、褒めたたえてもいいくらいだ。フロントにやってくる客の多くが不機嫌か、または何かを欲しているが、彼女はいつも親切だ。だれかにばか呼ばわりされても笑みを浮かべる。

彼女は何があってもうれしくて幸せな少女ポリアンナのような女性かもしれない、とわたしは考えはじめる。それはよくない。ミリセントとわたしがそんなことを暗闇でささやくわけにはいかない。

そのとき、それが見える――ナオミの砂糖菓子のような仮面にはいったひびが。特別に無礼な客が背を向けた隙に、ナオミがその男に向かって中指を突き立てる。

わたしは笑みを漏らす。

帰ってミリセントに報告しよう。

25

目を覚ませば、静かだ。夜明けまで一時間あり、世界はベルベットの闇に包まれている。

きょうは十四日の土曜日だ。

ミリセントがまだ帰ってこない。

別行動を取ると決まったのは木曜の深夜、ランカスターから帰ったあとだった。リンジーと同じく、ナオミもしばらく生かしておく予定だ。それがオーウェンの流儀だから、そうするしかなかった。

こういうのはどうも苦手だ。見たいとも思わない。自分も立ち会うべきだとわかってはいる。ミリセントばかりにやらせるのは不公平だ。どんなふうにナオミを監禁し、食べ物と水を与え、責めさいなむのだろうと想像してみた。胃がよじれる。

面と向かって近くで見るのは無理だと思う。

だから、リンジーをどこに閉じこめておいたのか、ナオミをどこに置いておくのかという話をミリセントとしたことはない。訊こうと思ったことはあるが、一度も訊いていない。ときどき引け目を感じるけれど、面目ないというほどではない。たいていはほっとする。

「わたしがやる」ミリセントが言った。

金曜日の朝、家にはわたしたちしかいなかった。子供たちはとっくに学校へ行った。わたしたちはキッチンであらためてコーヒーを飲みながら、計画の打ち合わせをしていた。

「全部かかえこまなくてもいいよ」わたしは言った。

「前にもやったわ」ミリセントが立ちあがり、自分のコーヒーマグをシンクへ持っていく。

「それでも」弱々しい抗弁なのはわかっていた。でも一応言ったほうが気分がいい。

「それでも、なんてことなかった」ミリセントが言った。「こっちはわたしがなんとかする。あなたはあのリポーターのほうをお願い」

「わかった。そのうちまた接触しなくてはならないからね」

「そのとおりよ」

彼女がこちらを向いて微笑み、窓越しの朝の太陽に照らされる。

計画は決まった。リンジーのときと同じ手順だった。

ミリセントがいつもするように、わたしたちは細かいことまですべて準備しておいた。

まずは薬だ。リンジーを——今回はナオミだが——人里離れた場所へ連れていくためには気を失ってもらう必要があった。クロロフォルムには映画のシーンで見るほど強力な効果はないとわかった。調査を重ねるうちに、インターネットの暗く恐ろしい場所、あらゆるものが売られている場所へとたどり着いた。電子通貨と匿名メールと私書箱がそろえば、強力な鎮静剤でもなんでも、しかもあっという間に恐竜を眠らせるくらいの量を手に入れられる。

体重六十キロにも満たない女性を眠らせるだけなので、分量はあまり要らなかった。ミリセントはノートパソコンをひとつ買い、そのことはわたしたちしか知らない。薬のことはそれを使って調べた。リンジーを見つけるときもそれを使った。

ペトラも。

ナオミも。

金曜日の夜、ふたりでいっしょにナオミをつかまえた。リンジーのときと同じように。ホテルの裏の駐車場でミリセントが手をあげ、走り去ろうとするナオミの車を止めた。ちょうど防犯カメラに映らない場所だった。わたしが見守るなか、ミリセントが運転席側の窓へかがみ、車が故障して助けがほしいかのように早口で何か言っている。そのあと、腕を突然突き出してナオミに薬を注射するところがはっきりと見えた。ミリセントはナオミの体を横へ押しのけると同時に運転席へ乗りこみ、走り去った。

わたしは笑みを浮かべてあとを追った。いやというほど調査と計画と討議を積んだあと、それが完璧に実行されるのを見るのはじつに気分がよかった。

森のなかでわたしたちは別れた。わたしはナオミの車を移動して処分し、ミリセントがまだ気絶している獲物とともにわたしの車で走り去る。ランカスターの一ブロック先に停めてあるミリセントの車へたどり着き、それから家へもどったころには、真夜中を過ぎていた。ヒドゥン・オークスではわが家も含め、どこのポーチにも明かりが灯っていた。

子供たちは眠っていない。わたしがその年齢ならしたと思うとおりのことをしていた。ホラー映画の観賞だ。居間を根城に携帯電話とタブレットと山ほどのジャンクフードでまわりを固めている。わたしも仲間にはいった。

わたしがオーウェン・オリバーからヒドゥン・オークスを守るために近所のパトロールに参加していた、と子供たちは思っていた。この地域の安全は民間の警備会社に頼っているが、昨夜住人の一団が自分たちでも見張りを立てようと言い出した。ただ、わたしはその一員ではなかった。

子供たちは、ミリセントが朝まで帰らないこともとっくに承知していた。ひとりで過ごしたくない女友達のグループといっしょだと言い含めておいたからだ。ふたりとも気にしていなかった。オーウェン・オリバーが子供たちにとって現実味があるのかどうかはわからない。オーウェンはテレビのなかの怪物、映画に登場する異常者だ。女性ならだれでも――先生でも、隣人でも、自分の母親までも――危険な目に遭うとは考えない。それに対するわたしの感情は矛盾している。子供たちには安心してもらいたい。その一方で、世の中が危険に満ちていることも知ってもらいたい。

ベッドに横になったまま、ミリセントはナオミをどこへ連れていったのだろう、ナオミは何をされるのだろう、と考えはじめる。もう何かされているのだろうか。考えるのはやめようと、起きてテレビをつける。スポーツのチャンネルだ。きのうの野球のスコアに耳を傾けながら、コーヒーを淹《い》れる。新聞が投げられて玄関のドアに当たるが、そのままにしておく。コーヒーを飲んでアニメを見ていると、子供たちが起き出したので、ふたりが階段をおりてくる前にテレビを消す。はじめにローリーがキッチンへ来る。リモコンをつかんでニュース番組にチャンネルを合わせる。

「で、だれがくたばったって?」ローリーが食器棚からボウルを出してシリアルを入れる。

「くたばったって言うんじゃない」

ローリーが目をぐるりとまわす。「はいはい、だれが殺されたのさ」

ジェンナが戸口に姿を見せる。そしてローリーとわたしを交互に見る。「やっぱりそうなったの？　オーウェンが来たの？」

ローリーがテレビの音量をあげる。映っているリポーターはジョッシュではない。オーウェン好みに見える若いブロンドの女性だ。

「警察によれば、しばらくはなんとも言えないとのことです。昨夜のことを心配して、電話に出ないか家族と連絡がつかない女性に関する通報が殺到しています。そうした女性たちがほんとうに失踪したかどうかは不明で、警察がすべてを明らかにするにはまだ時間がかかるもよう……」

「警察は能無しだ」ローリーが言う。そしてジェンナのほうを向き、妹の腕をつつく。「おまえみたいにな」

ジェンナがうんざりした顔をする。「ほっといてよ」

ふたりはオーウェンのことを話すのをやめる。もう一度その名前を耳にしたのは、ジェンナのサッカーの試合へ行く車のなかだ。音楽の切れ目にラジオのアナウンサーが伝えるには、金曜日の夜にオーウェン・オリバーを見たという通報が一千件以上あったという。

ミリセントからいまだに連絡がないが、母親は友達とブランチをとっていると子供たちに嘘を言う。ふたりとも気にしていないようだ。

試合中、わたしはさらにしつこく携帯電話をチェックしはじめる。

数人の親がニュースのことを話題にし、オーウェンと十三日の金曜日の手紙についてあれこれと噂したり、まったくの作り話ではないかと言ったりしている。父親のひとりがそうにちがいないと言うが、女性陣にはそこまで確信がない。その父親が笑ったので、ひとりの母親が、だれかが十三日の金曜日に殺されるという話のどこがそんなに面白いのと問いただす。

電話をチェックする。まだ来ない。

ジェンナのチームが一点リードしている。わたしは娘に親指をあげてみせる。娘がにっこり笑うと同時にあきれたように目をまわす。親指をあげるのはダサいのかもしれないと気づく。

そのとき、彼女の姿が見える。ジェンナの後ろ、駐車場の近くにいて、フィールドを迂回して歩いてくる。赤い髪をおろしてあるので、動くたびに揺れている。ジーンズにスニーカーを履き、前身ごろにスクールマスコットのライオンをプリントしたTシャツを着ている。彼女はいつだってほかのサッカーママたちと同じに見えるように努力しているけれども、成功したためしがない。ミリセントはいつだって際立っている。

近づきながら、彼女が微笑む。大きくほころんだ笑顔で、目の奥まで笑っている。安堵《あんど》がわたしの血管を駆けめぐる。自分がどれほど緊張していたかようやく気づく。ばかだな。

ミリセントを信じていればいいのに。

彼女に手を伸ばす。彼女がわたしの腰に腕をまわし、身を寄せてキスをする。唇があたたかく、息はシナモンとコーヒーみたいな香りだ。

「ジェンナはどうなの」ミリセントがそう言ってフィールドへ目を向ける。わたしの目はミリセントに釘づけだ。

「一点勝ってる」

「すごい」

彼女がわたしからそっと離れ、ほかの親に挨拶をする。試合がどうのいい天気でよかったのとおしゃべりをし、最後はオーウェンの話題になる。

試合が終わると仕事が待っている。きょうの土曜日はミリセントが子供たちをランチに連れていく番で、わたしたちは駐車場でほんの一瞬ふたりきりになる。子供たちは車のなかでシートベルトを締めたまま言い争いの最中だ。わたしたちは自分たちの車と車のあいだに立つ。

「全部うまくいった？」

「完璧よ」彼女が言う。「まったく問題ないわ」

ここでそれぞれ別の方向へ分かれる。カントリークラブへ車を走らせているときの気分ときたら、幸せどころではない。浮揚感とでも言おうか。まるで浮きあがっているような感覚だ。

カントリークラブの土曜日のレッスンで、ヒドゥン・オークス一の噂好きのケコナを担当することはめったにない。彼女がきょうの日を予約しておいたのは、オーウェンのことや前日の夜に起こったかもしれないことを話したいためと思われ、レッスンをすればそれが明らかだ。彼女はオーウェンのことしか言わない。

「五十三人の女性よ。ニュースで言ってたけど、ゆうべからけさまでのあいだに、五十三人の女性の失踪が報告されたんですって」そう言って首を横に振る。ケコナの長い黒髪が首の近くでおだんごに結われている。

「オーウェンはゆうべ五十三人の女性を誘拐しませんでしたよ」わたしは言う。

「たしかにそうね。だれも誘拐しなかったのかもしれない。でも、五十三の家族がオーウェンがやったと信じている」

わたしはうなずいて彼女のことばを反芻《はんすう》し、たしかにとてもつらいだろうと納得する。そして、どこか遠くの、自分とは関係ないことのように感じる。

26

わたしたちは事件が知れ渡るのを待つ。ニュースが流れているとき、ミリセントがわたしにウィンクをする。だれかがオーウェンのことを言うとき、わたしは彼女だけがわかる眼差しを送る。これはふたりのものであり、大勢のなかで自分たちの存在を別格にするものだ。はじめにそう感じたのはホリーのあとだった。つぎはロビンのあと、そのつぎはリンジーのあと。それぞれの女のあとで、ミリセントとわたしはいっときだが世界で唯一無二の人間となった。あの大木にのぼったときも同じ感覚を覚えた。いまもナオミのあとでそう感じる。

ほかの人間が眠っているあいだ、ミリセントとわたしはまんじりともしない。

月曜日までに、警察は該当女性を二名に絞った。ほかは全員見つかるか家へ帰っていた。仕事へ向かうときに車のラジオでこれを聞き、わたしは驚く。失踪者を割り出すのにこれほど時間がかかるとは思わなかった。ジョッシュにまた手紙を送り、それはナオミだと教えたいくらいだ。

あやうくそうするところだった。けれども、警察が失踪者の割り出しに時間をかけるほど、失踪者本人の発見に費やす時間は短くなる。警察はだれを探すべきかすら知らない。

一日の半ばを過ぎたころ、学校の校長から電話がある。学校の連絡はいつもミリセントへ行くので妙だと思うが、校長が言うにはミリセントが電話に出ないらしい。そして、校内で問題が起こったのですぐ来てもらいたいという。ローリーが何かしたのかとわたしは尋ねる。

「お嬢さんですよ」その女性校長が言う。「問題があったのはジェンナのほうです」

学校へ行くと、ジェンナが校長室の隅にすわっている。ネル・グレンジャー校長は長いあいだこの学校にいて、昔と少しも変わらない。やさしいおばあちゃんに見えるが、痣《あざ》ができるまで生徒のほっぺたをつねることもある。

ジェンナが床をじっと見つめて顔をあげようとしない。

ネルにうながされ、わたしはすわる。そのときナイフが目にはいる。刃渡り十五センチぐらいのステンレス製。木彫りの柄。うちのキッチンにあったものが、いまはネルの机に置かれている。

ネルがピンクの爪でそのナイフをつつく。「きょう、お宅のお嬢さんがこれを学校に持ちこみました」

「わけがわかりません」わたしは言う。また、わかりたいかどうかもさだかでない。

「彼女がバックパックからノートを出しているとき、そのなかにあるのを教師が見つけました」

ジェンナが壁を背に、わたしたちのほうへ体を向けてすわっているが、下を向いたままだ。ひと言も発しない。

「どうしてこれを学校に持ってきたんだい」わたしは尋ねる。

娘が首を横に振る。何も言わない。

ネルが立ちあがり、ついてくるようわたしに手招きをする。校長室を出て、彼女がドアを閉める。

「ジェンナはまったく話してくれません」ネルが言う。「ナイフを持っている理由を説明するように、あなたか奥様なら言い聞かせてもらえると思いましてね」

「わたしが知りたいぐらいです」

「では、思い当たることは――」

「ジェンナが暴力をふるったことは一度もありません」わたしは言う。「ナイフで遊ぶような子でもない」

「それなのに……」ネルは最後まで言わず、言う必要もない。

わたしはひとりで校長室へはいる。ジェンナは数センチも動いていないようだ。わたしは娘のそばへ椅子を引き寄せてすわる。

「ジェンナ」

無言。

「ナイフのことを話してくれないか」

ジェンナが肩をすくめる。ここからだ。

「だれかを傷つけるはずだったのかい」

「ちがう」

しっかりとした落ち着いた声にはっとする。

「わかった」わたしは言う。「だれかを傷つけるつもりがなかったのなら、どうして学校へナイフを持ってきたのかな」

彼女が顔をあげる。その目に声と同じような力強さはない。「身を守るため」

「だれかにいじめられてるのか」

「ちがう」

娘の肩をつかんで揺すり、無理にでも答えさせたいところだが、そんな自分を止める方法はこれしかない。「ジェンナ、頼むから何があったか教えてくれ。だれかに脅されたのか？　痛い目に遭ったのか？」

「そうじゃない。ただちょっと……」

「何をしたかったんだ」

「あいつに襲われたくなかった」

「だれに」

娘が小声で名前を言う。「オーウェン」

腹に来たパンチは強烈だ。痛い。ジェンナがオーウェンを恐れているとは考えもしなかった。

わたしは娘を抱き寄せる。「オーウェンがおまえを傷つけることはぜったいにない。百万年経ってもそれはない。百万兆年経ってもだ」

彼女がくすっと笑う。「ばかみたい」

「わかってる。でもほんとうだよ。オーウェンはおまえを傷つけたりしない」

ジェンナが背筋を伸ばしてわたしを見るが、いまは少しおだやかな目をしている。「だからナイフを持ってきたの。だれも傷つけるつもりじゃなかった」

「わかってる」

娘をドアの外で待たせておいてネルと話す。オーウェン・オリバーに対するジェンナの恐れを説明すると、校長はうなずいてかすかな笑みを浮かべる。さらにわたしは、オーウェンがここ数週間のニュースでさかんに取りあげられ、その顔写真がインターネットやテレビにあふれて、食料品店の入り口にまでビラが貼ってあることも言う。「こういうことは避けられないのかもしれませんね」ナイフを指さす。「考えてみれば無理もないことですよ。オーウェンが帰ってきてからメディアはその話題ばかり扱ってますからね」

ネルが片方の眉をあげる。「あなたはオーウェンが帰ってきたと思うんですか」

自分が泥と痣だらけの、口の端に血をにじませた十三歳になった気分だ。ダニー・ターンブルとの喧嘩は、少なくともこちら側の観点では満足のいくものだったが、ただし校長室へ呼び出されたのだけは失敗だった。先に手を出したのはダニーだと当時の校長に訴えたとき、彼女はいまのネル・グレンジャーと同じ目でわたしを見たものだ。

「帰ってきたかどうかはわかりません」わたしは言う。「ですが、わたしの娘は明らかにそう思っています」

「本人がそう言うんですね」

「娘を疑う理由でもあるんですか。わたしにはありませんが」

ネルが首を横に振る。「いいえ、そんな理由はありません。ジェンナはいつもいい生徒でしたから」〝いままでは〟とは言わないが、言う必要もない。

「家へ連れて帰ってもいいですか」

「かまいませんよ。ただし、ナイフは預からせてもらいます」

わたしはさからわない。

ジェンナが早退を許可されたので、ふたりでランチへ出かける。行ったのは大型チェーンのレストランで、十ページもあるメニューには脂っこい朝食からリブのバーベキューまでなんでもある。このレストランには数えきれないほど来たことがあり、ジェンナが決まって頼むのはトマトとチーズのグリルドサンドイッチかクラブサンドイッチだ。きょうの彼女の注文はドレッシングを添えたサラダで、ソーダは飲まず、水だけだ。

具合がよくないのかと訊くと、だいじょうぶだとジェンナが言う。

ミリセントと話したい。娘のことを知らせたい。けれども、妻はいまだに電話に出ない。ナオミといっしょにちがいない。たぶん映画で観たようなどこかの地下シェルターかコンクリートに囲まれた地下室にいるから電話に応えないのだろう。地下では電話がつながらない。

あるいは、いそがしいだけかもしれない。

メールを送り、すべて問題なしと伝えるが、ほんとうかどうか自信はない。メールのあと、聞き覚えのあるニュース速報の効果音が聞こえる。

わたしたちがいるブースの反対側に、複数のテレビを設置したバー・エリアがあり、そのすべての画面からナオミがわたしを見つめる。大画面なので実物より大きく見える。画面下のテロップにこうある。

地元女性いまだ不明

「あの人よね」ジェンナもスクリーンを見ている。「オーウェンにさらわれたのは」

「まだはっきりとはわからないよ」わたしは言う。

「死んじゃうんでしょ」

わたしは答えない。心のなかでほくそ笑む。少なくともわたしの半分がそうしている。あとの半分はジェンナのことを心配している。

27

ナオミ。髪をおろした顔、髪をアップにした顔、化粧をしていない顔、唇をバブルガムピンクに塗った顔。制服姿、ジーンズ姿、グリーンのサテンのドレスを着たブライドメイド姿。ナオミはいたるところにいる。テレビにも、ネットにも、人々の会話のなかにも。数時間のうちに三人だった彼女の友人が増殖した。突然だれもが彼女の知り合いと化し、大親友ナオミのことを嬉々としてリポーターに語る。

月曜日の夜、わたしたちは家にいてテレビがついている。いまはミリセントがいる。彼女は午後連絡がつかなかったことについて曖昧な説明しかしない。そのお返しに、学校でジェンナに何があったかわたしは曖昧な説明しかしない。

「簡単に言えば、ひどい誤解だったんだ」わたしは言う。

ミリセントが肩をすくめる。「ほんとに？」

「もちろんさ」

ニュースが流れている。ジェンナが食い入るように見ているが、ローリーは新情報がなければ退屈する。チャンネルを変えろと妹に命じる。ジェンナがはねつける。

オーウェン・オリバーが子供たちにどんな影響を与えるか、わたしはわかっていなかった。ホリーとロビンがこんなふうに世間の評判になることはまったくなかった。子供たちがオーウェンのことを話すようになってから何週間も経つ。ジェンナはナオミのことを永遠に話すかもしれない。

そう思うと、浮き浮きした気分が色あせはじめる。

裏庭へ出る。庭の隅に大きな樫の木がある。もう一方の隅に子供たちの古い遊具があり、何年も雨ざらしになっている。そこにあることすら忘れていたが、とにかくいまはひどく色あせているうえに、プラスチックにひびがはいっていて危険だと気づく。家へ引き返してガレージへ行き、工具箱を持ってくる。だれかが怪我をする前に遊具を分解して処分するのは重要な、生死さえ分ける重要な問題だ。

子供に安全な大きなプラスチック部品のくせに、ボルトがやたらときつい。ハンマーでひとつ叩き割る。

「何をしてるの」

ミリセントの声がしても驚かない。むしろ待っていた。「何をしてるように見える」

「あしたやってもいいように見えるけど」

「でもいまやりたいんだ」妻がため息をついているのは、聞こえないけれど知っている。

そして、後ろに立ってわたしがもう一個ボルトを壊すのを見守る。

「ひと晩中ながめてるのかい」わたしは言う。

彼女が家へもどる。スライドドアがぴしゃりと閉まる。

一時間もしないうちにひと汗かき、プラスチックの小山ができあがる。そして、はじめたときより見栄えの悪くなった裏庭をあとにする。

居間にはだれもいない。二階でみんなの物音が聞こえる。だれかがバスルームを使い、だれかが廊下を歩いていく。テレビの前にすわる。ホームコメディをやっていて、ドラマの家族はわが家と同じで両親に子供ふたりだが、うちよりずっと面白い。その家族がかかえる問題は、十三歳の女の子が学校へナイフを持ちこんだり、息子が父親を恐喝することではない。

コマーシャルのときにニュース番組の予告が出たので、チャンネルを変えて別の番組、また別の番組、というふうに延々と切り替えていると、やがてミリセントがやってきてリモコンを取りあげる。そして体を近づけ、耳もとで怒りをこめてささやく。

「しゃんとしなさいったら。まったく」彼女がソファの向こう端へリモコンをほうり投げ、部屋から出ていく。

わたしがミリセントにまったく歯向かわないように見えるかもしれないが、それはちがう。しょっちゅうとは言えないけれども、前例がないわけではない。少なくとも一度はあり、そのときのことはよく覚えている。たとえ一度でもじゅうぶん意義のある出来事だった。

ローリーが六歳でジェンナが五歳、ミリセントとわたしは息をつく間もないほどいそがしかった。わたしは仕事をふたつかかえていた。テニスの個人レッスンのほかにヘルスクラブでも働いていた。ミリセントは不動産を売ろうとがんばっていた。子供たちはふたつのちがう場所に——幼稚園と一年生の教室に——かよっていて、どちらかがかならず送り迎えをするしかなかった。車は二台あったが、つねに片方が壊れそうだった。それでも、食べ物と住む場所と生活に必要なものはあった。ほかのいっさいはただの面倒事だ。

あるとき、大金がころがりこんだ。思いがけないこともあるものだ。ハイスクール時代までさかのぼるが、当時の雇い主とのあいだに集団訴訟があり、それが十数年後にようやく決着がついた。集団の規模が小さかったのか、弁護団がずば抜けて優秀だったのか、とにかくわたしの取り分は一万ドルだった。そんな大金を一度にもらうのははじめてだ。

ミリセントとわたしはキッチンのテーブルでその小切手を見つめた。子供たちが眠って家は静かだったので、この金で何ができるかをしばらくのあいだ夢心地で語り合った。一週間ハワイで過ごすか、それとも一カ月山へ行くか。ヨーロッパ旅行はどうだ。ミリセントに買ってあげられなかったエンゲージリングでもいい。一杯のワインでわたしたちの夢はばかばかしく膨らんだ。オーダーメイドの服。ホームシアター。ふたりの古い車の車輪をどちらも豪華なクロームホイールにする。一万ドルは巨万の富ではないが、わたしたちはわざとそういうことにした。

「でも真面目に考えれば」ミリセントがそう言って、ワインの最後のひと口を飲み干した。

「子供たちよ。大学の学費」

「やけに堅実だね」

「しかたがないでしょ」

彼女の言うとおりだった。大学は費用がかかるし、そのために貯蓄するに越したことはない。ただ、それでは苦しい。わたしたちとわたしたちの未来が苦しい。家族みんなにとって未来はもっと明るくなるかもしれないのに。「もっといい考えがある」わたしは言った。

「子供たちの教育より？」

「まあ聞いてくれ」

わたしはその金を自分たちに投資しようと提案した。結婚して子供が生まれてからの年月、わたしたちの経済状況はあまり上向いていない。キャリアアップのほうも同じだ。ミリセントは相変わらず分譲マンションや低価格の家だけを売っている。経験豊かな仲介人ほど高所得の顧客をつかんで売り上げをあげていた。わたしが個人レッスンをするのは公園の公営コートばかりで、客がつねにつくとはかぎらない。この状況をどうにかしようとわたしは持ちかけた。

　はじめのうちは、ばかげた夢のひとつに思えた。ヒドゥン・オークス・カントリークラブで催されるクリスマスの祝祭のチケット代はひとり二千五百ドルもする。しかし、その祝祭はその辺のパーティーとはちがい、ほかでは出会えない人々と知り合う手段だ。オークスには新しい世代が住みついた。ほとんどがわたしの両親やわたしのことを知らない。テニスの個人レッスンを受けたり、高額な家を買うだけの余裕があるのはその人たちだ。子供たちの教育費を払ってくれるのは彼らだ。

「正気とは思えない」ミリセントが言った。

「少しは耳を貸してくれよ」

「だめ」手のひと振りでわたしのアイディアをはねつけた。

　それでわたしはムキになった。

わたしたちは一週間言い争った。彼女はわたしを子供だと言い、わたしは彼女を近視眼的だと言った。彼女はわたしを上昇志向の強すぎる男だと言い、わたしは彼女を想像力のかけらもない女だと言った。彼女はわたしと口をきかなくなり、わたしはソファで寝た。それでも、わたしはあきらめなかった。彼女があきらめた。

　飽き飽きしたからよとミリセントは言い張った。興味を持ちはじめたからだとわたしは思う。わたしが正しいかどうかをたしかめたかったのだろう。

わたしたちはその金の半分をチケット代に使ったあと、彼女にはドレスと靴、わたしにもタキシードと靴を買い、その夜のために豪華なレンタカーを借りた。ミリセントはヘアカットとメイクとネイルもやってもらった。ベビーシッター代を払うころには、その金はたいして残っていなかった。

大枚をはたいた価値はあった。祝祭の六カ月後、わたしはカントリークラブ専属のプロのテニスプレイヤーという職を得た。ミリセントはその祝祭ではじめて裕福な顧客とめぐり合い、不動産業界の階段をのぼりはじめた。四苦八苦してはしごをあがっていけば五年はかかるところを、わたしたちは一晩で一足飛びに進んだ。ビデオゲームで自動的にレベルアップするようなものだった。

自分の顧客ほど裕福でないにしても、あの夜がわたしたちをより裕福に近づけてくれた。そして、いまでもミリセントはそれがわたしのおかげだと承知している。なぜなら、わたしがあの金の使い道を決めたからだ。毎年恒例の祝祭に出かけるたびに、このことをいやおうなく思い出すはずだ。正直言って、彼女が気にしているかどうかはわからないが。

28

ローリーがわたしを恐喝してのけたことに、はじめは感心したものだ。それは認めよう。証拠を押さえた息子より、押さえられた自分に腹が立った。

けれどもいまは、息子にむかつきはじめている。

ここは息子の部屋だ。ローリーは机に向かっている。パソコンの電源がはいっていて、ナオミがわたしを見つめ返している。残っているただひとりの失踪者として特定されてから四十八時間が過ぎた。その顔はニュースやソーシャルメディアのいたるところに載っている。

「なぜ見てるんだ」わたしはパソコンの画面へ顎を向ける。

「はぐらかそうってんだね」

そのとおりだ。してもいない浮気についてだまっているかわりにいましがた何百ドルも要求された、という事実から目をそむけているところだ。というより、一夜かぎりの関係と言うべきだ。なぜなら、ほんとうはペトラと寝たからだ。

「いつまでこんなことをつづける気だ」わたしは言う。

「父さんはいつまでなのさ。先週こっそり出ていくのを見たけど」

こんなふうに話すローリーは子供とは思えない。伸びすぎた赤毛とだぶだぶの服という格好なのに、十四歳には見えない。わたしと対等に見える。

「こうしよう」わたしは言う。「金を渡し、お互いこれきりにする。父さんがこっそり出ていくのを、おまえは二度と見ないはずだ」

「もし、またやったら？」

「もし、もう一度こっそり出ていったら、そのときは二倍渡す」

ローリーの両眉があがってポーカーフェイスが崩れる。顎をなでて驚きを隠し、わたしの申し出を検討しているふりをする。「これからも見張ってるからね」

「わかってるとも」

ローリーがうなずき、考え、そのあとでわたしの提案を辞退する。

「それより、こういうのはどうかな」

聞く前からわたしは首を横に振り、腹を立てる。なんとか抑えていたが、もう我慢の限界だ。「これ以上渡すつもりは――」

「金は要らない」

「じゃあ、なんだ」

「こんど父さんがこっそり出ていったら、金は要らない。何もほしくない」ローリーが言う。「でも、ジェンナに教える」

「妹にほんとうに言うのか」

ローリーが深く息を吐く。それはやれやれというふつうのため息ではなく、疲れ切った投げやりなため息だ。震える唇から吐き出されるときの、これは子供の吐息だ。「もうやめろよ、父さん」とローリー。「母さんを裏切るのはやめろよ」

こんどはわたしが驚く番だ。ぶつけられたことばの衝撃が少しずつわが身に広がり、やがて全体像が見えてくる。

ローリーは子供だ。大人になるのはまだずっと先の話で、そこに近づいてさえいない。いまは息子がかつてないほど幼く見える。わたしが彼にはじめて嘘をついたとき、二度目のとき、三度目のとき、あのときよりも幼く見える。わたしがテニスのラケットの持ち方を教えた日、テニスをいやがってゴルフをやろうとした日、あの日よりも幼く見える。ローリーはきのうのローリーよりも幼く見える。息子はまだほんの子供だ。

金とかビデオゲームとか、ましてや恐喝とか、そんなことは関係なかった。問題は、わたしがやっていると本人が思っている行為だった。わたしがこっそり出かけるのは、母親を裏切って不倫をするためだとローリーは思いこんでいる。だから行かせまいとしている。

これに気づいたとき、ショットガンで腹を撃たれた気分になる。

というより、少なくとも撃たれたらそんな感じだろうと想像する。パンチよりはるかにこたえる。何を言えばいいのか、あるいはどう言えばいいのか、わたしにはわからない。うなずいて手を差し出す。

わたしたちは約束の印に握手を交わす。


ミリセントにはこの件をいままでどおり伏せておく。ローリーがインターネットでナオミ関連の記事を読んでいたことすら知らせない。どうせ子供たちの目に全部ふれる。どこにでもあるのだから。

ジョッシュが報道をつづけていて、ニュース速報だの夕方のニュースだの一日中テレビに登場する。とても若くてひたむきなのは変わらないが、最近は疲れが目立ち、散髪が必要だ。

この二日間はパーキングエリアを捜索する警察とともに動きまわっている。オーウェンが犠牲者を監禁していたのは閉鎖したパーキングエリアのなかで、そこの建物の内部をくり抜いて地下シェルターに変えた。警察は地図上にある地下シェルター型の建物も含め、そうしたパーキングエリアをすべて当たっている。まだ成果はない。

今夜のジョッシュは人気《ひとけ》のない道路に立ち、背後には警察車両が何台もある。ジャケットとベースボールキャップを身に着け、帽子のせいでいつもよりさらに若く見える。警察は見こみのある場所をもう一カ所捜索中だという。捜索範囲はどんどん広がり、東のゲーテ州立公園のほうまで達している。

それは、ナオミがまだ生きているからだ。

ジョッシュはそれを言わない。警察も言わない。それでも、オーウェンがまだ生きているのならナオミも生きていることを、だれもが知っている。オーウェンはかならず獲物を生かしておいて、恐ろしい仕打ちをする。テレビでは言えないことを。わたしが考えないようにしていることを。なぜなら、ミリセントがそれをしているところだから。

というより、そうしているはずだ。ナオミはまだ生きているはずだが、ミリセントが彼女をどこに監禁したのか、尋ねたことがないのでまったくわからない。警察の捜査を見て、どこなのだろうと思う。

翌朝、私道で車をバックで出そうとすると、ミリセントが家から出てくる。彼女が待ってと手をあげる。玄関ドアから車へ歩いてくる姿をわたしは見守る。細身のスラックスを穿き、白地に小さな水玉模様のブラウスを着ている。

ミリセントが車の窓へ身をかがめる。顔が近いので目尻に小皺が見える――深い皺ではないが、そうなる一歩手前だ。彼女が車のドアの端に手をかけたとき、前腕に引っかき傷が見える。猫と遊んでできたような傷だ。わたしの視線に気づいた彼女が袖を引っ張って隠す。わたしは顔をあげて目を合わせる。朝日のなかで見ると、その目は以前とほとんど変わらない。

「なんだい」わたしは言う。

彼女がポケットに手を入れて白い封筒を取り出す。「これが役に立つんじゃないかと思って」

封筒の封はしてある。「なんだいこれは」

彼女がウィンクをする。「つぎの手紙に使うもの」

この小さなものが気分を高揚させる。わたしが手紙を書くのではなく、オーウェンが書く。

「これで警察も疑わないわ」ミリセントが言う。

「きみが言うならたしかだ」

彼女がわたしの頬にふれ、親指でなでる。キスしてくれるのかと思うが、近所の住人に見られそうなこんな私道ではしない。それどころか、すたすたと家へもどっていく。帰りにアーモンドミルクを買うのを忘れないでと伝えにきただけのように。

わたしは封筒の封の下へ指を滑らせ、隅のほうをあける。

ナオミの髪が一房はいっている。

29

ミリセントにはああ言われたが、ナオミの髪をどうするか決めかねている。それで事態がよくなるのか悪くなるのか頭を悩ませる。わたしの知るかぎり、ジェンナはナイフを持ち出すのをやめたようだが、食欲があまりない。皿の食べ物をつついては持て余している。夕食のときの口数が少ない。サッカーの練習と学校の出来事をさかんに報告する声を聞かなくなった。

このままではいけない。以前のジェンナにもどってほしい。わたしに笑いかけておねだりをし、わたしがいいよと言う、そんなジェンナに。いまのジェンナはもう食べなくてもいいかと訊くだけだ。

ジョッシュに手紙を送れば、ナオミがオーウェンの犠牲者であることが確定し、捜索はまちがいなく強化されるはずだ。警察は半径八十キロ以内の建物をしらみつぶしに当たり、メディアはそれを事細かに報道する。

しかし、手紙を送らなければ事態はもっと悪くなるだろう。オーウェンがナオミを永遠につかまえたのかもしれない、と世間に思わせたほうがまずいと思う。なぜなら、人はふといなくなって二度と見つからない場合もある、という現実をジェンナが思い知らされるからだ。真実だからといって知る必要はないのではないか。とにかくいまはまだ。

やはりミリセントが正しい。髪の毛は役に立つ。手紙の下書きをいくつか書いてみる。最初のは凝りすぎで、二番目はひどく長い。三番目は一段落だけにする。そのあとで、オーウェンは何も言わなくていいと気づく。

髪の毛がじゅうぶんに語ってくれる。

DNA検査をすればナオミの髪だとわかる。紙に包み、下のほうにサインをするだけでいい。

――オーウェン

最後の仕上げはあの安物のコロンだ。

手紙の上に髪の房を落とす。五十本か、百本か――何本かわからないが、長さは十センチもない。片方の端は長さがあまりそろわずにほつれている。もう片方の端はすっぱり切られ、ハサミの音が聞こえるようだ。

それ以上は考えないようにする。ハサミを見たときのナオミの顔を思い描きたくない。髪を切るだけだとわかったときの安堵を想像したくない。

そんなことより、髪を便箋に折りこんで新しい封筒へ入れ、スポンジを使って封をする。手袋を取らずにその手紙を投函する。

ポストへ入れたとたん、アドレナリンが押し寄せる。


仕事をすれば考えずにすむはずなのに、そうはいかない。だれもがナオミとオーウェンの話をしている。彼女はどこに閉じこめられているのだろう。ほんとうに見つかるのだろうか、と。ケコナがクラブハウスにいる。レッスン日ではないが、とにかくそこに腰を据え、ナオミの母親ぐらいの女性たちと噂話に興じている。バーにいる男たちはテレビのスクリーンを見あげ、できれば会ってみたかった美しい失踪女性をながめる。ナオミのランカスターでの素行についてはだれもふれない。彼女はみんなの娘、妹、隣の家の女の子になった。

恐ろしいぐらいの速さだ。

ほかのときはこうではなかった——とくにホリーのときは。だれも彼女を探さなかった。

いなくなったことをどこにも知らせなかったからだ。

ミリセントとわたしがふたりでそう決めた。ホリーが死んだあと、わたしたちは少しもそのことについて話し合わなかった。そのことをわたしは考えもしなかった。つかまる心配ばかりして、つぎにどうなるか思い浮かばなかった。数日後、ミリセントの母親が電話をかけてきた。彼女のアルツハイマーは娘が何人いるのか忘れるほどは進行していなかった。ホリーの退院のことはまったく知らせていなかったが、それでも母親は知っていた。病院へ問い合わせたようだ。

その夜、わたしたちははじめてのデートの夜をもうけた。それまで一度もやったことがなかった。ずっとふざけ半分にそのことばを口にしていたものだが、それが役に立った。

義母から電話があったことをミリセントに伝えたとき、彼女の表情は変わらなかった。夕食が終わったばかりで、子供たちはテレビを見て、わたしたちはまだテーブルについていた。肉を使っていないハンバーガーパティが重なった横にトマトとオーガニックチーズが添えられ、スウィートポテトフライとサラダもある。わたしはまだフライをつまんでいて、スパイシーなカロリーオフのマヨネーズをつけているところだった。

「そうなると思ってた」彼女が言った。

わたしは後ろへ目をやり、子供たちが近くにいないのをたしかめた。あのころは自分の影にもびくついたものだ。法を犯すことに慣れておらず、殺人などもってのほかだったから、小さな物音ひとつ聞いても警察が逮捕しにきたと思った。一日が過ぎるたびに一歳老いたように感じた。

「ここで話すのはまずい」わたしは言った。

「そりゃあそうよ。子供たちが眠ってからにしましょう」

それでも心配だった。「外へ行こう。ガレージでもいい。車のなかにでもすわればいいさ」

「それはうってつけね。デートしましょ」

最初のデートの夜は、十一歳のローリーと十歳のジェンナが眠ったあとだった。子供たちに何かあったときのために、ミリセントは家に通じるドアを少しあけておいた。ホリーにはまだ会っていないと義母に伝えることになる。てっきりわたしはそう思っていた。でもちがった。

「姉さんがいなくなったなんて言えない」ミリセントが言った。「みんなが探しまわるもの」

「でも、お義母さんには――」

「ええ、見つけられないでしょうね。でも、覚えていられなくなるまで探すのをやめない」

「じゃあ、お義母さんに嘘をつくのかい。ホリーはここで元気にしているって」ミリセントが首を横に振った。ダッシュボードを見つめ、じっと考えこんでいる。やがて口を開いた。「こうするしかないわね」

また考えなしに思われたくないので、わたしはだまって待った。

ホリーがまだ生きていることにしようとミリセントに言われたとき、それはまずいと思ったものだ。あんなことをやっていまは一応罪を免れているが、これで身を滅ぼすことになる。あれはよくよく考えてやったことではなかった。わたしたちは相談さえしなかった。

「それはどうかな」わたしは言った。「しまいには本人と話したいとか会いたいとか言い出すだろう。ここまで訪ねてきたり、本人の様子を知ろうとして……」わたしはうまくいかない理由をくだくだと並べた。ホリーと会ったり話したりするのは自分たちだけでいいと言い張るわけにもいかない。

「ホリーはどこか遠くへ行きたがると思うの」ミリセントが言った。「たぶんわたしがいるから。わたしがいると、自分がしたことや隔離された理由を思い出すから」

わたしはようやく理解した。「自分がその立場だったら、そして新しくやり直したかったら、外国へ行くのもいいいな」

「わたしならぜったい外国へ行く」彼女が言った。

「お義母さんにメールするのかい」

「手紙にする。長い手紙を書いて、わたしは元気だけど気持ちの整理がつくまで少し時間がほしいって言うわ」

彼女が手紙を送ったのはホリーが死んだおよそ一週間後だった。ホリーはヨーロッパへ行って心を癒し、自分を見つめ直して世間でなんとかやってみるけれど、定期的に連絡すると言っていた、と。

母親からは、よくわかったという返事が来た。ミリセントは手紙に写真まで添えていた。子供たちの学校の前にいるホリーをわたしが携帯電話で撮ったものだ。義母がミリセントの訪問時にそれを見せたとき、手紙は一周まわって送り主の手にもどった。義母が亡くなるとき、義母はもはやどちらの娘のことも覚えていなかった。

30

そのニュースを携帯電話ではじめに見たのは車のなかで、コーヒーショップの外に停車中だった。家から仕事へ向かう道中、つまり学校帰りの子供たちを家に送り届けたあとカントリークラブへもどる途中で、わたしはコーヒーを買おうと車を停めた。ニュース速報の効果音が携帯電話から鳴り響く。

オーウェンふたたび接触

ニュース映像のなかで、オーウェンから来た最新の手紙についてジョッシュが話す。疲れが見えないのはひさしぶりだ。警察署の外に立っている。頬が紅潮し、目を大きく見開いているのは気がはやっているからで、カフェインのせいではない。警察が無人のパーキングエリアや廃屋を調べるのを一週間追いかけたあとなのに、まるで生まれ変わったみたいだ。

画面に手紙の映像が出る。オーウェンの名前がはっきりと見える。

「オーウェン・オリバー・ライリーと名乗る人物からわたしが受け取ったのは、これだけではありませんでした。ひと房の髪がこの紙に折りこまれていたのです。だれのものかはわかりません。男性の髪か女性の髪かさえわかりません。こうしているあいだもDNA検査が進められていますが、あらたな情報がはいりしだい追ってお伝えします」

ジョッシュが若い女を呼んでナオミの友人だと紹介するが、そうしながらも、ナオミがどうなったかはわからないと繰り返し強調する。その友人には見覚えがない。ナオミの実生活上でもオンライン上でも見た記憶がない。その女が鼻にかかった耳障りな声で話すので、いっしょに車に閉じこめられている気分だ。彼女はナオミを〝かわいいけれどぶりっ子ではなく、気の置けない人だけれど独立心もあり、頭がいいけれど知ったかぶりをしない人よ〟とまくし立て、何を言いたいのかわたしにはさっぱりわからない。

その女が画面からいなくなる。カメラがジョッシュへ向けられたあと、画面が広がる。隣に男がひとり立っている。大柄な男で、口ひげのせいでセイウチみたいに見える。ジョッシュの紹介によれば、この男はランカスター・ホテルの副支配人で、ナオミとともに仕事をしていたという。ひと言で言うとナオミはどんな人間かとジョッシュに訊かれもしないのに、副支配人は言う。

「ナオミをひと言で言い表すとすれば、それは〝親切〟です。彼女はだれに対しても親切でした。お客様にも、職場の仲間にも。いつもよろこんで手を貸してくれたものです。お客様がお部屋で入り用なものがあるのにルームサービスが立てこんでいるとき、彼女は手助けを申し出てくれました。だれかが病気のときは勤務を交替してくれました。けっして見返りを求めませんでした。少なくともわたしに対してはそうでした。だれもが同じ意見とはかぎりませんが」

車の窓を叩く音でぎくりとする。

トリスタだ。

わたしは彼女を、ガラスに映る彼女の像を見る。この前会ったときのトリスタは昏睡しそうなほど薬を飲んでいた。約束どおり、わたしはアンディに話さなかった。トリスタが顔をほころばせながら、窓をさげろと身振りで伝えている。窓をさげると、彼女がかがみこんでわたしの頬にキスをする。アプリコットカラーの口紅がべとつく。

「やあ、しばらく」

トリスタが声をあげて笑う。笑うと若く見え、頭につけたデイジー柄のサンバイザーにも同じ効果がある。

「ごめんなさいね。いま気分がいいのよ」

「そうみたいだね」わたしは車から出て彼女と向き合う。トリスタの目は澄んでいて、瞳孔は大きすぎず小さすぎずといったところだ。肌が少し赤みがかっているのは、きのうはビーチで過ごしたからかもしれない。「元気そうだ」

「元気よ」

胸に安堵が広がり、彼女のことで重圧を感じていたのだと気づく。「それならよかった。

心配していたんだ」

「わたし、アンディを置いてきたの」トリスタが言う。

「置いてきたって、どこに」わたしは彼女の後ろへ目を向け、アンディはコーヒーショップにいるのかと思う。ほんとうに。

「そうじゃなくて、もういっしょにいるのをやめたってこと」

わたしはショックを隠せない。ミリセントとわたしが結婚してまもなく、アンディとトリスタも結婚した。わたしたちはふたりの結婚式に出席した。夫婦仲に問題がある気配はミリセントもわたしもまったく感じたことがなかった。あればミリセントが何か言ったはずだ。

「アンディから聞いてない？」トリスタが言う。

「ああ」

「まあ、そういうこと。あの人を置いてきたの」

結婚生活が壊れたのは残念だと彼女に言いたい。なぜなら、ほんとうに残念だから。ふたりはわたしの友達だから。でも、彼女がとても幸せそうなのでことばに詰まる。

トリスタが冗談半分にあきれた顔をする。「いいのよ。何も言わなくていい。でも、じつを言うとね。わたし、アンディをほんとうは全然愛してなかった。あなたがミリセントを愛するみたいにはね」少しも悪びれずににっこり笑う。「ほんとよ。アンディと結婚したのは、彼がすべての条件を満たしていたから。ひどいと思うでしょ。どうぞ言ってちょうだい。ひどい女だって」

「ひどいなんて言ってない」

「でも思ってる。そりゃあそうよ――アンディの友達なら」

「きみの友達でもある」

彼女が肩をすくめる。「レッスンはやめるしかないわね。それは残念だけど、アンディがいるカントリークラブへ出入りするわけにいかないもの」

「わかった」

「あなたはほんとうに力になってくれたわね」彼女が言う。「あの日話を聞いてもらったからいろいろと気持ちの整理がついた」

あの話にはわたしも助けられた。トリスタのおかげで、オーウェンに関する本来なら知りえなかったことを知り、信憑性のある手紙をジョッシュに書くことができた。しかし、これは彼女が意図したわけではない。

「わたしは何もしてないけどね」と言う。わたしが友人の結婚生活をだめにしたのではない、と自分に言い聞かせるためかもしれない。

「あなたがあんなふうに耳を傾けてくれなかったら、オーウェンのことを延々としゃべったりしなかった。あんなのだれも聞きたくないわよね。みんなは彼に怪物でいてもらいたいんだから」

「怪物じゃないのかい」

彼女がストローを咥《くわ》えながら考える。「そう。でもちがう。オーウェンとのセックスはよかったって言ったの覚えてる？　すばらしいではなく、よかったって」

わたしはうなずく。

「嘘よ。すばらしかった。ほんとうに夢のようだった。オーウェンは、あの人は……」声が消えていく。彼女がコーヒーショップの駐車場のかなたを凝視し、わたしには見えない思い出のなかをさまよう。そんな彼女をじっと見つめるのは気が引けるが、話しかけるほうがはるかに気が引けるので、だまっている。

「愛してた」彼女が言う。

「オーウェンを？」

彼女がうなずき、それから首を横に振る。「なんだかとんでもない話よね。どこかへ逃げて彼といっしょになるとかじゃないのよ。あの人がどこにいるかわからないんだから。ああもう、なんて言ったらいいのかな」両手をあげて説明をあきらめる。「ごめんなさいね。これって変よね」

「いや、それは……」ほかのことばを思いつかない。

「変よ」

わたしは肩をすくめる。「そうだね、変だ」そしてぞっとする話だ。

「怪物を愛するっていけないんじゃない？」

「彼と恋に落ちたときは知らなかったんだよね」

「そうよ」

「じゃあ、彼が怪物だから恋に落ちたわけじゃないよね」

こんどは彼女が肩をすくめる。そして微笑む。「どうやってわかるの」

わたしは答えられない。

31

人々は〈希望の友〉という教会に集まってナオミのことを語り合い、彼女のために祈ったりろうそくに火をともしたりするようになった。彼女の友人と同僚の輪が広がり、たぶんあのセイウチみたいな男か鼻にかかった声を出す女が発端となったそのつどいは、いまでは大規模な集団になっている。

その教会のなかにはいったことはないが、仕事から帰宅する途中に立ち寄って、出はいりする人々を観察したことはある。しばらく出てこない者もいるが、それ以外の者は数分いるだけだ。なかにカントリークラブの会員も少し混じっているが、ナオミと会ったことはないはずだ。彼らはホテルの受付嬢とつき合うたぐいではない。

この噂がミリセントの耳に届き——顧客から聞いたのだろう——彼女の判断で金曜日に家族でその教会へ行くことになる。

当日の夕方は大いそがしだ。レッスンで帰宅が遅くなったわたしは手早くシャワーを浴びる。下校後に友人宅へ行ったローリーが時間が経つのを忘れてしまい、ミリセントが車で迎えにいく。ジェンナは自室で準備中だ。家で夕食を食べる暇がないので、教会へ行った帰りに外で食べることになる。どのレストランにするか、ミリセントがグループテキストで相談をはじめる。ローリーはイタリアン、ミリセントはメキシカン、わたしはなんでもいい。

車がガレージへはいったのでわたしはジェンナを呼ぶ。

「さあ行くぞ」と声をかける。そのかけ声がたのもしいパパみたいだとジェンナがいつも言う。

　ところが、返事がない。

「ジェンナ？」

　二度目も返事がないので、階段をあがってドアをノックする。ジェンナは小さなホワイトボードをドアにかけておく。虹色のリボンで飾られたボードには元気のいい筆致でローリーはだめとある。階下ではガレージに通じるドアがあき、ミリセントが大声で言う。

「準備できた？」

「だいたいね」わたしはそう言ってもう一度ドアをノックする。

　ジェンナが答えない。

「何やってるの」ミリセントが言う。

　ドアに鍵はかかっていない。わたしは少しドアを開く。

「ジェンナ。だいじょうぶかい」

「うん」小さな声。バスルームから聞こえる。

　この家の寝室は一部屋だけの造りではない。全部バスルーム付きだ。寝室四つとバスルーム四つ、それ以外にもトイレと洗面台だけのバスルーム――ヒドゥン・オークスの家はみんなこうなっている。

「早く！」ローリーが大声をあげる。

ミリセントが階段をあがってくる。

わたしはジェンナの寝室へはいり、子供時代のおもちゃ、服や靴、花盛りのティーンエイジャーが持つ化粧品のなかを通る。バスルームのドアがあいている。なかを覗いたちょうどそのとき、ミリセントが寝室の戸口に現れる。

「どうしたのよ」ミリセントが言う。

白いタイル張りの床にジェンナが立ち、足のまわりに黒っぽい髪が落ちている。わたしを見る彼女の目がかつてないほど大きく見える。ジェンナが自分の髪を全部切ってしまった。頭皮が見えるぐらいの、わずか数センチの髪しか残っていない。

わたしの後ろでミリセントが息を呑む。そばを通ってジェンナのもとへ走り、両手で娘の頭を押さえる。「なんてことしたの」ミリセントが言う。

ジェンナがまばたきもせずに見つめ返す。

わたしは何も言わないが、その答を知っている。ジェンナが何をしたのか気づいている。気づいたせいで体がこわばり、ジェンナの部屋に敷かれた柿色のラグの上で、根が生えたように動けない。

「なんだってこんな……」こんどはローリーが部屋に来て、妹を見つめ、バスルームの床の髪を見つめる。

ジェンナがわたしのほうを見て言う。「これならさらわれないよね」

「ちくしょう《ジーザス》」ローリーが言う。

ジーザスではない。

オーウェンだ。

わたしたちは教会へ行かない。どこへも出かけない。

「医者よ」ミリセントが言う。「うちの娘には医者が必要だわ」

「ひとり知ってる」とわたし。「レッスンを担当してるんだ」

「その人に電話して。いいえ、待って。あなたの客に頼むのはまずいんじゃないかしら。そういう人には知られたくないっていうか」

「知られるって何を」

「うちの娘に助けが必要なことをよ」

わたしたちは見つめ合い、どうすればいいかわからない。途方に暮れるなんてものじゃない。

わたしたちにとって、これはあらたな問題だ。あらゆる答は育児書を見ればわかる。育児書はミリセントが全部そろえてある。病気なら医者に診てもらう。体調がすぐれなければ寝かせる。仮病なら学校へ行かせる。よその子供と問題を起こしたら、親へ電話する。癇癪を起こしたら、別の場所へやって時間を置く。

けれども、この問題はちがう。自分の子供が連続殺人鬼におびえていたらどうするべきか、育児書は教えてくれない。こんな殺人鬼の場合はなおさらだ。

わたしたちは寝室で声をひそめて話す。ジェンナは一階のソファでベースボールキャップをかぶってテレビを見ているところだ。ローリーがいっしょにいる。妹から目を離さないようにと言ってある。からかわないようにとも。今回はローリーも指示を守る。

ミリセントが主治医を呼ぶことにする。バロー先生は顧客ではない。長年世話になっている家庭医にすぎない。喉の痛みや腹痛の治療をし、骨折や脳震盪も調べてくれるが、この状況に対処できるとは思えない。ものすごく高齢の医師で、メンタルヘルスの重要性を信じているかどうかも疑わしい。

「遅い時間だ」わたしはミリセントに言う。「電話に出ないよ」

「コールセンターにかけてみる。医者をつかまえる方法はかならずあるものよ」

「それよりは──」

「わたしは電話する」とミリセント。「何かしなくてはだめよ」

「ああ。そうかもしれない」

ミリセントが電話を手に取りながらわたしを見る。その眼差しの意味が解けないことはまれだが、いまのはまれな一回だ。あえて言うなら、少しパニックを起こしているようだ。

一階へジェンナの様子を見にいく。ジェンナもローリーもソファにいる。テレビを見ながら、パンにポテトチップを挟んだサンドイッチを食べている。ジェンナがわたしを見あげる。わたしはジェンナに微笑みかけ、何も心配ない、おまえは大丈夫だ、世界は平穏で、だれもおまえを傷つけたりしない、と伝えようとする。ジェンナが目をそらし、もうひとロサンドイッチをかじる。

何も伝えられなかった。

二階へもどると、ミリセントが電話中だ。いたって静かな、いたって落ち着いた声でコールセンターの相談係に説明している。ええ、緊急なんです、ええ、バロー先生に今夜どうしても診ていただきたいんです。電話を切って五分待ち、またかける。

ついにバロー医師から電話が来る。ミリセントが息せき切って何があったか、娘が何をしたかを説明する。いくら早く話してもまだ足りない。

彼女にとって、わたしたちにとって、わたしたち家族にとって、いまは危難のときだ。

わたしの役割は中途半端だ。

ジェンナ、危難に見舞われている役。

ミリセント、それをどうにかする役。

ローリー、だまって見ている役。弾に当たらない場所で。

わたし、階段を駆けあがったり駆けおりたりしながら、全員の様子を確認し、何も決めない役。やはり中ぶらりんだ。

32

バロー医師が小児精神科医を紹介し、その精神科医が通常の倍の料金で土曜日に診てくれることになった。診療所はカーペットから天井までどこもかしこもベージュ色なので、オートミールの鉢にいるような気分になる。

この精神科医がこういうことを専門に扱うのは、こういうことが現実にあるからで、そのドクターはジェンナが安心感を得ていないのだと言う。ある種のメディア誘発型不安障害らしいが、実際の病名はどうでもいい。また、ジェンナの行動の理由も同じくどうでもいい。なぜなら、わけのわからない理由だからだ。ここは理由を云々する場所ではない。

「ジェンナは安全だとご両親が言い聞かせれば、しまいに寝言で繰り返すようになるでしょうが、それでは効果がありません」

ミリセントがドクターの正面で、なるべく膝を詰めてすわっている。彼女は昨夜ジェンナの部屋にいて、ほとんど眠っていないので疲れ切った顔をしている。わたしも似たようなありさまだ。ジェンナはぐっすり眠った。髪を切ったことで気持ちが落ち着いたらしい。わたしがそれを伝えようとすると、ドクターが片手をあげる。

「まやかしです」

「まやかしですか」わたしは言う。相手の口調を真似ようとしてみるが、傲慢《ごうまん》な態度は控えたほうがいい。

「心の平安はおそらく一時的なもので、また何かのニュースを聞いたら再発します」医師が言う。これまでの一時間はジェンナの診療に費やされた。バロー先生が手配してくれた土曜の朝の緊急診療だ。わたしたちとの面会はその第二部だ。

「どうすればいいんでしょう」ミリセントが言う。

ジェンナに安心感を与える方法をドクターがいくつか提案する。第一に、週二回の診療予約。一回につき二百ドル、保険適用はなく、現金かデビットカードのみ。第二に、やると決めたことはすべてやること。けっしてジェンナを落ちこませないこと。自分は大事にされていないんだとけっして思わせないこと。

「でも、大事にしてますよ」わたしは言う。「わたしたちはいつも——」

「いつもですか」ドクターが訊く。

「少なくとも九十パーセントの時間は」ミリセントが言う。「九十五パーセントかもしれません」

「百パーセントにしてください」

まるで魔法の杖を振ればそうなるかのように、ミリセントがうなずく。

「最後になりますが、これはとくに重要です」ドクターが言う。「ジェンナをメディアから遠ざけること——連続殺人鬼の報道からも、被害者のニュースからも。いまの時代に無理なお願いなのはわかってますが、それでもできるだけやってみてください。家庭でニュースを見ない。オーウェンやオーウェンにまつわる話をしない。オーウェンがあなたがたの家族とは無関係であるかのようにふるまってみてください」

「無関係ですよ」わたしは言う。

「もちろんそうですね」

わたしたちは高額の小切手を切ってから退室する。

ジェンナが待合室にいる。壁のテレビがアニメを映しているところだ。娘は携帯電話を見つめている。

ミリセントが眉をひそめる。

わたしは笑みを浮かべ、精一杯明るく言う。「朝ごはんを食べたい子はだれかな」

その週末は面談の嵐だ。家族全員で、ジェンナだけで、ローリーだけで、子供たちふたりで、ミリセントだけで、面談がおこなわれる。ミリセントは何度も面談を受ける。日曜日の夕方までに家族の新ルールがひとそろいできあがり、どのルールも家族生活からニュースを抹殺することを目的としている。ニュース番組はすべて禁止、新聞も同じだ。映画配信サービスを利用し、生放送のテレビ番組はなるべく避ける。ラジオの生放送もだめ。こういったことはインターネットの排除より簡単だ。子供たちはインターネットを学校の勉強に、遊びに、コミュニケーションに使う。

とにもかくにも、ミリセントがパスワードの変更に取りかかる。彼女自身が接続しないかぎり、だれも使えなくなるわけだ。

反乱勃発。

「じゃあ、ぼくはここに住めない」いちかばちか、ローリーが口火を切る。

ジェンナがうなずいて兄に賛成する。めったにない団結の瞬間だ。

わたしは子供たちに賛成だ。ミリセントの企ては非常識で実現不可能だ。ばかげている。

でも、わたしは何も言わない。

ローリーがわたしから母親へ視線を移し、敵の弱点を感じ取る。そして、パスワード変更という対策がうまくいかない理由を全部並べ立てる。第一、母親のミリセントが長時間インターネットを使っているではないか。

ついにジェンナが言い放つ。「あたし、国語で落第しちゃう」

これで決まりだ。

今年はジェンナの国語の成績が振るわない。ジェンナが優等生名簿にとどまれるようにふだんの二倍努力してきたこともあり、娘がその名簿からはずれるかもしれないと思ったミリセントが考えを変える。もっと軟弱なルールへ格下げだ。

アクセスを制限したノートパソコンを居間へ持ちこんで使用すること、携帯電話からすべてのニュースアプリを削除すること。現実的というよりむしろ心理的な対策だが、家族全員が趣旨を理解する。ジェンナが新しいルールを守るかどうかはまったくわからない。

美容師がジェンナの残った髪にどうにか形をつける。長さがそろうと、そう悪くは見えない——ただ、いつもとはちがう。ジェンナが隠したがる場合を考えて、ミリセントがあらゆる種類の帽子やキャップを買ってくる。それを食堂のテーブルに全部並べたので、ジェンナはテーブルの端から端まで歩いてひとつずつかぶってみる。最後に肩をすくめる。

「すてきだね」とジェンナ。

「気に入ったのはある？」ミリセントが尋ねる。

ジェンナはまた肩をすくめる。「帽子が必要かどうかわかんない」

ミリセントの肩がわずかに落ちる。彼女はジェンナのことよりジェンナの髪の毛を心配している。

「いいのよ」帽子を集めながら言う。「寝室に置いとくわね」

寝る前に、わたしはローリーに会いにいく。ローリーはベッドで漫画本を読んでいる。枕の下へ隠すので、わたしは気づかないふりをする。

「何？」息子が言う。全身から苛立《いらだ》ちを発している。

わたしは机の椅子にすわる。本、ノート、充電器。あけていないポテトチップの袋、半分怪物で半分ヒーローみたいな何かのスケッチ。「不公平だな」わたしは言う。「自分のせいじゃないのに、とにかく辛抱するしかないなんて」

「チームのために捨て石になれ、だろ。了解だよ」

「おまえはどう思う」わたしは言う。

「何がさ」

「妹のことだよ」

ローリーが何か言いかける。その緑の目を見れば、これから生意気なことをしゃべるのがわかる。ところが口を閉じる。そしてためらう。「わかんないよ」と言う。「あいつ、あれにちょっと取り憑かれてた」

「オーウェンか」

「うん。それがいつもよりひどかったっていうか。あいつがどんなふうになるか知ってるだろ」

ローリーが言っているのは、ひとつのテーマに対するレーザー光線並みのジェンナの集中力のことだ。対象がサッカーでもリボンでもポニーでもだ。それを取り憑かれていると言うのは、ローリーにその能力がないからだ。

「学校ではどうなんだ」わたしは訊く。

「元気だよ、たぶん。いまでも人気者だ」

「何か変化があったら知らせてくれないか」

ローリーが考えこむ。何か見返りを求めようと思っているのだろう。「いいよ」

「それから、妹相手にあんまりばかをするな」

「だってそれが仕事なんだよ。兄貴だからさ」ローリーがにっと笑いながら言う。

「わかってる。ただ、あまり腕を磨くな」

ミリセントとわたしがようやくふたりきりになったのは、日曜日の深夜だ。わたしは疲れ果てている。心配している。オーウェンやナオミやリンジーのことでつぎは何が起こるのかおびえている。

ナオミ。二日ぶりに気づいたが、ミリセントはわたしたちのそばから離れなかった。金曜の夜からジェンナやわたし、つまり家族といっしょだ。とすると、ナオミがまだ生きているのならどこにいるのだろう。彼女は水を飲まなくてはいけない。水なしでは生きていけない。

ナオミがどこにいるのか、どんなふうに拘束されているのか、どんな環境にいるのか、少しも考えたいとは思わない。考えるなと自分に言い聞かせる。それでも、いくつもの光景が目に浮かぶ。聞いたことがあるのは、地下シェルターや地下室、一見ふつうに見える家の防音室のこと。拘束具――それについても考える。鎖と手錠は壊されないようにスチール製だ。

でも、そうではないのかもしれない。たぶん、部屋に閉じこめられているだけで、室内を自由に歩きまわれるのだろう。ふつうの部屋みたいにベッドとドレッサーとバスルームと、たぶん冷蔵庫もある。居心地がよくて清潔な部屋だ。恐怖の部屋とか拷問部屋とか、そういったものではないだろう。テレビさえあるかもしれない。

それとも。

ミリセントへ目を向けると、彼女はベッドで体を起こし、テレビで聞いた話をこわがっている子供たちについて、タブレットで調べているところだ。

もう一度、ナオミのことを訊いてみようかと考える。ミリセントがナオミをどこでどうやって監禁しているのか知りたくはあるが、ひとたび知ったら自分が何かしそうでこわい。自分を抑えられる気がしない。

場所がわかれば見にいくだろう。見にいくしかない。そして、最悪のシナリオだった場合はどうする。彼女が地下室かどこかのラジエーターに鎖でつながれて泥にまみれ、拷問で血を流していたら。目にするのがその光景だとしたら、自分が何をするかわからない。

彼女を殺してしまうか。それとも逃がしてしまうか。

だから、尋ねない。

33

オーウェンの復活はその役割を終えた。リンジーを誘拐して殺し、ナオミをさらったのはオーウェンだとだれもが信じている。そろそろ消えてもらう時期だ。それには新情報を止めるしかない。これ以上手紙はなし、髪の毛もなし。行方不明の女性もなし。遺体もなし。

撤退作戦が必要だ。ジェンナのために。

カントリークラブではいまだにオーウェンの話題が尽きない。わたしは相手にしない。クラブハウスを出て噂話を寄せつけず、ケコナとも距離を置く。それでも彼女の週二回のレッスンは受け持っているが、ケコナは毎日やってくる。わたしは一日中コートにいて、客の相手をするか、つぎの客を待つかのどちらかだ。過去数週間と先週末を乗り越え、きょうはあっけないほどふつうだ。一区切りついたのだろう。

草分けのころからヒドゥン・オークスに住んでいる夫婦にレッスンをほどこす。ふたりの動きは遅いが、そもそも動けるのだからたいしたものだ。

レッスンを終えると、わたしたちは三人でプロショップのほうへ歩いていく。わたしはコーヒーを飲んで自分の週間スケジュールを確認したい。プロショップへ最短で行くためにクラブハウスを通ることになり、そこでアンディを見かける。

トリスタがアンディを置き去りにする前から彼には会っていない。あのころは相も変わらず太鼓腹で髪が薄く、ワインの飲みすぎで赤ら顔だった。

いまはずいぶん調子が悪そうだ。バーカウンターにもたれ、穿いているのは百年前の古着みたいなスウェットパンツだ。〈ヒドゥン・オークス〉のオリジナルコットンシャツはおろしたてだが、たったいまプロショップで買ってそれを着たかのようにまだたたみ皺が残っている。ひげは剃ってあるが髪が乱れている。手にしている飲み物は茶色い原液で、水やソーダで割っていないし、氷も入れていない。

アンディは友人なので、近くへ行く。というより、わたしが彼に隠し事をしはじめるまでは友人だった。

「やあ」声をかける。

アンディが顔を向けるが、うれしそうではない。「おや、プロのお出ましか。テニスのプロって意味だけどな。おまえが別の種類のプロならともかく」

「どうしたんだ」

「へえ、どうしたのか知ってるだろうに」

わたしは首を横に振る。肩をすくめる。どういうことかわからないと身振りで示す。

「だいじょうぶかい」

「いいや、あんまり。だが、そういうことは家内に訊いたほうがいいな。あいつのことをずいぶん知ってるんだろ」

それ以上何かを言われる前に、わたしはアンディの腕を取る。「外の空気を吸いにいこう」と言う。さいわい拒絶されない。仕事に支障が出そうなことは何も言われない。

わたしたちはクラブハウスを抜けてフロントドアの外へ出る。そこはアーチのある通路だ。ツタが這いあがってアーチにからみつき、向こう側へおりている。一方にプロショップがある。もう一方が駐車場だ。

足を止めてアンディと向かい合う。「なあ、いったいどういう――」

「家内と寝てるのか」

「なんだって。まさか」

アンディが疑わしそうにわたしを見つめる。

「アンディ、きみの奥さんとはぜったい寝ないよ。ぜったいにね」

彼の肩がわずかに落ちると同時に怒りの気配が消える。わたしを信じている。「だけど、あいつはだれかと浮気してるんだ」

「ぼくじゃない」でも、それがだれかを教えるつもりはまったくない。

「でも、うちのやつとよく会ってるじゃないか。週二回だったかな。あいつにテニスを教えてるんだろう？」

「二、三年前からね。知ってるだろう。でも、彼女は誘いことばなんて一度も言わなかった」

アンディが訝《いぶか》しげにわたしをにらむ。「それはほんとうか」

「お互いどれだけ長いつき合いなんだ」

「ガキのころからだ」

「それなのに、ぼくがきみよりトリスタのほうを取ると思うのか」

アンディが両手をあげる。「わからん。あいつは例の女性誘拐事件のことでひどく動揺してるんだ。もうニュースを見ようとしない」下を向き、人造の敷石を足でこする。「誓って何も知らないんだな」

「誓うよ」

「そうか。悪かった」アンディが言う。

「いいんだよ。それよりランチでも食べないか」一杯飲もうとは言わない。

「いまはやめておく。家へ帰るよ」

「ほんとに？」

アンディがうなずき、歩き去る。クラブハウスへはもどらず、駐車場へ向かう。わたしは運転するなと言いかけるが、やめておく。係員が止めるだろう。そうしないと責任問題になる。

レッスンがつづく。ニュースはない。電話も、さらなる混乱もない。ただそれも、仕事から帰る途中で洗車に立ち寄るまでのことだ。

いつもなら携帯電話を――使い捨てのほうだ――最低でも一日おきにチェックすることにしているが、今回はこの決め事を破ってしまった。いろいろなことが起こり、ほかにも対処すべきことが山のようにあったからだ。

その携帯電話は車のトランクに置いたスペアタイヤの内側に隠してある。洗車場に着いたので、掃除機をかけてもらうために車の後部から荷物を全部外へ出し、携帯電話もいっしょに取り出す。車が洗車機を通るあいだに電話の電源を入れる。新着メールを知らせる音に驚く。その音も電話も時代遅れだ。電話はスマートフォンですらなく、見かけより重いただのプリペイド式携帯電話だ。

これを何年か前にディスカウントショップで買った。決めるまでしばらく時間がかかった。電話の機種に迷ったのではない――そのときはプリペイド式携帯がどれも同じに見えた。プリペイド式を持つと決める最初の段階で時間がかかったという意味だ。親切な女性店員がやってきて、何をお探しですかと言った。年配だから電子機器にはくわしくないだろうと思ったところ、なんでも知っているとわかった。それにとても辛抱強くてやさしいので、わたしはつぎからつぎへと質問した。答はどうでもよかった。細かい技術的なことには興味がなかった。ふたつ目の携帯電話、それも使い捨てタイプのがほしいのかどうか、それを決めかねていたのだが、このまま買わなければ失礼になるという理由で結局買ったのだと思う。

それ以来ずっとこの電話を使っている。最新の着信はアナベルからだ。

彼女はその女ではないと決めてから、存在を忘れていた。アナベルのことは、向こうから電話がないかぎり考える理由がない。いや、メールがないかぎり。耳が不自由な男に電話をかけてもしかたがない。

ひさしぶり、こんどまた飲みにいきましょう。追伸、アナベルです。☺

彼女がこのメッセージをいつ送ったのかはまったくわからない。わたしが電源を入れてやっと届いたわけだが、本人が一週間前に送った可能性もある。最後に電話をチェックしてから少なくとも一週間は経っている。

返信して、わざと無視していたのではないことぐらい伝えようかと考える。車がまだ洗車中なので、画面を下へスクロールする。アナベルのメールの前に、リンジーから一件来ている。わたしが無視したやつだ。十五カ月前になる。

このあいだはとても楽しかったわ、トビアス。またこんどね！

トビアス。彼はけっして自身の人格を持たないことになっていた。そして、だれとも寝てはいけなかった。

ミリセントとわたしがいっしょになってトビアスを考えだした。フロリダにはめったにない寒い夜で、気温は五度以下にさがった。熱いココアを飲み、半リットルサイズのアイスクリームを食べるうちに、トビアスは生まれた。

「あなたの見た目はそんなに変えられないわ」ミリセントが言った。「カツラや付けひげみたいなものを使わないかぎりはね」

「カツラはやめとくよ」

「じゃあ、ほかの方法を考えなくちゃ」

聴覚障害者のふりをしようかと言い出したのはわたしだった。ちょうど二、三日前、耳の不自由なティーンエイジャーを教えたとき、わたしたちは携帯電話を使って意思疎通をした。それが頭に焼きついていたので提案してみた。

「すごいじゃない」ミリセントが言った。そして、わたし好みのやり方でキスをしてくれた。

つぎに名前について話し合った。記憶に残る名前がいいが、奇妙なのはだめで、伝統的なのがいいが、平凡なのはよくない。ふたつに絞られた。トビアスとクエンティンだ。ニックネームのことを考えて、わたしの希望はクエンティンだった。トビーよりクウィントのほうがいい。

わたしたちは二つの名前をめぐっておおいに議論を戦わせた。ミリセントは名前の由来まで持ち出した。

「トビアスはヘブライ語の名前トビヤから来てるのよ」ネットの記事を読みながら言う。

「クエンティンはローマ人の名前クインタスがもとになってる」

わたしは肩をすくめた。どちらの由来もわたしにはどうでもいい。

ミリセントがさらに言う。「クエンティンはラテン語の〝五番目〟ということばから来ている。トビアスは聖書に出てくる名前よ」

「その男は聖書のなかで何をしたんだい」

「待って」ミリセントがクリックとスクロールをして言う。「悪魔を殺してサラを助け出し、そのあとサラと結婚したんですって」

「じゃあトビアスにしよう」わたしは言う。

「ほんとに？」

「英雄になりたくないやつなんていないだろ」

あの夜、トビアスが生まれた。

彼に会った者はあまりいない——数人のバーテンダーと数人の女性だけ。ミリセントさえまだ会ったことがない。トビアスはわたしの分身のようなものだ。彼にだって秘密ぐらいある。

飲みに誘うアナベルのメールにわたしは返信しない。電源を切り、トランクへしまう。

34

六年前のクリスマス。ローリーが八歳、ジェンナが七歳のときだったが、どうしてうちには片方のおじいちゃんとおばあちゃんしかいないの、とふたりが訊きはじめた。わたしは自分の両親について、どんな人でどんなふうに亡くなったのか一度も語ったことがなかった。子供たちの質問がきっかけで、わたしはなんと言えばいいかを考えた。何を言うべきかを。

ある晩、腹を満たせば不眠症をどうにかできるのではないかと思い、キッチンへおりていった。黒豆入りキャセロールの残りを容器からじかに食べた。冷えているがけっこういける。食べていると、ミリセントがキッチンにやってきた。フォークを持ってきてそばにすわった。

「何があったの」ミリセントもキャセロールの残り物を頬張り、わたしをじっと見て待った。わたしは夜中に起き出してものを食べるような人間ではない。彼女はそれをわかっていた。

「子供たちが両親のことを訊いてくるんだ」

ミリセントが眉をあげてだまっている。

「もし嘘をついて、おまえたちのおじいちゃんとおばあちゃんはすばらしい人間だったと言えば、ほんとうのことがわかったときに父親をきらいになる」

「そうかもね」

「だけど、どちらにせよ父親をきらいになるかもしれない」

「しばらくはね」彼女が言う。「どんな子供でも、すべてを親のせいにする時期があると思う」

「どれくらいつづくんだろう」

彼女が肩をすくめる。「二十年とか？」

「その時期がおだやかに過ぎるといいな」

わたしは微笑んだ。彼女も微笑んだ。

両親はわたしを虐待した、と子供たちに言ってもよかった。精神的にも。肉体的にも。それどころか、性的にも。わたしはぶたれ、縛りあげられ、たばこの火を押しつけられ、学校までの長い道のりを行きも帰りも歩かせられた、と言ってもよかった。でも、両親はそんなことをしなかった。わたしは上品な地域の上品な家で育ち、わたしに不適切なさわり方をする者はいなかった。両親は洗練された礼儀正しい人間で、寝言でも丁寧な挨拶をするほどだった。

その一方無慈悲で冷たく、親になるべき人間ではなかった。赤ん坊が何かを修復するのは無理だとわかる程度の知恵を持つべきだった。

ついに我慢の限界が来て、わたしは外国へ行った。大学を休学して旅に出たいと言うと、両親がそこそこの金を出してくれた。わたしは帰りの日時指定がない往復航空券と大きなバックパックを買い、強い酒をショットで何十杯と飲んだ。アンディとほかのふたりの友人が旅に加わることになったので、みんなでろくな計画も立てずに出発の日時だけ決めた。連中には言わなかったが、いや、だれにも言わなかったが、わたしはおじけづいていた。

フライトの数時間前になっても、わたしはまだ荷造りの最中で、どのTシャツを持っていこうか、ぶ厚い上着は必要だろうかと迷っていた。興奮していたのはたしかだ。ヒドゥン・オークスから出ていきたくてたまらなかった。子供時代の寝室から逃げ出したくてたまらなかった。その部屋の壁は、自分が空に浮かんで星に囲まれているように見える図柄に塗られていた。外の世界にはほかに何があるのだろうと夢想するのにうんざりし、自分の目でそれを見たいと思った。

そのうえ、この先どうなるかもわからなかった。すでにテニスで挫折し、その後いい大学にはいれなくてまた挫折した。中くらいのテニスプレイヤー、中くらいの学業成績。旅の道中でも中くらいならどうなるだろう。わからない。けれども、生まれてきてはいけなかったと感じるよりはましなはずだ。

永久に帰りたくなかったし、空を描いたあの壁を二度と見たくないと思っていた。

両親は空港まで車で送らなかった。友人や友人の両親の車に乗せてくれと頼むのはあまりにもばつが悪いので、わたしはタクシーを使った。水曜日の朝、飛行機の出発時刻は早く、夜が明けはじめたばかりだった。母がコーヒーカップを持ち、父がもう着替えていた。わたしたち三人は、玄関広間のつややかなタイルの上でいくつもの鏡に囲まれていた。センターテーブルの花瓶にはオレンジ色の菊がたっぷりと活けてある。のぼってきた朝日が頭上のクリスタルガラスのシャンデリアに当たって、階段に虹を作っていた。

タクシーがクラクションを鳴らした。母がわたしの頬にキスをした。父が握手をした。

「父さん、ぼくの望みは――」

「幸運を祈る」父が言った。

自分が何を言うのか思い出せなかったので、わたしは家をあとにした。それが両親を見た最後だった。

結局わたしは子供たちに嘘をつかなかった。おまえたちのおじいちゃんとおばあちゃんはとんでもない交通事故に巻きこまれて亡くなったけど、ずいぶん昔のことだと言った。

全部は話さなかったが、だいたいは伝えた。ミリセントのおかげだ。ふたりでいっしょに、どこまで話すかを決めた。できるだけ正式な発表にするために、わたしたちは家族会議を開いた。ローリーとジェンナはまだ幼かった。子供にはまだ早いかもしれないが、それでもわたしたちはやった。

全員で居間にすわった。ジェンナはもうパジャマに着替えていて、黄色のパジャマには風船の柄がちりばめてあった。ジェンナは風船が大好きで、ローリーはそれを割るのが大好きだった。ジェンナの黒っぽい髪は顎のあたりで切りそろえられ、前髪が額に真っ直ぐ垂れている。その下から濃い色の瞳がのぞいていた。

ローリーは青いTシャツとスウェットパンツという格好だ。七歳になったとき、もう大きいからパジャマは着ないと言い張った。ミリセントとわたしはそれもよしとし、彼女はパジャマを買うのをやめた。

小さな信頼しきった顔を見ながら、人は子供を持たないほうが幸せな場合もあると告げるのはつらかった。

「すべての人が親になる必要はないんだ」わたしは言った。「すべての人が立派なわけではないのと同じだよ」

ジェンナが最初に口を開いた。「よそ者のことならもう知ってる」

「うちの一族の全員が立派なわけじゃない。いや、立派だったわけじゃない」

しかめた顔。とまどい。

わたしは十分間話した。祖父母がいい親ではなかったと子供たちに言うのは十分だけでいい。

何年かのち、ホリー以後の一連の出来事のあとで、自分の言動の皮肉なめぐり合わせに思いいたる。ローリーもジェンナもいつかミリセントとわたしについて、自分の子供たちに同じことを話すのかもしれない。

35

わたしはナオミの髪のDNA検査が一週間以上かかるとばかり思っていた。テレビのなかではいつもあまりにも速く結果が出るから、あれはでたらめだろうと考えていた。本物のDNA検査は何カ月もかかるにちがいない。まあ、そうかもしれないが、予備検査についてはちがうらしい。また、生存の可能性がある女性を捜索中の場合も例外らしい。

検査結果によれば、その髪は九十九パーセントより高い確率でナオミのものだ。こうしたことを全部教えてくれるのはケコナだ。いつものテニスのレッスンが科学捜査の授業となったのは、彼女の新しい趣味が実録犯罪ドラマとドキュメンタリーだからだ。この手の番組では、女性が失踪して死亡した事件、またはそのどちらかだった事件を扱うのがふつうだ。

「かならず言えることは、若い、美人、基本的に世間知らず」ケコナが被害者の特質をひとつずつあげる。彼女はコーヒーカップを手にしているが、おそらく一杯目ではない。

「たまには売春婦がらみの事件もやってるけど。教訓となるようにね」

「そのあとは？」わたしは尋ねる。

「どういうこと？」

「だから、その若くて美人で基本的に世間知らずの女性が行方不明になったあと、どうなるんですか」

騒ぐ聴衆を鎮めるかのように、ケコナが両手をあげる。「可能性その一——犯人はボーイフレンド。嫉妬深くて独占欲が強いから。または前のボーイフレンド。やっぱり嫉妬深くて独占欲が強いから」

「それ全部でその一だったんですか」

「そうよ。ちゃんと聞いて。可能性その二はよそ者、十中八九よそ者よ。精神病質者、ストーカー、反社会的人間、精神障害者、連続殺人鬼。少なくともこのうちのひとつだけど、ふたつ以上かもしれない」

ケコナは何ひとつ新しい情報を教えてくれない。わたしもテレビは見る。けれども家ではニュース番組がまだ禁止なので、見ない日もある。ジョッシュが報道したＤＮＡ鑑定結果を見逃していたので、ネットのニュースで見ようと頭のなかに刻みつける。

「起こりうる結果ですって？」まるでわたしに訊かれたかのようにケコナが言う。わたしは訊いていない。「死よ。レイプと死。拷問とレイプと死」

それについては口数が少ない。

「助かることもないわけじゃないけど」ケコナが言う。

「しかし、そんなにはないでしょう」

ケコナが首を横に振る。「作り話でもあまりないわね」

わたしたちはテニスのレッスンにもどる。しばらくしてから、結局わたしはもうひとつ訊く。「なぜそんなに人気なんでしょうね。行方不明の女性の話が」

「だって、囚《とら》われの乙女にだれが抵抗できる？」


わが家のニュース禁止令ははじめから少しいいかげんなところがあった。なにしろ全員が携帯電話でインターネットを使える。ＤＮＡ鑑定のことはみんなが知っている。夕食後、ミリセントがわたしをガレージへ誘う。臨時のデートの夜だ。

ジェンナのその後の経過についてわたしと話し合いたいらしい。断髪事件からまだ一週間も経っていないが、ジェンナはあのときより具合がよさそうだ。楽しそうにさえ見える。

ミリセントは再発を心配している。何が心配なのか、わたしにはわからない。ジェンナは先見性のある子であって、被害妄想にとらわれているのではない、と最近は考えている。だれだって精神病質者やストーカーや反社会的人間や連続殺人鬼に誘拐されたくないだろう。うちの娘だってそうだ。

車にはいるやいなや、例の話題にどうふれるべきかについてミリセントが提案する。わたしたちは彼女を動揺させたくないけれど、そのニュースを無視したくもない。わたしたちはジェンナを理屈でねじ伏せたくないけれど、彼女の友達にはなれない。わたしたちは話し合いたいけれど説教はいや、なぐさめたいけれど甘やかしはだめ。ミリセントが〝わたしたち〟ということばを使うので、自分の考えではなく、ふたりの考えのように聞こえる。

「彼女の様子は？」

「いまのところは元気に見える。でも、先週だって元気そうだったのに、そのあと――」

「ジェンナのことじゃないんだ」

彼女が首をかしげてとまどう。苛立つ。やがてはっきりとわかる。

「ナオミのことを言ってるのね」彼女が言う。

「まだ生きてるのか」

「ええ」

その質問を取り消したい。ミリセントが笑い、アドレナリンが自分の体内に押し寄せ、ふたりとも気分がよくなるようなことを言いたい。

何も思いつかない。

わたしたちは見つめ合うが、彼女の目がとても暗くてまるで穴のようだ。わたしは見つめるうちに、ここでやめるか、それともナオミはどこだと訊くか、どちらかにするしかなくなる。

わたしは目をそらす。

ミリセントが深々と息を吐く。

わたしは彼女のあとについて家へはいる。居間のソファにすわり、そのソファではジェンナとローリーがテレビを見ている。わたしたちがテレビではなく子供たちを見ていることにローリーがいち早く気づく。そして、その話題にはつき合わない。

うまくいってるとわたしは思う。ジェンナが耳を傾けてうなずき、笑みを浮かべる。何か訊きたいことはあるかとミリセントに問われ、首を横に振る。気分はどうだとわたしが尋ねると、だいじょうぶだと言う。

「こわい？」ミリセントが言う。

ジェンナが短い髪へ手を伸ばす。

「別に」

「オーウェンはあなたを傷つけたりしないのよ」

「わかってるってば」

その苛立った口ぶりに元気づけられる。ジェンナの話し方はいかにも正常で、髪以外は見た目も正常だ。


その後、ミリセントとわたしは寝室にいる。ミリセントは整理整頓の最中で、バスルームとクローゼットのあいだを行ったり来たりして、何かをしまってはほかのものを出している。朝のしたくが簡単にすむように、ベッドの前に全部そろえておく。彼女はあわてふためくのがきらいだ。遅刻もだ。

わたしはそれを見守る。赤い髪が束ねきれずに乱れているので、しょっちゅう片手で後ろへ払いのける。保温性は高いが昔ながらの厚ぼったい下着を着て、縞模様の靴下を穿いている。ナイトウエアは妻が最も流行を追わない分野なので、ずいぶん野暮な格好だねと本人に言ったことがある。けれども今夜は言わない。その代わり、廊下に出てジェンナの様子を見にいく。

ジェンナは白い上掛けの下で、オレンジ色のシーツのあいだにおさまって眠っている。その顔は落ち着いておだやかだ。こわがってはいない。

部屋へもどると、ミリセントがベッドへはいったところだったので、わたしも隣へ行く。わたしを見つめるので、ガレージでの話を蒸し返すのかと思う。しかし妻はなんでもなかったかのように明かりを消す。

妻の寝息が深くなるのを待ち、起きて、またジェンナの様子を見にいく。

二回目に起きてからはもうベッドへもどらない。夜のあいだにもう三回様子を見にいく。その合間にテレビを見る。午前二時ごろ、昔の映画を見ながらうたた寝をする。目を覚ましたとき、オーウェンの顔が見える。オーウェンのドキュメンタリー番組をやっている。

オーウェンの犯罪を扱った、くわしさについてはまちまちな番組がいくつも作られてきた。わたしはオーウェンが被害者に何をしたのかという記事を避けてきたように、この手の番組も避けてきた。しかし、今回はちょうど悪いときに目を覚ましたからそうもいかない。オーウェンの顔を見たとたん、画面が切り替わる。つぎに映ったのは、被害者を監禁していた部屋だ。

その映像はオーウェンの裁判のために撮影されたものだが、裁判は一度もおこなわれなかった。十五年前のことで、手持ちカメラで撮ってあるのでずいぶん画面が揺れている。

オーウェンは使われていないパーキングエリアの建物の内部を壊し、トイレの男性用と女性用を隔てる壁を取り払った。タイルの床は白かったと思われるが、いまは灰色っぽい茶色だった。便器がひとつ残っているほか、シンクとマットレスとテーブルもひとつずつある。壊された壁にパイプが走っている。地下をもぐってから天井を渡り、別の壁をおりてセメントの床のなかへもどる。手錠にぴったりの太さだ。パイプの一本にひとつつながったままになっている。

画面がいきなり動き、床がクローズアップされる。広角で撮っているときは血が見えなかった。いまならこちらに少し、あそこにも数滴、血痕があるのがわかる。赤いしみはあちこちにあり、まるでだれかが赤い塗料を刷毛《はけ》で床に振りまいたかのようだ。カメラが床を撮りながら隅へ移動する。もっと大きな血痕が壁についている。それは床から少し上のあたりで、血を流しているだれかがそこにうずくまっていたのかもしれない。

カメラがまた動き、マットレスへ向かう。

わたしはナオミがそこに横たわっているところを想像する。

チャンネルを変える。

36

その二日後、トリスタのことを聞く。わたしに知らせたのはミリセントだ。

土曜日の夜だ。ローリーは二階、ジェンナは友達の家へ泊まりにいっている。子供たちが見えなくなるやいなや、わたしはソファにどっかと腰をおろし、テーブルに足を載せる。足を載せるのは許されていないのだが――わたしでも子供たちでも――ミリセントが隣にすわったとき、彼女は何も言わない。

そうなるとかえって、頼まれなくても足をどける。それほど様子が変だ。「どうしたんだ」わたしは言う。彼女の手がわたしの手に重ねられ、心配になる。というより、平静ではいられない。「ミリセント、早く言って――」

「トリスタよ」

「トリスタ？」

「さっき彼女の妹さんから電話があったの。アンディは気が動転して話せない状態だから」

「トリスタの妹？　なぜその人が――」

「トリスタが自殺したのよ」

わたしは耳が聞こえないかのようにかぶりを振る。トリスタが自殺したとは言われなかったかのように。

「ほんとに気の毒だわ」ミリセントが言う。

これは現実だと悟り、衝撃で息が止まる。「わけがわからない」

「妹さんの話では、みんなもわけがわからないって。アンディはとくに」

「彼女はどんなふうに」わたしは言う。

「シャワーカーテンのポールから首を吊ったそうよ」

「ああ、そんな」

「あの夫婦が問題をかかえてたのは知ってたけれど、まさかそこまで追い詰められていたなんて」

ミリセントはほんとうの理由を何も知らない。なぜなら、わたしがトリスタのことを、オーウェンとつき合っていたことを彼女にひと言も伝えなかったから。そして、いまだにオーウェンを愛していることも。

食べた夕食が胃の中で焼けて穴をあけているみたいだ。バスルームへ駆けこんで全部もどす。ミリセントが戸口でだいじょうぶかと訊いている。ああ、と答えながらも空えずきがはじまる。食べすぎたんだ、と言う。

ミリセントが手を伸ばしてわたしの額にさわる。熱はない。わたしは床にすわって壁にもたれ、手を振ってだいじょうぶだと伝える。

彼女が立ち去る。わたしは目を閉じ、妻がキッチンで冷蔵庫のなかを引っ掻きまわしている音に耳を傾ける。なんであれわたしの胸をむかつかせた原因を探しているところだ。わたしたちのせいなんだと彼女に言いたい。わたしたちには娘がいて、その子は学校へナイフを持ちこみ、自分の髪を全部刈ってしまった。こんどはひとりの女性が死んだ。ナオミではなく、別の女性が。オーウェンのせいだ。そして、わたしのせいだ。わたしがジョッシュへあの手紙を書いた。

ミリセントがピンク色の薬がはいった瓶を手に走ってくる。それを一気に飲み干し、もう一度吐き気がやってくる。

葬儀はリンジーのときと同じ〈オールトン葬儀場〉でとりおこなわれる。わたしはリンジーの葬儀には行かなかったが、記事で読んだ。リンジーの棺が閉じられていたのは、ミリセントが彼女にしたことのせいだ。トリスタの棺は開かれている。

アンディはまだトリスタの夫なので、すべてを手配したのは彼だ。部屋は広く、全席が埋まっている。自分の葬儀が立見席以外満員になるのを知ったら、トリスタはよろこんだことだろう。全員が一番いい黒服を着て参列し、悔やみを述べるかぼんやりながめるかのどちらかだ。わたしが参列しているのは、自分に責任があるからだ。

ミリセントもいっしょだが、トリスタの自殺の理由にまだ見当もつかずにいる。ほかのだれもがそうだ。何日ものあいだ、カントリークラブでは彼女の離婚、鬱状態、金銭問題について噂が飛び交っていた。いつ彼女が薬物やアルコールの依存症や色情症ということになってもおかしくない。彼女は妊娠していた。または、妊娠していたのに流産した。もしかしたら、死に至る病とか脳腫瘍でいずれにせよ死にかけていたのかもしれない、とか。彼女が二十数年前にオーウェン・オリバー・ライリーとつき合っていた事実をだれも覚えていないか、そもそも知らないと思われる。

トリスタの妹が葬儀に出席している。体重を増やして髪をこげ茶色にしたトリスタを思わせる。両親の仕事中は姉が世話をしてくれたものだと妹が言う。姉が夕食を作り、洗濯をした。

「わたしたち姉妹は街の反対側で育ちました。姉はもとからヒドゥン・オークスに住んでいたわけじゃないんですよ」

失礼な言い方に聞こえる。トリスタの妹はいまだに街の反対側に住んでいる。

彼女はアンディのことを言わない。

つぎは、もっと最近になってからのトリスタの知り合いだ。彼女はトリスタと同じように痩せたブロンドで、トリスタが可能なかぎりいつでも話を聞き、力を貸し、寄付をはずんでくれたことを長々と語る。

最後にアンディが話す。この前会ってから髪を刈ったらしく、スウェットパンツではなくダークスーツを着ている。アンディはトリスタとのなれそめを語る。彼女はある美術館の無給の見習いだったが、それでも美術史の学位を活かせる仕事を探していた。彼は慈善イベントに出席し、ある彫像の前でふたりの道が交わった。彼女はその像についてありったけを語った。

「魅せられたんです。あいつに、あいつの話し方に、あいつが言うことに、声の調子にさえも。これ以上ふさわしいことばを思いつけない。トリスタはまさに魔法をかけていた」

アンディはそう言って泣き崩れる。はじめに涙を流し、それからむせび泣きになる。

だれも動けない。

わたしは目をそらす。また胸のむかつきがはじまる。

アンディの弟が歩み寄って耳打ちをする。アンディは深く息をつき、気を取り直す。彼は話をつづける。わたしは聞いていない。そのことばについて考えている。

魔法をかけていた。

アンディの話がすんだので、棺のそばまで行ってトリスタに最後のお別れをする機会にめぐまれる。ほとんど全員がそうする。ためらう者も数人だけいる。わたしたちは平気だ。棺は黒といっていいぐらいかなり濃い色の木製で、内側は淡いピーチ色だ。それほど悪くない。その色がトリスタのブロンドの髪とアプリコット色の口紅を引き立たせている。アプリコット色が彼女に似合っていて、その口紅がいいとわかる者がいたのがうれしい。けれども、衣服はその逆だ。ダークブルー一色の長袖だ。真珠の一連ネックレスが首にかけられ、耳にも真珠のピアスがある。どれもトリスタらしくない。まるでだれかがきのう買ってきたみたいだ。トリスタが自分の好きなものではなく、威厳のあるもののなかに埋もれるべきだとまわりの人間が考えたからだろう。

そう思うとやけに腹が立つ。トリスタが自分の大きらいな服を着て永遠のときを過ごすところなど想像したくない。彼女がこの葬儀を上から見おろしていないことを願う。

「彼女、きれいね」ミリセントが言う。

トリスタに向かって何か言えるとしたら、わたしは申しわけないと伝えるだろう。衣服のことも、オーウェンについて尋ねたことも、オーウェンをよみがえらせたことも。

そしてまた、アンディは正しいと伝えるだろう。彼女は魔法をかけていた。それがわかるのは、アンディが言わんとすることがわたしにはまさに腑に落ちるからだ。

ミリセントは魔法をかけている。彼女を言い表すとしたらこれしかない。わたしと出会ったとき、彼女は魔法をかけ、いまも魔法をかけている。そしてもし彼女が死んで、葬儀でわたしが何か話すしかないとしたら、アンディと同じことを言うだろう。どのくらいの魔法だったかを、二度と彼女に会えないと知ったうえで示すとしたら、空へ向かってこぶしを振りまわすだろう。あるいは、だれであれすべてを台無しにした者に向かって。

アンディの場合、それはわたしだ。彼の友人だ。

37

テレビに映るその男は、太って不健康そうな死にかけの五十代だ。せり出したしまりのない腹、たるみはじめた顎の下、白いものが目立つ頭髪。こういうタイプなら知っている。わたしの客たちもこんなふうだ。いや、かつてはこんなふうだった。

ランカスター・ホテルの前でジョッシュがその男にインタビューをしている。ナオミはみんなが言うような隣の家の女の子ではなかったとはじめに言った、というよりほのめかしたのがこの男だ。

「彼女が悪事を働いていたとは言ってませんよ」男が言う。「ただ、彼女が見つかるのなら、本人の人となりについてわたしたちは正直であるべきだと思うんですよ」

彼はランカスターの常客で、仕事で月二回街へやってくる。ほかの常連客同様、ナオミとは何度か話したことがある。「まあたとえば、何名かの客に対しては仕事の範囲をかならずしも守らなかったとだけ言っておきましょう」

「くわしく説明していただけますか」ジョッシュが言う。

「その必要はあまりないと思います。世間のみなさんは自分で考えるぐらいの頭はお持ちですから」

だれであれ、ナオミの課外活動についてふれたのはこれがはじめてだ。これで終わったわけではない。

職場の同僚たちが声をあげ、ナオミの真実を知っていると言いだす。ナオミはおおぜいの男たちと寝ていた。そのなかにはホテルの客もいた。金のことにふれる者はおらず、寝たこととしか言わない。彼女は売春婦ではなかった。ナオミは複数の宿泊客とセックスをしていた二十七歳の女だった。

彼女と寝たことを最初に打ち明けた男は身元を明かさない。テレビ画面に映るのは本人のシルエットだけで、声も加工されている。

「ランカスター・ホテルに泊まったことがありますか」

「はい、あります」

「ナオミというフロント係をご存じでしたか」

「知っていました」

「あなたは彼女とセックスをしましたか」

「恥ずかしながらそのとおりです」

さらに、ナオミが主導権を握っていたと男は言う。つまり、誘ったのは彼女のほうらしい。

もうひとりの男が登場する。そしてもうひとり。シルエットがもっと、加工された声がもっと。全員が匿名のままだ。ナオミと寝た男たちのなかで顔をさらす者はひとりもいない。既婚者だからではない。というのも、少なくともそのうちふたりが独身または離婚経験者だ。連中はただ、彼女の男のひとりだったことを認めたくないだけだ。

あるいは、彼女に征服された男。テレビではそう呼ばれている。

カントリークラブでは噂の傾向が変わりはじめる。人々はこれが滑稽で恥ずかしいことだと言わなくなる。何人かはオーウェンが怪物だとさえ言わなくなる。その代わり、どうしたらナオミはこの事態を防げたのだろうと言いはじめる。どうしたら犠牲者にならずにすんだのだろう、と。

ケコナもそのひとりだ。ナオミにまつわる話は、災難は災難を求める者のところへやってくる、という彼女の信念を確固たるものにする。そして彼女の頭のなかでは、セックスも災難のひとつだ。

テレビではナオミの私生活の話が止まりそうもない。ジョッシュがこの話題を取り仕切っていて、声をあげるだれもがまず彼のところへ行く。見れば見るほどわたしは心を奪われていく。まばたきひとつする間にナオミが別人になっている。

このことをミリセントと語り合う機会にようやくめぐまれるのは、ジェンナの最近の精神科診療に付き添ったあとだ。わたしたちは娘を学校へ送り届け、娘は友達といっしょにこんどの募金イベントのために体育館の飾りつけをはじめる。それからミリセントがわたしをカントリークラブへ――わたしの車が置いてある場所へ――送る。彼女がラジオをつけたのでニュースが飛びこんでくる。アナウンサーが報じるには、ランカスター・ホテルでの宿泊中にナオミと寝たと言いだした者が、ほかの男性と同様匿名ではあるが、まだもうひとりいるという。これで七人だ。

「すてき」ミリセントが言う。

「すてき?」

「世間が彼女やオーウェンのことで盛りあがってるかぎり、わたしたちはなんの心配も要らない」

わたしはジェンナをきちんと育てたいが、今回のことが彼女に強い影響を及ぼすかもしれない。わたしとしては、娘がこの先一生ヴァージンでもかまわないが、それが健全なことでないのはさすがに認める。

ミリセントが手を伸ばし、わたしの手を握る。「変更して正解だったわね。アナベルならこうはならなかったもの」

たしかにそうだ。だから、わたしも妻の手を握り返す。


ジェンナの部屋へおやすみを言いにいく。ジェンナがベッドに横になって紙の本を読んでいる。自分のノートパソコンは一階に置いてあるからだ。髪が少し伸びてきて、けっこうカッコよくなってきたとわたしは思う。ジェンナは本の上端から顔をのぞかせ、何か用なのと目顔で尋ねる。

わたしはベッドのへりにすわる。

「話をしたいんでしょ」ジェンナが言う。

「察しがよすぎてかなわないよ」

ジェンナが顔をしかめる。「どうしておだててるの」

「わかるかい。やっぱり察しがよすぎる」

ジェンナがため息とともに本を置く。わたしは自分がばかになった気分になる。子供たちのそばにいるといつもこうだ。

「具合はどうだい」わたしは言う。

「別に」

「真面目に。ちゃんと話そう」

ジェンナが肩をすくめる。「まあまあってとこ」

「あのドクターは好きかい」

「たぶん」

「いまもオーウェンのことはこわくないね」

また肩をすくめられる。

過去二、三週間のあいだ、わたしたちの会話はこんな調子だ。以前はちがった。ジェンナは友達や教師のことをなんでも話してくれた——この人が何をしたとか、あの人が何を言ったとか。ほうっておけばいつまでもおしゃべりしたものだ。

わたしはジェンナの初恋さえ知っている。その男の子が国語の時間に娘の目の前にすわり、ひとつにはそのせいで国語が娘の一番不出来な科目になった。

最近ジェンナが何も言おうとしないのは、あの精神科医のせいだ。たぶん話すことに飽き飽きしているのだろう。

かがんで娘の額にキスをする。そのとき、光る何かが視界の隅にはいる。ベッドとナイトテーブルのあいだ、マットレスの下から何かがはみ出ている。わが家のキッチンにあったものだ。

うちの娘がまたキッチンナイフを持ち出し、マットレスの下に隠した。

わたしは何もとがめない。

おやすみとだけ言って部屋を出て、そっとドアを閉める。廊下を歩いてローリーの部屋の前を通ると、電話中の声が聞こえる。中へはいってもう寝なさいと言いそうになるが、息子がナオミのことを話しているのだと気づく。

38

家からニュースを閉め出すのは不可能だ。

いままでミリセントにだまっていたことはいくつかある。たとえば、だいぶ昔のポンコツトラックの件がそうだ。そしてトリスタ。トリスタがオーウェン・オリバー・ライリーとつき合っていたことは彼女に言わなかった。アンディのもとを去って自殺した理由がそれだとは、口が裂けても言わなかった。

ペトラ。わたしの聴覚障害に疑問を感じた女ペトラのことを、いまさら言うのはばかげている。彼女のことを持ち出してもしかたがない。

そして、ローリー。ローリーの恐喝のことは言ったことがない。その話をすればペトラの問題にもどるからだ。

それから、クリスタルのことがある。

ミリセントは家のことで人の手を借りるつもりがまったくなかった。自分の気に入るとおりにだれかが掃除をするとは思えず、子供たちの世話をだれかにまかせたくもなかった。一度だけ人を雇ったのは、子供たちの学校や習い事の送り迎えをしてもらうためだった。二、三年前になるが、当時ミリセントもわたしも仕事がとてもいそがしく、助けを借りずにすべてをこなすのは無理だった。

ホリーが死んだ直後でもあった。そして、その他もろもろの前だ。

子供たちの車での送り迎えにわたしたちが雇ったのがクリスタルだった。親切な若い女性で、いつも時間どおりに来て子供の扱いもうまかった。彼女はわたしたちのところで働き、やがてミリセントがもう必要ないと決めた。

けれどもその前に、クリスタルはわたしにキスをした。

それは、ミリセントがクーパーとかいう男の同僚とともにマイアミの会議に出かけていたときだった。わたしはその男がきらいだった。

ミリセントが不在の三日間、クリスタルはいつもよりそばにいることが多かった。子供たちを学校から連れて帰り、家で夕食を作ってくれた。ある日の午後、わたしたちはたまたまふたりきりになり、そうなってしまったのはそのときだ。

昼食の時間わたしが家に食べに帰ると、彼女がそこにいて、子供たちは学校にいるので彼女ひとりだった、クリスタルがいくつかサンドイッチをこしらえ、わたしたちは彼女の家族の話をしながらいっしょに食べた。興奮するようなところは何ひとつないし、変な雰囲気でもなかった。誘惑していると思わせる素振りもまったくなかった。食べ終わって、わたしが冷蔵庫へ行き、彼女がシンクへ向かったとき、わたしたちの体がぶつかった。

彼女は後ろへよけなかった。

じつをいうと、わたしもだ。彼女がどう出るかたしかめたかったのかもしれない。

彼女はキスをした。

わたしは後ろへよけた。当時、わたしは一度もミリセントを裏切ったことがなかった。そんなことは考えてもいなかった。考えていたのは、男の同僚といっしょにマイアミにいるミリセントのことだった。

わたしが何か言う暇も与えずに、クリスタルがあやまってキッチンから立ち去った。わたしたちがもう一度ふたりきりになったことはなかったと思う。

オーランド空港でミリセントを車に乗せる直前まで、わたしは妻に打ち明けようかと考えていた。そして、危険は冒さないことにした。

こんなことを考えているのは、自分だけがまったく裏表のない人間だとは思わないからだ。ミリセントはわたしに嘘をついているらしい。そう思ったのは、ジェンナの体調が悪くなったときだ。わたしは仕事から帰ったばかりで、しかも時間に遅れていた。わたしたちは住宅ローン・ブローカー組合主催のパーティーへ行く予定だった。ミリセントがいそがしく動きまわって身じたくをし、ローリーがビデオゲームをし、ジェンナがバスルームでもどしていた。

あの夜、ミリセントはひとりでパーティーへ出かけた。わたしは家でジェンナといっしょにいた。

ジェンナの胃のことでは一度医者に診てもらったことがある。家庭医によれば、わたしの心配しすぎらしい。子供の胃がむかつくのはよくあることだという。それにしても最近は回数が増え、オーウェンがよみがえってからはお腹の不調がさらにひどくなった。こうなれば、ジェンナがオーウェンへの恐怖を克服していないと思わざるをえない。娘はこれが原因で体調を崩している。

携帯電話のカレンダーで、ジェンナの具合が悪くなった回数を調べる。はじめのころ、わたしたちがリンジーといっしょだった夜にそうなったことがあり、あのときはミリセントひとりにリンジーをまかせ、わたしはジェンナのもとへ行った。

リンジーの遺体が発見されてから、あの夜のことをずっと考えている。ジェンナがお腹を壊さなかったら、どうなっていたのだろう。わたしたちはあのままリンジーを殺したのだろうか。それとも、リンジーを生かしておきたいとミリセントが言ったのだろうか。

それに、ミリセントはいつリンジーの世話をしたのだろう。仕事をしていたはずなのに。あれだけ多くの物件を売りながら、どうやってリンジーを一年間生かしておいたのだろう。

答の見つからない疑問が多すぎる。わたしには秘密がある。ミリセントにないはずがない。

最初に思いついたのは間抜けな策だ。ミリセントを尾行すれば何をしているかわかり、たぶんナオミの居場所も突き止められる、とわたしは考えた。けれども、尾行を考えたとたん、なぜ不可能かわかる。彼女はわたしの車を知りすぎるほど知っている。車のナンバーも知っている。一瞬でわたしに気づくだろう。

そのうえ、仕事をしなくてはいけない。融通がきく仕事だが、好き勝手はできない。

それでも尾行せずにいられないのは、テクノロジーがわたしに代わってあとをつけてくれるからだ。ネットで五分検索し、映画そっくりのことができるとわかる。GPS発信機をマグネットケースつきで購入し、電源ボタンを押して、ミリセントの車の底部に貼りつける。あとは携帯電話のアプリにログインするだけで彼女の車の場所がわかる。そのうえアプリは停車場所の住所を記録するから、リアルタイムで確認する必要がない。設定全体にかかる費用は、リアルタイム情報の料金も含めて信じられないほど安い。だれかをスパイするのにこれほど簡単な時代はないだろう。

こう言えば造作もないように聞こえるが、また、技術的にはそのとおりだが、ほんとうの代償はわたしの精神だ。そして、結婚生活だ。

その装置を買いはしたものの、すぐには取りつけない。そいつは車のトランクに置かれたまま、わたしの頭の奥に焦げ穴を作る。結婚生活も家族も壊したくないが、ミリセントに偵察を見破られればそうなるだろう。

こんなことはしたくないが、妻が何をしているかは知りたい。

仕事から帰ると、ミリセントがすでに帰宅して彼女の車がガレージにある。取りつけに一秒しかかからない。

もしかしたら車に発信機がついているのを彼女が知る方法があるのでは、と夜になってふと思う。すべてのテクノロジーにはそれに対抗するテクノロジーがあるから――少なくともわたしはそう推測する――一時間携帯電話を使って、わたしがしたことをミリセントが見つける方法を探る。やはりそうだ。彼女は見つけることができる。しかしそれにはまず、自分があとをつけられているのではと疑わなくてはならない。

妻のほうをうかがう。彼女はローリーといっしょに食堂のテーブルで、歴史の授業に使う暗記カードを作っているところだ。というのも、ローリーは優秀な生徒だったためしがなく、教師たちに言われているとおり、勉強に打ちこんでいない。ミリセントもそれを認め、息子が打ちこめるように週に何度か勉強につき合っている。携帯電話は禁止、気晴らしもだめ、目の前には宿題と母親のみ。ミリセントがローリーを指導しているときは、わたしでも邪魔できない。

数分後、ミリセントがわたしの視線を感じ取る。目をあげてウィンクをよこす。わたしはウィンクを返す。
夜遅く、妻の車から発信機をはずす。
翌朝、またつける。

39

だれかをじかに観察すると、親しみが湧く。相手は見られているのをまったく知らないので、警戒したり人目を気にしたりしない。だからわたしは相手の歩き方やしぐさ、ちょっとした癖や身振りまで知るようになる。つぎに何をするのかさえわかることがある。発信機を使うとずいぶん勝手がちがってくるのは、わたしがミリセントを観察していないからだ。観察しているのは地図上を動く青い点だ。

そのアプリが彼女の居場所を知らせる――住所とか、緯度と経度を。滞在時間と走行速度、駐車方法まで正確にわかる。アプリが表とグラフを吐き出して、走行時間と平均速度とそれぞれの場所での平均停車時間を教えてくれる。ミリセントが運転席におさまり、営業用のきちんとした身なりで、電話で話したり音楽を聴いたりしている姿を思い浮かべてみる。わたしが知らなかったことを彼女はするだろうかと考える。ひとりのときに歌うかもしれない。それともひとりごとを言うか。どちらも見たことはないが、何かしらするにちがいない。ひとりでいるときはだれでもそうだ。

最初の日、彼女は子供たちを学校へ送ってからオフィスへ行く。不動産会社で働いているが、机に向かっている時間は短い。そのあとラーク・サークルへ、それからヒドゥン・オークス内の住所へと向かう。つぎの八時間か九時間で売り出し中の十一軒の家をまわる。わたしは全部にチェックマークをつける。彼女は子供たちを迎えにいき、店へ寄ってから家へ帰る。

驚いたのは彼女がランチに立ち寄った場所だ。サラダやサンドイッチの店ではなく、ファストフード店でもなく、ミリセントが行ったのはアイスクリームパーラーだった。彼女が選んだのはコーンのアイスかカップのアイスか、そのあとの午後ずっと考える。

夕食はチョリソーとさつまいもを添えたローストターキーだ。ローリーが歴史の小テストの出来をはぐらかそうとスリルいっぱいの話をする。ある男子が喫煙を見つかって逃げ出したが、顔はばれずにすんだという。ジェンナも同じ話を聞いたことがあるが、友達の友達によれば、その子は教頭の息子だから逃げたんだという。

「ちがうね」ローリーが言う。「そいつはチェットだって聞いたぞ」

ジェンナが鼻であしらう。「あいつは間抜けよ」

「チェット・アリソンなの？」ミリセントが訊く。「アリソン夫妻に家を売ったんだけど」

「ちがう。チェット・マディガンのことよ」

「学校にチェットがふたりいるのね」ミリセントが言う。

「三人よ」とジェンナ。

会話がいっとき途絶える。どれだけチェットがいるんだと思いながら、わたしはミリセントの皿をこっそり見る。分厚いターキーのひと切れとチョリソーがひとすくい、それと小ぶりのさつまいも。彼女にとってふつうの量の夕食だ。デザートは果物とジンジャークッキーだ。アイスクリームではない。

ふいに、妻の食習慣に興味津々の自分に気づく。妻が昼に何を食べたかで、わたしたちの夕食が、デザートが、あるいはその両方が決まるのだろうか。

つぎの日も青い点を見守る。

ミリセントが子供たちを学校へ送るが、迎えにいくのはわたしで、その間彼女はウィロー・パークという塀とゲートをもうけた住宅地の家にいる。きょうはオフィスへ行くが、ランチ休憩は取らない。相変わらず狭い範囲にとどまり、そのエリアと一番売り上げをあげている分譲地に集中する。

その一方、警察が捜索範囲を広げてきている。夜、ミリセントが寝入ったあと、わたしはバスルームで携帯電話を使ってニュースを見る。ガレージへ行けば、わたしがまだ浮気をしていると息子に思われるからだ。

最近になって、ジョッシュがナオミ失踪後の日数を報道しはじめる。彼はそれを〝ザ・カウント〟と呼び、きょうは二十二日目だ。十三日の金曜日から二十二日が過ぎ、ジョッシュはいまだに警察を追いかけて、廃墟となったビルや小屋や地下シェルターをまわっている。専門家は無駄な捜索だと言う。オーウェンはニュースを見ているから、ナオミは無人のビルや小屋や地下シェルターにはいないだろうというわけだ。それに、女性ひとりならどこにでも監禁できる。どこかのひと部屋、貯蔵用のコンテナ、クローゼット。

その報道はわずか数分で終わる。以前はイブニングニュースの半分を占めていたものだ。このニュースは衰《おとろ》えはじめている。新しいことが何も起こらず、ナオミがもはや隣の家の女の子ではないからだ。彼女は穢《けが》れている。視聴者が焦《じ》れてきた。

一方わたしは青い点に心を奪われている。ミリセントが一軒の家を見せるのにどれくらい時間をかけるのかとか、ランチ休憩をどれくらい取るのかとか、一日に何軒の家を見てまわるのかとか、長年結婚していながら考えたこともなかった。彼女のあとをつけているいま、こうした何もかもに興味が湧いてくる。

隙あらばアプリをチェックする。テニスのレッスンの前後、車にいるとき、クラブハウスで、ロッカールームで。ナオミの気配はまったくない。ミリセントは妙な建物や閉鎖した事業所には一度も行かず、家は売り出し中のものばかりだ。彼女は店へ行き、学校へ行き、不動産売買の最終手続きのために銀行へ行く。四日が過ぎ、わたしはナオミがもう死んでいるのではないかと思いはじめる。

どこかすっきりしないが、これが最善のシナリオかもしれない。ナオミがいなくなり、消息を絶って見つからなければ、おそらくオーウェンは彼女とともに消えていく。ニュースに登場しなくなれば、オーウェンは二度とよみがえらないはずだ。

トリスタはいなくなったままだろう。それはどうしようもない。それでも、ジェンナがこわがらなくなる。オーウェン・オリバーのことを考えなくなる。

一年後にオーウェンはふたたびニュースで取りあげられるだろう。一周年記念としてドキュメンタリーや特別番組や大げさな再現映像が流されるが、あらたに報道される事実はひとつもない。聞かされるのはナオミのことや、声を加工してシルエットになった男たちの話だ。

もう一度オーウェンは消えていくだろう。ナオミもともに消える。ジェンナはひとつ歳を重ね、男の子たちの話をするようになる。髪がもとどおりに伸び、マットレスの下にナイフを隠したりしない。

日が経つにつれ、このとおりになる気がしてくる。ナオミがもう生きていないのだから、ミリセントは拷問していないし、彼女のところへかよってもいない。警察は依然として手がかりをつかめない。わたしたちがしたすべてのことが消えていき、やがてだれもが忘れる。

わたしは微笑みながら青い点をながめる。午後、ミリセントが家へ向かい、子供たちをおろしたあとまた出かける。コーヒーショップへ立ち寄るが、彼女がバニラ・ラテを買うのはわかっている。たぶんショットをひとつ追加したやつだが、地図上の点からそれを見分けるのはむずかしい。

ミリセントを見守るのにいそがしすぎて、ニュース速報を見そびれる。ある女性がオーウェン・オリバー・ライリーに襲われたと訴えている。

40

この女性のニュースをはじめて耳にしたのは、EZ‐Goにいるときだ。テレビのスクリーンが炭酸ジュースサーバーより上にあり、防犯ミラーに映っている者も含めて店内の全員からそれが見える。ニュース速報の文字が表示されるが、わたしはジョッシュが登場するまで注意を払わない。ある女性がオーウェン・オリバー・ライリーに襲撃されたとみずから届け出た、とジョッシュが伝える。

その女性はテレビには現れず、画像加工した姿さえ見せない。いまのところ、彼女は警察で作成された報告書にすぎない。スクリーンにその文書が映され、女性リポーターが読みあげる。

火曜日の夜、わたしはオーウェン・オリバー・ライリーの最新の餌食となりましたが、神の恵みによって逃げ出しました。わたしは美容師で、仕事が終わって仲間と向かいの店へ飲みにいきました。その夜は遅くまでマーサー通りのバーにいたんですが、翌日も仕事だったので帰ることにしました。十一時ごろでした。なぜ覚えてるかというと、だれかがそう言ったのでそろそろ帰ろうと思ったからです。それで帰ることにしたんです。車を裏の駐車場に停めておいたんですが、明かりがついていたので全然暗くなくて、それにほんとうに月が明るい夜でした。満月だったのかもしれませんが、いちいちたしかめませんでした。ひとりで歩いてもだいじょうぶなほど明るかったのでそうしました。正直言って、オーウェンのことは考えもしなかったんです。ちらりとも頭に浮かびませんでした。

車まであと一歩というとき、何かに引っ張られるのを感じました。バッグのストラップが何かに引っかかったみたいでした。強い力ではなかったのでこわくはありません。立ち止まってひょいと引っ張ったのですが、やっぱり引っかかったままです。そこで後ろを見ました。

あの男がそこに立ってバッグのストラップをつかんでいました。引っかかっていたのはそれだったんです。オーウェンの手。

顔が半分隠れるほどキャップを深くかぶっていても、あいつだとわかりました。とにかくあの口はいまでも目に浮かびますよ。あの笑った口。笑ったあの顔はだれもが知っています。昔の写真で笑っている顔がどこのニュースにも載りましたから。だから、ぜったいあいつだとわかったんです。だから、バッグを放して逃げ出したんです。

すぐに追いつかれてタックルされました。わたしは引っ掻き傷を作りながらあいつの体の下からのがれようとしました。でも、相手の力が強くて、わたしが動くたびにしっかり締めつけられるので逃げられませんでした。

生き延びられたのはひとえに電話のおかげです。弟がかけてきて、着信音で本人だとわかりました。わたし、着信音は全部人によって変えてるんです。だれからの電話か知りたいじゃないですか。弟の着信音は爆発音みたいな音なんです。だってそういう子だから——大爆発そのもの。弟の人生はいつもかならず木っ端みじんになるらしくて、そうなると電話がかかってくるんです。だけど、もう小言は言えませんよね。弟の人生とあの着信音があったからこそ、わたしはまだここにいるんですから。その爆発音がすごく大きかったので、オーウェンはぱっと立ちあがりました。すばやくあたりをうかがったところを見ると、本物の爆発だと思いこんだようです。

わたしがどうにか立ってバーまで一目散に走ったら、あいつは追ってきませんでした。

何も爆発していないことに気づかなかったのでしょう。いまでも何かが吹っ飛んだと思っているかもしれません。

報告書はそこで終わっている。少なくともニュースで読みあげられた部分はそれだけだ。

その文字が消え、またジョッシュが現れる。マーサー通りのバーの裏にある駐車場に立っている。わたしは二十歳ぐらいのころからあの店には行っていない。当時は身分証の提示を求めない店として有名だった。

ジョッシュは深刻そうに見える。悲しそうでもある。だんだん上達している。もはや恐ろしい出来事に対して興奮した態度を見せない。そして、襲われた女性のことをジェイン・ドウと呼ぶ。

「ちょっと失礼」

年配の女性がわたしのそばをすり抜ける。わたしはいまだにコンビニエンスストアの炭酸ジュースサーバーのすぐ近くに立ち、スクリーンを見あげている。ほかにテレビを見ているのはレジにいる男だけだ。レジ係はいつも見かけるジェシカではない。その男の禿げた頭が蛍光灯の下で光っている。

レジ係がわたしを見て〝ひどい話じゃないか。あんまりだよな〟と言いたげにかぶりを振る。わたしはうなずきながらも、いつものコーヒーとバーベキュー味のポテトチップを買う。

ミリセントと生きてきて、いつもこうだったと言えることがある。人生というものは当たり前に過ぎていく。ときにはでこぼこ道もあるけれど、それ以外はまあまあ順調だ。それなのに突然、地面が大きく裂けて何もかも呑みこんでしまう。地面の内側が快適ですばらしいときもある。そうでないときもある。

それが起こったのは、ホリーが生きているとミリセントが言ったときだ。ロビンの頭をミリセントがワッフルパンで殴りつけたときだ。そしてもうひとつ、ミリセントがオーウェンをよみがえらせたときだ。

途方もない出来事なので、地面の裂け目が地球そのものより大きくなる。全部が全部そこまで大きかったわけではない。わたしひとりを呑みこむ程度の裂け目のときもある。自分が酔って帰宅したあと、彼女が子供たちを連れて八日間行方をくらましたときがそうだった。

そのうえ、ひびもある。地面が大きく裂けると、いくつものひびの原因になる。ほかより大きなひびもあり、たとえばジェンナがマットレスの下にナイフを隠したりするのがそれだ。または、トリスタの自殺とか。どれもサイズはちがうけれども——長いの、短いの、幅もいろいろだ——どれも同じ裂け目から発生する。

最初のそれがぽっかりと開いたのは結婚式の日だった。

ミリセントとわたしは、コリアンダーとローズマリーとオレガノに囲まれた彼女の実家で結婚した。ミリセントは足首まである薄く透き通った白のドレスを着て、水仙とラベンダーでこしらえた自家製の花冠をつけた。わたしはカーキ色のズボンを足首の上まで折り返して、白いボタンアップシャツの裾を外へ出し、ふたりとも裸足だった。満ち足りていた。そうでなくなるまではずっと。

結婚式の出席者は八名だった。いっしょに外国を旅した仲間が三人来てくれて、そのなかにアンディもいた。トリスタはいない。ふたりはつき合っていたが結婚はしておらず、アンディはトリスタに意志を打ち明ける覚悟がまだできていなかった。そしてミリセントの両親アビーとスタン、ミリセントのハイスクール時代の友人がひとり。最後の二名は近隣の人たちだった。

セレモニーはただのセレモニーだった。真似事、儀式。ミリセントもわたしも信心深くない。つぎの月曜日にウッドビューの市庁舎で婚姻届を出すことになっていた。それまでわたしたちはミリセントの父親に牧師役をつとめてもらい、結婚したふりをした。スタンはとても堅苦しい態度で、格子柄のシャツのボタンを首元まではめ、薄い白髪交じりの髪はジェルでなでつけてあった。ハーブ畑の前に立って両手で本を持っている。聖書ではなく、ただの本だが、父親はだいたい正しいことを述べた。

「諸君、この若者が本日わたしの娘との結婚を望んでいる。したがって、わたしは彼が自分の価値を示す必要があると思う」スタンがわざとわたしをにらみつける。「ではやってもらおうか」

わたしは誓いのことばを何度も書き直したあげく、声に出して言うしかないと悟った。ほかの出席者のことはどうでもよかった。緊張していたのはミリセントに向かって言うからだ。ひとつ深呼吸をした。

「ミリセント、ぼくは自分にできそうにないことは約束できない。大邸宅とか高級車とか、大きなダイヤモンドの指輪を買ってあげるなんて約束できない。テーブルにいつも食べ物があることさえ約束できない」

彼女がまばたきもせずにじっと見つめる。陽光のなかでその目は水晶さながらだ。

「できればそういうものを全部きみにあげたいけれども、できるかどうかまったくわからない。この先どうなるかはわからないけれど、それでも、ふたりいっしょだということだけはわかる。迷わずに、なんのやましさもなく約束できるのがそれだ。ぼくはいつもきみのために、きみとともに、きみのそばにいる」少し微笑んだのは、彼女の目がうるむのが見えたからだ。「それから、できればちゃんと食べていきたいね」

八人の出席者が声をあげて笑った。ミリセントがうなずいた。

「それでは」スタンが言って、娘のほうを見る。「こんどはおまえの番だね。この男がおまえの夫であることをわたしたちに納得させておくれ」

ミリセントが片手をあげてわたしの頬へ押しつけた。そして体を寄せて唇を耳もとにつけ、ささやいた。

「さあ、行くわよ」

41

夕食では、だれもそのニュースやジェイン・ドウのことにふれない。彼女がすぐそばにいるのに、わたしたちはそれを認めない。その代わり、更生施設送りになった有名人が話題にのぼる。これで二度目だ。

わたしが見なかったフットボールの試合について会話がはずむ。

〝映画の夜〟に何を見るか、意見が飛び交う。ローリーが大学生向けのコメディを見たがる。ジェンナはロマンチックコメディのほうが好きだ。

わが家で取りあげる時事問題は隣の州で起こったショッピングモール銃撃事件だけだ。

「変質者だよ」ローリーが言う。

ジェンナがフォークを兄へ向ける。「自分だってシューティングゲームをしてるくせに」

「あくまで〝ゲーム〟だ」

「でも好きなんでしょ」

「うるさい」

「そっちこそうるさい」

「いいかげんにしなさい」ミリセントが言う。

沈黙。

夕食が終わると、子供たちがふたりとも階段をあがり、自分の部屋に引っこむ。

ミリセントとわたしは互いの顔をじっと見る。ミリセントがわたしを指さし、口の形でこう伝える。「あなたなの？」

ジェイン・ドウを襲ったのはわたしかと訊いている。わたしは首を横に振り、ガレージを手で示す。

食事の後片づけを終え、子供たちが寝静まったあと、わたしたちは出ていって車のなかにすわる。ミリセントが余ったハロウィン用菓子を持ち出し、ふたりで一本の炭酸水を分け合う。彼女はあざやかなブルーの半袖シャツを着ている。きょうの早い時間に妻の車がショッピングモールに停まるのを確認したから、このシャツは新品だろう。

「あの女とはなんの関係もないのね」彼女が言う。

「まったく関係ない。きみに言わずにあんなことをするわけがないだろう」いずれにしても自分がするとは思えない。

「それならいいんだけど」

「それに、ジェンナがこわがることをするはずないじゃないか」

ミリセントがうなずく。「たしかにそれもそうね」

「ジェイン・ドウは嘘をついてるのかもしれない」わたしは言う。

「ありうるわね。それとも、たまたまだれかに襲われて、それをオーウェンだと思いこんでるのかもしれない。何を見たか知らないけど」

「三つ目の可能性がある」わたしは言う。

「そうなの？」

わたしはチョコレートの包みをはがしてふたつに割り、半分渡す。「やつが実際に帰ってきたとしたら？」

「オーウェンが？」

「そうさ。あれがやつだったとしたら」

「それはないわね」

「どうして言い切れる」

「それじゃあばかみたいだもの。みんながオーウェンを探してるときに、なぜ本人が帰ってくるのよ」

「それもそうか」


わたしはまたベージュ色の診療所にいて、ジェンナが精神科医との面会を終えるのを待っている。ジェイン・ドウの事件を聞いたドクターから電話があり、臨時の診療をおこないたいと言われた。彼は今回のあらたな襲撃でジェンナが退行するのを心配している。退行できるほど進歩しているかは疑問だが、とにかく連れていく。ミリセントがつごうがつかないと言うので、わたしは待合室にすわり、彼女の青い点をながめる。妻はダンナー通りの家にいる。五十万ドルより少し値ごろな物件としてリストに載っている家だ。

そのあと、彼女はデリカテッセンへ向かう。

ミリセントはときどき顧客とランチを取るが、デリカテッセンへ連れていくなんて全然知らなかった。

ミリセントがいるのは診療所からたった数分の場所だが、ここへは来ない。デリカテッセンへ行き、まだそこにいるときに、診察室のドアがあいてジェンナが出てくる。娘は楽しそうでも悲しそうでもなく、診察室へはいったときとあまり変わらない。

こんどは娘を待たせてわたしがドクターと話す。退屈《ベージュ》先生。わたしのなかで彼はつねにドクター・ベージュだ。その名前はフェアでも正確でもない。ベージュは診療所だけで、本人の人間性とはちがうのだから。このドクターは下品《カラフル》で横柄なゲス野郎だ。そうでないドクターには一度も会ったことがない。

「ジェンナに来院をお願いしてよかったですよ」ドクターが言う。「今回の襲撃事件はかなりの驚きでした」

ドクター・ベージュはジェンナが驚いたとは言わないが、そういう意味だ。こうして医者と患者間の秘密を守っている。「たしかに驚きでした」わたしは言う。

「大事なのは、何も変わりはないと彼女にわからせることです。自分は安全だと」

「実際安全ですよ」

「もちろんです」

わたしたちは見つめ合う。

「彼女の行動で変わったと思うことはありますか」とドクター。「どんな変化でもいい」

「じつは、相談したかったんです。ジェンナは以前から胃の具合がよくない。吐き気があるんですよ」

「いつからですか」

「そんなに昔からじゃないんですが、だんだんひどくなってます。もしかして関係があるんでしょうか」

「ええ、ありますとも。精神的なストレスは体の不調としてはっきり現れますからね。ほかにも何かありますか」

わたしは考えるふりをしてから首を横に振る。「いいえ、ないと思います」

嘘をついているのがわかるだろうか。ベッドの下にあるナイフのことはだれも知らない。

面会が終わったとき、わたしの電話が振動する。ミリセントだ。


行けなくてごめんなさい。どうだった？


彼女の青い点がデリカテッセンを出たところだ。

ジェンナが待合室でノートにいたずら書きをしながら昼間のトーク番組を見ている。短い髪のせいで目が大きく見え、服装はロングTシャツにジーンズとスニーカーだ。わたしは何か食べてからローリーを迎えにいこうと言う。ジェンナがにこりとする。

わたしの時計ではジョーズ・デリまで車で七分だ。駐車場へはいるとき、ミリセントはとっくにいない。いまさびれているのは、おそらく場所が悪いからだろう。ジョーズ・デリは旧市街地にあり、このあたりはもっと新しくてきらびやかな地域との戦いに負けつづけてきた。

店内はカウンターの傷とショーケースが見える程度の明るさだ。肉製品とチーズと出来合いのサラダの陳列が少し曲がっている。わたしたちしかいない店内は静かだが、ジェンナがポテトチップのワゴンを回転させたので耳障りな音が鳴る。錆びているのだろう。女性がひとり、すわった姿勢から突然立ちあがったかのように現れる。ぽっちゃりとしてブロンドの髪で疲れているみたいだが、笑うと顔全体が輝く。

「ジョーズへようこそ」女性が言う。「デニスといいます」

「こんにちは、デニス」わたしは言う。「ここははじめてでね。何かおすすめはある？」

待ってと言うように指を一本あげ、デニスがカウンターの奥へ消える。手がガラスケースへはいり、スライス肉の大皿をつかむ。そしてわたしたちの前に置く。「シュガー・スパイス・ターキーです。少し辛くて少し甘いんですよ。ほどよい味つけです」

わたしはジェンナを見る。

「うん、いいね」ジェンナが言う。

わたしたちはサンドイッチをふたつ買う。ジェンナのは七種の穀物入りブレッド、わたしのはカイザーロールで、どちらも挟んであるのはレタスとトマトだけだ。「ぜひターキーを味わってみてくださいな」デニスが言う。

ジョーズ・デリには、店の横の駐車場から見えない場所にパティオがある。塀に囲まれてテーブルがいくつか置かれている。清潔できちんとしているが個性がない。一分後、ターキーがおいしいのでそんなことは気にならない。ジェンナでさえ食べている。

「ネットでこの店を見つけたの？」ジェンナが尋ねる。

「ちがうよ。なぜだい」

「パパならやりそうだもの。変てこなサンドイッチの店を検索するとか」

「変てこじゃない。おいしいよ」

「ママは大きらいじゃないかな」とジェンナ。「オーガニックじゃないから」

「ここに来たことはママに言うんじゃないぞ」

「あたしに嘘をついてほしいの？」

その質問は無視する。「あのドクターはどうだ。助けになってるかな」

ジェンナが肩をすくめる。「まあね」

「まだこわいのかい」

ジェンナが指を差す。店のサイドドア越しに、ガラスカウンターの上に吊るしたテレビが見えたからだ。あのブロンドの女性がレジ付近の椅子にすわってニュースを見ている。画面のヘッドラインによれば、明晩ジェイン・ドウが記者会見に出るらしい。

42

ミリセントとわたしはファーンデール・モールの閑散とした駐車場にいる。聞こえるのは背後のハイウエイから聞こえる車の音だけだ。金曜日の夜で、ジェンナはパジャマパーティーへ出かけ、ローリーは友達とビデオゲームを楽しんでいる。

ジェイン・ドウの記者会見が一時間前に終わった。ミリセントとわたしは、ショッピングモールに併設されたレストラン兼スポーツバーの人気店でそれを見た。わたしたちの連続殺人劇は最近思わぬねじれを生み、金曜の夜のチキンウィングとビールつき親睦会へと発展した。わたしたちはもう一組の夫婦、ラインハート夫妻といっしょに記者会見を見て、夫妻はジェイン・ドウのことばを一言一句信じた。

ミリセントは車にもたれて腕を組み、おくれ毛を風になびかせている。彼女はいつでもその場に応じた服装をするが、こうしたスポーツバーでの真面目な集まりでもそれは同じだ。黒いジーンズに合わせたTシャツには〝ウッドビューはひとつ〟の文字があり、それはナオミが行方不明になってから生まれたスローガンだ。髪はひと筋だけ残して後ろへ編みこんである。

ミリセントがかぶりを振る。「あの女、気に入らないわ」と言う。「あの女の話も」

わたしは監禁されていたリンジーを思う。ミリセントはたぶん彼女のことも気に入らなかった。

「たいしたことないよ」わたしは言う。

「そんなのわからないじゃない」

「じゃあ何を――」

「もっと知る必要があるわね」彼女が言う。

「まさかそういうことを考えてるんじゃ――」

「どういうことも考えてないわよ」

わたしたちはいっとき無言になり、やがてミリセントが後ろを向いて車のドアをあける。助手席に乗りこむのをわたしは見守る。彼女がドアを閉めてわたしを見る。わたしはその場を動かない。妻がわたしに聞き取れそうなほど大きなため息をつきながら、ドアをあけて外へ出る。かかとがゴムの靴を履いているので、近寄るときに音を立てない。

両手をわたしの肩に置き、顔を見る。「ねえ」彼女が言う。

「うん」

「だいじょうぶ？」

わたしは肩をすくめる。

「だいじょうぶじゃないみたいね」

こんどはわたしがため息をつく。というより、不機嫌になる。荒く息を吐く。まあ、少しだけ。「これは失敗だろ」

「そうかしら」

「だと思うよ」

「どういうこと」

どこから話せばいいのかわからない。いろいろなことがごた混ぜになっているうえに、まずい問題にはふれたくない。たとえばペトラ、彼女のことは話したことがない。そして、ローリーの恐喝。ジェンナについてはミリセントも知っているが、全部ではない。トリスタの自殺。車の発信機。ジョーズ・デリ。

ミリセントの知らないことはいろいろある。それでも、ほかに見つけるべきことのほうがはるかに多いような気がする。

「オーウェンの問題だ」ようやくわたしは言う。「手に負えなくなっている」

「そうは思わないけど」

「ジェンナのことはどうなんだ」

「それはうかつだったわ」

そのことばにわたしは驚く。彼女がまちがいを犯すことは少なく、ましてやそれを認めるなどそうそうあるものではない。そんなわけで、ドクター・ベージュの見解は伝えないことにする。ジェンナの体調が悪いのはこの計画全体のせいだと指摘するのに、いまはちょうどいいタイミングではなさそうだ。

わたしたちがヘッドライトに照らされると同時に、車がショッピングモールの角を曲がってくる。だんだん近づいてきて、車ではないとわかる。ショッピングモールの警備車両はゴルフカートで、このカートは中年女性が運転している。女性がカートを止め、とくに問題ないかと尋ねる。

ミリセントが手を振って答える。「問題ないわ。夫とふたりで息子の成績について話し合ってただけだから」

「おや、お察ししますよ。うちにも三人いますから」

「それじゃあわかるわよね」

警備員がうなずく。妻と微笑みを交わし、ふたりのあいだに母親ならではの納得感がただよう。

「でも移動したほうがいいですよ。ショッピングモールが閉まりますから」

「ありがとう。もう行くわ」ミリセントが言う。

わたしたちは警備員に見守られて車に乗りこみ、走り去る。赤信号で停まったとき、ミリセントがわたしの腕に手を置く。「考えてたんだけど、ジェンナを護身術の教室へ入れたほうがいいんじゃないかしら。そうすれば自信がつくと思う」

「いい考えだね」たしかにそうだ。

「あした探してみるわね」


ミリセントがジョーズ・デリへ立ち寄るのは一度きりではすまない。翌日また、昼食時に訪れて四十分過ごしたあと、別の家を客に見せにいく。それ以外の滞在場所はふだんと少しも変わらない。ジェンナのために武道教室も二カ所見てまわり、夕食後、寝室でふたりきりのときにわたしに報告する。

「ひとつは競技向けのテコンドーを教える教室よ。大会とか団体戦とかで受賞リボンを狙って競い合うの。でも、中心街のほうにクラヴ・マガという格闘技を教えるところがあってね。少し高いけど、身を守るにはそっちのほうが適してる」

「試しに両方連れていったらいいよ。好きなほうを選ばせるんだ」

ミリセントが近寄り、わたしの鼻にキスをする。「とても賢いのね」

わたしはぐるりと目をまわしてみせる。彼女がくすりと笑う。

あのサンドイッチの店や大きな笑みを浮かべる太ったブロンドの女のことを、ミリセントは話さない。「きょうの昼は何を食べたんだい」と出し抜けに質問せずに、昼に何を食べたかを言わせる方法を考えてみる。けれども、わたしはミリセントが言うほど賢くはない。その証拠に、自分が食べたランチがいかにうまかったかをとりとめなく話しだしても、妻は乗ってこない。相槌を打って笑みを浮かべながら寝じたくをし、架空のランチにまつわる長いひとり語りに興味があるふりをする。わたしたちはジョーズ・デリの話をしないままベッドへはいる。

真夜中に起きだして書斎へ行く。書斎と呼ぶのは、部屋が本棚と大きなマホガニーの机でいっぱいだからだが、そこを使うのはこっそり電話をかけるときだけだ。最近はこっそりネットサーフィンをするのにも使いはじめた。

ジョーズ・デリは二十二年前に開店した。オーナーはふたりだが血縁関係はなく、デリはずっと同じ場所で営業している。店舗は賃貸で、所有はしていない。床が濡れていて転倒したと主張する男に訴訟を起こされた以外、トラブルはない。それは示談で解決した。そのほかに犯罪事件、裁判沙汰、重大な衛生規範違反も起こしていない。ジョーズ・デリは見た目どおりの店だ。どこにでもあるデリカテッセン。あまりにもふつうだとかえって怪しく思えてくる。ミリセントが一度ならず二度もあそこへ行く理由はなかった。

その地域の衛星画像を見ると、かつては交通量がはるかに多かった道沿いに、独立した建物の店舗がある。道の向かいには中古車の小さな展示場がある。その隣は配管用品店、さらに隣は時計修理店。

ミリセントが立ち寄ったのが一度だけなら、ほんの偶然だったのかもしれない。だれかに聞いた辺鄙な場所を当たってはみたけれど、自分には不向きだとすぐに気づいたとか。いつも行く地域から何キロも離れているとはいえ、喉が渇いたとき近くにジョーズ・デリしかなかったという説をあえて信じてもいい。そこへ立ち寄る一回限りの理由があれば、だいたいどんなものでも信じよう。ただ、二日後にまた行った。

ミリセントがジョーズ・デリへ行ったのには別の理由がある。最初に思い浮かべたのはナオミだが——たぶんあのあたりに監禁されている——ミリセントはほかのどこにも車を停めなかった。周辺には無人のビルや閉鎖された営業所はなく、ジョーズ・デリの駐車場から歩いていける建物もない。

わけがわからない。体に悪い、オーガニックではないサンドイッチを妻が好むようになったのなら別だが。

そうでないのはわかっている。

43

ホリーのあと、もう一度起こるとは夢にも思わなかった。ロビンがわが家の玄関先に現れ、金を出さなければすべてをぶち壊すと脅すまでは。

ロビンのあと、もう一度起こるとは夢にも思わなかった。またやりたいと自分で思うまでは。

しばらくただよっていたその考えがはじめに生まれたのは、ニューイヤー・イブのパーティーでミリセントとわたしがほかの女たちを話題にしたときだった。その手のおしゃべりはその後も二、三カ月つづき、ネットで女たちを探すまでになった。この遊びがふたりの媚薬《びやく》となった。

わたしたちは女たちをどのように殺して罪を免れるかを話し合い、そうした夜はかならずすばらしいセックスに発展した。激しいセックスに。子供たちがいないときは場所を選ばなかった。いるときは、必死で声をあげまいとした。

それは梯子《はしご》をのぼっていくようなものだった。冗談で言う、話し合う、女たちを選ぶ、計画を立てる。はしごを一段のぼってはつぎの一段に取り組んだ。やがて、ほんとうにやってみないかと言う者がいた。わたしだ。

それを言ったのはふたりでキッチンにいるときだった。午前中の遅い時間、わたしたちは裸で冷たいタイルの床にいた。ちょうどリンジーをネットで見つけたところだった。リンジーは申し分ないということで意見が一致した。

「やってみよう」わたしは言った。

ミリセントが忍び笑いを漏らす。「いまやったばかりじゃないの」

「そうじゃない。いや、そうなんだけど、そういう意味じゃないんだ」

「つまり、わたしたちでリンジーを殺そうってのね」

わたしはいったん口をつぐむ。「うん。そういうことだよ」

ミリセントが驚きと何かが入り混じった目でわたしを見た。あのときはよくわからなかった。いま思うに、あれは興味だった。あるいは好奇心。でも、嫌悪ではなかった。「わたしはサイコパスと結婚したのかしら」

わたしは声をあげて笑った。ミリセントも笑った。

それで決まりだった。

ミリセントがあの日のことを蒸し返したことは一度もなく、わたしの考えだったとはけっして言わない。わたしのせいだとも。それでも、わたしは自分のせいだと承知している。もしわたしがいなかったら、リンジーの件もナオミの件もなく、オーウェンの復活もなかった。わたしたちの娘は輝く髪を長く伸ばし、マットレスの下にナイフを隠したりしなかったはずだ。

それとも、ミリセントのせいだったのかもしれない。ああなるようにはじめから妻が仕向けたのかもしれない。

わたしにはもうわからない。

しかし数日が過ぎ、あの日の決断があらためて思い出される。そして、思いがけない数々の結果が胸にこたえる。

武道教室では、ジェンナを初心者クラスへ参加させて本人の好みをたしかめることになる。最初にわたしたちはテコンドーのほうへ行った。半時間後、ジェンナがわたしに向かってかぶりを振り、わたしたちは立ち去った。ジェンナは競技に出たいと思わず、リボンやトロフィーもほしくない。オーウェンを撃退したいだけだ。

翌日の午後はクラヴ・マガのほうへ行った。白い道着を着用するテコンドーとちがい、ユニフォームやベルトの着用が義務でないので、ジェンナはおおいに気に入った。どちらかというとスウェットパンツとTシャツのほうが好みだった。

わたしは、技を教えようとした少年をジェンナが傷つけるばかりか、ノックアウトを試みるとは考えもしなかった。

すべてがあまりにも速かったので、だれにも見えなかった。わたしも気づかずに、父兄席の列からジェンナを見守っていた。

はじめの一分、ふたりは立っていて少年がジェンナに本物のパンチの型を見せていた。一分後、少年は床に倒れ、苦痛で悲鳴をあげた。

マットに数滴の血が飛び、だれもが呆然《ぼうぜん》とした。

「いったい何が――」

「どうやって――」

「あれは石？」

ターコイズブルーのジャンパーを着たひとりの母親がジェンナを指さした。「あの子がやった。石で殴ったのよ」

それから大混乱となり、さらなる悲鳴と強い非難の声があがる。

騒ぎがおさまるまで数時間かかったのは、ひとつには、その少年の母親が到着してなぜだれも救急車を呼ばなかったのかとわめきだしたからだ。そこでだれかが救急車を呼んだ。警察もだ。

ふたりの制服警官が来て事情を訊いた。少年の母親がジェンナをさして言った。「あの子がうちの息子を殴ったんです」

当然ながら、警官たちは困惑した。なにしろ、いまいるのはクラヴ・マガの教室であり、ここはもともと人が殴られてもいい場所だ。少年が少女に殴られるなんて少し滑稽だとも思った。教室のオーナーはこれを少しも滑稽とは思わなかった。

結局、少年にたいした怪我はなかった。出血は唇が少し切れたためで、実際には数滴垂れただけだ。だれも病院へは行かず、逮捕もされなかったが、ジェンナとわたしはクラヴ・マガの教室に出入り禁止となった。

午後の騒動のあいだ、少年の母親は訴えてやると何度か息巻いた。そして何よりも、わたしはテニスのレッスンをいくつかキャンセルしなくてはならず、少なくともひとりの客を怒らせた。

車へもどってふたりきりになったとき、わたしは尋ねた。「なぜやったんだ」

ジェンナが窓の外をじっと見つめた。

「何かわけがあったんだろ」

ジェンナが肩をすくめた。「わかんない。やれるかどうかたしかめたかったのかも」

「あの子を石で殴れるかどうかを？」

「ノックアウトできるかどうかを」

わかりきったことを指摘してもはじまらない。ジェンナはあの少年をノックアウトしなかった。唇を切っただけだ。

「ママに言う？」ジェンナが訊いた。

「ああ」

「ほんとに？」

じつをいうと、どうしていいのかわからなかった。その瞬間、わたしはジェンナに目を向けることさえできなかった。

ジェンナを見てミリセントを連想することはいままで一度もなかった。ローリーは生まれたときに早くもわずかばかりの赤い髪が生えていた。ジェンナは髪がないまま生まれた。やっと生えだしたとき、それはわたしの髪と同じ色で、少しの赤みもない濃い茶色だった。目の色もわたしと同じだ。

わたしはとてもがっかりしたものだ。

娘は悪くない。ジェンナにはどうしようもないことだ。ただ、息子や妻と同じ燃えるような赤毛の小さな女の子がほしかっただけだ。これは自分の心におさめた写真、家族を思うときにいだくイメージだった。現実のジェンナがそのとおりでないのは、彼女自身の母親ではなく、わたしの母親に似たからだ。

はじめてジェンナがミリセントを彷彿《ほうふつ》とさせたのが、あの少年を石で殴ったときだ。ジェンナはキッチンでロビンを殴ったときのミリセントにそっくりだった。

妻にときめきを感じるあの性質が、自分の娘にもあると思うと背筋が寒くなった。

44

いまは深夜だ。ミリセントとわたしは彼女の職場にいる。〈アボット不動産〉は、妻が何年ものあいだ大きな魚として泳いできた小さな池だ。オフィスは小さめのショッピングモール内のジムと中華料理店に挟まれている。こんな時刻に不動産屋を探している者はいないから、オフィスは無人でだれにも邪魔されない。ただし正面がガラス張りのため、中が見える。間仕切りのないレイアウトなので人目を避けられる場所もなく、わたしたちは明かりをつけずに奥のほうにすわる。状況が異なればロマンチックかもしれない。

ミリセントはジェンナの一件を知っている。わたしが伝える前に友人から話を聞いて激怒した。電話をかけてきて、わたしの鼓膜が震えるほど大声で怒鳴った。まだ教室にいるときに電話をかけるべきだったと。そのとおりだ。

いま、ジェンナは無事に家のベッドで眠り、石を振りまわしてはいない。嘔吐はしていない。残っている髪を切ってはいない。ミリセントは落ち着いている。デザートのエクレアをひとつ持ってきたぐらいだ。それを完全に均等になるようにふたつに切る。わたしは自分の分を、妻は妻の分をひと口齧り、わたしは妻の上唇についたチョコレートをぬぐってやる。

「あの子には困ったわね」ミリセントが言う。

「ああ」

「お医者様に相談しなくては。わたしが電話して――」

「あの子はホリーに似てるかい」わたしは訊く。

いまにも爆発するとでもいうように、ミリセントがエクレアを置く。「ホリーに似てる？」

「同じ原因かもしれない。同じ病」

「ちがうわ」

「ちがう。ホリーは二歳で虫をいじめるようになった。ジェンナはホリーと少しも似ていない」

「でも――」

そこをくらべればミリセントの言うとおりだ。ジェンナは虫を見るとかならず悲鳴をあげる。クモも殺せず、いじめるなど論外だ。「じゃあ、われわれ親のせいだな」わたしは言う。「オーウェンを消すしかない」

「そうなるように努力してるでしょ」

「ナオミの捜索を終わらせるべきだと思う」わたしは言う。「ナオミを発見させたほうがいい」

「それがなんの役に――」

「そうすればオーウェンに永久に消えてもらえる」当然のことをミリセントが指摘しようとするのを、わたしは手をあげて止める。「わかってる、わかってるよ。そもそもいない人間を消すのはむずかしいってことだろ」

「そういう言い方もあるわね」

「やつを使うのはすばらしいアイディアだった――それを否定はしない。けれども、それによってあまりにも多くの問題が引き起こされた」

「そんなに多いかしら」

「ジェンナ。この街の人たち。女性たちはほんとうにこわがっている」ミリセントが知らないことは、たとえばトリスタのことは慎重にはぶく。

ミリセントがうなずく。「ジェンナを傷つけるつもりは少しもなかった」

「わかってるさ」わたしは椅子から身を乗り出し、ミリセントが聞き漏らさないようにもっと近づく。「死体なしで死んだことにするのは、不可能じゃないがむずかしい。現実には、海か湖で溺れたけれど遺体がまったく見つからないことにするしかない。それでも疑惑は残る。だから、少しでももっともらしく見せるには、信用される人物に話を語ってもらう必要がある」

「たとえばナオミね」ミリセントが言う。

「ナオミにそれをやってもらえる見こみはあるかな」

「ないわね」

「それなら、おそらくオーウェンは死なない。どこかへ行ってしまうだけだろうな」わたしはいったんことばを切り、反応を待つ。彼女が何も言わないので、話をつづける。「オーウェンは自信過剰の男だからリポーターへ手紙を書いて、自分が帰ってきたことや、つぎの獲物をいつつかまえるかを正確に知らせた。だから、いなくなるときも世間に知らせないわけがない。やつは自分の犯行を自慢するタイプの人間だ。こう言うはずだ。〝わたしが何をいつするかちゃんと予告したのにきみたちはいまだにつかまえられない。いまとなっては永久に見つけられまい〟」

ミリセントが小さくうなずき、それについて考えているらしい。

「理想的とは言えないけれど」わたしは言う。「それでも、オーウェンがいなくなれば、だれもその話をしなくなるし、たぶんジェンナもこれ以上こわがらなくなる」

「タイミングが大事よね」とミリセント。「警察がナオミを発見してからあなたがもう一通手紙を送らないと」

「ああ、もちろんだ」

「まずわたしがやる」

「いっしょにやったほうがいいんじゃないか」

妻がわたしを見て少し首をかしげる。一瞬、彼女が微笑むのかと思うが、そうではない。いまは深刻な状況だ。これを前戯として楽しむ段階は超えている。

「ナオミのほうはまかせて」彼女が言う。「あなたは手紙に集中してちょうだい。オーウェンがいなくなったと世間に信じこませるのよ」

わたしは異議を唱えて自分の意見を通したいが、何も言わずにうなずく。彼女の考えは理にかなっている。

ミリセントがかすかにため息をつく。「うまくいくといいけど」

「そうだね」

わたしは伸ばした手を彼女の手の中にすべりこませる。そのまますわっていると、やがて彼女がわたしのエクレアの食べ残しをつまんでかじる。わたしも彼女の食べ残しをかじる。彼女の顔にかすかな笑みが浮かぶ。わたしはその手を握り締める。

「きっとだいじょうぶ」わたしは言う。

ミリセントが以前言ったことばだ。わたしたちが若く、赤ん坊がひとりいるのにさらにまた生まれるとわかったときにそう言った。最初の家を買ったあと、二番目のもっと大きな家を買ったときにもそう言った。

ホリーのときもだ。ホリーの死体が居間に横たわり、その頭部がテニスラケットで打ち砕かれていたときもそう言った。

わたしがホリーのそばに立って自分のしでかしたことを理解しはじめたとき、ミリセントはさっそく行動に移った。

「ガレージにまだ防水シートはある？」彼女が訊いた。

何を言われたのかわかるまで一瞬の間がある。「防水シート？」

「あの水漏れのとき買ったやつよ」

「あると思う」

「取ってきて」

警察を呼ばなくてはと思い、わたしは躊躇《ちゅうちょ》する。なぜなら、正当防衛で人を殺したときはそうするものだ。警察を呼んで何があったかを説明する。何も悪いことをしていないのだから。ミリセントがわたしの心を読む。

「ホリーがあなたにそこまで脅威を与えたなんて警察が信じると思う？」彼女が言った。

アスリートのわたし。壊れたテニスラケットを持っているわたし。

武器をまったく持っていないホリー。

わたしは言い返さなかった。ガレージへ行き、棚やプラスチックのコンテナを引っ掻きまわして、巻いてある青い防水シートをようやく見つけた。

居間へもどったとき、ホリーの体勢は変えられていた。両脚が真っ直ぐ伸び、両腕は体の脇についていた。

わたしたちは床に防水シートを広げ、力を合わせてその死体をミイラのようにくるんだ。

「ガレージへ運ぶわよ」ミリセントが言った。

彼女にはまるで考える必要がないかのようだった。

わたしは言われたとおりにし、ホリーはわたしの車のトランクにおさまった。わたしが森へ行ってホリーを埋めるあいだ、ミリセントは血で汚れたところをきれいにした。子供たちが学校から帰るまでに、ホリーの痕跡はすべてこすり落とされていた。

わたしたちはロビンにも同じことをしたが、ただ土には埋めなかった。彼女の死体と小さな赤い車は湖の底に沈んだ。

ミリセントは正しい。わたしたちはいつもだいじょうぶだった。

こんどはわたしがそれを請け合う番だ。


半分ずつのエクレアがどちらもなくなると、ミリセントは菓子のかけらを払って屑籠へ入れる。わたしたちは立ちあがり、暗いオフィスを通って車へ向かう。遅い時刻だ。中華料理店は閉まっているが、ジムは二十四時間営業だ。暗い空に見えるハロゲンのひとつ星のように目立っている。

車を出す前にミリセントのほうを見る。彼女が携帯電話をチェックしている。わたしは手を伸ばし、何度も妻がしてくれたようにその手を頬に押しつける。さわられて、彼女がはっと目をあげる。

「で、何か計画があるのかい」

ミリセントが目の奥まで笑みを浮かべる。「もちろんよ」

45

雑音が消える。嘘みたいな話だが、はじめて心の霧が一気に晴れあがる。ジェンナがあの少年を殴るのを見るまで、ミリセントとわたしが気づかずにしてきた仕打ちにまったく思いいたらなかった。わたしたちは自分の家族をだめにしてきた。

オーウェンの最後の手紙が一番書きやすい。いまならゴールが見えていて――オーウェンを消し去るというゴール――しかもどうやって到達するかがなんとなくわかる。

いつもどおり送る相手はジョッシュだが、実際その手紙は世間に宛てたものだ。わたしは世間の連中を愚か者呼ばわりする。

わたしはきみたちに予告した。つぎの獲物をさらう正確な日を知らせ、わたしをつかまえられるようにしてやった。準備と対策のための期間を二週間も与えた。それでも、きみたちは失敗した。わたしを阻止できず、つかまえられなかった。きみたちのせいでナオミは死ぬ。勘違いしないように。ナオミの死はわたしの責任ではない。きみたちの責任だ。

彼女もそれをわかっていた。ナオミは同じ報道を見、前の手紙も読み、それなのにあの十三日の金曜日にひとりで外へ出た。ナオミは自分が愚かだったとわかった。それでも信じていた。きみたちが捜索していることを。見つけてくれることを。半分は正しかった。

時間があったら、彼女にしたことを全部教えてやるところだ。すべての火傷、すべての切り傷、すべての痣について。だが、そんな必要はない。もはや彼女の死体はきみたちの手にある。

実際、これ以上言うべきことはない。わたしたちはゲームをし、きみたちが負けた。ナオミが負けた。わたし以外の全員が負けた。だから、これでおしまいだ。わたしは帰ってきて、目標を達成した。もはや証明すべきことは何もない。きみたちに対しても、自分自身に対しても。

さようなら。

これで最後だ。

最終版を書き終えたので、ミリセントに知らせる。彼女はローリーを迎えにカントリークラブに来ていた。ローリーは放課後ゴルフをして、わたしより先に終わっている。わたしがつぎの客を待っているテニスコートにミリセントが立ち寄る。ペールオレンジのヒールをコンクリートに響かせながら、口もとに笑みを浮かべて歩いてくる。

あの深夜の話し合いから数日が過ぎた。ジェイン・ドウが世に知れ渡った以上、本人は頼まれればだれのインタビューにも応じている。いやでもそうするしかなかったのだが、それも昨夜ジェイン・ドウ・ナンバー2が現れるまでの話だった。

記者会見に出る代わりに、その女は自分の話をネットで生配信し、ローカルニュースがそれを中継放送した。彼女はほかの被害者よりも若く、まだ大学生だと思われ、髪は真っ黒で肌は青白く、唇は血を塗ったような色だ。ジェイン・ナンバー1とほとんど同じだった。ちがうタイプとはほとんど正反対だが、話はジェイン・ナンバー2はオーウェンが好むのは駐車場だけ、あとは何カ所か話が大げさになっていることぐらいだ。こちらのジェインはオーウェンに顔を殴られたと主張し、頬の紫色がかった痣を見せびらかした。

そのライブ映像が終わったとたん、顔なじみのジョッシュがテレビ画面に登場した。最近のジョッシュは一段と一生懸命だが、昨夜は皮肉屋と言ってもいいほどの話しぶりだった。ジェイン・ドウ・ナンバー2が嘘つきだとはっきりとは言わなかったが、言ってもよかったと思う。彼女を信じる者がいたとは思えない。もちろんわたしは信じなかった。

この手の女がいると、トップニュースにいつまでもオーウェンが扱われるので困る。とにかく、テニスコートへやってくるミリセントにこんなことを思い出させなくてもいい。

「いつでもオーケーだ」わたしは言う。

濃い色のサングラスのせいで、彼女の目は太陽からもわたしからも隠れているが、彼女はうなずく。「ずいぶんな挨拶ね」

「ごめん」わたしは近寄って頬にキスをする。シトラスの香りがする。「お疲れさん」

「お疲れ様。手紙が書けたのね」

「読みたいかい」読みたいと言ってもらいたいし、読むところを見たいが、彼女が首を横に振る。

「その必要はないわ。あなたを信頼してる」

「ああ、わかってるよ。訊いてみただけだ」

ミリセントが微笑んで頬にキスをくれる。「じゃあ、あとで。夕食は六時よ」

「いつもどおりだね」

妻が歩き去るのを見守る。

彼女はきょうはジョーズ・デリへ行かない。ずっと仕事中で、オフィスかオープンハウスのどちらかにいる。

まだ発信機を使って彼女の居場所を確認しているが、ナオミがどうなったか知りたいからではない。それならもう知っている。まだ死んでいなくても、もうじきだ。

発信機を使うのは、ミリセントを見ていたいからだ。

もう一日経ち、さらにもう一日、ナオミが失踪してからの日にちをジョッシュがふたたび数えだす。わたしは暇さえあれば携帯電話でジョッシュを見て、ナオミの死体発見の速報を待つ。真夜中に目を覚ましたときでさえ、何が起こっているのかたしかめたい衝動に駆られる。インターネットでニュースはいつでも報道される。ふだんはそれで問題ない。けれども、ニュースを待っているいまはそれがひどく腹立たしい。そして不自由だ。

階下へ行き、裏庭に出て携帯電話をチェックする。ニュースはベッドへはいったときと同じだ。何も発表していない。何も起こっていない。つまらない再放送みたいだ。

それでも、まだ疲れていない。午前二時、あたりはしんとして、隣近所から物音ひとつ聞こえない。ヒドゥン・オークスでは深夜にパーティーは開かれず、大きな音量で音楽を流す者もいない。このあたりの豪邸もどきの家々にはひとつの明かりも見えない。

これがわたしたちの夢の家だと言えたらいいのに。ひと目見てこれこそがほしい家だと見抜き、このために苦労して働いてきたのだ、と。でもそれはちがう。わたしたちの夢の家はヒドゥン・オークスのもう少し奥にあり、そこにある家が本物の豪邸だ。その内側の輪にはいるのは、ヘッジファンドの連中や外科医だ。

わたしたちの住まいは中ほどの輪に属するが、それはこの家がたちの悪い離婚騒動がもとで銀行に差し押さえられて凍結資産になった、そういう物件だったからにすぎない。ミリセントが住宅ローンビジネスの面でその銀行に多大な貢献をしたので、わたしたちは本来なら手が届かない家を買うことができた。というわけで、わたしたちはヒドゥン・オークスの中ほどに住んでいる。ほんとうは外側の輪にいるべきだが、もう一度言わせてもらえば、中ほどへはいりこむ道はわたしが見つけた。

藪がかさこそ音を立て、思わずびくりとする。今夜は風がない。

その音は家の横から聞こえてくる。犬を飼っていたらその犬のせいだと思うところだが、うちは飼っていない。この辺は鹿も出ない。

またかさこそと聞こえ、そのあとできしむような音がする。

携帯電話を手に、わたしは立ちあがって調べる。裏庭のポーチはキッチンから角まで、家のおよそ半分の長さだ。暗がりのなか、奥の手すりに向かって歩く。家の横の小道は街灯で一部照らされ、何も見当たらない。動物も、盗人も、連続殺人鬼も。

何かがそっとこすれる音が上から聞こえる。見あげると、ちょうどローリーが家に忍びこむところだ。

息子がこっそり出かけていたとは知らなかった。

46

パーティー、ドラッグ、女の子。それとも、ただ出かけたいだけ。

ローリーが家を抜け出すのには理由がある。ティーンエイジャーの少年たちの理由は同じだ。わたしがはじめてこっそり出かけたのは、マリファナを吸うためだった。つぎに行ったのは、初回がうまくいったからだ。そして、最後はリリーがいたからだ。両親はまったく知らなかった。それどころか、気にもしなかった。

わたしは自分が出かけるところをローリーに見られておきながら、それでもまだ、息子が同じことをしているとは思わなかった。それほどわたしは無頓着だった。

見つけたときにとがめるのはやめ、翌日まで待つ。そのほうが、見落としていることや、話し合う前に知っておくべきことがあるかどうかを確認できる。

ローリーの部屋はいつもながら散らかっているが、机は別だ。潔癖症並みの机だが、正式な潔癖症と言えないのは、机以外はおかまいなしだからだ。衣服が山積みになっていても、本が床に散乱していてもローリーは気にかけないが、机はいつも整頓されている。たぶん、まったく使わないからだろう。

ふつうなら、息子の部屋をぜったいに探ったりしない。いままで一度もしたことはない。しかし、いままで息子がこっそり出かける現場をわたしは一度も目撃したことがなかった。息子は秘密をかかえていて、わたしの規範によれば、それが探りまわる正当な理由だ。

ローリーは学校にいる。携帯電話を持ち歩き、パソコンを自室に置くのは許されていないから、探しものはアナログの世界でおこなわれる。まずはナイトテーブル、それから机、タンス、クローゼット。ベッドやタンスの下、靴下がはいった抽斗《ひきだし》の奥さえ見る。

これほど期待はずれの捜索はない。

ポルノ雑誌がないのはネットで見るからだ。女の子からの手紙がないのはメールですますからだ。写真がないのは携帯電話にはいっているからだ。ドラッグもアルコールもないのは、手をつけているにしても、自分の部屋に隠すほどばかではないからだ。なかなかやるな、と思う。息子はばかではない。

ミリセントに伝えないのは、彼女もいろいろといそがしいからだ。

ミリセントは知らない。もし知っていたら、すでにローリーは一生外出禁止になっているはずだ。ともかく、彼女が知らないのは息子が立てる物音がいっさい聞こえないからだ。ミリセントは死んだようにぐっすり眠る。火災警報で目を覚ますかどうかも怪しい。

無意味な捜索を終えるころにはほとんど昼休みになっているので、学校へ向かう。事務室の職員が担任の教師へメールを送り、事務室へ返信させる。ローリーとジェンナは私立の学校へ通っているが、制服を着る必要がない。ただ、服装規定はあるので、ローリーは毎日カーキズボンとボタンアップシャツを着ていく。きょうのシャツは白だ。バックパックを片方の肩にかけ、赤い髪には散髪が必要だ。わたしを見るなりローリーは額にかかった前髪を払いのける。

「どうかしたの」ローリーが言う。

「どうもしないさ。ただ、午後をいっしょに過ごそうと思ってね」

ローリーの両眉があがるが、何も言い返してこない。さしあたり、午後の授業を受けるより父親といっしょのほうがましなのだろう。

ローリーの大好きなレストランでランチを食べることにし、息子はミリセントがぜったいに焼いてくれないようなステーキを注文する。家に置いていないソーダをウェイトレスが運んでくるまで、ローリーは質問しない。何かあるのはわかっているだろうから、こう訊かれてもわたしは驚かない。「何かあったの、父さん」しかし、つぎにこう言われたのはショックだ。「母さんと離婚するのかい」

「離婚？　なぜそんなことを訊く」

ローリーが肩をすくめる。「だって、こんなことをするのは、そういうことを言わなくちゃいけないときだろう」

「へえ、そうなのか」

「そうさ」だれでも知っていると言わんばかりだ。

「母さんと父さんは離婚しない」

「あ、そう」

「ほんとうにしないんだ」

「聞いたよ」

わたしはアイスティーを一気に飲み、ローリーもソーダを一気に飲む。ローリーがほかに何も言わないので、わたしから話すしかない。

「調子はどうだい」

「まあまあだよ。父さんの調子はどうなの」

「絶好調だね。そっちは何か変わったことでもあったかい」

ローリーがためらう。料理が来たので、ほんとうは何を訊かれているのかを考える時間ができる。

ウェイトレスが立ち去ると、ローリーがわずかに首を振る。「別にないよ」

「別にない？」

「父さん」

「うん？」わたしはステーキをひと口食べる。

「ぼくたちがここにいる理由を教えてよ」

「おまえの人生で何か新しくてわくわくすることが起こっているのか知りたいだけだ」わたしは言う。「真夜中に家を出ていくくらいなら、新しくてわくわくすることにちがいない」

ステーキを切っているローリーの手が凍りつく。何通りもの返事が脳裏を駆けめぐっているのが見えるようだ。

「一回だけだよ」ローリーが言う。

わたしは無言だ。

ローリーが吐息をつき、ナイフとフォークを置く。「ダニエルとふたりでやったんだ。ばれずにできるかどうかやってみたくて」

「ダニエルもそう思ったのか」

「たぶん」

「それからふたりで何をした」

「別に何も。グラウンドへ行ってサッカーボールを蹴った。あっちこっちぶらついた」

そんなこともあるだろう。十四歳のときは真夜中に家を出るだけでも興奮したものだ。しかしローリーの場合、窓辺へのぼるのはあれがはじめてには見えなかった。


その晩もそのつぎの晩もローリーは出かけない。見つかった以上当たり前だ。ところで、わたしは夜間に目を光らせているだけではない。いままで見過ごしてきたあらゆる物事に注意を払っている。

夕方、ローリーがメールしているのを、携帯電話が振動してだれから来たのかチェックするのを、パソコンに向かっているのを、わたしは見守る。〝映画の夜〟には携帯電話を隠し持って何度もチェックするのを見守る。一度電話が鳴ったとき、その音はロック音楽でもビデオゲームの呼び出し音でもない。わたしの知らない歌だが、女性がかすれ気味の声で、崖っぷちに立っているような調子で歌っている。

子供たちを学校へ迎えにいくとき、教室のドアを最前列でながめられるように早めに到着する。明らかに息子の心をわしづかみにしている少女を見たのはこのときだ。

小柄なブロンド、バラ色の唇とミルクのような肌の女の子で、髪が顎のあたりまで真っ直ぐ垂れている。その髪を後ろへなであげながら、おしゃべりをしたり体の重心を片方の足からもう片方へ移したりしている。息子に劣らず神経質な子だ。

いつからだろう、とわたしは考える。あいつにはいつからこんなガールフレンドがいたんだ。いや、それともガールフレンド未満か。あの晩発見しなかったら、まったく知らないままだった。息子が好いている小さなブロンドの少女のことなど知らずに、わたしは一生を終えたのかもしれない。

ほかにも――ブロンドでもブルネットでも赤毛でも――この女の子に劣らず息子が熱をあげた子がいたのだろうか。一番目、二番目、三番目の相手をわたしは見逃したのだろうか。いまのところは知りようがない。訊いてもローリーは言わないだろう。いまのガールフレンドのことさえ言わなかったのだから。

そして、わたしは努力してはじめて気づき、手がかりをつかんだ。努力しなければ、それはするりと通り過ぎただろう。

わたしの両親がそうだったのかもしれない。両親は一度も努力せず、わたしはふたりのそばをするりと抜けた。

47

夕食のあいだ、家族全員の携帯電話がミリセントの後ろのカウンターに並べてある。マッシュルーム入りのリゾットとつけ合わせのポロネギとベビーキャロットを食べているところへ、わたしの電話がホルンのごとく鳴り響く。

ニュース速報だ。

ミリセントが後ろへ手を伸ばし、わたしの電話の音を消す。

「ごめん」わたしは言う。「スポーツニュースのアプリだ」

妻が厳しい目でわたしを見る。食事中は電話をマナーモードにすることになっている。

ニュース速報といってもいろいろあるが、わたしにはそれだとわかる。わたしのニュース・アプリには〝ナオミ〟と〝オーウェン・オリバー〟と〝遺体発見〟が検索条件に追加されている。テクノロジーとはすごいものだ。

同時に恐ろしいものでもある。なにしろ、さらなる情報をおあずけにして夕食のあいだじゅうすわっていなくてはならない。二十分間何も知らないほうがましだ。

ようやく全員が食事を終えると、子供たちがテーブルを片づける隙にわたしは携帯電話をつかむ。

女性の遺体発見

目をあげてミリセントを見る。

彼女はシンクの前に立ち、古いスウェットシャツと黒いレギンスという格好で、わたしのソックスを穿いている。わたしはその視線をとらえ、自分の携帯電話を指さす。

ミリセントが微笑みながら小さくうなずく。


皿がきれいになり、子供たちがすわってテレビを見るまでは残りの記事を読まない。そのときは、二階へあがってバスルームにこもってからニュースを見る。

完璧だ。

ナオミの遺体はランカスター・ホテルの裏の大型ゴミ容器から発見された。彼女が最後に目撃されたのが、そのゴミ容器からほど近い駐車場で、あの十三日の金曜日に仕事を終えたあとだ。ナオミが自分の車まで駐車場を歩いていくあの日の姿が防犯カメラに映っている。カメラは駐車場の一部しか映していなかった。ナオミの車も大型ゴミ容器も死角にはいっていた。

ホテルから通りを隔てた場所、わたしがよく車を停めてナオミを見ていたちょうどその位置に、ジョッシュが立っている。カフェインかアドレナリンかその両方で舞いあがっているらしく、そんなジョッシュにまた会えるとはけっこうなことだ。彼はジェイン・ドウ系の女たち、とくに二番目の女のせいでこのところ落ちこんでいるようだった。

いまのジョッシュはほのめかしと憶測でエネルギー満タンだ。なにしろ、公表された事実はあまり多くない。実際にわかっているのは、行方不明のナオミに似た女性の遺体が、大型ゴミ容器のなかで、廃棄物処理業者がそれを空にしているときに発見されたということだけだ。警察が呼ばれ、その一帯が立ち入り禁止となり、今夜記者会見があるかどうかはなんとも言えないが、ジョッシュはあると踏んでいる。

話題にのぼらなかったのはナオミの過去だ。彼女は行方不明者ではなく、いまはもう亡くなっているのだから、本人のことを悪く言うのは不人情というものだろう。

ジョッシュはオーウェン・オリバー・ライリーから最後に連絡があってから何週間か過

ぎていることを指摘する。

わたしは微笑む。

あの手紙の宛先はテレビ局の住所で、ジョッシュ宛の親展にしてある。手もとに届いたときは彼の顔に歓喜の色が浮かび、それがオーウェンの最後の手紙と知って落胆に変わるところを想像してみる。一連の手紙のおかげでジョッシュは少なくともローカル局のスターとなり、いまではケーブルテレビに引き抜かれるという噂もある。そうやってテレビ局で成功していくのだろう。とてもまじめで熱心なリポーターだから、視聴者は彼を信じずにはいられない。

ジョッシュはこの事件のおかげでよりよい人生を送ることになる、数少ない人間のひとりだ。

トリスタはちがう。

かわいそうに、亡くなったトリスタは犠牲者として見られることはぜったいにない。たとえ自殺だったとはいえ、彼女は犠牲者だ。わたしが彼女に申しわけなく思うおもな理由は、彼女が他人に対してひどく申しわけなく思っていたことだ。気持ちが通じる人間をきらいになるのはむずかしい。

せめてわたしたちは、二度とそれが起こらないようにするしかない。

階下へ行くと、子供たちがつぎに何を見るかで言い争っている。決められないなら二階で読書をしなさいとミリセントが脅かし、急に静かになる。十代向けドラマのオープニング曲がはじまる。ジェンナの大好きな番組で、なぜかローリーが不満を漏らさない。あのかわいいブロンドのおかげかもしれない。彼女はたぶんジェンナと同じドラマを見ている。

ミリセントが合図をするので、わたしたちはキッチンを抜けて、祝日とディナーパーティーのときだけ使う客用ダイニングへ行く。

「警察は発見した？」ミリセントが小声で訊く。

わたしはうなずく。「発見した。正式な確認を待っているところだ」

「じゃあ、こんどは――」

「あした投函する」

「完璧ね」

わたしは微笑む。彼女が鼻の頭にキスをくれる。

わたしたちは居間へもどって子供たちと交わるが、ドラマは録画ではないので、ナオミ関連の報道がはいってくるのは避けられない。コマーシャルの最中にニュースが流れ、突然のことにチャンネルを変える暇もない。

ローリーの携帯電話が明るくなる。ローリーが手に取ってメールをしはじめる。

ジェンナは反応しない。死んだ女のニュースではなく、まだドラマが放映されているかのように画面を見つめる。

「アイスクリームがほしい人は？」ミリセントが言う。

ローリーが指を一本あげる。「ぼく」

「ジェンナは？」

「うん」

「ディッシャーひとつ分？」

「みっつ」

「よしきた」わたしはそう言って、ソファから立つ。

ミリセントがわたしに向かって片眉をあげ、キッチンへついてくる。わたしはボウルを四つ出し、全員にディッシャー三つ分盛る。妻が何か言おうとするのをさえぎる。

「今夜は糖分の話はやめよう。こんなときもあるさ」実際にそうだ。これからナオミは毎晩ニュースに登場し、警察は発見の経緯や殺害方法について徹底的に調べあげる。わたしの手紙をジョッシュが受け取ったときはもっとひどい騒ぎになる。オーウェンがほんとうに去ったのか、それとも人々がまた無頓着になるのを待っているだけなのかをめぐり、何時間も議論がつづくからだ。

最後には騒ぎがおさまるだろう。ほかの何かが取って代わり、オーウェンは永遠に消える。

けれどもそれまでは、ディッシャー三つ分のアイスクリームだ。

居間へもどると、十代向けドラマが終わっている。ローリーがチャンネルを変え、わたしたちは別の番組の予告を見る。その予告にニュース速報が割りこむ。ミリセントがリモコンをつかむ間もなく、ジョッシュがわが家のテレビに現れる。そして、別のチャンネルで聞いた同じ情報を繰り返す。

ナオミの遺体発見の報道が終わったところで、ローリーが妹のほうを見る。

「ナオミは痛めつけられたと思うか」

「うん」

「前よりもっとひどいかな、それともたいしたことないかな」

「おい」わたしは言う。ほかに何を言うべきかわからない。

「もっとひどい」ジェンナが答える。

「マジかよ」

ジェンナが肩をすくめる。意見が一致してふたりは握手する。

ミリセントが立って部屋を出る。

わたしは自分のアイスクリームボウルをキッチンへ持っていく。携帯電話が充電切れになりそうなので、小間物用の抽斗を引っ掻きまわして充電器を探す。いつもその辺にあるのに必要なときに限ってなく、抽斗にもない。つぎにパントリーを探ってみたのは、変わったものがそこへ行き着くからだ。ジェンナが小さいころ、彼女のぬいぐるみたちがよくクッキーのまわりにすわって守りを固めていたものだ。いまではわたしが電子器具を探している。

今夜は見つからない。ところが、棚の最下段にあるスープ缶の後ろに、目薬の小さな容器を発見する。

ミリセントがアレルギーを起こすタイプの目薬だ。

48

その目薬をみて、わたしはローリーのことを考える。ハイになったのをごまかすためにミリセントが目薬を使ったとしたら、ほかのティーンエイジャーたちも同じことを考えたにちがいない。たぶん夜間の外出時に使うのだろう。ローリーとあのかわいいガールフレンドはマリファナを吸っているのかもしれない。

思ったよりまずい事態だ。非常にまずい。

ふつうはパントリーに目薬などしまわないものだが、ローリーはとりあえずそこへ隠したのではないか。おそらくハイになって帰り、土壇場になってそこへしまった。それとも、最下段のスープ缶の後ろなどだれも見ないと思ったのかもしれない。

一方、ジェンナの可能性もある。マリファナを吸っているのはあの子かもしれない。いや、それはないだろう。ジェンナは自分の肺をだめにするようなことはしない。あの子にとってはサッカーのほうがずっと大事だ。

わたしは目薬を持ち去る。カントリークラブへの道中、マリファナや埃《ほこり》やその他刺激物のほかに、目が充血する原因が何かあるだろうかと考える。アレルギーと疲労があるが、どちらも隠すことではない。二日酔いか。それとも、わたしが聞いたこともない新手のドラッグか。

ケコナがレッスンに来たとき、わたしはベンチにすわって目薬のボトルを見つめている。ケコナは噂話をしたくてたまらず、かかとを地面につけたり離したりして体を揺らしている姿が六十歳ではなく六歳の子供みたいだ。コートへはいるやいなやしゃべりだすのは、街を出る前に全部吐き出すしかないからだろう。毎年ケコナはハワイへ一カ月間帰るのだが、その旅はもうじきだ。ナオミの遺体が発見されたいま、いろいろ聞き逃してしまうのを残念がっている。

「絞殺よ」ケコナが言う。「ほかの被害者と同じだわ」

「そうですね」

「それに痛めつけられている。紙で切りつけたような傷がいっぱいあって」

どきりとする。「紙で切りつけた？」

「当局の話では、全身にその傷がついてたそうよ。目蓋にまでも」外が寒いかのように彼女が身震いをする。

紙で切りつける。

わたしは目を閉じ、ミリセントがそうしているところを思い浮かべまいとする。彼女がわたしたちの内輪のジョークをあまりにも病的なものに変えてしまった、という考えを消そうとする。

午前十一時になったばかりだ。先ほど、彼女の指紋が削り取られていたと発表されたが、警察はナオミの歯科記録を取り寄せてあった。遺体はナオミだった。

「その傷のことは警察が言ったんですか」わたしは訊く。

「公式にはまだよ。単なる匿名情報」ケコナが言う。「でもわたしに言わせれば、タイミングがおかしいのよ」そこで口をつぐむ。

わたしは尋ねる。「どういうことですか」

「あのね、前の女性は一年間監禁されていた。でもナオミはどう？　ひと月半よ」

「警察がつかまえにこないから、オーウェンは待ちくたびれたんじゃないかな」

ケコナが笑みを向ける。「きょうはちょっと気の利いたことを言うじゃない」

わたしは肩をすくめ、テニスボールをかかげてレッスンの時間であることを示す。このために彼女はわたしに金を払っているのだから。ケコナは少しストレッチをしてからラケットを振る。

「これが映画だったら、タイミングのちがいに何か意味があるのよね」彼女が言う。

たしかにそうだが、どうせ彼女があげる理由は全部まちがっている。「人生はホラー映画じゃないと言ったのはあなたじゃありませんか」

ケコナは返事をしない。

「サーブ」わたしは言う。

ケコナがサーブを二回打つ。わたしが返球しないのは、彼女がいまだにボレーをしたがらないからだ。エースを取りたがっている。

「火傷《やけど》も負ってたらしいわよ」ケコナが言う。

「火傷？」

「そう聞いたわ。熱湯につかったみたいな全身火傷ですって」

偶然熱湯をかぶった光景を思い浮かべ、わたしは身をすくませる。でも、ミリセントはわざとそうした。

「そうよね、わたしも胸がむかつく」ケコナが言う。またサーブをし、そこでいったんやめる。「けさ聞いた話では、オーウェンは過去の犯罪を再現しているんじゃないかって。別の犠牲者で火傷を負ったのがひとりいるのよ。ビアンカだったかブリアンナだったか。そんな名前よ。朝写真を見せてもらったんだけど、ナオミによく似ているの」

これについてはすっかり見落としていた。家でニュース番組を見ることができないのはやはり問題だ。「不思議ですね」わたしは言う。「サーブ」

ケコナが再開し、わたしが九回目を数えたところでまたやめるが、こんどはオーウェンの話ではない。

ジェンナについてだ。

「娘さんのことを聞いたわ」ケコナが言う。

ケコナがクラヴ・マガ教室での出来事を聞きつけても驚くにはあたらない。以前のわたしたちはまさにこうしたことを噂したものだ。ただ、それはわたしの家族にかかわることではなかった。

「そうですか」自分の娘が少年を石で殴ったことについて、いかに説明と言いわけをすべきか考えをめぐらせる。その日はついてなかった、テストで落第点を取った、薬を飲むのを忘れた。どれもまともな感じには聞こえない。これでは娘に自制心がないみたいだ。

ケコナが歩いてきてわたしの腕を軽く叩く。「心配ないって。娘さんはすごい女になるわ」

わたしは声をあげて笑う。そして、そのとおりならいいと思う。ジェンナがほかのどんなものになるよりも、すごい女になったほうがわたしはいい。


ケコナのレッスンが終わったので、ようやくニュースをチェックする。以前の犠牲者の話はほんとうだった。ビアンカとナオミは似ている。どちらも黒っぽい髪で、隣の家の健全な女の子といった風情をたたえている。ビアンカも火傷を負っていたが、使われたのは熱湯ではなかった。

油だ。

とにかくこうした類似性があったために、メディアがリンジーの事件を振り返り、こんどは昔の犠牲者のなかにブロンドのストレートヘアがいたことに目をつける。

どうせ全部こじつけだ。メディアはネタがほしいだけだが、たしかな情報を得られないので、ありもしないつながりを作り出している。ミリセントが犯行を再現したいと思ったら、細部を似させたりしない。正確にそのまま再現する。

このニュースに少し腹が立つ。仕事に来る途中でジョッシュへの手紙を投函した。早い時刻だったので、郵便局の駐車場はがら空きで、手術用の手袋をつけた手で手紙をポストへ滑りこませるところを見た者はいなかった。しかし、もしニュースを見ていたら手紙を書き換えたところだ。メディアはまちがっていて相変わらずでっちあげばかりだ、とジョッシュに伝えただろう。昔の餌食を再現したのではないから、痛めつけ方をあれこれ言うのはやめろ、と。

わたしの娘が聞かなくてもいいことだ。

けれども、わたしはニュースを見ず、ビアンカの件を聞き逃したから、いまとなってはもう遅い。

クラブハウスでいくつものスクリーンに映るジョッシュは、疲れ切ってはいるが興奮もしているようだ。きょうもランカスター・ホテルの向かいに立っている。日光に照らされたその建物はけばけばしいと言ってもいいほどだ。

「このホテル裏の大型ゴミ容器のなかで発見された女性がナオミ・ジョージだと判明しま

したが、それ以外の情報で確認が取れているものはいまのところありません。しかしながら、ある関係筋によりますと、ナオミが亡くなったのは発見されるわずか一日前で……」

その日のミリセントのGPS情報はふだんと変わらない。ジョーズ・デリにすら行かず、学校で子供たちをおろしたあとは、オフィス、何軒か売り出し中の物件、食料品店、ガソリンスタンド、それだけだ。ナオミの監禁場所をにおわせるものはゼロだ。オープンハウスに監禁していれば話は別だ。しかし、一日中人の出入りがあるからそんなはずはない。

でも、いまとなってはどうでもいい。ナオミが発見されたのだから。そしてあした、ジョッシュがわたしの手紙を受け取る。

ジョッシュはすぐに放送するだろう。この前も、警察がもっと時間をかけて手紙を調べるものと思っていたのに、ニュースで流れたのがけっこう早かった。今回も同じはずだ。同じ外見、同じにおい、紙も同じ便箋を使っている。差出人がいままでの手紙と同じなのは疑いようもない。もし賭けるなら、仕事を終えて家へ帰り着く前にその手紙が全ニュースで取りあげられているほうに賭ける。

でも、わたしはばくち打ちではない。三十九年のうちに戦略家になった。しかも、かなりすぐれた戦略家かもしれない。

49

想像上の賭け事の勝ち負けを判断するのはむずかしい。程度の問題、というよりこの場合は時間の問題だ。

わたしの予想では、ジョッシュがイブニングニュースの直前に生放送で手紙を公開し、人々が夕食の席に着くころにはすべてのチャンネルで放送される。ところが、予想よりも数時間早く、ジェンナとわたしがドクター・ベージュの診療所にいるときにそのニュースが流れる。ドクターはセラピーの回数を増やす必要があると考えている。わたしは新しいドクターが必要だと考えている。診療を受けはじめてから、ジェンナは自分の髪を切る段階から、人を石で殴る段階へと症状が進んだ。

ミリセントとわたしは分担して診療所通いをしている。どちらも週に三回仕事を抜ける余裕はないが、クラヴ・マガ事件のあとでドクター・ベージュがその回数を推奨する。きょうはわたしが待合室にいる番で、そこで時間をつぶせるものといえば、セラピー治療に効く漫画本、教育雑誌、またはテレビ。近くにいるのは厳しい目つきの受付係だけで、真っ黒なカツラをかぶってだれがいようと無関心だ。わたしはクイズ番組を見て、頭のなかで楽しくやる。

そのニュースはジェンナの診療がはじまって約十分後に流れる。ジョッシュが画面に現れ、短い前置きをしてから、オーウェンの手紙を声に出して読みはじめる。

受付係が顔をあげる。

わたしが書いたことばをジョッシュが読みあげるとき、背筋がぞくりとする。オーウェンの別れの挨拶までいったところで、笑いを嚙み殺さなくてはならない。手紙のなかで、オーウェンがほんとうにうぬぼれた野郎に聞こえる。


さようなら。

これで最後だ。


ジョッシュがもう二回手紙を読みあげたあと、ジェンナがドクター・ベージュの診療室から出てくる。退屈そうだ。

その後ろにドクターがいる。満足しているらしい。

「交替よ」ジェンナが言う。こんどはわたしがなかへはいって、ドクター・ベージュにオートミール色のたわ言をボウル一杯食べさせられる番だ。

きょうは辞退する。「申しわけないが時間がないんです。あとで電話でお話ししてもいいでしょうか」

この名医はわたしに満足していないらしい。

わたしは気にしない。

「かまいませんよ」ドクターが言う。「電話がつながらないときはメッセージを――」

「わかりました。ありがとうございます」

わたしは手を差し出し、ドクターが握手をするまでに一瞬の間がある。「ではまた、さようなら」

「それじゃあ」

駐車場へ着くやいなや、ジェンナが横目使いにわたしをにらむ。

「いまの態度は変だよ」娘が言う。

「いつものことじゃないか」

「いつもより変」

「じゃあかなり変だな」

「パパったら」ジェンナが腕を組んでわたしを見据える。

「ホットドッグを食べようか」

飲みにいこうかと言われたみたいな目でジェンナがわたしを見る。「ホットドッグ？」

「そうさ。知ってるだろ。小さなチューブに肉や何かを詰めたやつをパンに挟んで、それにマスタードと――」

「ママがホットドッグはだめだって言ってる」

「ママにも来るように言うよ」

この考えにジェンナの頭が小爆発を起こしているはずだが、本人は何も言わずに車に乗りこむ。


〈トップドッグ〉には三十五種類のホットドッグがあり、豆腐入りのも売っている。ミリセントが注文するのはそれだ。それに、ローリーがビーフ百パーセントのチリドッグをふたつ注文しても何も言わない。お祝い気分でいるのは、お祝いだからだ。オーウェンが永久にいなくなった。そのニュースが頭上のどのテレビでも流れている。いまは何もかもが順調となり、だれもがそう感じているように見える。

「うちはふつうにもどるの？」ローリーが尋ねる。

ミリセントが微笑む。「ふつうってどういうこと」

「報道管制なし。文明社会への復帰」

「ニュースを見たいのか」わたしは言う。

「ニュースを見ちゃいけないなんて、やってられないよ」

ジェンナが目をくるりとまわす。「ローリーはフェイスを感心させたいだけでしょ」

これでローリーのブロンドの友達がフェイスという名前だとわかる。

「フェイスってだれ？」ミリセントが訊く。

「だれでもない」ローリーが言う。

ジェンナがくすくす笑う。ローリーにつねられ、悲鳴をあげる。

「やめてよ」

「だまれ」

「そっちこそ」

「待って、それってフェイス・ハモンドのこと？」ミリセントが尋ねる。

ローリーが答えないので、イエスということだ。また、ミリセントがフェイスの両親を知っていて、それはたぶんハモンド夫妻に家を売ったから、ということでもある。

「なぜ警察はつかまえなかったの」ジェンナが言う。テレビを見あげている。

わたしたちは完全にふつうにもどったわけではないらしい。

「前につかまえたさ」ローリーが言う。「そのあとやつは逃げたんだ」

「じゃあ、もうつかまえられないの」

「つかまえるよ。ああいう連中はいつまでも大手を振って歩けないんだ」わたしは言う。

ローリーが何か言おうとして口を開くが、ミリセントが視線を送ってだまらせる。何を話すのもばかばかしく思えるので、わたしは口を閉じておく。ローリーすらしゃべらない。みんながだまっているところへジェンナが何か言う。

「なんだか具合がよくない」そう言って腹をなでる。ジェンナが食べたのはバーベキュー・アンド・オニオン・ドッグで、わたしのチリ・チーズドッグとだいたい同じ大きさだ。きょうジェンナの胃の調子が悪いのは、ストレスのせいではないはずだ。

ミリセントが例の目つきでわたしを見る。

わたしはうなずく。そう、ホットドッグを食べようと言ったわたしがいけない。

ミリセントがバッグを持ち、もう行こうと合図する。前もって話し合わなかったわりには、ホットドッグに機嫌よくつき合ってくれたので、わたしは彼女の手を握る。そして、子供たちのあとから駐車場へ向かう。

「それで、あなたのお腹はどうなの」ミリセントが訊く。

「まったく異常なし。きみのお腹は？」

「絶好調よ」

わたしは身を寄せてキスをしようとする。彼女が顔をそむける。

「その息はいただけないわね」

「きみのだって豆腐みたいなにおいだ」

彼女が笑ってわたしも笑うが、じつはわたしの胃が自分で言った状態とはほど遠い。家に着くなり、ジェンナもわたしも吐き気をもよおす。ジェンナが二階のバスルームへ行くが、わたしは間に合いそうにない。結局廊下のバスルームを使う。

ミリセントがふたりのあいだを走りまわってジンジャーエールと冷湿布を持ってくる。

「へたってるね！」ローリーが大声で言う。そして声をあげて笑い、わたしも心のなかでいっしょに笑う。

たとえバスルームの床にへたっていても、何もかもが笑える。息を吐き終えた気分だ。いままで息を止めていたことに気づきもしなかった。

50

あのホットドッグのせいで夜なかなか眠れなかったので、翌朝少し寝坊する。家を出るころには、ＥＺ‐Ｇｏへ寄るには遅すぎる時間になっている。そこで、ヒドゥン・オークスのゲートのすぐ外にあるコーヒーショップへ行く。五ドルのコーヒーがあって男のバリスタがいて、しかもそのバリスタが目障りな顎ひげを生やしてテレビを見ている、そういうたぐいの店だ。バリスタがテレビに向かってかぶりを振りながら、わたしにふつうのコーヒーを注ぐ。

「ニュースを見るのはやめるしかないですね」バリスタが言う。

わたしはうなずき、彼が知っている以上にその気持ちを理解する。「気が滅入るだけだね」

「至言です」

いまだに〝至言〟ということばが実際に使われているとは知らなかったが、この大柄な顎ひげの男が気持ちをこめてそう言う。

ニュースのことは訊かずに店を出る。オーウェンがほんとうに去ったのかどうか、まだ話題になってはいるが、本来のニュースはひとつもない。あらたな情報はない。古い話を繰り返すためのあらたな手段があるだけだ。

そして、オーウェンは早くも色あせはじめている。いまもトップニュースだが、全放送時間を占めることはもうない。

思ったとおりだ。

だからいま、わたしの考え事の中心にあるのは家族、子供たちのことだ。それに、まだきちんと会ったことがないローリーのガールフレンド。ハモンド家が隣のブロックに住んでいるのは突き止めた。ブロックの中央を突っ切れば、ローリーの足なら自分の家からハモンド家まで六十秒あればじゅうぶんだろう。もっと早く知っておくべきだったのに、ローリーが家を抜け出すのに気づくべきだったのに、わたしは自分が抜け出すのにいそがしすぎた。埋め合わせをするのはこれからだ。

ジェンナが最近夢中になっているのは化粧だ。熱を入れはじめたのは先週で、もはやオーウェンから隠れようとしていないからだろう。ある朝、学校へ行く前に娘がリップグロスをつけているのをわたしは見かけ、だれかさんがわたしたちのバスルームにはいったみたいよとミリセントが言った。

ところで、ジェンナのマットレスの下にはまだナイフがある。そこに置いたのを忘れたのでは、とわたしは思いはじめている。

もしわたしがいまもオーウェンやナオミやアナベルやペトラに気を取られていたら、こうしたことを全部見落とすだろう。使い捨ての携帯電話を最後に充電したのがいつだったのか、もう思い出せない。

そしてミリセント。わたしたちは本物のデートの夜を持とうと話し合ったことがある。まだ実現していないが、そのときはホリーだのオーウェンだの、そんなことはいっさい話題にしないだろう。それはそうと、彼女はインターネットでホットドッグ反対運動をはじめた。

わたしは彼女の車から発信機をはずした。これからは、妻を示す青い点ではなく、妻そのものを見たい。

仕事のほうも好調で、わたしのスケジュールが不規則ではなくなったので、新しい客がふたり増える。日中はほとんどカントリークラブにいるから、教えていない時間は人脈作りに当てている。

アンディ。彼がヒドゥン・オークスを出ていってから話をしていない。アンディはトリスタが亡くなったあとすぐに引っ越した。家は売りに出され、わたしはそれ以来会っていない。もうクラブハウスにもやってこない。自分の人生からアンディを消えたままにしておいたのが正しいことだとは思えない。ある程度は自分のスケジュールのせいでそうなった。けれども、トリスタが原因でもあった。

元気にしているか知りたくて電話をかける。アンディは出ないし、かけ直さない。わたしは投げやりな気持ちでネットで検索し、アンディの現住所を見つけようとするが、数分後にはあきらめる。

あの目薬はまだ持っているが、ローリーやほかのだれかがなんらかのドラッグをやっている証拠は見つかっていない。それが家のなかに、ましてやパントリーにあるのが理屈に合わない。目薬は隠す必要のないものだ。

ケコナがひと月ハワイへ帰っているので、一番手の客はミセス・リーランドだ。彼女は犯罪事件とかオーウェンとか、そういったことを話すのが好きではない。ミセス・リーランドはテニスだけを話題にする真面目なプレイヤーだ。

彼女のレッスンが終わってつぎのレッスンがはじまるまで少しだけ時間があり、ミリセントからのメールを見るぐらいはできる。

？

どういう意味か、何を訊かれているのかわからず、こう返信する。

何？

アーサーという定年退職者のレッスンをしている途中で、ミリセントがニュース記事のリンクを貼ったメールを送ってくる。見出しを見ても意味がわからない。

オーウェンは死んでいる

記事を読み、もう一度読み、三度目に読んだときは、最初に読んだときよりも信じられない。

十五年前、オーウェン・オリバー・ライリーは殺人の容疑をかけられたのち、捜査上の不備が原因で釈放された。そして跡形もなく消えたのだが、最近になって若い女性の遺体が発見され、ライリーなる者がローカルテレビのリポーターへ手紙を送って犯人の名乗りをあげ、もう一件の女性殺害を予告したうえに、被害者誘拐の日まで知らせてきた。二番目の女性の遺体が発見されたときは、犯人が約束を果たしたかに思われた。つぎの手紙には、もう終わりにして永遠にいなくなると書かれてあった。しかし、そもそも彼はここにいたのだろうか。

「いいえ」ジェニファー・ライリーは言う。先週オーウェンの妹が地元警察と連絡を取り、その後声明を発表した。

現実とは思えない衝撃的な発表のなかで、彼女はこう主張する。十五年前にオーウェン・ライリーが釈放されたあと、兄と妹はヨーロッパへ移住した。声明によれば、どちらもアメリカ合衆国へは一度も帰らず、ファーストネームを変えてだれにも知られないように暮らしていた。

五年前に兄はすい臓がんと診断された、と彼女は警察に話した。何度か放射線治療を受けたが、ついに病に屈して帰らぬ人となった。声明によれば、遺体は火葬に付したとある。

オーウェン・ライリーの死亡記事は、アメリカ合衆国のどの新聞にも載らなかった。イギリスの新聞に偽名で告知されただけだった、とジェニファー・ライリーは言う。彼女は死亡証明書とともにその新聞を警察へ提出した。現在当局はその情報について確認中だ。

最近まで、兄が故郷へ〝帰っていた〟とはまったく知らなかった、とジェニファー・ライリーは警察に語った。さらにこうも言った。「わたしはこんなことにかかわりたくなかったんです。この土地を離れてずいぶん経つんですから、ほうっておきたかった。でも、昔の友人が連絡してきて、オーウェンのしわざだと警察が決めつけている以上何か言うべきだと説得されました。

わたしはできるかぎり声を大にして言います。最近ふたりの若い女性が殺害されたのは、痛ましく、たいへんつらいことです。ですが、これだけははっきり申しあげます。兄は今回の事件とはなんの関係もありません」

51

わたしの携帯電話がセメントのコートに転がっていて、画面にひびがはいっている。落としたことを覚えていない。投げつけたのかもしれない。

腕に手が置かれる。客のアーサーがわたしをじっと見ている。目が灰色の厚い眉毛に隠れ、眉間に皺が寄った顔だ。心配している。「だいじょうぶかね」アーサーが言う。

いや。これを大丈夫とは言わない。「すみません。行かなくては。家族がちょっと——

——」

「いいとも。行きなさい」

わたしは電話とバッグを拾ってコートを離れる。駐車場へ行くまでに何人かに挨拶され、声は聞こえるが顔は見えない。目の前に浮かぶのはあの見出しだけだ。

オーウェンは死んでいる

車に乗ってエンジンをかけ、ミリセントの居場所を知らないことに気づく。発信機をはずしたのだから、知るはずがない。

壊れた画面を見ながらメールを送る。

デートの夜を。

返事が来る。

デートのランチを。いま。

もう駐車場から出るところだ。

子供たちは学校へいるから、家で会える。ミリセントの車が正面にあり、彼女は家にいて居間を歩きまわっている。きょうの靴の色はネイビーブルーで、歩いても音が出ないタイプだ。髪が肩に届かないほど短くなっているのは、家族のなかでショートカットをジェンナだけにしたくなかったからだ。

わたしがはいっていくと、妻が歩みを止め、わたしたちは見つめ合う。言うことは何もない。

自分たちが失敗したこと以外は。

ミリセントが少し微笑む。幸せな笑みではない。「予想外だったわ」

「予想できるものか」

わたしは手を差し伸べ、妻が近づいてわたしの腕に包まれる。心臓の鼓動がいつもより速くなり、妻の頭が胸に押しつけられる。

「警察はほんとうの犯人を探しはじめる」わたしは言う。

「そうね」ミリセントが頭を離してわたしを見る。

「みんなでここを離れよう」

「離れる？」

「引っ越すんだ。なにもここに住む必要はない。この国に住む必要だってない。どこにいたってテニスは教えられる。どこにいたって不動産は販売できる」ミリセントとここに立っているあいだに浮かんだ考えだ。「場所を選ぼう」

「本気じゃないでしょうね」

「だめなのかい」

ミリセントが体を離し、また歩きまわる。頭のなかでリストを作成し、すべきことをすべて把握しようとしているのが見て取れる。「いまは学年の途中なのよ」

「わかってる」

「どの土地を選べばいいのかもわからない」

「いっしょに考えればいい」

ミリセントがだまりこむ。

わたしはわかりきっていることを繰り返す。「警察は真犯人を探しにかかる」

いままでは、そんな心配がまったくなかった。リンジーまでは遺体が発見されずにすんだ。それまでは、犯人がいることさえだれも知らなかった。警察はだれも探していなかった。

いまは探している。そして、犯人がオーウェンを偽装していると知っている。

「わたしたちだってことはぜったいにばれないわ」ミリセントが言う。

「ぜったいに？」

ミリセントが首を横に振る。「どうやったらばれるの。実際に役割をすべて分割した。わたしはあの手紙にさわりもしなかったし――」

「でも、ナオミをどこに監禁したにしろ――」

「あなたはその場所を見てもいない。そっちはどうなの。いっしょのところをだれかに見られたんじゃ――」

「それはない。ナオミとは一度も話さなかった」わたしは言う。

「一度も？」ミリセントがいっとき無言になる。「それならいいわ。彼女といっしょのところはだれも見なかったのね」

「そうだ」

「それで、リンジーとは？」

わたしはかぶりを振る。リンジーとわたしはハイキングをしながら話をした。「だれにも見られなかった」

「よかった」

「ジェンナのためだ」わたしは言う。「あの子のために引っ越したほうがいいような気も――」

「とにかく様子を見て、ほんとうかどうかたしかめるのよ。何かのでっちあげかもしれないし」

わたしはふと笑う。あまりにも皮肉な展開に笑うしかない。「オーウェンの手紙みたいだね。でっちあげって」

「そうよ。そういったことかもしれない」

携帯電話のリマインダーがアラームを鳴らす。つぎの客が十五分以内に来る。行くかキャンセルするかのどちらかだ。

「行って」ミリセントが言う。「いまは待つ以外どうしようもないから」

「もしほんとうだったら――」

「そのときはまた話し合いましょう」

わたしは近寄って妻の額にキスをする。

妻がわたしの頬に手を置く。「きっとだいじょうぶ」

「いつだってそうさ」

「そうね」

子供たちはそのニュースをすでに聞いていた。わたしたちは夕食でいっしょのときに知らせるつもりだったが、子供たちはとっくに知っていた。インターネットと友達の情報のほうがわたしたちより速い。

ローリーは気にしているとしても態度に出さない。その手に握られているのは、ガールフレンドとの命綱たる携帯電話だ。

ジェンナの顔は石のように動かない。いつもはとても表情豊かな目がわたしたちを素通りする。話を聞いていないし、同じ部屋にいても心ここにあらずだ。その心がどこにあるのかわからない。ジェンナが話をしないので、やがてミリセントとわたしは、何週間も言いつづけてきたことを言わなくなる。おまえは安全だよ、とは。

娘がわたしたちを信じているとは思えない。わたしが自分で信じているのかもさだかでない。真実だと娘が思っていたすべてがまちがいだとわかった。オーウェンはここにはいもしなかった。ずっと前から犯人はほかのだれかで、しかもだれなのか全然わからない。

殻に閉じこもった娘を責めることはできない。わたしだって同じことをしたい。

わたしたちが話すのをやめたとき、ローリーが突然立ちあがって二階へ向かう。もうメールを打っている。

ジェンナが相変わらず虚空を見つめる。

「どうした」わたしは手を伸ばして娘の手にふれる。「だいじょうぶかい」

ジェンナがわたしへ顔を向け、目の焦点が合う。「じゃあ、全部嘘なのね。殺人犯はまだいるかもしれないのね」

「それはまだわからないのよ」ミリセントが言う。

「でも、そうかもしれないでしょ」

わたしはうなずく。「そうかもしれないね」

一分が過ぎ、さらに一分が過ぎる。

「わかった」ジェンナがそう言って、わたしの手の下から自分の手を抜く。そして立ちあがる。「二階へ行くね」

「具合でも悪いんじゃ――」

「別に悪くない」

ミリセントとわたしはジェンナが行くのを見守る。

そのあとわたしは、インターネットで新しい生活の場を探す。気候、学校、生活費、例のニュース、という具合にいくつものサイトを行ったり来たりする。

つぎにどうなるかわからないというのは不思議な感覚だ。最初の手紙をジョッシュに書いてからというもの、だいたいどのニュースにも驚かなかった。手紙の内容をすでに知り、評論家がそれをどう分析するかも予想がついていた。ナオミの遺体にも驚かなかった。細かいことは知らなくても、発見されるのはわかっていた。

驚いたのは、紙で切ったような傷があったことだけだ。

いまは勝手がわからず、先が見えない。こういうのは苦手だ。

52

そのニュースがテレビで繰り広げられるのを、自分に関係ないかのようにながめる。まるでただの傍観者のように。このニュースの行方を変える力がないから、わたしは願う。ニュースを見るたびに、オーウェンの妹がうそつきであることを願う。けれどもある晩、裏のポーチで十一時の放送を見ていると、それとはちがうことをジョッシュが言う。

今夜のジョッシュはスタジオにいて、ジャケットとネクタイを身に着け、放送開始数分前にひげを剃ったみたいな顔をしている。そして、リポーターらしい真剣な口調でジェニファー・ライリーが帰国する旨を伝える。兄の潔白を証明したいのだという。

またもや携帯電話を投げたい衝動に駆られるが、家の横でかさこそ音が聞こえたので思いとどまる。

ローリーだ。

夜の外出が見つかっても、結局やめずにつづけるだけなのだろう。というより、夜の外出が見つかっても、罰を免れつづけているだけだ。わたしは息子の外出を何度見落としたのだろう。

地面に着地したところでローリーがわたしに気づく。これから出かけるところで、帰りではない。

「あ」ローリーが言う。「やあ」

「ちょっと夜の空気を吸いにいくのか」

ローリーが何も認めずに肩をすくめる。

「すわろうか」わたしは言う。

ポーチに腰かける代わりに、わたしたちは裏庭へおりる。庭の奥、樫の大木と分解した

遊具のあいだに、パラソルつきのピクニックテーブルがある。

ローリーが言う。「夜の外出について何か言う筋合いが父さんにあるのかな」

何日か前、オーウェンが永久に去ったとされていたときなら、そう言われても気になら

なかったかもしれない。わたしは息子からはじめてのガールフレンドについて聞くのを楽

しみにしていた。いまは面倒に感じられるだけだ。

わたしはベンチのひとつを指さす。「さっさと、ここに、すわれ」

ローリーがすわる。

「まずはじめに」とわたしが言う。「おまえの妹がつらい思いをしているのはわかってるだろう。そして、ただひとりの兄であるおまえは、妹の具合をこれ以上悪くしたくないよな」

ローリーが首を振る。

「もちろんそうだ。だから、父親が浮気しているなどというつまらない憶測をおまえが妹に吹きこんだりしないのはわかっている」

「憶測？」

わたしはローリーをじっと見る。

ローリーがまた首を振る。「うん。何も言わないよ」

「それから、夜遅く出かける自分と父親をくらべるつもりがないのもわかっている。なぜなら、おまえは父親の年齢の半分にも達していないからだ。もうじきおとなになる年齢ですらない。こっそり出かけてはだめだ」

ローリーが小さくうなずく。

「なんだって？」

「そうだね。自分と父さんをくらべるつもりじゃなかった」

「そして、なぜ出かけるのかと訊かれても、ダニエルとうろつくためとは言わないこともわかっている。そうじゃないいんだよな」

「うん」

「おまえはフェイス・ハモンドと会うために家を抜け出している」

「そうだよ」

「よく言った。はっきりわかってうれしいよ」

ローリーの携帯電話が振動する。息子の視線が電話とわたしのあいだを行ったり来たりするが、画面は見ない。

「見たらどうだ」わたしは言う。

「いいんだ」

「フェイスを待たせておくな」

ローリーが電話をチェックし、赤い髪が目にはいらないように押さえながらメールを送る。たちまちフェイスが返信し、ローリーがまた送る。会話がつづき、待っていると、ようやく息子が電話をテーブルに置く。画面を上に向けて。

「ごめん」

わたしはため息をつく。

わたしはローリーに腹を立てているのではない。息子はほんの子供で、女の子が悪いものではないとやっとわかったところだ。以前は女の子のことを〝凶悪で卑劣で、なんといってもすこぶる醜い〟と言っていた。自分が読んだ本から見つけた言いまわしだが、それを聞くたびにわたしは大笑いした。そして、ミリセントを見てこう言った。「子供たちを毎週図書館へ連れていったのはきみだろ」たまたまキッチンにいるときは、ミリセントが布巾でわたしをはたいたものだ。一度、強くはたきすぎてわたしの腕が切れたことがある。ごく浅い傷で皮膚がほんの少し裂けただけだったが、ローリーは母親にいたく感銘を受けた。わたしに対してはそれほどでもなかった。

そしていま、フェイスというかわいいブロンド娘に会うために、ローリーは出かけようとしている。

「彼女も家を抜け出すのか」わたしは訊く。「そしてどこかで会うのか」

「ときどき。でも、彼女の部屋へ行くこともある」

わたしはそうするのを禁じて息子の部屋の窓に鍵をかけ、フェイスの両親へ電話をかけて、ふたりが若くてあまりにも危険だと言いたい。オーウェンが死んでいても殺人犯は野放しだ、と。

ただし、それは真実ではない。それでも、真実のふりをするしかない。自分の最初のガールフレンドを覚えていないふりをするのと同じだ。

「やめたほうがいい」わたしは言う。「ニュースを見ただろう。ふたりきりで夜出歩くのは危険すぎる」

「うん、それはわかってるけど——」

「だいたいこっそり抜け出すなんてぜったいにするべきじゃない。母さんに言ったら、母さんはおまえの部屋の窓に鍵をかけて家中にカメラを取りつけるぞ」

ローリーがぽかんとした顔をする。「母さんは知らないの？」

「もし知ったら、大学へはいるまで自宅謹慎だ。おまえのガールフレンドもそうなるだろうな」

「わかった。やめるよ」

わたしは大きく息をつく。腹が立つからといって捨てておくわけにはいかない。「それで、おまえにはガールフレンドがいるんだから、用心のほうはちゃんと——」

「父さん、コンドームの買い方ぐらい知ってるよ」

「そうかそうか。じゃあ、夜は彼女にメールするだけ、いいな。会うのは昼間にしろ」

ローリーがうなずき、まるでわたしの気が変わるのを恐れているかのようにすばやく立つ。


「あとひとつだけ」わたしは言う。「率直に答えてくれ」

「いいよ」

「ドラッグをやってるのか」

「やってない」

「マリファナを吸ってないか」

ローリーがかぶりを振る。「誓って吸ってない」

わたしはローリーを放免してやる。いまは嘘かどうかを突き止める時間がない。

ニュースを見ていないときは、何か見落としたことがなかったか、そればかり考えている。逮捕にいたるかもしれないさまざまな言動、テレビで仕入れた法医学データのあれこれ。DNA、痕跡証拠、繊維――それが自分に理解できるかのように脳裏を駆けめぐるが、理解できない。それでも、その証拠がわたしを示していないのはわかる。ナオミとはひと言も話さないどころか、さわりもしなかった。警察がどんな証拠を見つけようと、それはミリセントを示すだろう。


オーウェンの妹をテレビではじめて見る。犯行時のオーウェンは三十代だったから、いま生きていたら五十歳ぐらいだろう。ジェニファーはそれより少し若く、四十代中ごろに見える。目は兄と同じブルーだが、髪はもっと茶色がかったブロンドだ。痩せているので鎖骨が目立ち、首の血管も浮きあがっている。カメラを通すとだれでも四、五キロ太って見えるらしいが、それがほんとうなら、生身のジェニファーはいかにも貧相にちがいない。彼女がクラブハウスの全スクリーンに映り、昼食時の客たちが記者会見を見るために、たむろしてカクテルのおかわりをする。オーウェンの妹が一般市民の目にふれたのはこれがはじめてだ。

警察署長が彼女の片側に、検死官が反対側にいる。一方には髪があり、もう一方にはないが、どちらも太鼓腹のサイズは同じだ。

ジェニファーは、自分がオーウェン・オリバー・ライリーの妹であり、一連の殺人についての見解はまったくまちがっていると言う。

「この五年間オーウェンがだれも殺害しなかったことを、わたしは証明できます。兄が死んでいることをみなさんにはっきり理解してもらうために、わたしは遠くから帰ってきました」ジェニファーは一枚の紙をかかげ、これがオーウェンの死亡証明書で、イギリスの検死医が署名して公印が押されていると言う。彼女はもう一度言う。「死んでいるんです」

検死官がマイクのほうへ進み出て、ジェニファーの発言を支持する。

死んでいます。

つぎは警察署長の番で、警察がオーウェンに焦点をさだめて捜査が誤った方向へ進んだのが、いかに避けがたいことだったかをくどくどと述べる。そして、やはりジェニファーの主張を支持する。

死んでいます。

これで疑いの余地はない。みんなが彼女を信じる。オーウェンは死んでいるから、これから警察は証拠を見直して、取りこぼしたことを調べる。

しかしその前に、ジェニファーにはもうひとつ言うことがある。「ご家族のみなさまがお気の毒です。真犯人を探すどころかわたしの兄に注目が集まり、あまりにも多くの時間が無駄になってしまいました。今回、昔の友人が連絡をよこして、ここウッドビューで起こっていることを教えてくれました。帰国するように彼女に頼まれたとき、わたしは正しいことをするしかないと悟りました」

ジェニファーが背後の人物に手招きし、検死官が脇へどく。カメラがその友人を大きく映す。

わたしは激しい目まいに襲われ、気を失いそうになる。

ジェニファー・ライリーを呼び寄せた人物はぽっちゃり体型のブロンドの女で、にこやかに笑ってスクリーンを明るくする。

デニスだ。ジョーズ・デリのカウンターの奥にいた女だ。

53

GPS発信機がわたしの車のダッシュボードに置いてある。それを裏側にひっくり返してから表側にもどし、また繰り返す。あのジョーズ・デリ——ミリセントが見つけたお気に入りのランチスポット——の女がテレビに登場して以来、頭のなかでも同じことをしている。

デニス。ジェンナとわたしに応対したのはまさにあの女だ。

これは偶然だ。そうにちがいない。オーウェンが死んでいるという事実は、ミリセントとわたしに有利ではない。

不利だ。

そして、ジョーズ・デリがオーガニックの草で育った牛のローストビーフを提供するオーガニックの店だったら、これが偶然ではないとは一瞬も思わなかっただろう。しかしあそこはオーガニックではない。あの店では〝オーガニック〟は外国語だ。

最近安っぽいデリのサンドイッチが好きになったのか、とミリセントに訊けるものなら訊きたい。けれども、わたしは知らないことになっている。これは妻をスパイすることで得た情報だ。

以前はそんなことをぜったいしなかった。考えたことはあるが、実行したことは一度もない。同僚として以上に好意を寄せる男とミリセントが働いていたときでさえしなかった。見た瞬間、その男が妻に気があるのは明らかだった。クーパー。かつては友愛会の軽薄な大学生で、未婚で結婚願望もない、そんな男だ。そいつの望みはミリセントと寝ることだった。

ミリセントといっしょにマイアミの会議に行ったのがクーパーだった。クリスタルがわたしにキスをした週末のことだ。

クーパーもミリセントに同じことをしたにちがいない。

ふたりが会議から帰ってきたとき、そう確信したわたしはもう少しでふたりをスパイするところだった。でもやめた。すくなくとも彼女に対しては。しかしクーパーには、あの男がすべての女と寝たがっているとわかる程度の期間、わたしは監視をつづけた。狙われたのはミリセントだけではなかった。

そしてわたしの知る限り、ふたりが寝たことはない。

自分の妻をスパイすると、やっかいなことに気づく。情報を得ても何もできない。わたしが発信機をダッシュボードに置き、カントリークラブの駐車場でその装置を見つめているのは、スパイをすればもっとスパイをするしかなくなるからだ。これほどたちの悪い堂々めぐりになるとわかっていたら、ぜったいやらなかっただろうに。

ぐずぐずと悩んでいるところへ、ミリセントからメールが来る。

夕食はチキン・フォーでいい？

いいとも。

追加のメールが、たとえばデートの夜をやろうとか、きょうのニュースがどうしたとか送られてくるのを待つが、携帯電話は暗いままだ。

家に着くと、ミリセントの車はすでに車庫にはいっている。もう一度発信機をつけようかと思うが、やめておく。

ミリセントがキッチンでチキン・フォーを作っている。わたしは手伝って野菜を切りはじめ、そのあいだ妻が生のタマネギとショウガをスープに加える。

子供たちが見当たらない。

「二階よ」わたしが尋ねる前に彼女が言う。「宿題をやってる」

「ニュースを見たかい」

唇をきゅっと結んでミリセントがうなずく。「死んでるって」

「それはばっかり千回も言ってたよね」

わたしはわずかに微笑む。彼女もそうする。オーウェンが死んだという事実は変えられない。

わたしたちは数分間だまって夕食の用意をし、そのあいだわたしはデニスのことをどう切り出そうかと考える。いい考えが浮かぶ前に子供たちがおりてくる。

ニュースでいろいろな情報が流れているが気にしないように、とわたしは子供たちに繰り返し言って聞かせる。

「おまえたちにそんなことは起こらないからね」

これは先日の夜ローリーに言った、危険だから夜出歩くなという話と真っ向から矛盾するが、そもそもローリーは石を握って悪ガキに応戦するような子ではない。それはジェンナのほうだ。

それでも、ローリーは矛盾に気づく。あきれたようにわたしを見る。裏庭で話してから、わたしたちはあまりことばを交わしていない、ローリーが腹を立てているのがこっそり出歩くのを見つかったからか、それともドラッグをやっているかと訊かれたからか、よくわからない。おそらく両方だろう。

オーウェンについてはだれもほかに話すことがないので、土曜日の話題になる。ローリーはゴルフをする。ジェンナにはサッカーの試合があり、今週はミリセントが行く番だ。わたしは仕事をする。全員ランチで落ち合うことになる。

オーウェンがふたたび浮上したのはもっと遅く、夕食が終わって皿が片づき、子供たちが寝室へ行ってからだ。ミリセントがバスルームで寝じたくをし、わたしはニュースを見ながら彼女を待つ。ミリセントがカントリークラブで使うわたしのTシャツを着てスウェットパンツを穿き、顔をローションでてからせて出てくる。手にもローションをすりこみながらテレビを見つめる。

ジョッシュがランカスター・ホテルの正面に立ち、そこにはジェニファー・ライリーが宿泊中だ。ジョッシュが記者会見について話し、そのあと録画に切り替わる。

「これは見てないわ」ミリセントが言う。

「そうかい？」

「ええ。ネットのニュースのほうを見たから」

わたしはテレビの音量をあげる。記者会見の映像が断片的に流れ、毎回だれかが〝死んでいる〟と言う場面も映る。だれもオーウェンが〝亡くなった〟とは言わなかった。本人の妹さえも。

デニスがスクリーンに現れたとき、わたしはミリセントを見る。彼女が首をかしげる。

わたしは待つ。

その場面が終わると、ミリセントが言う。「妙なことがあるものね」

「妙なことって？」

「わたし、あの女性を知ってる。顧客なのよ」

「ほんとか」

「デリを経営してるの。けっこう羽振りもいいの。それで家を探してるのよ」

ミリセントがバスルームへもどる。

心の中でわたしは吐息をつく。デニスは顧客なのだ。彼女が家を――少なくともミリセントが売るような家を――買うほど金を持っているとは思いもしなかったが、それでも持っているのだろう。

わたしはじつにばかだ。

これが奇妙な偶然であり、すべては自分のスパイ活動がもたらしたことだとわかって胸をなでおろしたものの、問題が消え去ったわけではない。もっと悪い。オーウェンは死んでいて、警察が真犯人を探している。

新しい刑事を事件の担当に任命したと警察署長が言った。その刑事は別の管区から来るから、事件全体を新鮮な視点で再調査するだろう。わたしもデニスを新鮮な視点で見るべきだった。

ミリセントがバスルームから出てきたところで、テレビと照明が消える。彼女がベッドへはいってきたので、暗くて何も見えなくてもわたしはそっちを向く。

「引っ越したくない」ミリセントが言う。

「わかってる」

手の中に彼女の手が滑りこむ。「心配だわ」

「ジェンナのこと？　それとも警察？」

「どっちもよ」

「街を出るのはどうかな」わたしは言う。

「でもいま言ったでしょ――」

「休暇を取るって意味だよ」

ミリセントがだまっている。わたしの頭のなかで、行けない理由ばかりが駆けめぐる。子供たちには学校を休ませることになる。余分な金はない。ミリセントは保留中の契約をいくつもかかえている。わたしは客のレッスンをまたキャンセルするわけにはいかない。同じ理由が彼女の脳裏をよぎっているにちがいない。

「考えてみる」ミリセントが言う。「まず成り行きを見ましょう」

「わかった」

「そうね」

「チキン・フォー、うまかったよ」わたしは言う。

「変な人」

「いまは休暇を取れなくても、これが片づいたら出かけるべきだよ」

「そうするわ」

「約束してくれ」

「約束する」ミリセントが言う。「さあ、もう寝ましょう」

54

新任の刑事は女性だ。フルネームをクレア・ウェリントンといい、一族をたどればメイフラワー号まで行き着きそうな名前だが、きっとちがう。別にどうでもいいが。

クレアはとげとげしい感じの女で、短い茶色の髪、青白い肌、口紅は茶系だ。実用的なパンツスーツを着て全身を暗い色で統一し、にこりともしない。それをわたしが知っているのは、彼女が四六時中テレビに出ているからだ。一般市民の力を借りるのがこの刑事の捜査方針だ。

「この地域のだれかが、それとは気づかずに何か見たはずです。それはナオミが消えた夜だったかもしれません。あの夜はだれもが警戒し、何かが起こるのをだれもが知っていました。あるいは、それはナオミ・ジョージの遺体がランカスター・ホテルの裏に捨てられたときだったかもしれません。どうかあの夜のことを思い返し、自分が何をしていたか、だれといっしょだったか、そして何を見たかを考えてください。何かを見たのにとくに意識しなかったのかもしれません」

一般市民が情報を寄せる窓口がウェブで開設された。リンジーとナオミに関する情報提供を受けつける電話番号に匿名でかけることもできる。

わたしはこの展開に内心穏やかではない。クレアがテレビで大々的に広報活動をするせいで、さまざまな新しい情報が浮かびあがるかもしれない。警察は新しい手がかりを多数つかんだ、とジョッシュがさっそく報道している。

「警察はフロリダ大学で開発された革新的なコンピューター・プログラムも活用しています。学生たちが書いたアルゴリズムによって、提供された情報を分析し、繰り返し使用される語の頻度を比較するのです。そうすることで、それらの情報が最も有益なものからそうでないものまで順位づけされます」

すべて、クレアが就任して数日以内に起こったことだ。彼女をテレビで見させられるのにはうんざりだ。しかも、常時際限なく。さらに、彼女がいかに革新的で有能かも聞かなくてはならない。家にいても、彼女を見ずにすますことはできない。コマーシャルのときにクレアがかならず画面に出るから夜はテレビを見ないほうがいい、とミリセントが言い張っている。地元のテレビ局は情報提供電話についての公共広告を流しはじめた。

テレビを見る代わりに、わたしたちは家族でゲームをする。ミリセントがトランプとプラスチックのコインを見つけてきたので、子供たちにポーカーのやり方を教える。クレアをながめるよりはこのほうがいい。

ローリーはもうルールを知っている。自分の携帯電話にポーカーのアプリを入れてあるからだ。

何事も習得が速いジェンナはすぐにやり方を覚える。そのうえ、ポーカーフェイスをするのがじつにうまい。ミリセントをはるかにしのぐのではないか。

わたしのポーカーフェイスはからっきしで、どんな手でも負けてしまう。

ポーカーをしているとき、ローリーがあした学校で集会があると言う。ミリセントが眉根を寄せ、それからもとどおりの顔になる。彼女は皺を気にして、なるべく眉根を寄せないようにしている。

「集会のお知らせは受け取ってないけど」ミリセントが言う。

「あの刑事さんが学校に来るのよ」ジェンナが言う。

「刑事のねえちゃんがね」ローリーが言う。

ミリセントの眉間にまた皺が寄る。

「その女性刑事がなぜ学校へ来るんだ」わたしは訊く。

ローリーが肩をすくめる。「何か見たかどうかをぼくたちに訊くためじゃないかな。テレビでも同じことをしてるし。ダニエルが言ってたけど、全部の学校をまわってるらしいよ」

自分も聞いたというようにジェンナがうなずく。

「あの刑事はうっとうしいけど」ローリーが言う。「とにかく授業がつぶれるならいいや」

ミリセントがローリーへ視線を向ける。ローリーが気づかないふりをして自分のトランプをながめる。

「へええ、あたしはあの人好きだな」ジェンナが言う。

「あの刑事さんをか」わたしは言う。

ジェンナがうなずく。「粘り強そうだもの。あの人ならほんとうにつかまえそうな気がする」

「うん、たしかに」とローリー。「何かに取り憑かれてるとか、そんな感じだな」

わたしたちをつかまえるかもしれない女のおかげでジェンナの気分がよくなるというわけだ。「みんなが彼女に大きな信頼を寄せているよ」わたしは言う。

「あの人と話せたらいいな」ジェンナが言う。

「すごくいそがしいはずだよ」

「そりゃあそうよね。言ってみただけ」

ジェンナとローリーの学校は体育館では集会を開かない。専用のホールがあり、ホールには寄贈者の名前がつけられている。わたしが着いたとき、ホールは生徒と教員と親でいっぱいだ。クレアはニュースに登場しているので、有名人といってもいい。

意外と背が高く、混み合う場所にいても、人をおびえさせるような気配を帯びている。クレアは自分自身のこと、自分の過去や体験を語ろうとはしない。生徒たちはみんな安全だということから話しはじめる。

「あの女性たちを殺したのがだれであれ、あなたたちは狙われていません。犯人はもっと年上の女性を狙っています。たぶん、ナオミとリンジーを殺した犯人とあなたたちが遭遇することはまずないでしょう」

ジェンナは友人たちといっしょにステージのすぐ右にすわっている。前へ身を乗り出し、ひと言も聞き漏らすまいとしているのが、後ろから見てもわかる。

ローリーは真ん中あたりにガールフレンドとすわっていて、注意して聞いているかどうかは微妙だ。見分けるのはむずかしい。

「もっとも」クレアが言う。「もし犯人に遭ったとしても、あなたたちにはそれがわからないかもしれない。自分ではなんの自覚もなく、重要なことを目撃したかもしれない。いつもと違うと思うこと、目につくこと、それが全部重要なんです」

内容はテレビで述べたことと同じだが、もっと平易なことばを使い、短く区切って話す。最後にクレアは、このあとも話をしたい人がいたら受け付けると言う。わたしがここに来た目的はそれだ。ひとつは、ジェンナがかならずクレアと対面できるようにすること。もうひとつは、わたしが自分のためにクレアと対面すること。

まわりに友達がいるので、ジェンナはわたしにハグしない。クレアと話ができるまで、わたしたちはいっしょに待つ。雑然とした列がクレアの前に形作られ、順番がきたとき、わたしはクレアの前へ進み出て自己紹介をする。彼女は立ってわたしと目の高さが同じになるぐらいの背丈がある。テレビでは目の色が茶色一色だ。近くで見ると、瞳に金色の斑点がある。

「これは娘のジェンナです」わたしは言う。

ジェンナに何歳かとか、何年生かとか質問する代わりに、クレアはジェンナに刑事になりたいかと尋ねる。

「ぜひなりたいです！」ジェンナが言う。

「じゃあ、まずはじめに知らなくてはならないのは、すべてが重要だということ。なんでもないように見える些細なことでもね」

ジェンナがうなずく。目が輝いている。「できます」

「あなたならきっとできるわね」クレアがわたしへ顔を向ける。「娘さんは優秀な刑事になりますよ」

「もうなってるかもしれませんよ」

わたしたちは笑みを交わす。

クレアがつぎの人のほうへ移動し、わたしと娘に背を向ける。

ジェンナがつま先立ちで体を揺らす。

「ほんとうに刑事になれると思う?」

「おまえはなんだってなりたい者になれるさ」

ジェンナが体を揺らすのをやめて言う。「パパ、コマーシャルみたいなことを言うのね」

「ごめんよ。でも嘘じゃない。それに、おまえは偉大な刑事になれると思うよ」

ジェンナがため息をつき、友人達のほうを振り返ると、みんなが手招きをしている。ハグしようとするわたしを娘が軽くあしらう。「行かなきゃ」

わたしが友人達のほうへ娘が駆けていくのを見守っていると、やがて娘の話に彼女達のほうが熱く反応する。

パパの失敗七万九千四百二回目、娘はまだ十三歳。

細心の注意を払って子供たちを安心させてくれたクレアには感謝している。おかげでジェンナは最近で一番幸せな気分になっている。

だからといって、わたしはクレアを好きになれない。それどころか、いま会ってほんとうにきらいになる。

55

わたしが新任刑事をリサーチする前に、ジェンナがやってのける。夕食のとき、ネットに載っているクレア・ウェリントンの来歴が披露される。シカゴで生まれ、ニューヨークの大学へ行き、はじめはニューヨーク市警察《NYPD》に勤務。その後中西部の田舎町で刑事となり、そこの麻薬特別捜査班に配属される。そして徐々に大きな町へと移り、ついに殺人課の刑事へ昇進する。彼女はリバーパーク事件として知られる一連の殺人事件の捜査班に加わった。警察は捜査開始から二カ月足らずで犯人を逮捕した。

さらにクレアは、署内で最優秀の殺人課刑事のひとりとなった。彼女の平均検挙率はほかの刑事全員とくらべて五パーセント高かった。

見た目どおりの手強い女だ。

クレアと会ったのは子供たちとわたしだけではない。ミリセントもだ。警察の予算ではホテルの滞在費をまかなえないので、クレアは部屋を借りなくてはならず、賃貸物件を探そうと例の不動産屋を訪ねた。小さくて簡素で家具付きで、月極《つきぎ》めの貸し部屋。ミリセントは賃貸物件を扱っていないが、クレアが立ち寄ったときにオフィスにいた。

日曜日の早朝、キッチンにいるのがわたしたちだけで子供たちがまだ目覚めていないとき、わたしはミリセントにクレア・ウェリントンをどう思うか尋ねる。

「とても背が高いわね」

「賢いよ」わたしは言う。

「わたしたちはちがうの？」

笑みを交わす。

ミリセントはジョギングから帰ったところだ。体にフィットしたウエアでシンクの前に立つ姿にわたしはほれぼれする。彼女がわたしの視線をとらえて片眉をあげる。

「ベッドへもどらないか」わたしは言う。

「自分がどれくらい賢いか見せたいのね」

「そうだよ」

「でもシャワーを浴びなくちゃ」

「いっしょに浴びる？」

ミリセントはそうする。


わたしたちはシャワー中にはじめ、それからベッドへ移動する。心地よいいつものセックスで、情熱的で人目を忍ぶようなものとはちがう。これも悪くない。

ローリーが起き出しても、わたしたちはまだベッドのなかだ。それがローリーだとわかるのは、ドアをかならず乱暴に閉めるのと、キッチンへおりていく足音が大きいからだ。それからまもなくジェンナが起き、いつもどおりの動きをするが――バスルームへ行ったあとキッチンへ――どの物音も兄のよりやさしい。

ミリセントがわたしの横で体を丸める。裸で、あたたかい。

「コーヒーがはいったままよ」彼女が言う。「あの子たち、わたしたちがどこに行ったのかと思うわね」

「ほっとけばいいさ」どうしてもというときまでベッドから出たくない。大きく伸びをして目を閉じる。

テレビの大きな音量が聞こえる。わたしたちが下にいないので子供たちはうれしいのだろう。いつも日曜の朝はテレビを見ないことになっているから、これは子供たちには願ってもないチャンスだ。アニメと映画がつぎつぎと切り替えられるのが、大音響とともに伝わってくる。

「きっとシリアルを食べてるわよ」ミリセントが言う。

「シリアルがあるのかい」

「オーガニックのがね。無糖よ」

「牛乳は？」

「豆乳がある」

わたしは〝おえっ〟と声には出さないが、心のなかで言う。「それならまあいいか」

「たぶんね」

ミリセントがもう少しすり寄る。

ホリーの前はこんな生活だった。いろいろなことがもっとゆっくり動き、むやみに目まぐるしくはなく、手に汗握ることもなかった。

あの日々は混然一体として、大きな出来事だけが記憶に刻まれた。わたしたちがはじめて住んだのは小さな家だったが、当時はずいぶん大きく感じられ、いずれにせよやがて手狭になり——そのうちミリセントがはじめて大きな家を売り、ジェンナがはじめて学校へ行き、わたしたちの家もローンもより大きくなった。ローリーの手がペーパーカットされた。

ジェンナが四歳のとき、風邪をひいて気管支炎になった。一時間ほど眠っただけで咳きこんで目を覚ました。ミリセントとわたしは三日間ジェンナの部屋で夜を過ごし、わたしは床で、ミリセントはジェンナの小さなベッドで寝た。わたしたちふたりに挟まれて、ジェンナが自分たちよりぐっすり眠れるように面倒を見た。

わたしはローリーに自転車の乗り方を教えた。本人はけっして認めないだろうが、ずいぶん長いあいだ補助輪をはずせなかった。バランスを取るのがへただった。いまもそうだ。

あの毎日に何ひとつスリルはなかった。いつもどおりのこと、すべきことをし、たまには笑みがこぼれたり、声をあげて笑うこともあった。そのときどきの幸せの瞬間のあとには、記憶も曖昧な、代わり映えのしない日々が長くつづいた。

そしていま、わたしはあの時代にもどりたいと思う。あまりにも多くのスリルを味わってきた、というより、今回はスリルがありすぎるからかもしれないが、とにかくこれはわたしが望む暮らしではない。

「ねえ」ミリセントが声をかける。シーツにくるまれたままベッドで体を起こす。赤い髪がもつれている。「あれが聞こえる？」

階下でニュース速報の音楽がテレビから鳴り響く。その音が中断するのは、子供がチャンネルをアニメ番組へ切り替えたからだ。

わたしはやれやれというように目を上に向ける。「五分に一回ニュース速報だ」ベッドでミリセントを引き寄せて腕に抱き、警察にドアを打ち壊されないかぎり動かないと決める。「どこかの有名人が逮捕されたんだろうな」

「それとも死んだとか」

「政治家が不正行為でつかまったとか」

「そんなの報道する価値もないわよ」

わたしは笑い、ベッドカバーの下に深くもぐる。

警察が殺人の容疑でだれかを逮捕すればいいのにと思う。それはナオミとリンジーを殺した犯人ではなく、別の悪事を働いた人間だ。人に害を及ぼす前に監禁されて当然のやつだ。ぼさぼさ頭でだらしない服装の男で、イカれた目つきをしているのではないか。

「さあ、もうここまで」ミリセントが言う。「起きるわ」古いバンドエイドをはがすときみたいに、一気にカバーをはねのける。これは効き目がある。彼女がいないベッドではぬくぬくできない。

ミリセントがさっとローブをはおって階下へ向かう。わたしはまず急いでシャワーを浴びる。

子供たちがソファにすわり、エイリアンが登場する十代向けの番組を見ている。空になったシリアル用ボウルがコーヒーテーブルにあり、驚いたことに、ミリセントが子供たちにそれを置きっぱなしにさせている。妻はキッチンで、コーヒーメーカーのそばに立っている。カップがひっくり返り、コーヒーがカウンターの横を伝って床にこぼれている。ミリセントはそれを見もしない。その目が吸い寄せられているのはキッチンの小型テレビだ。

画面にジョッシュがいる。鬱蒼とした林の前に立っているので背後の建物は見えず、樹木の上に尖塔がのぞいているだけだ。わたしはその場所を知らず、どのあたりかもわからない。教会の前にある木の看板は風雨にさらされてよく読めない。ジョッシュの口が動いているが、声が聞こえない。音量を絞りすぎている。

とりあえず音声はなくていい。ニュースの内容が画面下に赤い文字で出ている。

神の家か、恐怖の家か
秘密の地下牢、打ち捨てられた教会で発見

56

ミリセントが動揺しているのは、それが恐ろしいニュースだからだ、衝撃的だからだ、わたしたちとは関係ないからだ、と一瞬だがわたしは信じた。あるいは、そう信じたと思いたい。

つぎの一瞬でミリセントのしわざだとわかった。リンジーとナオミを連れこんだのがその教会だった。

「教会へ？」

わたしたちは二階の寝室へもどるが、雰囲気はさっきと真逆だ。教会の地下牢に艶めいたところはまったくない。

うちの家族は教会へ行かず、一度もかよったことがない。ミリセントは不可知論者として育った。わたしはカトリックだったが、早いうちに脱落した。わたしたちにとって、教会は結婚式と葬式とバザーをおこなうところだ。それにしても、ミリセントはずいぶん罰当たりな選択をしたものだ。これ以上不適切な場所は幼稚園ぐらいのものだろう。

発見された衝撃からミリセントが早くも立ち直り、こわがってもいない。こんどは弁解をはじめる。「場所が必要だったのよ。警察が探そうともしない場所が」

「声を抑えてくれ」子供たちは下でテレビを見ているが、それでも聞こえたらたいへんだ。

「だれにも見つからなかったでしょ。まだ生きてるうちは」

「まあね。あの教会が見つかったのはクレアが来てからだ」ジョッシュによれば、教会が発見されたのは情報が寄せられたせいだ。昔は駐車場だったがいまは雑草だらけの空き地に、一台の車を見かけた者がいた。

ミリセントが両手を腰に当ててわたしの正面に立った。まだローブ姿だ。

彼女の背後で寝室のテレビがついている。報道関係者は教会内部へはいるのを許されず、一枚の写真も公開されていないので、ジョッシュが匿名の情報筋から聞いた話を繰り返しているところだ。

「無惨な光景……壁に鎖が取りつけられ……血まみれの鉄の手錠が……ベテランの警察官さえ目に涙を浮かべ……映画の場面さながらです」

ミリセントが手をさっと振っていまのことばを払いのける。「血まみれなもんですか。あそこは地下牢じゃない。地階よ。それに、あの教会は百年前から建っているはず。あそこで何があったかなんてだれにわかるの」

「でも、きみはきれいにしたのかい」

ミリセントの目が細くなる。「ほんとうにわたしに訊いてるの？」

わたしは両手をあげてそれを返事とする。

ミリセントが歩み寄り、ベッドにいたときよりも顔を近づけてくるが、そこには心地よさもあたたかさもない。

「とやかく言わないでよ。いまごろになって」

「別にそんなこと――」

「言ってるわよ。やめて」

ミリセントがローブの裾をひるがえして踵《きびす》を返し、バスルームへ消える。

彼女が怒るのはわかる。教会が発見されて苛立っているところへ、わたしに疑問を投げかけられてカッとなった。けれども、わたしならあの地下室に血痕を残しておかなかっただろう。アンモニアや漂白剤や、血や体液やいかなるたぐいのDNAも除去する薬剤で、あの場所全体をずぶ濡れにしただろう。なんなら火のついたタバコを置いて建物を燃えるままにし、火災事故に見せかけたかもしれない。

そうしたくてもできなかったのは、その教会だと知らなかったからだ。思い切って訊いてみる勇気が、わたしにはどうしても湧かなかった。

きょうの午後はみんなで映画を見にいこうとミリセントが決める。状況を考えればそれどころではないが、一日中ニュースを見ているよりはましだろうとわたしは自分に言い聞かせる。そうとも、家から出るのはいい考えだ。頭を空っぽにするんだ。ジョッシュから離れよう。着替えながらこう繰り返し、教会と地下室のことを頭から追い出そうとする。あと少しのところまではうまくいく。

「あまり具合がよくないんだ」強調するためにわたしは腹を押さえる。

ミリセントが例の目つきでわたしを見る。「ポップコーンを食べれば治るかもよ」

「いや、無理だよ。かまわず行ってくれ。楽しんでおいで」

家族がわたし抜きで出かける。

わたしはテレビでニュースを見ない。その代わり、車で教会へ向かう。

テレビで見るだけでは足りない。ミリセントがリンジーとナオミを監禁していた場所を、自分の目でたしかめたい。

そこはうら寂しい道沿いの、人里離れた辺鄙な場所だ。周辺の建物は、板を打ちつけられた酒場、さびれたガソリンスタンド、私道の先にある無人の農場、それだけだ。GPSでその教会が見つからないはずだ。農場は売出し中で、発信機に何度か住所が表示されたことがあった。ミリセントが農場の裏口から歩いて出れば、数分で教会へ着く。道路から彼女の姿は見えないだろう。

現場は車とテレビの中継車とやじ馬でいっぱいだ。わたしはジャケットを着てベースボールキャップをかぶり、なるべく群衆に溶けこむ。

リポーターたちが教会の正面に散らばり、その後ろに尖塔がそびえ立つ。彼らは黄色いテープのすぐ前にいて、その規制線は制服警官たちに守られている。あどけない顔の警官もいる。権柄《けんぺい》ずくで退職間際の警官もいる。

ジョッシュをこれほど近くで、しかもテレビ以外で目にするのははじめてだ。スクリーンで見るよりも小柄で痩せている。

わたしのそばに年配の女性がいて、全部で三人いるリポーターたちをつぎつぎと目で追っている。

「ちょっと失礼、リポーターたちは何か新しいことを言いましたか」わたしは尋ねる。

「いつからのこと？」その女性の声はタバコ飲みのしわがれ声だ。びっしりと白髪が生え、目が黄ばんでいる。

「半時間ぐらい前からです」

「ならだいじょうぶ。あなたは何も聞き逃してませんよ」

鬱蒼とした林の向こうに白いテントの屋根が見える。結婚式や子供のパーティーで使われるテントに似ている。

「あれは？」

「警察が真っ先に設営したのよ。〝本部〟ですって」

「署長があそこに控えてるんだ」わたしの後ろにいる男が言う。その男はどこもかしこも大ぶりで、わたしより十センチは背が高く、横幅も少なくとも三十センチ広い。

「警察はたしかめたいのさ」彼が言う。

「たしかめるって何をですか」

「やられたのはあのふたりの女だけだってことをさ。それ以上いないのをだよ」

「いてたまるもんですか」その女性が言う。

もちろん、ほかにもふたりいたが――ホリーとロビンだ――どちらもあの地下室に留め置かれなかった。

とにかくわたしの知るかぎりでは。

明るいライトがつくと同時にジョッシュがライブ中継をはじめる。もう一度情報筋の話をするが、名前はいっさい伏せてある。

そこから得たさらなる情報によると、教会の地下室で警察が何かを発見したもようだ、とジョッシュが言う。壁の隅の隠れた一画に、監禁された者がメッセージを残そうとしたらしい。

57

ほんの一瞬、もっとくわしい情報を持っていないかジョッシュに訊こうと考える。ジョッシュとは一度も話したことがなく、手紙以外で意思を伝えたこともないのに、この隠されたメッセージの話でわたしはパニックに陥る。いや、あと少しでパニックに陥るところだ。

そこで、過去にたびたび繰り返した愚行に走らず、一歩離れてみる。よく考える。見極める。そして、結論に達する。ばかげている。まったくばかげた話だ。

ジョッシュの情報源はまちがっている。そのメッセージとやらを警察が一日足らずで見つけられるとしたら、ミリセントが見落とすはずがない。彼女は息子が夜こっそり出歩くのは知らないかもしれないが、ふた部屋向こうの埃も見つけられる。壁のメッセージに気づかないはずがない。

ところで、ナオミかリンジーなら、どんなメッセージを残すだろう。〝助けて〟？

〝監禁されてます〟？

ミリセントが自分の本名を教えたとはとても思えないから、彼女たちが誘拐犯の正体を書き残すことはできなかっただろう。

隠されたメッセージはクレアが仕掛けた嘘であり、わたしたちをおびき出す魂胆にちがいない。警察が嘘をつくのはテレビを見ているだれもが知っている。これならほうっておいてもよさそうだ。帰ろう。ミリセントに話そう。

帰ったとき、家にはだれもいない。テレビをつけ、つぎつぎとニュースを見る。ジョッシュがメッセージらしきものについてまだ話しているが、それ以上くわしいことを言わない。もうひとつのチャンネルのリポーターはジョッシュが言ったことを繰り返す。三番目のリポーターは教会について話す。

〈命の糧《かて》キリスト教会〉はひとつの家族からはじまり、信徒五十人ほどの教会に発展した。写真には、威厳をたたえた一団がやつれた顔と粗末な服装で写っている。後年、信徒たちはより多くの糧を得て繁栄したように見える。肉付きがよくなり、微笑んでいる者も数人いる。教会は五〇年代に最盛期を迎え、やがて衰退して八〇年代に消滅した。世間で知られているかぎり、教会の建物は少なくとも二十年間使われていない。きょうは日曜日なので、市の土地計画局が保存する設計図を見ることはできないが、郷土史家たちは、その地下室が建立当初からあったと推測している。冷蔵室だったのかもしれない。

わたしはあちこちへチャンネルを変え、新しい展開を待つ。ミリセントと子供たちが五時ごろようやく帰ってくる。映画を見てショッピングモールで買い物をし、ジェンナはまた一足靴を買ってもらい、ローリーは新しいパーカーを手に入れた。子供たちが二階へ駆けあがり、ミリセントとわたしだけになる。

「具合はよくなったの」ミリセントが尋ねる。嫌味に聞こえる。

「あんまり」

彼女が片眉をあげる。

テレビは消してある。ミリセントがどこまでニュースを聞いているか、見当がつかない。

「ニュースでメッセージのことを言ってたよ」わたしは言う。

「なんのこと？」ミリセントが夕食の用意をするためにキッチンへ行く。わたしはそのあとを追う。

「壁に書かれたメッセージだよ。監禁された人間が残したんだ」

「ありえないでしょ」

わたしはミリセントを見つめる。妻がレタスをちぎってサラダを作っている。「だよね、そう思ったよ」わたしは言う。

「ほら、これお願い」ミリセントがボウルとレタスをわたしのほうへ押しやる。「今夜はツナとチーズの焼きサンドイッチにしようと思って」

「昼にツナを食べたな」

「全部?」

「ほとんど」

わたしの後ろで冷蔵庫が乱暴にあけられる。ミリセントは何も言わないが、怒っているのは音でわかる。

冷蔵庫のドアがバタンと閉まる。

「あり合わせでナスのキャセロールか何かならできるけど」ミリセントが言う。

「全然かまわないよ」

わたしたちは並んで料理をする。妻がナスをスライスし、わたしがキャセロールに載せるチーズをおろす。キャセロールがようやくオーブンにはいったとき、ミリセントがわたしへ向き直る。目の下の隈《くま》がいままでになく濃い。

「さっきはごめんなさい」ミリセントが言う。

「いいんだよ。ふたりともピリピリしてるんだね。クレアとか今回の教会のこととかで」

「こわいの?」

「いいや」

「ほんとに？」彼女が驚いたように言う。

「きみは？」

「こわくないわ」

「じゃあ、どちらもだいじょうぶだ、だろ？」

ミリセントが腕をわたしの首へまわす。「わたしたちってすごいわよね」

そんな気がする。


子供たちにおやすみを言いに二階へ行く。ローリーの部屋の明かりは消えているが、本人は起きて携帯電話をいじっている。

わたしが小言を言う前にローリーが弁解する。「ほら、フェイスとメールしてるんだよ。それにダニエルと。ゲームもしてるところだしね」

「うまくいってるのはあるかい」

ローリーが携帯電話を持つ手をおろし、あの目でわたしを見る。ミリセントの目と同じだ。「それに、マリファナは吸ってないからね」

やはり、まだ怒っている。

「ところで、ガールフレンドはどうしてる」わたしは尋ねる。

「フェイスだよ」

「フェイスはどうしてる」

ローリーがため息をつく。「まだぼくのガールフレンドさ」

「今夜は出歩かないだろうな」

「父さんが出歩かないならね」

「ローリー」

「はい、お父さん」小憎らしさを全開にした声だ。「今夜はどんなお説教をしたいんですか」

「おやすみ」

息子が何か言う前にドアを閉める。聞きたくない。今夜のところは。

ジェンナがベッドのなかにいるので、わたしはすわって話をする。ふたりの子供たちは教会や教会の地下室のことをとっくに知っていて、すべての情報を得るのが相変わらず光よりも速い。それを止める手段がほしいと思うのは、なんといってもジェンナがまだ幼いからだ。ぬいぐるみといっしょに寝るほど幼くはないが、それを身近に置いておくぐらいには幼い。それなのに、こうしたことを知りすぎている。本でも映画でもテレビ番組でも現実の生活でも、女性が誘拐されて閉じこめられる。それを目にふれさせないのは不可能だから、ジェンナは見てしまう。

「あそこに鎖でつながれてたんでしょ」ジェンナが言う。

わたしはかぶりを振る。「まだわからないんだよ」

「ごまかさないで」

「たぶんそうだろうね」

ジェンナがうなずき、ナイトテーブルのほうへ体を横向きにする。卓上ランプには花の形のランプシェードがついている。もちろんオレンジ色だ。

「胃の調子はどうなった」わたしは尋ねる。

「だいじょうぶ」

「よかった」

「なぜだれかがあんなふうに人を傷つけるの」

わたしは肩をすくめる。「頭のなかの配線がまちがってる人間もいるんだよ。そういう連中は悪いことをいいことだと考える」

「きっとクレアがつかまえるよね」

「きっとね」

ジェンナが少し微笑む。

ジェンナがまちがっていますように。

58

はじめて見る地下室の写真は意外だ。頭のなかで描いていた中世の地下牢のようなものとちがう。

むしろ、古い建物の未完成の地下室といったところだ。地面がむき出しの床、壁際にある木の棚、古びた階段。階段から一番遠い壁だけ様子がおかしいのは、そこだけが地下室で何があったかをにおわせているからだ。レンガの壁に漆喰が塗られている。そばの地面に散らばっているのは鎖や手錠だ。

夕方の記者会見でクレアが何枚かの写真を公開し、わたしはそれをバーでながめる。リンジーの遺体発見が報じられたときと同じバーだ。

ビールを少しずつ飲み、正面のウィンドウから外が見える席にすわっている。通りの向かい側に〈一番街バー・アンド・グリル〉があり、そこは特大ハンバーガーと特大ジョッキの地ビールを出す店で、どのメニューも思ったより安い。ミリセントがハンバーガーもビールも好まないので、ふたりでそこへ行くのは顧客に会うかパーティーに出席するときに限られる。

クレアが写真を一枚ずつ見せながら、くわしく説明する。壁のしみと地面の床の拡大写真もある。錆に見えるが、クレアはそれが血だと言う。

バーテンダーが首を横に振る。だれひとり物音を立てない。飲むのと見るのでいそがしすぎる。

これがほんとうだとしても、ミリセントがそれほど大量の血をほうっておくとは思えない。やはりクレアは嘘をついているのかもしれない。彼女の目がカメラを真っ直ぐ見据えるので、まさにわたしを見ているように感じられる。あるいは隣の男を。あるいはバーテンダーを。気が滅入る。

クレアのパンツスーツには辟易《へきえき》とする。今夜はネイビーブルーの上下にダークグレーのブラウスを合わせている。これから葬式に行くような服ばかり着ている。

クレアは教会の近くで演壇に立っている。といっても、木立しか見えない程度の近さだ。尖塔すら見えない。警察署長と市長が彼女の片側にいて、もう片側にイーゼルが置いてある。大判の写真がそこに立てかけられ、二名の制服警官が彼女の説明に沿ってめくっていく。

「当局はすでに血液検査をおこない、ナオミとリンジーのものと比較しているところです。唾液の痕跡も発見したので、合わせて検査中です」

質問は受けつけない。記者会見が全体でおよそ二十分つづき、ニュースキャスターと評論家はそれをもとにくわしい分析をすることになる。クレアは壁に残されたメッセージについてはふれず、その写真があるとも言わなかった。

バーテンダーがスポーツニュースへチャンネルを変える。わたしはもう一杯ビールを注文するが、ほとんど手をつけない。

四十分後、あの男を見かける。通りの向こうで、ジョッシュが〈一番街バー・アンド・グリル〉へはいっていく。そこは彼のお気に入りのレストランだ。

これをたまたま知ったのは数日前の夜、一番街を車で走っていたときだった。ジョッシュが車をおりてその店へはいるのを、赤信号で停車中に目撃した。翌日の夜にそこを通過したときも、ジョッシュの車が店の前に停まっていた。三日目の夜も同じだった。その夜わたしが歩きながら見ると、彼はひとりでカウンターにいて、ビールを飲みながらテレビを見ていた。

わたしは通りを渡り、ジョッシュからスツールをいくつか隔てた席にすわる。夕食はすませたので、ショット・アンド・ビールを注文する。ジョッシュが飲んでいるのと同じだ。

見る。

ジョッシュを見て、目をそらす。そのあとで、だれなのか気づいたかのようにもう一度

こちらをちらりとも見ずにジョッシュが言う。「そう。ぼくがあのニュースの男さ」

「そうだと思った。ほとんど毎晩テレビで見てますよ」わたしは言う。生身のジョッシュはだいぶちがう。顔はそれほどなめらかではない。肌の色にむらがある。鼻が赤く、目も同じだ。目薬を持参しなかったのが悔やまれる。

ジョッシュが深く息を吐き、ようやくこちらを向く。「見てくれてありがとう」

「こちらこそ、報道ご苦労様。あの大事件では実際あなたが中心的存在じゃないですか。女性たちが殺されたあの事件」

「いままではね」

「いまでもそうですよ。いろいろな情報が真っ先にあなたのところへはいってくるんでしょうね」

ジョッシュが三杯目のビールを一気に飲み干す。「もしかして、犯罪ドキュメンタリーオタク？」

「まさか。そのくそ野郎がつかまればいいと思ってるただの男ですよ」

「なるほど」

わたしはショットの追加をバーテンダーに合図する。「いやあ、すごいな」ジョッシュに言う。「おごらせてください」

「悪く思わないでほしいんだけど、ぼくはゲイじゃない」

「ちっとも気にしませんよ。わたしもちがう」

ジョッシュがショットを受け取る。バーテンダーがそれといっしょにもう二杯ビールを持ってくる。

わたしたちはいっしょにスポーツ番組を見ながら、どのチームがどうだとか、とりとめもなく話す。もう二杯ショットを頼むが、ジョッシュが見ていない隙に自分のぶんをピーナッツボウルに空ける。ジョッシュが自分のを飲んで、また二杯注文する。

サッカーの試合がはじまったところで、ジョッシュがスクリーンへ顎を向ける。「ぼくはブレイザーズに賭けるんだ。そっちは？」

「同じく」嘘だ。

「サッカーはするの？　そんな体格だけど」

わたしは肩をすくめる。「そうでもない」

ジョッシュが残りのビールを胃に流しこんでから、もう二杯の合図をする。「以前、マラウダーズってサッカーチームでやってたんだ。ぼくたちはド下手だったけど、それでもみんなから恐れられていた。それはそれでたいしたものだった」

「そうだろうね」

コマーシャルの時間にローカルニュースの予告がはいり、きょうの記者会見のもようが映し出される。クレア・ウェリントンがまたもや画面に現れる。

ジョッシュがかぶりを振りながらわたしを見る。わたしが店にはいってきたときのしゃんとした目つきではない。「内部情報を知りたいかい」ジョッシュが訊く。

「それはもう」

ジョッシュがテレビを指さす。「あの女はくずだ」

「ほんとうに？」

「女だからだめってことじゃない。そういう問題じゃないんだ。でも、女に責任を持たせた場合の問題点は、警察が全部を変えるしかないってことだ。警察は成果をあげなくてはならないだろ。だから、そうせざるをえないのは彼らの落ち度じゃない。それはわかる。ただ、何もかも台無しにならなければいいと思ってる」

「そうなのか」

「百万パーセントそうさ」

わたしが見てきた若くてひたむきなリポーターは、テレビに映るとおりの人間ではなかった。なぜそう思いこんでいたのか、自分でもわからない。

わたしはショットをもうふたつ注文する。ジョッシュが自分のグラスを空け、音を立ててカウンターに置く。

「二日前、ある情報筋から得た話を報道した。つぎの日、その人物から電話があって、そのことはこれ以上しゃべるなと言う。厳密に言えば、警察官が報道関係者に話したら解雇される可能性がある。あの女はその規則を実施することにした」まるでそれがいまわしいことのように、両手をあげる。「たとえ話す相手がこのぼくでもだ。オーウェンから手紙が来たとき、あれほど警察に協力したのに。まあ、だれが送ったのかは知らないけどね。あんなことをする必要はなかった。警察へまったく知らせずに、放送でただ読みあげることだってできた」

「それってどういうことだい」わたしは尋ねる。「情報源の人間はもう何も教えてくれないってことか」

「いや、教えてもらってはいるよ。ただ、放送するなと言われてるだけだ。まあ、しようと思えばできそうだけど、ぼくはいいやつだからさ。だれかがクビになるのはいやだし、必要な人間がそうなるのはとくにいやだ。あのクズ女がいつまでも居すわるわけじゃないしね」

わたしが返事をする前に、ジョッシュの携帯電話が振動する。彼がそれをちらりと見て天を仰ぐ。「ほら、これがいま話してることだ。情報筋から話が伝えられるんだけど、この情報は二回目だな。だけど、自分ではどうすることもできない。それはY‐E‐Oっていうんだ。ユア《Y》・アイズ《E》・オンリー《O》。あなたにだけ見せますってこと」そして、大きな荒々しい吐息をつく。「史上最悪の頭字語だ」

「ひどい話だ」

「わかってるよ」

わたしは待つ。何も言わずにテレビを見つめ、いっさい関心がないと思われるように願う。興味を示さないほうがわたしに漏らす可能性が高いからだ。

もう一杯のショットでジョッシュがその気になる。

「ようし、こうなったらだれかに教えるしかない」ろれつのまわらない舌で言う。「でも、あんたが人に言ったら、ぼくはこれを見せたことを否定するからね。少なくとも警察がそれを公表するまでは」

「警察が公表すると思うのかい」

「そうするしかないんだよ」

ジョッシュが携帯電話をわたしのほうへ押しやる。スクリーンに文字が見え、送信者は

Jという人物だ。トビアスになったときのことを少し思い出す。

そのメールを読むまでは。

YEO：教会の地下に遺体がいくつか埋められている。

59

そのメールは壁面のメッセージと思われるものについてだろうと思っていた。ところが、埋められた遺体ときた。「だから何だい」わたしは言う。

「だから何だいって？」ジョッシュが言う。

「あの教会は百年以上前に建てられたんだ。信徒たちを埋葬した墓場ぐらいあるだろう」

「そりゃあそうさ。でも、彼が伝えてるのはそういうことじゃない」ジョッシュが身を乗り出して、やや声を低くする。摂取した全アルコールのにおいがわたしの顔にかかる。

「あそこへ行ったことがあるかい」

あると言いそうになるが、そのあとで、自分が犯罪ドキュメンタリーオタクではないのを思い出す。

「ないね」

「警察がでかいテントを設営したんだが、林の向こう側にあってね。そこに遺体を運びこんでいる」

「またそんなことを。どういう遺体なんだい」

「埋められていたのは百年前の遺体じゃない」ジョッシュが言う。「最近殺された女性たちだ」

「まさか」

「嘘じゃない。それなのに、これを報道できないんだよ」

ジョッシュがふたたびクレアと情報提供者のことで長々と文句を言いだす。もはやわたしは聞いていない。

ナオミとリンジーは発見されたのだから、残るはホリーとロビンだ。ホリーはだれも来ない森の奥にわたしが埋めた。ロビンもわが家で殺され、車と遺体は近くの湖の底だ。

わたしはジョッシュの愚痴をさえぎる。「この情報がいつ発表されるかわかるかい」

「もうすぐだろうね。何体もの遺体をいつまでも隠しておけるものじゃない」

ジョッシュが話しつづけるが、わたしはクレア・ウェリントンのことしか考えていない。

クレアがすぐにでもわが家の玄関に現れ、ミリセントの姉ホリーについて問いただす。なぜ行方不明者届を出さなかったのですか、と。

〝だって引っ越したと思ったんです〟

〝だってどうでもよかったんです〟

〝だって彼女は妻をいじめてたんです〟

〝だって彼女は頭がおかしかったんです〟

わたしはミリセントにメールする。


デートの夜が必要だ。

申し出は却下される。

デートの夜は無理。いま病院にいる。

わたしはそれを三度読んだあと、カウンターに金を乱暴に置き、ジョッシュにひと言も告げずに〈一番街バー・アンド・グリル〉を出る。それとも、もう行かなくてはと言ったかもしれない。よくわからない。

ミリセントへ電話しようとしているところへ本人からかかってくる。早口で話されるうえにこちらは酔っているので、要所要所しか聞き取れない。

ローリー。緊急治療室。窓から落ちた。

走っていける距離だから車で行かなくてもいい。その病院は三ブロック先にあり、わたしが着いたとき、ミリセントは廊下を行ったり来たりしている。

彼女を見たとたんにわかる。

ローリーは無事だ。あるいは無事に治るだろう。

ミリセントはこぶしを握り、口を引き結び、まるで体から電流を発しているかのようだ。もしローリーが深刻な状態なら、彼女は心配して泣くか呆然とするかだろう。でも、そうではない。怒りではちきれそうになっている。

ミリセントがわたしをつかまえて抱きつく。すばやく乱暴に抱き締めたあと、後ろへ身を引いてわたしの息を嗅ぐ。

「ビールだよ」わたしは言う。「何があったんだ」

「ローリーが家を抜け出してガールフレンドに会いにいったのよ。それで、彼女の部屋の窓までのぼろうとして落ちたの」

「でも、無事なんだろう？」

「まあね。手首の骨折かと思われたけど、重度の捻挫ですって。腕を吊らなくては——」

「どうしてすぐに連絡しなかった」わたしは訊く。

「したわ。メールで」

わたしは電話を取り出す。ちょうど画面がひび割れた部分にそれがある。角度によっては読み取りづらいかもしれない。「ああ、ほんとだ、ごめん——」

「いいのよ。いまはここにいるんだから。大事なのはあの子が無事だってこと」ミリセントの怒りが、いったん忘れていたところへもどってくる。「あの子は百年間外出禁止よ」

だれかがくすくすと笑う。

待合室の隅にジェンナがすわっている。手を振ってくる。わたしは振り返す。ミリセントがわたしをコーヒーの自動販売機まで連れていく。コーヒーは苦く、舌を焼くが、まさにわたしが必要とするものだ。コーヒーで元気を出すのではなく、気持ちを落ち着かせる。なんといっても、全力疾走とアルコールと病院にいる息子のせいで心臓の鼓動がずいぶん速い。

ミリセントがローリーのいる診察室へはいっていく。ふたりで出てきたとき、ローリーは手首に副木《そえぎ》をつけ、スリングで腕を吊っている。とにかくいまは、ミリセントの怒りがやわらいでいる。

ローリーはわたしと目を合わせない。たぶん、わたしにまだ腹を立てているか、まずいことになったとわかっているかだ。見分けがつきづらいのは、いま、頭にげんこつを見舞うか抱き締めるかで、わたしが激しく迷っているからだ。息子の髪をくしゃくしゃにする。

「ゴルフをしたくないなら、そう言えばよかったのにな」わたしは言う。

ローリーは笑わない。ゴルフが大好きだから。

わたしたちは真夜中過ぎに帰宅する。ローリーがベッドへはいった数分後、わたしは様子を見にいく。さすがのローリーもたちまち眠りに落ちている。

疲労困憊《こんぱい》して自分のベッドにすわる。

車が〈一番街バー・アンド・グリル〉に置きっぱなしだ。

それに、教会の地下に遺体が埋められている。

「ミリセント」わたしは声をかける。

寝じたくの途中だったミリセントがバスルームから出てくる。「何?」

「今夜ジョッシュとビールを飲んでいたんだ。あのリポーターだ」

「どうしてそんな――」

「あの教会の地下室に遺体が埋められていたと教えてもらった」

「遺体？」

わたしはうなずいて妻を見守る。ほんとうに驚いているようだ。「だれの遺体か言ってた？」彼女が尋ねる。

「ホリーとロビンだと思う」

「教会の近くに彼女たちの遺体はないわよ。知ってるくせに」ミリセントがバスルームへもどる。

わたしはそのあとを追う。「あそこに埋められていた遺体のことはほんとうに何も知らないのか」

「全然」

「教会の地下にわけのわからない遺体の山があるんだぞ」

「いいかげんにして、知らないってば。壁にメッセージがあるって報道したあのリポーターが言ったことでしょ。メッセージはどこなのよ」

言われてみればそうだ。

ジョッシュの勘違いかもしれない。それとも、彼に真実を知らせないためにだれかが嘘を伝えているとか。

小説のなかで警察はいつもそうする。そして、クレアはそれに負けず劣らず賢そうだ。

60

ローリーにガールフレンドがいて家を抜け出して会いにいっている、とミリセントが知ったいま、彼女はフェイスの両親と会って今後のことを話し合いたいと言いだす。ハモンド夫妻はミリセントの顧客でもあり、互いの両親がそろってディナーの席で会うことですみやかに話が整う。ローリーもフェイスも招かれない。

いまはレストランへ向かっているところだ。昔ながらの風情がある、白いテーブルクロスをかけた家庭的な料理を出す店だ。そこを選んだのはミリセントではなく、先方の親だ。

「話のわかる人たちよ」ミリセントが伝える。

「そうだろうね」わたしは言う。

わたしたちが着いたとき、ハモンド夫妻はすでにテーブルで待っている。

ハンク・ハモンドは小柄で、髪は娘と同じブロンドだ。コリン・ハモンドは小柄ではなく、髪は染めたブロンド。どちらもそつのない装いで、慇懃《いんぎん》な笑みを浮かべている。一同はすぐに料理を選ぶ。だれもワインを頼まない。

ハンクの声は、本人の二倍の巨体が発するみたいに大きい。

「フェイスはいい子です。お宅の息子さんと知り合うまでは、こっそり出歩いたことなど一度もなかった」ハンクが言う。

ボールがゆるやかな線を描いてこちらのコートへはいったのが目に見えるようだ。ミリセントが甘ったるい笑みを如才なく浮かべる。「同じことがお宅のお嬢さんにも言えますけど、非難してもなんの解決にもなりませんわね」

「非難をしているのではない。ふたりを引き離しておくという話をしているんです」

「ローリーとフェイスが会うのを禁じたいのですか」

「すでにフェイスには、学校以外のいかなる場所でもお宅の息子さんと会うことを禁止してある」ハンクが言う。「学校だけはしかたがないでしょう」

「お嬢さんを自宅で学ばせることもできますよ」ミリセントが言う。「そうすれば、ふたりが会うことはぜったいにありませんもの」

わたしはミリセントの腕に手を置く。彼女がそれを払いのける。

「お宅の息子さんこそ自宅学習をしてもらうべきでしょう」ハンクが言う。

コリンが大きくうなずく。

「ほんとうに思ってらっしゃるんですか。会うのを禁じればあのふたりが……会うのをやめると」ミリセントが言う。

「うちの娘は言われたことを守る子だ」ハンクが言う。

ミリセントがぐっと口を閉ざしているとわかるのは、わたしも同じだからだ。

コリンが場をやわらげる。彼女の声は思いのほか力強い。「結局そのほうがいいんですよ」

ミリセントがコリンへ目を移し、少しためらってから言う。「子供の行動をむやみに禁止する習慣がわたしにはありません」

嘘だ。

「そこがわれわれとの相違点らしい」ハンクが言う。

「手近な問題に話をもどしませんか」わたしが言う。「親としてのあり方にまで議論を進めなくてもいいでしょう」

「それもそうだ」ハンクが言う。「今後お宅の息子さんをうちの娘に近づかせないでもらえれば、それでよしとしよう」

勘定書きが来ると、ミリセントがハンクより早くつかみ取る。それをわたしに渡して言う。「わかりました」

素っ気ない別れの挨拶でディナーがおひらきになる。

帰り道でミリセントがだまりこんでいる。

わたしたちが家にはいったとき、ローリーが玄関で待っている。息子は手首を捻挫してゴルフができず、おまけに外出禁止だ。ローリーにはフェイスしかいない、というより、本人はそう思っていた。わたしとしては、フェイスまで失ったと告げるのは気が進まない。ところがそうはならない。ミリセントがローリーへ近寄り、息子の頬に手をやる。「もうだいじょうぶよ」

「だいじょうぶ？　ほんとに？」

「ただし、二度と抜け出したりしないこと」

「約束する」

ローリーはフェイスに連絡しようと電話を手に走り去るが、フェイスは両親からちがうことを言い渡されるのだろう。

ミリセントがわたしにウィンクをする。

こんなふうに隠し事を覚える女の子もいるのだろうか、とわたしは思う。しかも、よその母親から。

翌日、学校から電話がある。ローリーではなく、ジェンナのことだ。今回の問題はナイフでも胃の具合でもない。成績だ。ジェンナはいつも優等生だったのに、先月から成績が落ちている。きょうは提出すべきレポートを出さなかった。担当の教師に理由さえ言わない。

ミリセントにもわたしにも原因が思い当たらない。ジェンナは真面目な生徒だったので、わたしはオンラインでおこなわれる週ごとのレポート提出を確認すらしなかった。あわただしくメールと電話でやりとりしたあと、わたしたちは夕食のあとで娘と話すことにする。はじめにミリセントが学校から電話があったと告げ、それからこう言う。「どういうことか教えて」

ジェンナはまともに答えず、何やら口ごもったり首を横に振ったりするだけだ。

「わからないわ」ミリセントが言う。「いままでずっと成績優秀だったじゃない」

「それがなんになるの」ジェンナが言う。ベッドから立ちあがり、部屋の端まで歩く。「だれかがあたしを地下室に閉じこめて痛い目に遭わせるかもしれないなら、それがなんになるの」

「だれもおまえにそんなことはしないよ」わたしは言う。

「死んだあの女の人たちもきっとそう信じてた」

またもや腹にパンチを食らう。こんどはアイスピックで突き刺されたみたいだ。ミリセントが深く息をつく。

クレアに会ってから、ジェンナは回復しているように見えた。刑事になりたいとしきりに言っていた。けれども教会のことがわかってから、その話もぴたりと止まった。

わたしたちは堂々めぐりの説得をし、娘の不安を理屈で取り除こうとする。あまりうまくいかない。どの科目も落第しないという約束だけどうにか取りつける。

ジェンナの部屋を出るとき、ノートがベッドの上に開いたままになっているのを見かける。毎年何人の女性が誘拐されて殺されているか、ジェンナは調べていた。

ミリセントが電話をかけて、別の精神科医を見つけようとする。

教会について新しい情報がないのはきょうで三日目だ。クレアは毎晩記者会見をもうけ、すでに知られていることを繰り返す。

犬の吠え声とともに四日目がはじまる。犬を飼っている家が近所に何軒かあるので、どの犬のせいで朝の五時に目が覚めたのかわからないが、吠える声がいっこうに止まない。

わたしはベッドに起きあがり、なぜいままで考えつかなかったのだろうと思う。犬だ。

ジェンナが安心できるぐらい大きくて、おもてにだれかいるときに吠えるような、頼りになる犬。たとえば、ローリーがこっそり出入りしようとするときなどにも。

もっと早く思いつかなかった自分に腹が立つぐらいだ。犬がいれば、わが家の問題はだいぶ解決するだろう。

きょうだけはミリセントよりも早く起き出す。彼女がジョギングウェア姿で下へおりてくるころ、わたしはコーヒーを飲みながら、インターネットで犬のことを調べている。わたしを見て、彼女がはっと立ち止まる。

「どういう風の吹きまわし——」

「ほら」わたしはスクリーンを指さす。「これはシェルターに保護されてる犬で、ロットワイラーとボクサーのミックスだよ」

ミリセントがわたしの手からコーヒーを取り、ひと口飲む。「犬を飼いたいのね」

「子供たちのためだ。ジェンナを守るため、そして、ローリーをこっそり出かけさせないため」

彼女がわたしを見てうなずく。「なかなか名案かもね」

「たまにはいいことを思いつくだろ」

「あなたがこの犬の世話をするの」

「子供たちがするさ」

ミリセントが微笑む。「あなたがそう言うなら」

それを承諾と受け取る。

レッスンの合間にシェルターを訪ねる。感じのいい女性に案内されながら、わたしはどんな犬がほしいかを説明する。彼女がタイプのちがう数頭の犬を紹介し、そのなかにあのロットワイラーとボクサーのミックスがいる。名前はディガーだ。彼女が書類を確認し、この犬はよい家庭犬になると思うが、お子さんたちがシェルターに来て犬と会ってから譲渡することになると言う。わたしはまた来ると約束する。

その犬のおかげで少し気が楽になる。

アイスコーヒーとパニーニを買うためにドライブスルーへ寄る。受け渡しの窓のそばで自分のランチを待つあいだ、店内のテレビが目にはいる。クレア・ウェリントンがまた記者会見を開いている。画面下に映ることばを見て心臓が跳ねあがる。

さらに数体の遺体を教会内で発見

店員が窓をあけて食べ物を手渡すとき、クレアの声が聞こえる。

「……三人の若い女性の遺体が地下室に埋められていました」

そのあとの記者会見は駐車場へ行ってからカーラジオで聞く。

三人の女性。最近殺された者ばかり。

警察は死亡時期をまちがえたにちがいない。だれかが死体を埋められるわけがない。だってあのころはリンジーが――

「少なくとも三人のうちふたりは死後経過日数が短いため、捜査官が殺害方法を特定できるほどでした。ほかと同じく、絞殺です。痛めつけられた痕跡も見られます」

クレアがつぎつぎと話すので、わたしは息を整えることもできない。

「地下室の棚の裏で、壁面にことばが書かれているのも発見しました。DNA検査の結果はまだ出ていませんが、血液型はナオミと同じです」

クレアが壁のことばを言ったとき、心臓が止まる。

61

トビアス
聴覚障害者

ナオミがトビアスと書けたはずがない。彼女はトビアスと一度も会わなかった。

頭のなかを巻き戻しながら、なぜこうなったかを考える。リンジーはトビアスを知っていた。トビアスが聴覚障害者だと知っていた。

しかし、リンジーの遺体が発見されたのは、ナオミが消える前だ。ふたりが会話したはずはないから、そうした情報交換はできなかった。

知っていたのはミリセントだけだ。

それでは理屈に合わない。まったくわけがわからない。

食べ物を手に入れたので車を出し、ラジオをつけて記者会見を最後まで聞く。会見が終わってもアナウンサーが話しつづける。壁に書かれたことばを何度も何度も言う。

トビアス
聴覚障害者

ナオミはトビアスのことを知らなかった。

リンジーは知っていた。

そして、ミリセントも。

路肩に車を停める。あまりにも頭が混乱し、考えながら運転できない。

トビアス
聴覚障害者

ラジオを切って目を閉じる。目に浮かんでくるのは、ナオミが教会の地下室の壁に鎖でつながれている姿ばかりだ。それを頭から追い出してきちんと考えようとする。それでもまだ彼女が隅にうずくまり、汚れて血まみれになっている。

その光景に胸がむかつく。胆汁が喉もとにこみあげる。口のなかでその味がする。吐きそうなので車からおりると、電話が鳴る。

ミリセントだ。

電話に出たときには、彼女がもう話している。

「タイヤのパンク?」とミリセント。

「なんて言った?」

「路肩に停まってるんでしょ」

まさかドローンかカメラでもこちらを見おろしているのかと思って上を見るが、晴れた空があるだけだ。鳥すらいない。「どうしてここにいるって知ってるんだ」

ミリセントがため息をつく。業を煮やしたときの大きなため息で、わたしは彼女がこうなるときがいやでたまらない。「車の下を見て」ミリセントが言う。

「え？」

「く、る、ま、の、し、た」

膝をついて覗く。発信機がある。ちょうどわたしが彼女の車につけたように。

道理で教会のことにまったく気づかなかったわけだ。

ミリセントはわたしが監視していることを知っていた。

頭のなかで爆発が起こったかのように、真相に気づく。

ナオミの血でそのメッセージを書くことができた人間はひとりしかいない。話を聞いたときからわかっていた──別の説明を探し求めていただけだ。

別の説明はつかない。

「夫をはめたのか」わたしは言う。「全部の罪を負わせようとして。リンジー、ナオミ──

──」

「ほかの三人もね。彼女たちのことを忘れないで」

ミリセントが自分ひとりで女たちを殺してわたしに殺人の罪を着せる場面が、頭にいくつも浮かんであふれそうになる。

ジェンナの体調が悪いのでわたしが留守番をした昼夜、ミリセントが何をしていたのかいまならわかる。

今後の予想が血まみれのレッドカーペットさながら広がる。

目を閉じて首を後ろにそらし、ミリセントがわたしをはめたやり方を思いめぐらす。彼女は全員のＤＮＡを手に入れることができる。仕込んだものすべてを警察に発見させることが可能だった。わたしをトビアスという名の聴覚障害者として知っていた人間にはぜったいに手を出さない。

アナベル。ペトラ。バーテンダーもだ。

彼らは思い出す。

すべてがわたしを指し示す。

この考えにわたしの頭脳が対抗する。堂々めぐりをしながら構想を練り、終着点まで考えた結果、全然だめだとわかる。どの道もふさがれ、どのアイディアもとっくにミリセントが想定している。出口のない巨大な迷路にいるみたいだ。所詮わたしは妻ほどの戦略家ではない。

車のそばを行ったり来たりする。頭に繰り返し電気ショックを受けている気分だ。

「ミリセント、どうしてこんなことを」

ミリセントが声をあげて笑う。それが痛烈に響く。「トランクをあけて」

「何を？」

「車のトランク」彼女が言う。「あけるのよ」

わたしは中に何があるかを想像してためらう。どこまで悪いことが起こるのだろう。

「早く」とミリセント。

わたしはトランクをあける。

自分のテニス道具以外に何もない。ラケット一本にいたるまでおかしな点はない。「何を言いたい――」

「スペアタイヤ」

わたしの携帯電話で使い捨てのほう。リンジーとアナベルのメッセージがはいっているやつだ。タイヤのリムの内側へ手を入れるが、電話がない。その代わりにほかのものがある。

ピクシースティックスだ。

リンジー。

わたしがはじめに寝た相手。

二度目のハイキングのあとでそうなった。

〝あなたってかわいい〟そうリンジーは言った。

〝いいや、かわいいのはきみのほうだ〟

ミリセントの声がわたしを現在へと引きもどす。「ところで、一年間監禁されると、人間って驚くべきことを言うものね」

「いったい何を――」

「わたしたちが拉致した夜、リンジーはあなたを見たのよ。あなたが立ち去る前に彼女の意識はもどっていた。あなたがほんとうは聴覚障害者じゃないのですごく驚いたんですって」

吐き気の波に襲われる。自分がしたことのせいで。妻がしてきたことのせいで。

「滑稽なのよ」ミリセントが言う。「だって、わたしに痛めつけられるのは、自分があなたと寝たからだとリンジーは思ってたんだもの。そんなんじゃないって、とにかく最初のうちはちがったってことをわかってもらおうとしたんだけど、信じてくれなかったみたい」

「ミリセント、なんてことをしたんだ」

「したのはわたしじゃなくて」とミリセント。「あなたよ。あなたが全部やったの」

「きみが何を想像してるか知らないが——」

「なめた屁理屈は言わないでね」

わたしは血の味がするまで唇を噛み締める。「どれぐらい前から計画してたんだ」

「それって大事？」

いや。もうどうでもいい。

「説明させてくれないか」

「だめ」

「ミリセント——」

「なあに？　謝るつもりなの。たまたまこうなっただけで、悪気はなかったって？」

わたしはだまりこむ。ぐうの音も出ない。

「それで、どうするの」ミリセントが言う。「逃げて隠れるか、それとも、とどまって戦うか」

それとも、どちらもしないか。どちらもするか。「頼むからこんなことはするな」

「ほらまた、だからあなたはだめなのよ」

「何が？」

「いつだってピントがずれてる」

どこがずれてるのかと訊きそうになるが、やめておく。言われたことがわかってくる。

ミリセントが高らかに笑う。

電話が切れる。

62

吐きそうになってもおかしくない。胃の中のものを全部もどしてもしかたがない。なんといっても、十五年連れ添った妻によって女性連続殺人事件の犯人に仕立て上げられたのだから、胃がむかついて当然だ。ところが意外にも、全身に局部麻酔の注射を打たれたかのようだ。

感覚が麻痺する代わりに考えることができるので、これはこれで悪くない。

逃げて隠れるか。とどまって戦うか。

どちらにも魅力を感じない。監獄、死刑判決、薬物注射という末路もごめんだ。

逃げよう。

まず、手持ちのものを確認する。車、タンクにはガソリンが半分、パニーニ、アイスコーヒーの残り、二百ドルばかりの現金。ミリセントがチェックするだろうからクレジットカードは使えない。

銀行で現金をおろす時間があるだろうか。

そのうえ、選べる道がかなり限定されている。いまのナンバープレートでは車はあまり長く使えず、さらに、どこへ行くかという問題がある。カナダは遠すぎる。到着するまでに、わたしの写真があらゆるニュースに載るだろう。

車で行くとしたらメキシコしかないが、それもむずかしいだろう。いかにすばやく行動するかが鍵だ。数時間のうちにわたしの名前と写真が出まわるかもしれない。

飛行機で出国する手もあるが、そうなるとパスポートがぜったい必要だ。行き先がばれる。こうした逃避行の準備はまったくしていなかった。

ミリセントはそれを知っている。

逃げればつかまる。

それに、子供たちを置いていくことになる。ミリセントのもとに。

いまごろになって吐き気をもよおす。車の後ろの道端で、胃を空っぽにする。すっかり吐き終わるまで止まらない。

逃げて隠れるか。とどまって戦うか。

三つ目の手を考えはじめる。警察署へ出頭して、すべてを話したらどうだろう。だめだ。ミリセントが逮捕されるかもしれないが、わたしだって同じだ。無罪を主張することはできない。なぜなら、そうではないからだ。

それでも方法はあるはずだ。わたしではなく、彼女こそが犯人だと示す方法が。なんといっても、わたしが殺したわけではない。適切な弁護士と、適切な検事と、適切な証拠のもとに、取引がおこなわれることもある。ただし、わたしはどれにもめぐまれていない。ミリセントとちがい、生涯の伴侶に殺人の罪を着せようとした経験はないのだから。

〝いつだってピントがずれてる〟

ミリセントの言うとおりかもしれない。たぶん、理由を考えてもしかたがないのだろう。でも、そうはいかない。なぜという問いが頭から離れないから、夜になったらベッドのなかで考えることになる。もしベッドに寝ていればだが。それは刑務所の狭い寝台かもしれない。理由については彼女が正しい。それを考えるのはピントがずれている。

逃げて隠れるか。とどまって戦うか。

その問いかけが、地下室の壁に書かれたあのことばさながら何度も脳裏に浮かぶ。ミリセントはこのふたつしかないみたいに言った。どちらか一方を選ぶしかないみたいに。

彼女はまちがっている。この選択肢はまちがっている。

まず、わたしはとどまる。子供たちを置いていきはしない。

そして、とどまるのなら、隠れるしかない。少なくとも、ミリセントの正体を警察にわからせる方法を見つけるまでは。

とすれば、戦うしかない。

とどまり、隠れ、戦う。とどまるのは簡単だ。逃げなければいい。

警察。警察へ行ってすべてを話す。たとえば……

だめだ。それはできない。わたしが殺しに加担していたことは新米警官ですら見抜くだろう。警察へ行けないのなら、警察の目を避けるしかない。

金。財布に二百ドルあるが、長くはもたないだろう。そこで銀行へ直行し、国税庁に警戒されない範囲で、できるだけ多額の現金をおろす。車にまだ発信機がついているから、これはミリセントにばれるだろう。

ミリセント。いつから知っていたのか。いつからわたしを追跡していたのか。いつこの計画を思いついたのか。疑問は尽きず、答は得られない。

いろいろなことを乗り越えていっしょにやってきたのに、妻がわたしに話したり訊いたりせず、ただ疑わしいから罰したというやり方は、わたしの理解を超えている。それどころか、いっさい説明させてもらえなかった。

少しどうかしてるのではないか。

そして、あまりにもひどいのではないか。

しかし、どちらについても考えている暇はない。一時間もしないうちに、わたしの人生は最底辺レベルまで落ちこんだ。とにかく生き延びること。

いまのところ、あまり得意な分野ではない。ミリセントに居場所を知られているうえ、つぎに打つ手がわからない。

家。どんな場合でも、行くのはやはりそこだ。
持ち出せるものを持ち出す——服、洗面用具、自分のノートパソコン。女たちを見繕うのに使ったパソコンが見当たらず、おそらく処分されたのだろうが、ミリセントのタブレットがあったのでそれをもらう。子供たちの写真を壁からいくつかはずす。子供たちにメールもする。

人の話を鵜呑みにするな。愛してるよ。

家を出る前に、GPS発信機のスイッチを切るが、そのまま持っていく。しばらくのあいだ、ミリセントはわたしが家でぐずぐずしているのだろうと思うはずだ。たぶん。しかしそれも、わたしが妻のことをほんとうにわかっていると仮定した場合だ。

私道から車を出し、行く当てもなく通りを走る。

無人の建物、沿道のモーテル、駐車場。湿地、森、ハイキングコース。わからないが、あまり知らないところへは行かないほうが賢明だろう。静かで、考え事のできる場所がい い。二、三時間のあいだ、だれにも邪魔されない場所。

ほかに行くところがなく、斬新な考えもまったく思いつかないので、結局カントリークラブへ向かう。

従業員なので、使ったことはないがオフィスの鍵を持っていて、機器室とコートへも出入りできる。食料品店に寄ってジャンクフードを主とした食べ物をひと袋買い、九時過ぎまで人目につかないところにいる。テニスコートの照明が消され、警備員が夜間に施錠するのがその時刻だ。

これがわたしの行く場所だ。カントリークラブでは、建物内にカメラを設置してある。コートにはひとつもない。

63

このテニスコートのことならなんでも知っている。わたしはここで、このコートで育った。教わったのはテニスだが、それだけではなかった。体力づくりのために、コーチはコートのまわりを際限なく走らせた。ここでトロフィーを勝ち取り、ここでケツをぶたれ、それが同じ日だったこともある。

ここはわたしの避難所だった。友達から、学校から、とくに親から逃れるための場所。最初は親が探しにくるかどうかを見るために来た。全然来ないので、ここを隠れ場所として使った。ファーストキスをしたのさえここだった。

リリー。わたしよりひとつ年上で、かなり経験を積んでいた。というより、そう見えた。百万年も前に思えるが、ハロウィンの夜、友達とわたしは海賊に扮した。彼女やその友達はベビードールの格好をした。お菓子を求めて練り歩いている最中、わたしたちはヒドゥン・オークスの一画で鉢合わせをし、リリーがわたしのことをちょっとかわいいと言った。わたしはそれを大好きだという意味に取ったが、実際そうだったと思う。

ことばを交わしてから、もっとかっこいい場所へ行かないかとわたしが誘うまで時間はかからなかった。彼女は承諾した。

〝かっこいい〟は言いすぎだったかもしれないが、十三歳のわたしにとって、夜、家の外で女の子といっしょにいるのはかっこいいことだった。リリーのほうもまんざらではなかったのだろう。なぜなら、わたしにキスをしたのだから。彼女はチョコレートとリコリスの味がして、わたしはその味が大好きだった。

一瞬でも追憶に包まれていると、すべてが平穏無事に思えてくる。でも、それはちがう。わたしがテニスコートにいるのは、警察に追われて家に帰れないからだ。

それでもリリーのことを考えたおかげで、じつは行く場所があったことに気づく。

携帯電話のアラームで、朝の五時に目を覚ます。飛び起きて荷物を集め、車に乗りこむ。コート脇のベンチで眠ろうとしたおかげで、計画を考える時間がたっぷりあった。携帯電話でのネット検索が計画に磨きをかけた。失踪方法、連絡を絶つ方法、警察や上司や怒った妻から逃れる方法、そういうことを教えてくれるウェブサイトが何十とあることがわかる。だれもが何かから逃げたがっている。

市街地を抜けて州間高速道路を南下し、最低一時間は走る。ようやくガソリンスタンドにはいって、GPS発信機のスイッチを入れ、それをセミトレーラーの底に取りつける。

携帯電話のバッテリーを抜いてから、コンビニエンスストアへ立ち寄り、安い使い捨ての電話を買う。

それから、ふたたびヒドゥン・オークスへ向かう。

インターネットはこの地域を薦めないが、インターネットには子供がいない。もし自分に子供がいなかったら、このまま車を飛ばしてナンバープレートを取り換えるか、車そのものを処分するだろう。グレイハウンドバスに乗って州から州へと移動し、しまいにメキシコへ行く。

でも、そうはいかない。ジェンナとローリーがまだわたしの妻といっしょにいる。

もどる途中でトランクいっぱいの食料品を買いこむ。全部の新聞をチェックして自分の顔写真を探すが、どこにも載っていない。見出しにあるのはあの二語だけだ。

トビアス　聴覚障害者

わが家の方向へ車を走らせながら、自分がまたもや愚かなことをしているのではないかと思う。

ヒドゥン・オークスにはゲートがふたつある。正面ゲートには警備員がいて、中へはいるときは警備員の目の前を通らなくてはならない。

けれどもヒドゥン・オークスはかなり広大で、なにしろ数百軒の家ばかりかゴルフコースがまるごとあるぐらいだから、裏にもゲートがある。厳密に言えば、裏にはふたつのゲートがある。片方はコード番号の入力が必要だ。もう片方はガレージで使うたぐいのリモコンが要るが、警備員はいない。わたしがはいるのはこのゲートだ。

ひとたび中へはいると、あまり値の張らない家が立ち並ぶあたりを通り、中程度の住宅群を抜け、ようやくわが家の二倍はある家へと到着する。寝室が六部屋、最低でも同じ数のバスルーム、裏にはプールがある。ケコナの家にだれもいないのは、本人がまだハワイにいるからだ。

自分の計画のなかで、これが一番すぐれた部分だ。あるいは、一番ばかな部分。侵入を試みるまではわからない。

ここはリリーが住んでいた場所だ。あのハロウィンの夜、リリーはわたしの最初のガールフレンドになった。幾晩も幾晩も、わたしは家を抜け出して彼女のもとへとかよった。ちょうどいまの息子のように。

わたしが来たころから長い年月が経っているから、家は塗り替えられ、改築され、最新技術が取り入れられている。錠は何度か取り換えられただろう。とにかく、不動産とはそういうものだ。人はしょっちゅう玄関と裏口の錠を換える。けれども、裏手の二階バルコニーにあるフレンチドアの錠は、換えていないはずだ。あのドアの錠はきちんとかかっていたためしがない。鍵は必要なかった。

この歳でよじ登るのだから、あのころほど簡単ではないが、人に見られる心配はない。ケコナの家はヒドゥン・オークスの奥まった高級住宅地にあり、どの家も必要以上に敷地が広い。隣の家が家の前からやっと見えるぐらいだから、裏側は言うまでもない。

なんとか落ちずにのぼってみると、思ったとおりで、試さなくてもわかる。ドアは塗り直され、シール材も貼り替えられているが、錠は同じだ。この二十四時間ではじめて頬がゆるむ。

数分後には家のなかにいて、その後ガレージを通って外へ出る。ケコナの車はSUV一台で、ガレージにはわたしの車を入れる余分なスペースがある。

食料を運びこんでシャワーを浴び、ゆったりと腰を据える。はじめてチャンスをつかんだ気がする。なんのチャンスかわからないが、とにかくこれ以上テニスコートで眠らなくてもいい。

自分のノートパソコンを開いたとき、最初の問題が発生する。無線LANのパスワードだ。

ケコナがモデムの底からコードのステッカーをはがしてしまったので、パスワードは簡単にはわからない。ずいぶん長い時間をかけて、やっとステッカーが冷蔵庫に貼りつけてあるのに気づく。

ネットが使えるようになったので、ミリセントのタブレットを見る方法を検索する。四桁の暗証番号が必要だ。彼女がいわゆる生年月日や記念日をけっして使わないのは、試さなくてもわかる。なんとかならないものか。

ニュースでひっきりなしに伝えられるのは、記者会見、トビアス、地下室の三人の女性のことだ。

彼女たちがだれなのか、ミリセントがだれを選んだのか考えてみる。わたしたちのリストに載った女性か。アナベルやペトラのように、わたしがだめだと言った女性か。アナベルでなければいいが。彼女はミリセントに目をつけられるようなことは何もしなかった。

そうとも、それでは理屈に合わない。だれかが生きて、耳が不自由なトビアスという男の正体を特定しなくては。トビアスと会った全員をミリセントが殺したはずがない。

それともミリセントは、わたしが見たことも話したこともない行きずりの人間を選んだのだろうか。いや、彼女にしては場当たりすぎるだろう。

もうやめろと自分に言い聞かせる。頭のなかで堂々めぐりをしても、どこへも行き着かない。

解決策が見つからないかと、タブレットをいじりつづける。日が暮れるころになっても、どうしてもログインできない。

いまは六時、家で夕食を食べているはずの時間だ。今夜は〝映画の夜〟なのに、わたしはいない。わたしのメールがローリーとジェンナに異変を知らせたとしても、わたしの不在こそが異変だろう。

目を覚まし、自分が家にいると思いこむ。ミリセントがジョギングからもどって、階下で朝食を作っているのではないかと耳を澄ます。きょうのスケジュールを頭に浮かべる。最初のレッスンは九時からだ。寝返りを打ち、どさりと床に落ちる。

家ではない。ここはケコナの家の居間で、わたしはソファで眠った。薄い黄緑色のユニットソファは巨大だが、それでも転がり落ちる。木の床にぶつかって現実がよみがえる。

テレビがつき、ひとり分のコーヒーがはいり、パソコンが起動する。昨夜はリストを作った。知っていること、知らないこと、知る必要があること。必要な情報を得る方法。最後の項目のリストが少し短いのは、自分がハッカーでも探偵でもないからだ。はっきりわかっているのは、この問題に取りかかるにはふたつの道があるということ。ミリセントがあの女性たちを殺したことを証明するか、それとも、わたしが殺していないことを証明するか。どちらもできれば最高だ。

ナオミがいなくなった晩、わたしは家で子供たちと過ごし、ミリセントだけが彼女といっしょだった。リンジーのときも同じだ。ジェンナの具合が悪くなったので、わたしが娘のそばにいた。子供といたことがわたしのアリバイだが、有力な裏づけにはならない。子供が眠ってしまえばたしかめようがないからだ。

一方、ミリセントが実行犯だったことは証明できるだろうか。彼女がやったのも、わたしがやらなかったのも、証明はできない。

ミリセントのタブレットを見るのは思った以上におおごとだ。暗証番号を再設定するためのソフトウエアは出まわっているが、それができるのはタブレットのメールアドレスにログインした場合のみだ。わたしの知らない、見当すらつかないパスワードがもうひとつ要る。真夜中に、わたしと同じ情報を探している十代のためのハッカー用掲示板を覗いた。

ほかの方法もあるにはある。たぶん。ただし、だれかを説得して助けてもらえればの話だ。

それをお願いするのは自分の顔がニュースで知れ渡る前がいいか、それとも指名手配されたあとがいいか、午前中の半分をかけて考える。自分のもとへ、もしかしたらサイコパスかもしれない人間が助けを求めて訪ねてくる場面を想像してみる。わたしなら手を差し伸べるだろうか。それとも、ドアをぴしゃりと閉めて警察を呼ぶだろうか。

考えても答は同じだ。場合による。

候補は限られている。わたしの友人はミリセントの友人でもある。わたしたちは交友関係を共有している。レッスンの客は大勢いるが、おおかたはそれだけのつき合いだ。当てにできそうなのをひとりだけ思いつく――進んで手を貸し、助ける能力も持っている、ただひとりの人間だ。

アンディがいいと言ってくれるなら。

64

〈ゴールデン・ワク〉は、ヒドゥン・オークスから三十分の距離にある中華料理のビュッフェだ。どこかへ出かける途中で一度はいったことがあり、いままで見たほかの中華ビュッフェとなんら変わりはない。わたしは早く着いたので、モンゴリアンビーフと酢豚と鶏肉入り焼きそばと春巻きで皿をいっぱいにする。食事中にアンディ・プレストンが店にはいってきて、そばへ来る。

わたしは立って手を差し出す。アンディが手を払いのけてわたしを抱擁する。彼女の葬式で会った男ともちがう。アンディは、トリスタの自殺前にわたしが知っていた男とは別人だ。ついていたぜい肉がなくなり、いまは痩せすぎといってもいいほどだ。健康的な痩せ方ではない。わたしは皿を取れとアンディに言う。

中華ビュッフェを選んだのは彼だった。トリスタ亡きあとヒドゥン・オークスを離れたアンディは、ケコナが言うには、仕事をやめて日々ネットの世界で過ごし、見知らぬ人々が自殺しないように力づけているらしい。そうだろうと思う。

アンディがテーブルにつき、わたしに笑みを向ける。空虚な笑みに見える。

「それで、どうしてる」わたしは言う。「元気かい」

「いまひとつかな。だが、このくらいならましなほうだ。いつだってもっとひどいことはある」

わたしはうなずき、あんな目に遭ったあとにそんなふうに言える友人に感銘を受ける。

「たしかに、そうかもしれない」

「おまえはどうなんだ。ミリセントは元気か」

わたしは咳ばらいをする。

「おや」とアンディ。

「助けてほしい」

アンディがうなずく。何ひとつ尋ねない――いまだにわたしの友達だからだ。わたしはたいした友達ではなかったが。

自分の窮地をどこまでアンディに伝えるべきか、わたしは午前中いっぱい迷っていた。まずはタブレットだ。ジム・バッグからそれを取り出し、ラミネート加工のテーブルの向かい側に押しやる。「これにログインできるようにしてくれないか。暗証番号があるんだが、見当もつかないんだ」

アンディがタブレットを見て、わたしを見る。目にこもる警戒感が少し増す。「八歳の子供だってログインできるぞ」

「子供たちには頼めない」

「じゃあ、これはミリセントのだな」

わたしはうなずく。「でも、きみが思ってるようなことじゃない」

「そうなのか？」

「そうだ」わたしはアンディの皿を手で示す。「食べてしまおう。そのあとで全部話すから」

〝全部〟とは正真正銘の〝全部〟ではない。

食事のあと、わたしたちはアンディのトラックに落ち着く。古いピックアップトラックで、以前乗っていたスポーツカーとはまるでちがう。

「何をしでかした」アンディが訊く。

「どうして何かしでかしたって思うんだ」

アンディが横目でわたしをにらむ。「ひどい顔つきで、新しい電話番号で、おまけに自分の女房のコンピューターを覗きたがってる」

だれかに何から何まで打ち明けたいが、それはできない。いくらもとどおりの仲になったとはいえ、友情には限界がある。殺人はその限界のひとつだ。友達の妻にまつわる秘密もそのひとつだ。

「ミリセントを裏切って浮気した」わたしは言う。

アンディは驚いていないようだ。「それはあんまりよくないんじゃないか」

「よくないなんてものじゃない」

「じゃあ、ミリセントはおまえを蹴り出して、一切合切よこせと言ってるのか。家、確定拠出年金、子供の大学進学資金」

彼女の望みがそれだけだったらいいのにと思う。「正確に言えばそうじゃない」わたしは言う。「ミリセントはそれ以上のものを要求している」

「別に驚かないね」アンディが一瞬ためらってから、首を横に振る。「そこまでめちゃくちゃになったんなら、真実を告げよう」

「どういう真実を？」

「おれはミリセントが全然好きじゃなかった。いつも少し冷たい感じがした」

ふいに声をあげて笑いたくなるが、そんな場合ではなさそうだ。「彼女はこっちがしてもいないことをしたことにしようと目論《もくろ》んでいる。とても悪いことを」

「違法なことをか」

「ああ。そのとおりだ」

それ以上は言うなと制するかのように、アンディは片手をあげる。「じゃあ、おれは正しかったわけだ。あれは冷たい女だ」

「きみは正しかったよ」

数分のあいだ、アンディはひと言も発しない。手をハンドルに沿って滑らせるのは、夢中で考えているときの無意識の動作だ。わたしは口を閉じ、自分がどれほど常軌を逸しているかの判断を彼にまかせるしかない。

「タブレットへのログインだけが望みだったのなら、なぜ残りの部分を教えるんだ」アンディが訊く。

「昔から友達だから。真実を言わなくては」

「それから？」

「それから、もうすぐぼくの名前がニュースに出るはずだ」

「ニュースだって？　いったいあの女は何をやってるんだ」

「きのうの午後からきみにしか会ってない」わたしは言う。「どうかだれにも言わないでくれ」

アンディが窓の外の〈ゴールデン・ワク〉のネオンの看板を見つめる。「おれはこれ以上知らないほうがいいんだよな」

わたしは首を振ってそうだと伝える。

「それなら、実際の頼み事ってのは」とアンディ。「口を閉じててくれってことだな」

「まあね。それもある。でも、ほんとうにそれにログインしなくてはならないんだ」わたしはミリセントのタブレットを指さす。それがアンディのトラックのダッシュボードにある。「助けてくれるかい」

ふたたびアンディがだまりこむ。

彼はしてくれるだろう。自分では気づいていないだろうが、すでに助けると決めている。そうでなければ、いまごろはいないはずだ。また、その態度から察するに、そうすることをわたしと同じく彼も必要としているのかもしれない。

「相変わらず世話の焼けるやつだな」アンディが言う。「それから言っておくが、テニスのレッスン料が高すぎるぞ」

わたしはわずかに微笑む。「わかったよ。だけど、こっちはきみの奥方と寝たことにされたんだからね。貸しがあるじゃないか」

アンディがうなずく。「こっちへよこせ」

わたしはタブレットを渡す。

待つというのは最悪だ。爆弾が爆発するのを知っていても、いつどこで爆発するかわからないのに似ている。あるいはだれのところで。翌日はケコナの家のシアタールームで過ごす。壁いっぱいのスクリーンとアンティーク調で革張りのリクライニングチェアがある。ジョッシュがトビアスについてひっきりなしにしゃべるのを見守る。聴覚障害とはどういうものかについて、彼は専門家にインタビューさえする。

その情報が多少興味深いのは認めざるをえない。必要なときに知っていれば役に立っただろう。

ニュース速報の音楽が流れ、物思いが断ち切られる。スクリーンの映像を見てはっとする。

アナベルだ。

やさしいアナベル、酔ったドライバーに恋人をひき殺されたメーターメイド。

彼女は生きている。

ショートヘアと繊細な顔立ちで前と変わらずチャーミングだが、笑みを浮かべていない。ジョッシュが彼女を〝トビアスという名の聴覚障害者と会ったことがある女性〟として紹介するが、本人はまったくうれしそうではない。

彼女が最初に名乗り出たのは当然のことだ。恋人を救えなかったから、せめてほかの大勢の人々を救いたいと思っている。

アナベルは、自分が知っているわたしたちのストーリーを語る。その話はわたしが自分のものだとしている車に違反チケットを切りそうになったときからはじまる。そして、通りでお互いがぶつかり、飲みに誘われたと説明する。バーの名前まであげる。バーテンダーのエリックがいまはだまっていても、このままではいられないだろう。

アナベルは何ひとつ省かず、わたしへ送ったメールのことさえしゃべる。警察はもうその電話番号を知っているだろう。

警察が電話をかけたら、ミリセントは応答するだろうか。

最後に、アナベルはきょうの午前中、似顔絵捜査員のところにいたと話す。その似顔絵がインタビュー直後に公開される。

わたしにそっくりでありながら、どこも似ていない絵だ。

ミリセントがこれを見て、鼻が少し大きすぎる、目が小さすぎるかも、と難癖をつけているところを思い浮かべる。耳のそばのほくろがないとか、肌の色合いがちがうとかも言いそうだ。彼女はひとつも見逃さない。いつもそうだ。

わたしだと特定されるまで、そう長くかからないだろう。といっても、いろいろな人間がすでにわたしを探しているはずだ。たとえばわたしの雇い主。ミリセントはわたしが理由もなくいなくなったことにして、半狂乱の妻を演じているにちがいない。

ジェンナとローリー——あの子たちがどう思うかは知りようがない。

明るいうちに出歩くのは不安なので、その日はずっと家にこもる。

そのせいか、片田舎のミリセントの両親の家で、彼女と結婚した日の記憶がよみがえる。簡素なドレスを着て、結いあげた髪に小さな花々をちりばめ、まるで別世界から来た妖精かニンフのようだった。彼女がそんな様子なので、彼女にまつわるすべてがこの世のものとは思えなかった。たぶん、いまでもそうだ。

あの日彼女が言ったことに思いをめぐらせるのは、それがいまにぴったりのことばだからだ。

〝さあ、行くわよ〟


報道が加速しはじめるのは言うまでもない。世間の人々は、さらなる情報を差し出すだけの呼び水を与えられた。

トビアスを知っていると言いだしたふたり目の人間はバーテンダーだが、エリックではない。わたしがペトラと会ったバーで働いている若い男だ。ジョッシュはすべてのニュースに過剰に興奮しながらも、この若い男にはかなり失望しているらしく、それというのも、トビアスと会った日時をこの男が正確に覚えていないからだ。少なくとも質問された本人がちょっと恥ずかしくなるくらい記憶がおぼつかない。あげくの果てに飲み物がちがう。トビアスはウォッカトニックなどぜったいに注文しなかった。

これには少し傷つく。トビアスがもっと記憶に残りやすい人物だとずっと思っていた。というより、このバーテンダーが間抜けなだけかもしれない。

あらたな展開がない場合は、これまでの放送が繰り返される。アナベルのインタビューを何度も見る。重要な部分がしつこく放送され、やがてわたしは世間の人々の記憶に残る。コマーシャルのあいだ、子供たちも同じチャンネルを見ているのだろうかと思う。

ミリセントは見ているだろう。彼女がソファにすわって、わが家の大きなテレビでアナベルをながめているところが目に浮かぶ。わたしの頭のなかで、ミリセントは微笑んでいる。または顔をしかめている。両方だ。

イブニングニュースにはエリックが姿を見せるが、チャンネルはちがう。ジョッシュは出てこない。エリックにインタビューするのは中年女性で、地元で有名なタレントのひとりだ。いままでは、彼女がこの事件がらみの仕事をするのを見たことがなかった——オーウェンが復活したときも、オーウェンの死亡がわかったときもだ。彼女が乗り出してきたので心配になる。本格的な犯人捜索がはじまろうとしている。あるいはすでにはじまっていて、警察はまちがいなくわたしを探している。

エリックは前のバーテンダーよりもよく記憶していて、まず飲み物がまちがっていない。ジントニック。そして、わたしのスーツの特徴から締めていたネクタイの種類まで説明する。目の色、日焼けした肌、さらに髪の長さまでも覚えている。

あらたな特徴が暴かれるたびに胃がむかつく。どうもわたしは、街中で正確な記憶力を持つただひとりのバーテンダーに遭遇してしまったらしい。

何分もしないうちに、エリックが言ったことをほかのテレビ局が繰り返す。ジョッシュがわたしの個人的な細かいことがらをくどくど伝えるのを聞き、少し気分が悪くなる。ほんとうはこんなひどい人間だと知っていればよかった。知っていたら、あんなやつにはぜったい手紙を送らなかっただろう。

もっとも、だれがひどくてだれがひどくないか、判定するのはわたしではないと思うが。

何時間か経って夜が更け、昔の映画や通販番組がまだはじまらないころ。わたしはノートパソコンを開き、実録犯罪サイトを検索する。その似顔絵が、さっき見たインタビューの動画と合わせてどこにでもあり、わたしは掲示板にざっと目を通す。わたしの名前は載っておらず、載っているはずもない。とにかくいまのところは。

65

長くは眠らない。目覚めて一時間も経たないうちに、ニュース局がクレア・ウェリントンの記者会見に向けて準備をしている。コーヒーで胃もたれしながら、それがはじまるのを待つ。クレアは肝心なことをまだ何も言っていないが、けさは発表するはずだ。

警察署に演壇が据えられている。左右に国旗と州旗が立てられ、周囲にマイクとカメラとライトがある。予定より十分遅れてクレア・ウェリントンが演壇へ向かう。パンツスーツ姿ではない。きょうはネイビーブルーのスカートとジャケットで、ミリセントのスーツと似ているが、それほど体にぴったりしていない。なんとなく、これが悪い兆候だとわかる。

クレアはすでに公開された似顔絵のことから話しはじめ、その似顔絵を地域団体のウェブサイトに載せるだけでなく、事業所や学校や公共施設にも貼るよう地元の住民に求める。そうは言っても、まだそれを見たことがないのは、テレビを持たず、インターネットもやらない連中ぐらいだ。昏睡中の人間もそうだ。

けれども、クレアの記者会見の目的はこれではない。これはほんの前座だ。つぎに本題が来る。

「さて、教会の地下で発見された三人の女性について、最新情報があります。遺体の分解量がさまざまなので、身元の特定には綿密なプロセスが必要です。そのうえ、被害者の指紋はすべて取り除かれていました」

クレアはいったんことばを切って、深く息をつく。「むずかしい条件にもかかわらず、ウッドビューの検死医と科学捜査官たちはすばらしい仕事をしました。ひとり目の女性が特定され、ご家族と連絡がつきました。多くの人々の懸命な努力のおかげで、この若い女性はようやく安らかな眠りにつくことができます」

クレアがその名前を発表する前に、スクリーンに写真が出る。

その女性なら知っている。

ジェシカだ。

わたしがコーヒーを買うEZ‐Goのレジ係だ。彼女はつい最近いなくなった。後釜の男が言うには、ほかの州の学校へ行くということだった。ミリセントが彼女のことを知っていたのは驚きだ。彼女はEZ‐Goではコーヒーもほかの商品も買わない。

思っていた以上に長期間、ミリセントはわたしを尾行していたにちがいない。わたしの行動をつねに見張っていたのかもしれない。わたしがだれと話すのかも。

そう考えると心臓の鼓動がひときわ速くなる。コーヒーを置く。

テレビでは画面がふたつに分かれ、一方にジェシカ、もう一方にクレアが映る。刑事が話しつづけ、ほかの女性はまだ身元がわからない旨を説明する。

いまごろになってミリセントのしたことがわかる。わたしの知り合いで、わたしと関係がありそうな女性を殺した。ひょっとしてこれも計略の一部か。

それとも、わたしがその女性全員と寝たと思っているのか。

ミリセントは焦土作戦を実行し、脅威になりうる者を殲滅《せんめつ》したのではないか。

あとのふたりがだれかについて、さまざまな考えが駆けめぐる。わたしの客ではない。最近行方がわからなくなった客はおらず、いたとしたらわたしが知っているはずだ。裕福な人間が消えたらだれかが探すものだ。

知っている女性、とくにオーウェンが好む人物像に合う若い女性を、ひととおり思い浮かべる。その多くがカントリークラブで働くバーテンダーやウェイトレスや小売販売員だ。わたしは彼女たち全員と顔見知りで、ほとんどの女性と挨拶を交わす。長く働く者もいる。ほとんどがまだいる。彼女たちは教会の地下室で死んではいない。ひとりを除いては。

ベス。

アラバマから来た活発なベス、カントリークラブのウェイトレス。わたしたちに体の関係などまったくなかった。彼女は感じのいい若い女の子というだけで、わたしがクラブハウスで食事をするときにおしゃべりをすることもあった。それだけだ。つい最近、家庭の事情でモービルへ帰った。レストランの支配人はそう言った。だれも疑わなかった。彼女の身に何かあったとは思わなかった。彼女を探す者は現れなかった。

もっと時間が経てば、家族が探しに来ただろう。

わたしは立って歩きだす――はじめはシアタールームのなか、それから家のなか全体。

階上、階下、すべての部屋にはいり、ぐるぐると歩きまわる。

そしてもう一度。

ミリセントは三人目も殺した。ほかに消えた者は、わたしが知るかぎりではいないから、ひょっとしたらそれはペトラではないか。アナベルとあのバーテンダーがトビアスを識別すれば、ペトラは排除してもいいのでは？


電話の音がわたしの戦慄を打ち砕く。新しい番号を知っているのはアンディだけだ。「あれはおまえだな」アンディが言う。警察の似顔絵のことだとは言わず、言う必要もない。

自分の姿がアンディに見えているような気がして、わたしは電話にうなずく。「これが話していたことだ」わたしは言う。「ミリセントにはめられてるんだ」

「ああ、その点はわかった。だがおまえは、彼女の怒りの規模を伝えなかったな」

「知らないほうがいいってことだったじゃないか。そうだろ」

「あの女はどんな手を使ってるんだ」

あらためて説明したいのはやまやまだが、それはできない。うまい答も見つからない。

「知っていたら自分で警察に言うよ」

アンディがため息をつく。電話を切る間際に言う。「くそったれめ」

そして、アンディはミリセントのタブレットをいまだに持っている。

一日中、わたしはニュースを見て、ノートパソコンの画面を覗き、インターネットで子供たちを探す。検索しても新しいものは見つからない。ジェンナのサッカーチームやローリーのゴルフトーナメントを取りあげた地元紙の古い記事だけだ。

家から持ち出した写真をながめる。百年も昔のものみたいだ。あのときの暮らしがいまでは夢のように感じられる。


夜。外に出て、プールのまわりを歩く。ケコナの隣人が見たら、異常者だと思われそうだが——実際異常者かもしれない——近くにはだれもいない。だれもいないので、服を着たままプールへ飛びこみ、水中にもぐっているが、やがて息がつづかなくなる。水面に出たときの空気は衝撃だ。それはわたしを目覚めさせると同時に落ち着かせる。

プールから這い出ると、パティオに寝そべって空を見つめ、いまよりどれくらい悪くなるかは考えまいとする。

人生が吹き飛んだのだから、腹を立てて当然だ。怒りはあるらしいが、悲しさ、つらさ、やましさ、恥ずかしさ、恐ろしさ、そうしたものと混じり合って水面下で泡立っている。

それがまとめてやってきて、わたしを呑みこむのだろうが、まだ来ない。この窮地を脱する方法が見つかるまでは。

そして、子供たちを取りもどすまでは。子供たちのことを考えながら、眠りに落ちる。わたしたちだけ。ミリセントは含まない。

太陽と鳥たちがわたしを起こす。ケコナの家は平穏そのもので、ここ以外の世界が存在しないことにするのは簡単だ。彼女がめったにヒドゥン・オークスを離れないのもうなずける。だれがここを出て現実の世界へ行きたいものか。できるものならわたしも出ていきたくない。

しばらくしてやっと家のなかへもどり、テレビをつける。

わたしだ。

わたしがそこの壁にいて、自分自身を見返している。わたしの写真がスクリーンいっぱいに映り、下のほうに名前があって、こんなことばも添えられている。

覚悟はしていたが、それでもがっくりと膝をつく。こんなに早いとは。わたしの全人生が一週間足らずでばらばらになった。自分の身に起こらなければ、こんなことがありうるとはとても信じられないだろう。

ジョッシュの声がするので顔をあげる。ジョッシュが話している。いつも話している。でも、きょうのジョッシュはリポーターではない。わたしたちが〈一番街バー・アンド・グリル〉で会ったので、彼はインタビューされる側だ。スターだ。

彼の話の大半が嘘、しかも省略した嘘だ。わたしが彼に接近したとか。わたしが事件について質問したとか。わたしが情報提供者の名前を教えてくれと頼んだとか。そして、自分が酔っていて、クレア・ウェリントンをくず呼ばわりし、つかんだ情報や教えてもらった情報を放送できないと愚痴ったことは飛ばす。

「警察がこの男を重要参考人と呼ぶのはよくわかりますし、ほんとうに参考人にすぎないのかもしれない。わたしは自分が感じたことを話すまでです。何か変だぞってピンときたことがありませんか。頭のなかで小さな警報が鳴って逃げなくてはいけないみたいな。この男を見てそんなふうに感じたんですよ」

そのむかつく言い草でじゅうぶん有罪に聞こえる。ただし、ジョッシュはわたしと会ったとき、何かを感じ取れるほどキレのある状態ではなかった。

自分のほんとうの携帯電話にバッテリーをもどしたい。子供たちからメールが来ているか、子供たちが心配しているか、父親について言われたことを信じているかをたしかめたい。ほかにも、警察から何回電話があったかを確認したい。

けれどもわたしはたったひとりで、ケコナの美しい家で身動きがとれず、話す相手もいない。

そこに、電話が鳴る。アンディだ。

電話に出るが、こちらからは何も言わない。アンディがもう話している。

「こんなに殺人がつづいたら、トリスタならまいってしまう。何人殺されたか彼女が知らずにすんで、おれはよかったと思ってるぐらいだ」

トリスタがまだ生きていたら、オーウェンがその女性たちを殺さなかったとわかるだろう。そして、自殺する理由もなかっただろう。このことはだまっておく。

「そう言えば」わたしは言う。「彼女はカントリークラブで事件のことを話してたな」

「でも、おまえがやったんじゃないんだな」

「もちろん、その人たちを殺してなんかいない」ほんとうだ。わたしが殺したのはホリーだけで、ホリーはだれにも見つかっていない。

「もしちがうとわかったら――」

「通報してくれ」わたしは言う。「警察へ突き出せばいい」

「この手でおまえを殺すと言おうとしたんだ」

わたしは大きく息をつく。「いいとも」

「例のタブレットにログインした。どこにいるか教えてくれないか」

「きみのためを思えば、それは――」

「知らないほうがいいってか」とアンディ。「わかったよ」


〈ゴールデン・ワク〉の駐車場ではない、別の駐車場でわたしたちは落ち合う。わたしの変装はベースボールキャップとサングラス、そして二日分の無精ひげだ。ひげはたいして生えていないが、わたしがケコナのSUVに乗っているとはだれも思わないだろう。警備員を避けて、ヒドゥン・オークスの裏ゲートから出る。

暗くなってから会うのは、昼間は外に出たくないからだ。それに、車両とナンバープレートをアンディに見られたくないので、二ブロック離れた場所に車を停め、駐車場まで歩いていく。アンディがトラックの外で、ミリセントのタブレットを手にして立っている。周囲にほかの車はなく、照明もない。ここはつぶれた自動車部品販売店の駐車場だ。

この前会ったときよりアンディの背筋が少し伸びている。気力がある。

「この郡じゃだれもかもがおまえを探してるぞ」アンディが言う。

「ああ、わかってる」

アンディが後ろを向いてタブレットをボンネットに据え、手で支えて立てる。

「しくじったって言うなら、これからは天才だと思わないよ」わたしは言う。

「しくじるもんか。だが、これのどこが役に立つのかわからない」アンディが画面をスワイプし、キーパッドが現れる。「新しい暗証番号。６３７４。はじめに悪い知らせから言う。彼女はおまえがこれを持ち出すとわかっていたにちがいない。クラウドに保存したデータが全部削除されている」

「そりゃあそうだよな」

「心配するな。いい知らせもある。ハードドライブのほうにある程度残っている。それには手をつけられなかったんだな」

アンディが画像をいくつか見せる。子供たちが写っているのがふたつ、オープンハウスが数軒、買い物のメモを撮ったもの。

わたしは首を振る。どれもありふれた画像で使えそうもない。

「ゲームが好きだったんだな」アンディが言う。そして、マッチ３ゲームとクロスワードパズルのアプリを少し開く。

わずかな望みも枯れ葉のように吹き飛んだ。もちろんタブレットには何もない。ミリセントがそこまでうかつなはずがない。

「レシピも少しあったぞ」アンディがそう言って、PDFファイルをいくつか出す。

「スタッフド・マッシュルーム、だよな」

「ほうれん草とひよこ豆のディップってのはうまそうだな」

わたしはため息をつく。「いやなやつ」

「なんだよ、いやなやつはおまえの女房だぞ」アンディが言う。「最後になったが、彼女が検索したことばと見たサイトだ。履歴を消してあったが、おれがほとんど復元した。価値があるかどうか知らないが」

たいして価値はないだろう。レシピがもっと、捻挫した手首と胃のむかつきに関する医療情報サイト、学校のオンラインカレンダー、たくさんの不動産関係のサイト。

「決定的な証拠はないだろうね」

「たぶんな」

わたしは深く息を吐く。「きみのせいじゃない。がんばってくれてありがとう」

「この恩は一生かけて返してもらうからな」

「一生刑務所暮らしをしなければね」

アンディがわたしを抱擁し、古いトラックで走り去る。

わたしはまたひとりになったが、ケコナの家へもどる気になれない。大きな家でも、息が詰まりそうになるときはある。

帰るのをやめてタブレットに向かい、ミリセントが見た不動産関係のサイトに全部目を通す。完璧な人間はいないと自分に言い聞かせる。ミリセントだって同じだ。何かの拍子に、どこかでまちがいを犯したはずだ。

目から血が出そうになったとき、それを見つける。

66

ミリセントが見ていたのは、ほとんどが不動産物件のデータベースだ。彼女は毎日そのサイトを開いて売り上げ記録や不動産譲渡について調べるが、それらはすべて公開情報だ。閲覧ソフトは彼女が調べた住所を記録していた。

そのひとつに、ブラウンフィールド・アベニュー一一二一番地の商業ビルがある。六カ月前、ドナルド・J・ケンドリックなる人物が、そのビルを十六万二千ドルで売却した。

それは築二十年以上の建物で、昔からのテナントがひとつあった。

ジョーズ・デリだ。

ドナルドはそのビルをある有限会社に売り、その会社を別の有限会社が所有し、それをまた三番目の会社が所有した。最終的に、現在そこは、R・J・エンタープライズという有限会社のものになっている。

ロ《R》ーリー。ジ《J》ェンナ。

これがミリセントの賢いところだ。彼女はこれをまちがいとは思わない。わたしたちの子供がまちがいであるはずがない。あえてこうしたのだろう。

六カ月前を思い返し、そのころ彼女が立てつづけに家を三軒売ったことに気づく。彼女の手もとには大金があった。

デニスはミリセントのクライアントなどではなかった。

彼女は賃借人だ。たまたまオーウェンの妹と知り合いだった賃借人。

抜け目のないミリセント。彼女は時間をかけてオーウェンの経歴を調べた——家族、住んでいた場所、かよった学校。調査するうちに、じつはオーウェンが死んでいるとわかり、その後それを証明できる人間を見つける。オーウェンの妹だ。妹に帰国してもらわなくてはならない。

それには旧友ほどうってつけの人材がいるだろうか。要求の厳しい家主を持つ旧友ならとくにいい。その人物がジェニファー・ライリーに連絡し、オーウェンが死んだと発表してくれと頼みこむ。

ミリセントだ。すべてミリセントだ。そして、すべてが過去六カ月間に。

ジェイン・ドウをはじめとする一連の被害者が名乗りをあげたが、それをニュースで知ったときのミリセントの反応が、いまなら理解できる。彼女たちが嘘をついていることを、ミリセントは確信していた。本物のオーウェンはもどってこないと言い張った。本人が死んでいるのをとっくに知っていたからだ。

わたしを破滅させるための飽くなき努力を賞賛したいところだが、気持ち悪さのほうがまさっている。

けれども、まだ証拠を見つけていない。有限会社と商業ビルだけでは、それは投資であって、だれかに殺人の罪を着せる計画とはちがう、と腕の悪い弁護士でも言い立てるだろう。

ヒドゥン・オークスへもどり、ケコナのリモコンで裏のゲートをあけて通る。いったん内側へはいると、自宅の前を通りたい衝動に駆られる。日がのぼっているが、子供たちは眠っているのだろうか。もし眠ることができるのなら。ほかの場所に住んでいたら、家族は記者たちに囲まれるだろう。ここではそれがない。外部の人間ははいれない。

とにかく、車でそばを通るのはやめる。愚かな行動だ。

その代わり、ケコナの家へもどり、巨大なスクリーンのスイッチを入れる。

わたしだ。わたしのことばかりだ。

身元が割れたいま、さまざまな人間がわたしについてカメラの前で話す。以前の客、同僚、知人——わたしが重要参考人であるという事実に沿って、全員が意見を述べる。行方不明の重要参考人。

「いい人ですよ。少し人当たりがよすぎるかもしれないが、だからってテニスのコーチから何を予想します?」

「うちの娘があの人のレッスンを受けてたんですが、いまは娘が生きてるのがとにかくうれしいですよ」

「カントリークラブでよく見かけました。客を獲得したくていつも売りこんでましたね」

「妻もわたしもあの夫婦とは長年のつき合いでしてね。まったく想像もしませんでしたよ。まったく」

「このヒドゥン・オークスでこんなことが? 信じられませんよ。ほんとうに」

「ぞっとしますよ」

いまやジョッシュはほかのリポーターたちからインタビューを受けている。わたしと話をしたことで、本人がニュースの一部と化したからだ。

雇い主は、いままで雇ったなかでわたしが最高のテニス指導者だったが、変質者だったのが非常に残念だと言う。

そして、ミリセント。カメラの前に現れず、報道陣も写真を掲載しないが、妻はコメントを発表する。


この想像を絶する困難な時期においてはプライバシーを尊重してくださるよう、わたしと子供たちからお願いします。警察には全面的に協力していますので、いまのところこれ以上のことばは控えさせていただきます。


ミリセントが書いた、短いやんわりとした主張。弁護士に言われて書いたものであり、その弁護士はおそらく彼女の顧客のひとりだ。わたしの友人だっただれか。いまのわたしにはアンディしかいないが、そのアンディさえ、真実を知ったらわたしを殺すだろう。

ケコナを思い浮かべ、彼女はわたしの友人だろうか、もし彼女がここにいたらわたしを信じるだろうかと考える。少なくとも五年のつき合いがあり、レッスン中に軽口を飛ばし合うほど気の置けない仲だ。レッスンを休んでも金は払うし、パーティーを開くときはかならず呼んでくれる。こういうのは友人だろうか。もうわからない。

わたしはこんなふうにひとりでいることに慣れていない。十五年間ミリセントといっしょで、そのほとんどが子供たちのいる暮らしだった。わたしは家族のことを気にかけ、家族もわたしを気にかけた。ヒドゥン・オークスへもどってはじめの数年が過ぎると、旧友たちが結婚して引っ越し、自分たちの家族を作りはじめた。彼らと疎遠になるのが残念なことには思えなかった。友人がいなくてもじゅうぶんいそがしかった。

いまごろ自分のあやまちに気づく。家族だけにかまけていたわたしは孤立して孤独になり、残っているのはぜったいに真実を知ることがない旧友ひとりだ。

わたしの哀れみパーティーは、パーティーが大きらいに決まっているクレア・ウェリントンによってぶち壊される。彼女は時計をチェックし、グラスの水を少しずつ飲みながら、人の手落ちを待ち構える、そういう女だ。ほんとうはどうか知らないが、とにかくわたしはそう信じている。

クレアのさらなる記者会見が、イブニングニュースにちょうど間に合うように五時に開かれる。きょうの彼女のスーツの色は冴えない灰色で、フランネルに似ているがそうではない。ここフロリダでそんなものを着たら滑稽だろう。髪につやがなく、肌もくすんでいる。クレアは睡眠不足だから激務をやめるべきだ。

「ご存じのとおり、わたしたちは教会の地下室で発見された女性たちの身元を突き止めるべく、チームを組んで取り組んでいます。二十三歳のジェシカ・シャープは、身元が判明したひとり目でした。今回、ほかの二名がだれなのかわかりました」

彼女が深呼吸をし、わたしもそうする。

彼女の両側にイーゼルが置かれている。どちらの写真にも覆いがかかっているが、制服警官が片方の覆いを取る。

思ったとおりだ。ベスだ。

写真のなかのベスは化粧をしておらず、髪をひっつめてポニーテールにしている。そのせいで十二歳ぐらいに見える。

「ベス・ランダル、二十四歳、アラバマ州出身です。彼女は最近、ヒドゥン・オークス・カントリークラブでウェイトレスとして雇われました。少し前にご両親のもとに手紙が届き、ご両親はベスから来たとばかり思っていました。だれが書いたかはともかく、手紙の内容はベスがモンタナへ行って農場で働くことにしたというものでした」

ミリセントだ。どこにいても彼女のユーモア感覚はすぐにわかる。彼女が釣り用のボートより大きらいなのは農場だけだ。

「それと同時に雇い主にも手紙が届き、家族に緊急事態が起こったのでアラバマへ帰って手伝うとありました。どちらも手紙が偽物だと知りませんでした」

クレアがいっとき中断するあいだ、カメラがベスの写真を大きく映す。そして、クレアがもう一方のイーゼルへ目を向ける。あとひとりがペトラにちがいない、とわたしはいまでも考えている。ほかに消えたり旅立ったりした人間を思いつかない。それに長いことペトラの安否確認をしていない。ここから出られるものなら確認しただろう。

警官が写真の覆いを取る。

こんどはまちがっていた。ペトラではない。

クリスタルだ。

うちで働いてくれた女性。

わたしにキスをした女性。

彼女のことはまったく考えたこともなかった。いま思えば気づかなかったのが不思議だが、それにしてもクリスタルとは一年以上会っていない。うちで働くのをやめてから、わたしたちは彼女とまったく連絡を取らなかった。

ミリセントはあのキスのことを知っていたのだろうか。だからクリスタルを殺したのだろうか。それとも、クリスタルは単なる巻き添え、ミリセントのさらに大きな計画の一部にすぎないのだろうか。

それは永遠にわからないかもしれない。ミリセントにいろいろ質問するとしても、それらは質問事項のトップテンにはいらない。

でもたぶん、クリスタルはミリセントに言ったのだろう。拷問されて。

そのことは考えたくない。

記者会見がまだつづき、クレアがひとりの男を紹介するが、オーウェンのドキュメンタリーでその名前を聞いたことがある。かなり有名なプロファイラーで、いまは引退してコンサルタントとして独立し、実際の犯罪をテーマに何冊か本を書いている。この男が――このひょろ長いよぼよぼの男が――演壇へあがり、このような殺人犯ははじめてだと言う。

「犯人はあまり深くは知らない、たとえばそのレジ係の女性などを殺しているうえに、別の人格であるトビアスという名の聴覚障害者を作り出し、その人格を使ってより多くの標的を見つけました。さまざまな方法を用いたために、長期間発覚せずにすんだのかもしれません」

あるいは、そんなのは大嘘かもしれません。でも、だれもそうは言わない。着々と自分の人生が壊されていく。はじめから全部作り物だったみたいに。これはミリセントが並べたドミノ牌の列だ。牌が速く倒れるほど、ドミノ倒しから脱出する見こみが減るのだろう。

それでもわたしはながめる。

ながめるうちに視界がかすみ、頭がぼろぼろと砕けて首の内側へ落ちていく気がするまでながめる。

決定的証拠。必要なのはそれだ。凶器に付着したＤＮＡ証拠とか、ミリセントが被害女性のひとりを殺している映像とか。

わたしにはそれがない。

電話に起こされる。自分の終末をながめているうちに、うたた寝をしていた。ケコナのシアタールームの椅子はすわり心地がよすぎる。

電話を取り、アンディの声がする。

「まだ息をしてるか」

「どうにかね」

「まだつかまってないのが信じられん」

「こう見えても頭はいいからな」テレビに出ているわたしの写真は、ハイスクール時代のダンスパーティーで撮ったものだ。

「というより悪運が強いんだよ」アンディが言う。

なんと言おうが罪は罪だ。アンディがわたしを信じてくれるのは、罪の半分を知らないからだ。

別のプロファイラーがテレビに登場する。ひどく鼻にかかるしゃべり方をするのでチャンネルを変えたくなる。でも変えない。

「拷問のレベルと犯人が犠牲者にいだく怒りのレベルには、直接的な相互関係があります。たとえば、ナオミの火傷は犯人が何らかの理由で彼女に激怒したことを示しています。その怒りの原因が彼女の取った行動か、彼女が犯人に思い出させたものかは知りようがありません。おそらく、犯人がつかまるまでわからないでしょう」

こんどこそチャンネルを変える。すると、幽霊が見える。わたしの幽霊が。

ペトラだ。

67

彼女は生きているばかりか、前と様子がちがう。化粧が薄く、あまり派手ではない。二、三日かけてイメージチェンジしたかのような高級感をただよわせている。青い目が強く一点を見据え、平凡だった髪にはつやがあって髪型も洗練されている。

彼女のアパートメントもベッドも覚えている。ライオネルという名の猫も。ライムグリーンとフレンチバニラアイスクリームが好きで、わたしがピザのハムを好むのが信じがたいようだった。

ほんとうに聞こえないのかと訊いたときのペトラの声の響きも覚えている。いま、その同じ声がテレビから聞こえる。不審そうな声。非難めいた響き。わずかに痛みを含んでいる。

「トビアスとはバーで出会いました」

なぜ何日も経ってから名乗り出たのかとリポーターに訊かれたとき、ペトラがためらい、それからこう答える。

「彼と寝たからです」

「あなたは彼と寝たんですね」

ペトラがうなずき、恥ずかしさに顔を伏せる。セックスをしたことと、わたしを選んだことと、どちらを恥ずかしがっているのかはわからない。たぶん両方だろう。

最初メディアはわたしを、病的にひねくれたサイコパスの殺人鬼として描いた。いまのわたしは、妻を裏切って浮気した、病的にひねくれたサイコパスの殺人鬼だ。

まるでわたしを憎むための理由を、世の中の人間がもうひとつほしがったかのようだ。居場所が知れたら、みんな熊手を持って行列を作るだろう。でも知られていないから、まだここにすわってテレビを見たりジャンクフードを食べたりしていられるが、このままではそのうち見つかるかケコナが帰ってくる。どちらが先かはわからない。

ペトラがたちまち引っ張りだこになる。彼女はいくつかのことで嘘を言い、それ以外のことでは真実を語る。インタビューを繰り返すたびに話が少しずつくわしくなり、わたしの落ちこみも少しずつひどくなる。

まだ何かできると思うときもあり、何か新しいものが見つかる気がして、あのふざけたタブレットを調べる。ミリセントが地下室で撮った動画や、殺害すべき女たちのリストがあるかもしれない。

何か役立つことをしているときのわたしは役立たずだ。自己嫌悪とみじめな思いが塊となってこみあげ、どうして結婚などしたのだろうと考える。そもそもミリセントと出会わなければよかった、まして飛行機で隣の席にすわるなどもってのほかだったと思う。彼女がいなければ、わたしはいまのわたしにならなかったはずだ。

そして、絶望の流砂に呑みこまれていないときはテレビを見つめる。すべて他人の問題であるかのようなふりをする。

子供たちがわたしをどれほど憎むだろう。ドクター・ベージュはわたしのことをなんと言うだろう。ジェンナのすべての症状はわたしが原因だと娘に言うにちがいない。悪いのはミリセントでもオーウェンでもなく、つねにわたしだ。なぜなら、ミリセントのせいであるはずがないからだ。

アンディがまた電話をかけてくる。

「おまえの女房と会ったぞ」

「なんだって?」

「ミリセントだよ。おまえの家の前でミリセントと会った」

「どうして」

「あのな、おれはこっちでおまえを助けようとしてるんだぞ。あの女と同じ部屋にいたいわけじゃない」アンディが言う。「だから彼女に電話した。ミリセントとおれには共通点がけっこうあるからな。どちらも連れ合いを失ったとか」

わたしは死んでいないけれど。「子供たちはそこにいたかい」

「ああ、ふたりとも見かけたよ。元気にしている。少しいらいらしてたかもしれない。ずっと家にいるからな。メディアとかのせいで」

「父親のことを何か言ってたかい」

少し間が空く。「いいや」

いい知らせなのだろうが、それでも心が痛む。

「いいか、何をするにせよ、急いだほうがいいぞ」アンディが言う。「子供たちを連れてしばらくここを離れたい、とミリセントが言っていた」

夫が連続殺人鬼だと知った妻ならそうするのが当然だろう。夫をはめた連続殺人鬼ならそうするのが当然だろう。「行き先は言わなかったんだろうな」

「ああ」

「そこまで考えていなかったよ」

「もうひとつある」アンディが言う。

「なんだい」

「こんなことになる前におまえと話していなかったら、おまえを信じたかどうかわからない。あんなミリセントを見てしまったらな」

「どんなふうだった」

「打ちのめされてるようだった」

気になるのはこの最後のことばだ。わたしが言うことをだれもひと言も信じないだろう。証拠がないかぎり。


何時間か過ぎるが、わたしはケコナの椅子にさらに沈みこむ。テレビの映像がわたしの目に映っては流れていく。リンジー、ナオミ、わたし、ペトラ、ジョッシュ。ジョッシュが話している。いつも話している。あらゆることを繰り返し話す。検死解剖。絞殺。拷問。最後のことばは百万回言ったにちがいない。

百万と一回目でわたしは体を起こす。

立ちあがり、ケコナの家のなかを駆けまわり、自分の服とごみを掻き分け、ようやくそれを見つける。

ミリセントのタブレットを。

彼女は子供たちの病気について知るために医療情報サイトを見ていたが、そのためだけではなかったのかもしれない。わたしは気づかなかったのかもしれない。

もしわたしがだれかを拷問しても殺すつもりはないとしたら、それについて調べるしかない。そして、手はじめに医療情報サイトでいろいろな怪我について見ていくことになる。いちかばちか。当たる確率はきわめて低い。

そんな証拠がタブレットにあると考える自分はばかなのかもしれないが、それでも試してみるのは、もし調べなかったらなんてばかなんだと後悔しそうだからだ……もし、それがはじめからそこにあったとしたら。

タブレットが見つかったのは、ケコナの食堂にある十六人はすわれる大テーブルの上だ。すわってもう一度タブレットを調べるにはうってつけの場所だろう。サイトをひとつひとつチェックし、拷問と絞殺に関するものを探す。熱湯による火傷、油による火傷、内出血、目蓋の切り傷。タバコによる火傷さえ探すが、ミリセントはタバコを吸わないからこれは意味がない。

結局何も見つからない。

ミリセントが調べたのは、手首の捻挫が治るのにかかる日数だ。胃のむかつきについての情報——原因と対処——も検索した。

それだけだった。

拷問については何もなし、役に立つものは何もなし。それくらいわかっていたはずだ。

押しやったタブレットが勢い余って滑っていく。わたしがとっさに心配したのは、ケコナの食堂のテーブルに傷をつけなかったかどうか。まるでそれが一大事みたいだが、とにかくたしかめる。立ちあがり、テーブルを真っ直ぐ見おろして指を木部に走らせるが、そのとき、目がタブレット画面の何かをとらえる。

その画面は胃のむかつきに関するページのままだ。右側に、考えられる原因の項目が並んでいる。青ではなく紫色の項目がひとつあるのは、そのリンクがクリックされたからだ。

目薬。

68

テトラヒドロゾリンは、目の充血に効く点眼薬の有効成分だ。大量に飲みこんだ場合、深刻な症状を引き起こす。血圧が低下し、昏睡状態になることもある。または死にいたることも。

少量を飲んだ場合は、胃のむかつきや嘔吐の原因となる。発熱はしない。

あの目薬はミリセントのものだ。

彼女があれをジェンナに与えている。

まさか。

ありえない。

考えるだけで具合が悪くなる。ジェンナはわたしたちの子供、わたしたちの娘だ。リンジーでもナオミでもない。痛めつけていい相手ではない。

あるいは、そうなのかもしれない。ジェンナでも変わりはないのかもしれない。

ミリセントにとっては。

娘は慢性的な胃の疾患にかかっているのではない。

母親に毒を盛られているのだ。


ミリセントを殺したい。自分の家へ行って妻を殺し、それで終わりにしたい。わたしはそれほど怒っている。

この感じ方は前とちがう。いままでは実際に手を汚してまで〝女を殺したい〟とは、ましてや〝ほかのだれでもない、この女を殺したい〟とは、一度も思ったことがなかった。わたしの欲望はそこまで明瞭でわかりやすいものではなかった。そうなるにはミリセントが必要で、わたしたちふたりが必要で、わたしが望んだのはもっと複雑なものだった。

いまは単純だ。妻に死んでもらいたい。

帽子も変装道具も身に着けず、どんな武器も持たずに玄関のドアへ向かう。怒りと嫌悪の情が募り、計画のあるなしはどうでもいいと思う。自分が底抜けのばかだと気づいたのは、ドアノブに手がふれたときだ。毎度底抜けのばかだ。

ヒドゥン・オークスのなかをだれにも見つからずに横切るのはできるかもしれない。住人のほとんどはわたしが逃亡中だと予想し、この近辺に隠れているとは思わない。そして、自宅まで行き着けば、鍵を持っているのだから家へはいれる。張りこまれていないという想定で。

向こうには妻がいる。いまや怪物だとわかった妻が。

本物のオーウェンそのものだ。

そして子供たちもいる。家にいて、犯人が母親ではなく、父親だと信じている。わたしがその怪物だ。わたしに母親を殺されればあの子たちがどんな反応をするか、いまはそれしか目に浮かばない。

わたしはドアをあけるのをやめる。

それに、計画を立てるだけではだめだ。証拠が要る。テレビによれば、わたしを示す証拠がいたるところにある。

わたしのDNA。いちいち驚いてはいけないが、それでもミリセントには驚嘆させられる。彼女と出会って以来わたしはそう言ってきた。

彼女は〈命の糧キリスト教会〉にわたしのDNAをばらまいた。わたしの汗が正面扉の取っ手や地下室へ通じるドアの錠から、さらに階段の手すりからも検出されている。わたしの汗入りの小瓶を持ってあちこちに塗りつけたのだろう。

わたしの血液の染みが壁沿いの棚から発見されている。

手錠からはもっと多くの汗。

鎖と土についた血。

大部分きれいにしたがところどころ見落としがあったかのように装っている。クレアが正午に記者会見を開き、これをすべて公表する。わたしは重要参考人から容疑者へと正式に昇格する。唯一の容疑者へ。

クレアがわたしのことを「武装している可能性があり、まちがいなく危険」とまで言う。

専門家とリポーターと元友人がわたしを磔《はりつけ》にするのを何時間も見たあと、ようやくこの家を出る。車でヒドゥン・オークスから外の世界へ、だれに気づかれるかわからない世界へと出ていく。街中を突っ切り、以前よくコーヒーを買ったEZ‐Goを通過する。そこへは寄らずに、州間高速道路を十五、六キロ行った先の、同じ自動販売機を置いてある別のEZ‐Goへ向かう。ベースボールキャップをかぶり、顔にほぼ一週間分のひげを生やした姿で店内へはいり、コーヒーを買う。

カウンター奥の若い男は携帯電話からろくに顔もあげない。拍子抜けするほどだ。同時に、少しふてぶてしい気持ちになる。世の中の全員がわたしを探しているわけではない。だれかに気づかれる前にレストランで食事をし、ショッピングモールで買い物をし、映画を見てもいいのではないか。ただ、そのうちのどれもしたいとは思わない。

ヒドゥン・オークスへもどると、なんとなくわが家のそばを車で通る。芝生の遊具が片づけられ、ドアのウェルカムボードがなくなっている。ブラインドがおろされ、カーテンが閉まっている。

ミリセントはもうひとつ目薬を買っただろうか。それとも古いのを探しただろうか。それに、毒を盛られたのはジェンナだけだろうか。

わたしも何度か具合が悪くなったことがある。ミリセントが自分の娘を病気にさせられるなら、だれに対してもそれをできるはずだ。

それでも、わたしは家へはいらない。まだだめだ。ケコナの家へもどる。警察は待ち構えておらず、尾行もされなかった。家のなかはどこも変わっていないようだ。

テレビをつけずに休もうとは思うが、そうもしていられない。

ほぼ全員がＤＮＡのことを話していて、ジョッシュだけが例外だ。彼はふたたびリポーターへもどり、犯罪関係の病理学者にインタビューしている。この学者はあまり気に障らない声で話すが、大学教授のように少し退屈だ。少なくともナオミのペーパーカットのくだりがはじまるまでは。

「ペーパーカットの場所は何が使われたかを特定するうえで重要です。切り傷の形状から〝ペーパー〟と言われますが、ペーパーにもさまざまなタイプがあります。たとえばナオミの場合、足の裏のように皮膚が厚い部分ではペーパーカットが浅く、上腕内側のようなやわらかい部分では傷が深い。これは同じ道具が使われたことを意味しますが、ふつうの紙では無理だったでしょう。かかとの皮膚でも切れるようなものだったはずです。」

それを聞いて、電気ショックを受けたみたいにソファから跳びだす。そして、ある意味ショックを受けている。ミリセントがその傷をつけるのに使ったものをわたしは知っている。

69

ミリセントが偶然何かをすることなどまずない。何をするにも、たとえ自分が楽しむときでも、彼女には理由がある。

これもそうだ。

はじまりはずっと昔、飛行機のなかで言い寄ってくるおばかさんからどうやって守ってくれるの、とミリセントに訊かれたときだ。

〝無理やり真ん中の席にすわらせて肘掛けをひとり占めし、緊急情報カードの紙で切りつける〟

緊急情報カード。ふたりではじめて過ごしたクリスマスにわたしがプレゼントしたカード。ミリセントはずっとそれを持っている。

彼女の古いアパートメントで、それはバスルームの鏡にテープで貼られていた。いっしょに暮らした最初の家は小さい貸家で、そのカードは動く目玉がついたマグネットで冷蔵庫にくっつけられていた。

最初の家を買ったとき、彼女はそれを姿見の枠にはめた。

ところが、もっと大きくてもっと高額な家に移ってからは、子供たちが緊急情報カードのジョークのよさを理解しない。子供たちはそのジョークをつまらないと思う。ミリセントはそのカードを持ち歩き、自分の車のサンバイザーの内側へ挟む。日差しがまぶしくてサンバイザーをおろすとき、カードが見えるので彼女は笑う。

ミリセントがペーパーカットに使ったのはそのカードだ。ぜったいまちがいない。

ヒドゥン・オークスは隠れやすい場所ではない。目新しい車、急に現れて駐車してある車はとくに人目につく。ジョギングやウォーキングをしていれば目立たない。住民はしじゅう運動プログラムをはじめてはやめ、毎日十人ぐらいは外で見かけたり見かけなかったりする。ミリセントのように必ず外で運動するのは二、三人だが、ほとんどはつづかない。

例の同じベースボールキャップをかぶり、さらにひげを生やし、だぶだぶのスウェットパンツと大きなTシャツという格好で——特大サイズの服をあり余るほど持っているケコナのおかげだ——わたしは裏口から出て垣根を跳び越え、道でジョギングをする。

わたしが姿を隠してからまだ一週間、どこへ出かけても報道陣がいる。ミリセントと子供たちがふつうの生活を送るのは、いまのところ不可能だろう。彼女は仕事へ行けず、子供たちは学校へ行けないが、それでもわたしはミリセントがほんとうに家を出ていないかをたしかめたい。もし彼女がガレージから車を出して、わたしにも行ける場所に駐車すれば、あの緊急情報カードをずっと手に入れやすくなる。

そう考えたものの、見こみはほとんどない。ミリセントがあのカードを徹底的にきれいにしたかもしれず、そうなればDNAはまったくなし——ミリセントのも、ほかの女性たちのも。あるいは、取り出して捨てたり燃やしたりしたかもしれない。

　わたしの目的のために、そうでないことを願う。

　ミリセントがすることも、してきたことも、わたしは全部知っているわけではないが、彼女の内面は知っている。わたしたちのことを思い出すために、彼女はあのカードを持ちつづける。また、あの女性たちにしたことを心に刻むために。ミリセントはそれを楽しむ。いまならそれがわかる。

　あのカードを警察に渡したら、わたしは信じてもらえるだろうか。ひとりまたは複数の死んだ女性のDNAとミリセントのDNAがそこに付着しているけれども、わたしのはないとしたら。たぶんだめだろう。

　ミリセントが三つの有限会社を通してビルを購入したことも、デニスとオーウェンの妹のことも警察に話し、あの女性たちが失踪したときの自分のスケジュール表を見せたら、信じてもらえるだろうか。わたしはいつだって家にいた。といっても、当日の夜について子供たちがなんと言うかはまったくわからない。

　だめだ、警察は信じないだろう。ミリセントの仕事ぶりは言うまでもないが、地下室からわたしのDNAが検出され、複数の人間がわたしをトビアスと認めているのだから、わたしが潔白だとは一秒も信じないはずだ。しかし、ミリセントとわたしが共謀してあの女性たちを殺したというのであれば、信じてもらえるかもしれず、それなら子供たちは安全でいられる。

それを狙うしかない。自分が助かるためではなく、彼女をいるべき場所に――監獄か地獄に――行かせるために。子供たちから遠く離れていればどちらでもいい。

自宅と平行のブロックに沿って走り、ミリセントの車がないかと家々に挟まれた小道から様子をうかがう。二度目は、彼女が学校へ行くときに使う通りを走る。

やはり彼女の車をまったく見かけない。

一日中何度も偵察するが、彼女はまったく出てこない。でも、断定はできない。発信機を彼女の車につけたままだったらずっと簡単なのに。それでも、やるしかないのでがんばる。ジョギングとウォーキングがわたしのあらたな趣味になってきた。シェルターのあの犬を飼えなくなったのが残念だ。犬がいたら、いまなら重宝するだろう。

アンディに電話する。わたしからの連絡に驚いているようだ。わたしが生きているからかもしれない。

「ちょっと訊きたいことがある」わたしは言う。

「なんだ」

ミリセントが少しでも家を離れることはあるのか、とわたしは尋ねる。「仕事にも行ってないようだしね」

アンディが少し迷ってから答える。「ないと思う。近所の人間が毎日食べ物を持っていってる。いろいろあったからな。メディアを避けて身を潜めてるんだろう」

「やっぱりそうか」

「なんだよ」

「気にしないでくれ。ありがとう。いくら感謝してもし足りないぐらいだ」

アンディが咳ばらいをする。

「どうした」わたしは言う。

「悪いが、もう電話をかけないでほしい」わたしの返事がないので、アンディがつづける。

「あのDNAのせいだ。予想以上の大問題になって――」

「わかってる。気にしないでくれ」

「ほんとうはおまえを信じてる」アンディが言う。「ただ、これ以上は――」

「そうだね。もう連絡しないよ」

アンディが電話を切る。

これほど長く味方でいてくれたことには驚くしかない。わたしは彼の友情に値しない男だ。トリスタが亡くなったあとでは。

日が暮れはじめたので、侵入を試みる前に、最後にもう一度自宅の前を通ることにする。ガレージへはいってミリセントの車まで行けばいいだけだが、彼女が眠ったあとでなくてはならない。

鍵なら持っている。

十五分後、平行なブロックに沿って通り、ふだんとちがうものを探す。たとえば覆面パトカー。なにしろ警察は、わたしがこれからしようとすることをほんとうにするのを待っている。何もなし。妙な車も、作業用トラックも。このあたりで見慣れないものは何もない。ジョギングばかりしているひげ面のわたし以外は。驚いたことに、まだだれもわたしを呼び止めていない。

いつもとちがう道からケコナの家へ向かう。遠まわりだが、近道のほうはさっき通った。家の前の車まわしに差しかかったところで、ぴたりと足を止める。

玄関前にタウンカーが停まっている。

運転手がトランクからスーツケースを出す。

彼女の声が聞こえる。ケコナが帰ってきた。

70

ケコナが知る。警察もすべて知る。

ケコナは自分の家にだれかがいたことに数秒で気づくだろう。それがわたしであることを、警察はつぎの数秒で知るだろう。わたしの車がガレージにある。わたしの指紋がいたるところにある。わたしのDNAも同様で、そのうえミリセントのタブレットがキッチンテーブルに載っている。

ああっ、わたしの財布が。ジョギングなので持ち歩かなかった。それもキッチンテーブルの上だ。

来た道を引き返し、ヒドゥン・オークスで一番安価な家が並ぶ一帯へと走る。児童遊園から離れたあたりに小さな緑地があるので、そこの木立の近くで立ち止まり、ストレッチをしているふりをする。

どこにも行くところがない。アンディには電話をかけられず、かける電話もない。金もなく、友もなく、希望もほとんどない。けれども、鍵ならある。それだけがポケットにある。

いずれにしても今夜は特別な夜、ガレージへはいって緊急情報カードを手に入れる夜だ。この点は何も変わらない。変わったのは、ミリセントが眠るまで隠れ場所が必要になったこと。

まず思いついたのはカントリークラブだ。あそこなら小さな部屋やクローゼットがたくさんあり、夜遅くまでいられる。問題は出はいりするときだ。防犯カメラが多すぎる。

ゴルフコースは夜は無人だが、道から見通せる開けた場所ばかりだ。

鍵のかかっていない車を見つけるのは、ヒドゥン・オークスでは無理だろう。ここではだれもが最新式の高級車を持っていて、コンピューターがドアの施錠も含めてなんでもしてくれる。

車の下に隠れようかと一瞬考える。だれかが乗ってきて発進させたら困る。

遠くでサイレンが鳴っている。こちらへ向かってくるが、ここではない。ケコナの家のほうだ。

選ぶ場所がだんだん減っていくが、動きだすしかない。この小さな緑地に永遠にとどまるわけにはいかない。自分で自分を埋葬しないかぎり。

しまいにわが家の裏庭に隠れようかとまで考える。結局そうする。

上からだと、すべてがちがって見える。隣近所、車、空。わが家。わが家のキッチン。明かりがついたキッチン。

ミリセント。

木登りをしようと言い出したのは彼女のほうだった。また木登りをするとは思わなかったが、いまはこうして、裏庭の端の樫の大木に隠れている。家からじゅうぶん離れているので、のぼるときの葉擦れの音はだれにも聞こえなかった。

ミリセントがキッチンを掃除している。遠すぎて細かいところがよく見えず、赤い髪と黒い服しかわからない。最近はいつも、とくに警察が立ち寄るときは、黒い服を着ているにちがいない。あの女性たちを悼《いた》み、夫の罪と家族の崩壊を嘆いて。

感心すると同時に吐き気も覚える。

ローリーがキッチンにはいってきて真っ直ぐ冷蔵庫へ向かう。右腕を動かさないのは、スリングでまだ固定しているからだろう。何かを取り出し、二、三分とどまってミリセントと話している。

ジェンナが全然キッチンへ来ないが、だいじょうぶだと信じるしかない。具合が悪いわけではないだろう。きょうミリセントが娘に毒を盛る理由はない。

脚がつりはじめたので少し姿勢を変えるが、どこにも行きようがない。キッチンが暗くなるが、寝室の明かりがつく。眠るにはまだ早すぎる。

近所では、人々がくつろぐとともに家々が静まりかえる。車はめったに通らない。火曜日の夜だから、遠出をする者もいない。木の幹に頭を預けて待つ。

十時には全員ベッドにはいっているはずだ。十一時、木からおりようかと思うが、それでもあと三十分我慢する。半時間後、地上におりて庭のへりを塀沿いに歩き、家へたどり着く。ガレージのサイドドアへ向かいながら、上を見る。

ローリーの部屋の明かりが漏れているが、窓は閉まっている。

ガレージのサイドドアを使うことはめったにない。そこは裏庭の門の前なので、少し人目につきやすい。鍵を錠に差してかちりとあける。意外と大きな音なので、わたしは一瞬凍りつき、それから中へはいる。

ガレージのドアのそばに立ち、明かりをつけなくてもいいように、暗闇に目が慣れるのを待つ。

ミリセントの車の輪郭が見えてくる。豪華なクロスオーバー車がガレージの中央に停めてある。もうわたしのためにスペースを空ける必要はない。運転席側へまわると、ありがたいことに窓があいている。わざわざドアをあけなくてもいい。手を伸ばしてサンバイザーをおろす。何かが座席に落ちる。

手で探るが、緊急情報カードもそれらしきものも見つからない。車のドアをあける。とたんに照明がつき、ベージュの革張りの座席に転がっているものが見える。

青いガラスのピアスだ。

ペトラ。

知っていた。わたしがふたりの女性と寝たことを、ミリセントは知っていた。

ローリーはジェンナになど言わなかった。母親に教えた。

膝が崩れる。負けたとかじゃない。終わった。ほんとうに終わった。しまいにコンクリートの床にくずおれ、胎児のように丸くなる。起きあがろうとは思わず、まして逃げようとも思わない。このままだれかに見つかるのを待つほうが楽だ。目を閉じる。床は冷たく、寒気がするほどで、埃とオイルと少し排気ガスが混じったにおいがする。居心地は悪いし、楽しくもない。それでも動かない。

一時間過ぎたか、それとも二時間か。わからない。たった五分かもしれない。わたしが起きあがるのは子供たちがいるからだ。

そして、ミリセントが子供たちにやりかねないことがあるからだ。

71

家は真っ暗闇ではない。街灯と月の光が窓から漏れてくるので、なんとかつまずかない程度には見える。よけいな音を立てない程度には。どうせもうじき逮捕されるが、いまはまだまずい。

階段の下で立ち止まって耳を澄ます。だれも起きていないようだ。階段をあがる。五段目で少しきしむ。そういえば前からこうだったか、それとも、気にしていなかっただけか。

そのまま進む。

左にジェンナの部屋があり、つづいてローリーの部屋、廊下の一番奥が主寝室だ。最初に娘の部屋へ行く。

ジェンナが窓のほうを向いて寝ていて、規則正しい寝息を立てている。おだやかに。白い大きな上掛けにふんわりとくるまれ、まるで雲のなかにいるみたいだ。娘にふれたいが、やめたほうがいいのはわかっている。この目で見て、すべてを記憶にとどめる。一生刑務所に閉じこめられるなら、愛しい娘のこんな姿を覚えておきたいものだ。安全で。ゆったりとして。すこやかだ。

数分後、部屋を出てドアを閉める。

ローリーがベッドで手足を四方八方広げて寝ている。とりあえず、ほぼ四方八方だ。スリングつきの腕だけは広げていない。口をあけて眠っているがいびきはなく、それが一番不思議だ。ジェンナにしたように息子をしっかりと見て、全部心に刻む。愛しい息子が父親よりもましな男になるようにと願う。ミリセントのような女にはぜったい出会わないようにと願う。

母親にすべて打ち明けた息子を責めることはできない。悪いのはわたしだ。ペトラのことも、ピアスを持ち帰ったことも。何もかも。

ローリーの部屋を出て、音を立てずにドアを閉めてから、また廊下を歩いていく。ミリセントがベッドカバーの下で丸くなり、赤い髪が白い枕に広がっている場面を思い描く。深い眠りに落ちたときのゆっくりした呼吸が聞こえるようだ。そして、目覚めたら自分の首にわたしの両手がかかっているときの、驚愕の眼差しが目に浮かぶ。

なぜなら、これから妻を殺すのだから。

わたしがほかの女と寝たと知ったとき、ミリセントは自分の限界点を悟った。

今夜は、わたしが自分の限界点を悟った。

寝室のドアまで行き、体を寄せて耳を傾ける。物音がしない。ドアをあけたとき、最初に目にはいったのはベッドだ。

空っぽだ。

とっさの勘でドアの裏を確認する。たぶん、ミリセントに後ろから刺される予感があったからだ。

そこにはいない。

「そろそろいいんじゃない」

彼女の声が部屋の反対側から聞こえる。人影が、彼女の輪郭が見える。ミリセントが窓の横の暗がりにすわっている。わたしを見ている。

「来るのはわかってたわ」ミリセントが言う。

わたしは前へと踏み出す。近づきすぎない程度に。「へえ、そうなのか」

「当たり前でしょ。それがあなたのすることだもの」

「家に帰ることが?」

「ほかに行くところがないものね」

その真実が平手打ちのように響く。最悪なのは、彼女が微笑んでいるのが声でわかることだ。暗くて表情が見えないが、やがて彼女が明かりをつけて立ちあがる。ミリセントは丈の長い木綿のネグリジェを着ている。白いネグリジェで裾のあたりが波打ってる。彼女が起きている場合の対応は考えていなかった。武器さえ持ってこなかった。

しかし、彼女は用意していた。

握った銃を体の横に添わせ、銃口を床へ向けている。わたしへ向けてはいない。隠してもいない。

「それがきみの計画か」わたしは銃を指さす。「正当防衛で殺すつもりだな」

「そのためにここへ来たんじゃないの？　わたしを殺すために」

わたしは両手をあげる。何も持っていない。「まさか」

「嘘よ」

「嘘？　話し合いたいだけかもしれないよ」

ミリセントが含み笑いを漏らす。「あなたがそこまで間抜けのはずがない。もしそうだったら結婚してないでしょうね」

あいだにベッドがある。キングサイズだが、彼女が銃を構えて撃つ前にベッドを跳び越えられるかどうか考える。

たぶんだめだ。

「あの緊急情報カードを見つけられなかったんでしょ」彼女が言う。

わたしは何も言わない。

「ローリーがあの安っぽいピアスを渡してくれたのよ」とミリセント。「あの子は父親が浮気をしていると思ったんでしょうけど、あとになって、あなたが出歩いてたのは女を殺すためだとわかった。もちろん、はじめのほうが正しいなんて教えなかったわよ」

わたしはかぶりを振りながらも、なんとか理解しようとつとめる。「どうして——」

「あの女を生かしておいたのは、あなたの女癖の悪さを世間に知らせるためよ」

ペトラ。

ペトラがまだ生きているのは、わたしとセックスをしたからだ。そして、本人がそれを知ることはけっしてないだろう。

「あなたにはわかってるの？」ミリセントが言う。「わたしたちの息子にどれだけ多くのセラピーが必要になるか」

わたしには彼女がしてきたことのすさまじさが理解できない。想像を絶するほどの根気。懲らしめ。「どうしてほっといてくれないんだ」わたしは言う。「なぜここまでする」

「なんのこと？　結婚して家庭を作り、子供たちの世話をし、全部うまくいくようにすること？　家計簿をつけて夕食を作ること？　それとも、オーウェンのことを言ってるの？　だって、はじめからオーウェンを復活させる計画だったじゃない。わたしたちのために」

彼女が一歩ベッドへ近づくが、まわりこみはしない。

「ちがう――」

「それに、あなたはとても乗り気だった。わたしはほとんど手をくださなくてすんだわ。ホリーを殺したのはわたしじゃなく、あなたよ」

「ホリーはきみを脅した。家族を脅したんだ」

ミリセントが顔をのけぞらせて笑う。わたしを。

わたしはその顔を凝視しながら、ホリーについてミリセントから聞いた話を全部思い返す。怪我、事故、脅し。手の親指と人差し指のあいだの切り傷。まちがっていたパズルを直すように、頭のなかでピースが置き換えられる。

全部ミリセントが自分でしたことだった。ホリーはひたすら悪者にされた。

「そんなばかな」わたしは言う。「ホリーは何もしなかったのか」

「姉はただの気の弱い泣き虫だったから、わたしに何をされてもしかたがなかったのよ」

「彼女が車をぶつけたのは、きみにいじめられていたからだな」わたしは言う。「きみをいじめていたのではなく」

ミリセントがにっこりと笑う。

すべてが一気にわかる。目まいがするほどの衝撃だ。わたしをはめたのと同じように、そうだ。


ミリセントは自分の姉をはめた。

ミリセントはつねに人を痛めつけてきた。自分の姉。リンジー。ナオミ。ジェンナ。彼女は単にわたしに邪魔をさせないためにジェンナに毒を盛ったのではなさそうだ。

それに、わたし。何度か体調が悪くなったのは、彼女が一服盛ったからかもしれない。なぜなら、ミリセントは人を痛めつけるのが好きだからだ。

「怪物め」わたしは言う。

「面白いわね。警察はあなたのことをそう言ってるのよ」

わたしはその勝ち誇った顔を見て、彼女がいかに醜いかをはじめて知った。いままで美しいと思っていたことが信じられない。

「目薬を見つけたぞ」わたしは言う。「パントリーにあった」

ミリセントの目が光る。

「わたしたちの娘に毒を盛っていたんだな」

これには意表を突かれたらしい。わたしが突き止めるとは思っていなかったのだろう。

「あなたってほんとうに頭がおかしいのね」彼女が言う。自信がわずかに揺らいでいる。

「これはまちがいない。きみはジェンナをいままでずっと病気にしていたんだ」

ミリセントが首を横に振る。わたしの視界の隅で何かが動く。ドアへ目を向ける。

ジェンナだ。

72

ジェンナがオレンジ色と白のパジャマを着て、ドアのところに立っている。髪が寝癖でひどく乱れ、目が大きく見開かれている。気づいている。ジェンナが母親を見つめている。

「わたしを病気にしたの？」ジェンナが尋ねる。その声がとてもか細く、まるで幼児のようにたどたどしく聞こえる。深く傷ついた幼児。

「ちがうに決まってるでしょ」ミリセントが言う。「だれかが毒を盛ったとしたら、それはお父さんよ」

ジェンナがわたしのほうを向く。目に涙をためている。

「パパなの？」

「ちがうよ、ジェンナ。パパじゃない」

「嘘よ」ミリセントが言う。「お父さんがあなたに毒を盛って、お父さんがあの女の人たちを殺したのよ」

わたしはあっけに取られてミリセントを見つめ、自分が何者と結婚したのかわからなくなる。妻がわたしを見つめ返す。わたしは娘を見て言う。「お母さんは目薬を食べ物に入れておまえを病気にした」

「正気の沙汰じゃないわね」ミリセントが言う。

「考えてごらん」わたしはジェンナに言う。「体の具合が悪いとき、だれがおまえの食べ物を作ったか。そもそもお父さんがしょっちゅう料理をするだろうか」

ジェンナがじっとわたしを見て、その視線を母親へと移す。「ジェンナ、耳を貸してはだめ」ミリセントが言う。

「どうしたんだよ」

あらたな声に三人ともぎくりとする。

ローリーだ。

ローリーがジェンナのすぐ後ろに来る。かすんだ目をこすりながら、わたしから母親、妹へと視線を走らせ、わけがわからないという顔をしている。この一週間というもの、子供たちは自分たちの世界が崩れ去るのを目の当たりにしてきた。父親が連続殺人犯のそしりを受け、母親がそのとおりだと言ったはずだ。子供たちが信じてくれるかどうかはわからない。

「父さん」ローリーが声をかける。「どうしてここに？」

「警察が言ってるようなことは、父さんはしてないんだ。信じてくれ」

「嘘はやめて」ミリセントが言う。

ジェンナが兄を見て言う。「パパは、ママがわたしを病気にしたって言うの」

「そのとおりだ」わたしは言う。

「嘘よ」とミリセント。「お父さんの言うことは全部嘘」

ローリーが母親を見て言う。「警察に電話した？」ミリセントが首を横に振る。「それどころじゃなかった。いきなり寝室へはいってこられたから」

「それなのに、その銃をちょうど握っていたのか」わたしは言う。

ミリセントが体の脇に持っている銃に気づき、ローリーの目が丸くなる。銃はおろされたままだ。

「母さんは父さんが現れるのを待っていたんだよ」わたしは言う。「殺してから、自分が攻撃されたと主張できるように」

「だまりなさい」ミリセントが言う。

「ママ」とジェンナ。「ほんとうなの？」

「お父さんはわたしを殺すために来たのよ」

わたしは首を横に振る。「そうじゃない。ここに来たのは、おまえたちふたりを母親から遠ざけるためだ」子供たちには知らせるしかなく、さらに踏みこんで言う。「母さんは父さんをはめたんだ。父さんはあの女の人たちを殺さなかった」

「ちょっと待った」ローリーが言う。「わからないんだけど――」

「どうなってるの」ジェンナが叫ぶ。

「もうたくさん」ミリセントが言う。低くけわしい声だ。そう言われたときいつもするように、全員だまる。みんなの息が聞こえるほどしんとする。

「あなたたち子供は」ミリセントが言う。「ここから出なさい。下へ行くのよ」

「どうするの」ジェンナが訊く。

「行きなさい」

「父さんは武器を持ってないよ」ローリーが言う。

あらためてわたしは何も持っていない両手をあげる。「携帯電話すら持っていない」

ローリーとジェンナが母親のほうを見る。

ミリセントがわたしをにらみつけながら、子供たちをよけてまわりこみ、片腕をあげる。

銃口をわたしへ向ける。

「ママ！」ジェンナが大声を出す。

「待って」ローリーが前へ飛び出し、銃とわたしのあいだに立つ。スリングを振り捨て、両腕を広げる。

ミリセントが手をおろさない。もう片方の手もあげ、両手で銃を構える。銃は息子へ向けられている。

「どきなさい」ミリセントが言う。

ローリーが首を横に振る。

「ローリー、どかないとだめだ」わたしが言う。

「いやだ。銃をおろしてよ」

ミリセントが一歩前へ踏み出す。「ローリー」

「いやだ」

ミリセントの目に怒りがみなぎり、それが顔にも表れる。顔が異様な赤い色に変わっていく。

「ローリー」とミリセント。「どいて」

それはうなり声だ。ジェンナがびくりと動くのが見える。

ローリーはどかない。わたしはローリーの腕をつかもうと手を伸ばし、その場所から引き寄せる。と同時に、ミリセントが銃の向きを変えて発砲する。銃弾がベッドにめりこむ。

ジェンナが悲鳴をあげる。

ローリーが凍りつく。

ミリセントが一歩ローリーへ近づく。

抑えが効かなくなっている。彼女の真っ暗な目を見ればわかる。必要とあらば、彼女はローリーを撃つ。

全員を撃つ。

わたしは前へ飛び出し、ローリーを倒して覆いかぶさる。床にぶつかるちょうどそのとき、オレンジ色と白の水玉模様が視界をかすめる。そして、金属が放つ光も。

ジェンナだ。自分のベッドの下からナイフを持ち出している。手にしているのを見るのははじめてだ。

ジェンナがミリセントへ突き進み、ナイフをかかげて激しくぶつかる。ふたりとも後ろのベッドへ倒れこむ。

二度目の発砲。

悲鳴がもう一度。

わたしは跳び起きる。ローリーはすぐ後ろだ。息子がミリセントの手から落ちた銃をつかむ。わたしはジェンナをつかんで引き寄せる。ナイフもついてくる。ナイフがミリセントの体から抜ける。

血だ。

おびただしい血だ。

いまやミリセントは床に転がり落ち、手で腹部をきつく押さえている。これはミリセントの血だ。

後ろでジェンナが金切り声をあげているので、怪我を調べようと振り返る。ローリーがわたしに向かって首を振り、壁を指さす。二発目の銃弾がはいったのはそこで、娘の体のなかではない。

「ジェンナを連れていってくれ」わたしは言う。

ローリーがジェンナを部屋から引っ張り出す。ジェンナは半狂乱で、廊下を去っていくあいだじゅう叫び声をあげ、途中で血まみれのナイフを落とす。

わたしはミリセントに向き直る。

彼女が床に横たわり、わたしを見あげている。白いネグリジェが目の前で赤く染まっていく。わたしの妻とそっくりだが、その一方で、まったく似ていない。

彼女が口をあけて何か言おうとする。血が出てくる。わたしを見るミリセントの目は猛々しい。もう長くはない。あと数分、あと数秒、彼女にはわかっている。そして、まだ何か言おうとしている。

わたしはナイフをつかみ、彼女の胸に強く押しこむ。

ミリセントは最期のことばを言えずに終わる。

エピローグ

三年後

壁に貼ってあるのは世界地図、オーストラリアから南北アメリカ、北極から南極まで、全部を網羅した地図だ。ダーツを使わなかったのは、わたしたちは全員、とがった金属が大の苦手だからだ。そこで、目隠しでロバにしっぽをつけて遊ぶ、だいぶ昔のドンキーゲームを引っ張り出し、リボンのしっぽに新しい接着剤をつけた。わたしたちはひとりずつ目隠しをして、順番にゲームをした。はじめにジェンナ、つぎにローリー。最後はわたしだ。

はじめの三つのうち、ふたつのしっぽがヨーロッパにくっついたとき、わたしはほっと安堵の息を吐いた。北極圏にも南極大陸にもあまり気乗りがしなかったからだ。

こんどはヨーロッパの地図を壁にとめ、またゲームを同じ手順で繰り返し、ようやく新しく住む場所を見つけた。スコットランドのアバディーン。

わたしたちはそうやって選んだ。

それが二年半前、ついにわたしの嫌疑が晴れた直後のことだ。こうなるとは思っていなかった。それどころか、わたしがミリセントを殺したことにされると思っていた。ジェンナが母親を刺したことはだれにもわからなかった。わたしがナイフを拭いて、自分の指紋だけを残しておいたからだ。わたしは自白もした。本物の殺人犯だった妻を正当防衛で殺した、と警察に言った。信じてもらえるとはまったく思わなかった。

わたしが犯人のはずがないとアンディが言わなかったら、人々は信じなかっただろう。タブレット端末を操ることさえできない男が、警察の目を逃れてこれほど多くの女性を殺せたはずがない、というのが彼の言い分だった。

その後ケコナも現れて、わたしは嘘が下手すぎて連続殺人鬼の器ではないと言った。とはいえ、テニスコーチとしての腕前は相当なものだ、とも。

そして、子供たち。ジェンナはわたしたちの話を立ち聞きしたとき、母親がわたしをはめたことを認めていた、と警察に話した。ローリーは、母親が自分を撃とうとしたのだから、あれは正当防衛だと主張した。ふたりとも、ほんとうに起こったことを警察には言わなかった。細かいことはどうでもいい。

わたしとしては、自分の味方をする人々を警察が信用してくれた、と思いたい。警察はわたしが人殺しのはずがないとわかっていた、と。でも、それはDNAのおかげだった。教会の地下で発見されたすべての証拠物件は、クアンティコにあるFBIの研究所で綿密に検査された。その結果、すでにわかっていることが追認された。DNAはわたしのものだった。

サンプルの種類はふたつ、汗と血液だ。それがわたしを救った。というよりも、ミリセントの知識不足がわたしを救った。FBIの検査により、血液と汗のサンプルすべてにおいて、化学分解の量がまったく同じだと判明した。ミリセントはわたしの体液をいちどきに集め、それを同時に撒いたらしい。報告書によれば、わたしはあの地下室に一度しか行かなかったことになる。DNAが同じ日に残されているからだ。あの女性たちを別々の時期に殺したのなら、ありえない話だ。

自分の失敗をミリセントがまったく知らなかったのは残念だ。

潔白が証明されるやいなや、わたしたちは家を売ってヒドゥン・オークスを離れた。まずわたしが慣れるしかなかったのは寒さだ。そして雪。

雪がふる土地に住んだことはいままで一度もなかったのに、いまはまわりじゅうが雪だ。はじめのうち、雪は軽くふんわりとして、手作りの綿菓子みたいだ。街が雪に覆われると、すべてが静まりかえる。まるでアバディーンが雲のなかに浮いているかに見える。

つぎの日、雪は解けて汚れ、街全体がすすに覆われたようになる。

もうすぐ三度目の冬が来るが、わたしは少し慣れてきた。ローリーはちがう。昨夜彼はジョージアの大学のウェブサイトをわたしに見せた。

「遠すぎるな」わたしは言った。

「スコットランドにいるんだからね。なんだって遠いさ」

たしかにそうだ。そしてそれこそが肝心、過去の人生から遠く離れていることこそ肝心だ。わたしたちは無事に暮らしている。幸運のまじないなどせずにそう言い切れる。

ジェンナには新しいセラピストをつけ、薬も少し処方してもらっている。ミリセントにされていたことを思えば、彼女は驚くほどの回復を見せている。ローリーにはローリーのセラピストがいて、それはわたしも同じだ。ときどきグループセッションをすることもあるが、まだ互いに傷つけあったことはない。

子供たちには、彼女が恋しいとは言わない。ただ、恋しくなるときもある。わたしが恋しいのは、彼女が築いた家庭、その骨組み、わたしたちに規律を守らせたやり方だ。けれども、つねに恋しいわけではない。いまは、ルールはあまり多くないが、それでも少しはある。ルールを作るか作らないか、守るか守らないかはわたししだいだ。正しいかまちがっているかを教える者はそばにいない。

きょうはアバディーンよりも大きな都市、エディンバラにいる。税理士に会うためだ。国外へ移住するといろいろ厄介だ。どこに預金してあるかによって複数の場所で税金を支払わなくてはならない。ヒドゥン・オークスの家がかなり高額で売れたので、いまのところはずいぶん余裕がある。テニスのコーチもしている。スコットランドではテニスはとても人気のあるスポーツだが、屋内のコートでプレイする期間が長い。

税理士との用事を終えたものの、アバディーン行きのつぎの列車まで少し時間がある。駅に近いパブに寄り、樽出しのエールビールをくれとバーテンダーに合図する。家で飲むどのビールともちがう黒っぽい濃厚な液体を、バーテンダーがマグに満たす。

隣に濃い色の髪に青白い肌の女性がいる。服装から察するに、仕事を終えたばかりで、帰宅前に一杯飲んでいるところだろう。一日の大半が終わったという安心感が感じられる。

半分飲んだところで、彼女がわたしをちらりと見て微笑む。

わたしは笑みを返す。

彼女が目をそらし、また見てくる。

わたしは携帯電話を出してメッセージを入力し、カウンターに滑らせる。

やあ。クエンティンっていうんだ。

謝辞

書こうと思ってすわったものの、何から書けばいいのか見当もつかないことに気づいた。謝辞を書くのは初体験だが、それでも、とてもたくさんの人がたいへんな努力をして、この本をみなさんの手もとに届けてくれたのはよく知っている。だから、きちんと体裁よく感謝のことばを述べるのは無理でも、とにかくやってみようと思う。

エージェントのバーバラ・ポール。彼女がいなければ、本書は刊行されていないだろう。じつは、彼女はわたしに劣らず（もしかしたらわたし以上に）危なっかしい人で、わたしのような無名の人間に思い切って賭けるぐらいどうかしている。

編集者のジェン・モンロー。彼女はこの作品に磨きをかけ、まちがいをすべて見つけ、わたしが少しでも適当にすまそうとするのを許さなかった。受信トレイに彼女の名前を見るたびにわたしの心臓は跳ねあがるが、それはそれでけっこうなことだ。

広報担当のローレン・バーンスタインは、できるとはとても思えないことをやってのけた。魔力を持っているにちがいない。

マーケティング・チームのファリーダ・ブラートとジェシカ・マンギカロは、予想をはるかに上まわる仕事をしてこの本の評判を広めてくれた。

バークレー・ブックスのみなさん、本書の出版を決め、持てる時間と労力のすべてを傾けてくださったことに、心から感謝します。

そして友人たち、批評してくれる人たち、作家仲間。彼らなしには、わたしは何者にもなれないだろう。はじめに、わたしにこの本をあきらめさせなかったレベッカ・ヴォニエ。彼女がいなければ、この本はけっして最後まで書かれず、出版もされていないはずだ。マルティ・デュマはストーリーと登場人物の問題点をすべて指摘し、それがまちがっていたためしがない。ローラ・チェリーはどんな小さなことにも気づいて教えてくれる。そしてホイ・ヒューズ。彼が独創的な作家グループを結成してくれたおかげで、わたしはそこでこうしたすばらしい人たちと出会うことができた。

ほかにもほんとうに大勢の人が、時間を割いて読んでは意見を（だいたいは辛口）述べてくれた。だれかを書き忘れそうだから、全員の名前はあえて載せないけれども、それぞれが自分自身のすばらしさをご存じだと思う。

すべてのブロガーと作家と書評家のみなさん、そして本書を手にしているすべての人たちへ。何よりもまず、わたしは読者だ。この本が自分にもたらしたよろこびに感謝し、そして、わたしの話を読みたいと思ってくれるすべての人にありがとうと言いたい。

昼間の仕事の上司であり、長年の友でもあるアンドリアを省いてはいけない。彼女はいつもわたしを支えてくれた。

一番大切な人たちが最後になったが、家族へ感謝をささげる。わたしがどんなに無謀な冒険をしているときも、つねにそばにいてくれる母へ。そして、わたしを鍛えてくれた兄へ。

訳者あとがき

明るい健全なホームドラマと殺人劇が合体した、ひと味ちがうドメスティック・スリラーをお届けしよう。

主人公の〝わたし〟は郊外のカントリークラブに勤めるテニスコーチ、妻のミリセントはやり手の不動産仲介業者。ふたりは生意気盛りの十代の息子と娘を育てながら、いそがしい毎日を送っている。子供を私立学校へ入れ、住宅ローンをかかえてやりくりに苦労しながら、少しでも豊かな暮らしを目指してがんばっているところだ。そんな夫婦がある日、ふとしたはずみで人を殺めてしまう。こっそり死体を始末したふたりは、いまわしい出来事を闇に葬って忘れるはずだった。ところが罪を犯したときの不思議なときめきが心に残り、もう一度殺してみようと夫婦いっしょに計画を練りはじめる……

本書は二〇一九年に上梓されて以来注目を浴び、二〇二〇年にはエドガー賞（アメリカ探偵作家クラブ賞）、英国推理作家協会賞、国際スリラー作家協会賞、マカヴィティ賞の各賞の最優秀新人賞にノミネートされた。アマゾン・スタジオとニコール・キッドマン率いるブロッサム・フィルムによる映像化の話も持ちあがっている。

著者のサマンサ・ダウニングはニューオーリンズ在住、製造会社勤務のかたわら小説を執筆するアマチュア作家で、二十年間で十二作の小説を書いたが発表したのは本作がはじめてという新人作家だ。あるカップルが女性を誘拐して何年も監禁した事件のドキュメンタリーを見たとき、主犯が男性ではなく女性だったらどうなるだろうと考えて生まれたのが主人公の妻ミリセントだったという。

こうして書きあがった作品が地元の作家グループのあいだで好評を得、人から人へと評判が伝わり、やがて謝辞の筆頭にあげられているエージェントのバーバラ・ポールの目にとまる。ポールから原稿を渡された駆け出しの編集者ジェン・モンローは、一読で魅了されて出版契約までこぎつける。そして出版されるやいなや、この無名の新人の作品が世の人気を集め、数々の賞にノミネートされたのである。魅力のある面白い作品が人々を動かしつづけ、自然のめぐり合わせのように開花した好例といえるだろう。

なんといってもこの本の新鮮味は、恐ろしい殺人犯がまっとうで常識ある家庭人だという点にある。とくにトラウマを持たない、恵まれた環境で育った人たちがじつは暗い衝動をかかえている。つがいの鳥が雛を育てるように一生懸命子育てをしている夫婦が、人殺しの計画に夢中になる。うちの子が道を踏みはずしては大変だと心配する一方で、よそのだれかを狩ることに快感を覚える。躾《しつけ》に厳しいしっかり者の母親、思春期の子供を気遣うやさしい父親。どちらも自分の子供たちに向ける眼差しはあたたかいのに。

しかも、犯行の動機は憎悪ではない。あくせくした生活に疲れた。世間並み以上のすごいことをしてみたい。ストレス解消。ぜったいバレないならちょっとやってみようか。だれの胸にも覚えがありそうな逸脱への誘惑があちこちにちりばめられていて、日常の裏側にある味わったことのない、いや、ほんとうは知っていたのかもしれない、こわいものに気づかされる。

仲のいい夫婦が手がけた殺人計画は、中盤から思いもよらない方向へと迷走していく。はたしてこの家族に救いはあるのか。面白くて、ぞくりとさせてくれる小説だ。

もうひとつ注目すべきは、主人公である語り手〝わたし〟が名無しであること。それは語り手自身が一度も名前を言おうと思わないからだ、と作者ダウニングは言う。語り手は家族の中の夫であり、父親であって、一貫してそれ以外の何者でもない存在として描かれている。〝わたし〟は特定のだれかではなく、だれの心にも住んでいる〝わたし〟かもしれない。

ところで、日本とは少し異なる物語の背景について説明しよう。

主人公の〝わたし〟はカントリークラブのテニスコーチだが、これは日本のカントリークラブとはだいぶちがう。日本のそれはゴルフ場をさすことが多いが、本来はスポーツ全般を楽しむための会員制クラブのことだ。都市部のスポーツクラブとちがって広々とした郊外にあり、ゴルフ場はもちろん、テニス、水泳などの施設、レストランやバーもそなえ、会員の社交の場としても利用される。場合によっては結婚式にも使われるという。

作中の〈ヒドゥン・オークス・カントリークラブ〉は、作者ダウニングが子供時代を過ごしたカリフォルニアのカントリークラブがモデルになっていて、ダウニングは子供のころ家族会員としてしょっちゅう出入りしては、ゴルフのやり方を教わったりスナックを食べて時間をつぶしたりしたという。つまり、ここで言うカントリークラブとは、子供にスポーツの習い事をさせたり、友人と気軽に飲んだり食べたりすることもできる、郊外の生活に密着した施設なのである。

また、主人公の一家が住んでいる住宅街は外部の人間が自由に出入りできないように、全体が高い塀で囲まれてゲートがもうけられている。これはゲーテッド・コミュニティーまたはゲート・コミュニティーと呼ばれ、一九八〇年ごろから欧米に登場した住宅地の形式だ。現在欧米のほかにも世界各国で普及している。人の往来を管理制限することでセキュリティーが向上するが、内部での犯罪が発覚しづらい一面もあるという。アメリカの場合、有名人の豪邸だけが集まるゲーテッド・コミュニティーもなかにはあるが、大半は中間層に向けて開発されている。そこそこのゆとりがあって同等の生活レベルと価値観を持つ人々が住み、警備会社に安全対策を委託して、コミュニティー内にあるカントリークラブなどの施設を共有する、そうしたこぎれいで安全な住宅地に主人公の一家は住んでいる。

こうしたコミュニティーは外側に住む人々からは格差社会の象徴と見なされ、排他的で閉鎖的なイメージをいだかれる傾向もある。そこに所属してより裕福な階級に追いつきたくてたまらない主人公の心情を、ダウニングはユーモアと皮肉をこめて書いている。日本の諸事情と比較しながら読んでも、いろいろと思い当たることがあったり身につまされたり、なかなか興味深い。

小説の執筆を趣味から副業へと変えたサマンサ・ダウニングは、いまでは兼業作家として着実に作品を発表し、好評を博している。今後の活躍にも目を離せない。

作品紹介
『殺人記念日』（*My Lovely Wife* 二〇一九年）
He Started It（二〇二〇年）
For Your Own Good（二〇二一年七月刊行予定）
ダウニングが生んだ軽妙かつぞっとする世界を、どうか心ゆくまでお楽しみください。

二〇二一年二月

ママは何でも知っている

Mom's Story, The Detective

ジェイムズ・ヤッフェ

小尾芙佐訳

毎週金曜はママとディナーをする刑事のデイビッド。捜査中の殺人事件に興味津津のママは〝簡単な質問〟をするだけで犯人をつきとめてしまう。用いるのは世間一般の常識、人間心理を見抜く目、豊富な人生経験のみ。安楽椅子探偵ものの最高峰〈ブロンクスのママ〉シリーズ、傑作短篇八篇を収録。解説／法月綸太郎

ハヤカワ文庫

くじ

The Lottery: Or, The Adventures of James Harris

シャーリイ・ジャクスン
深町眞理子訳

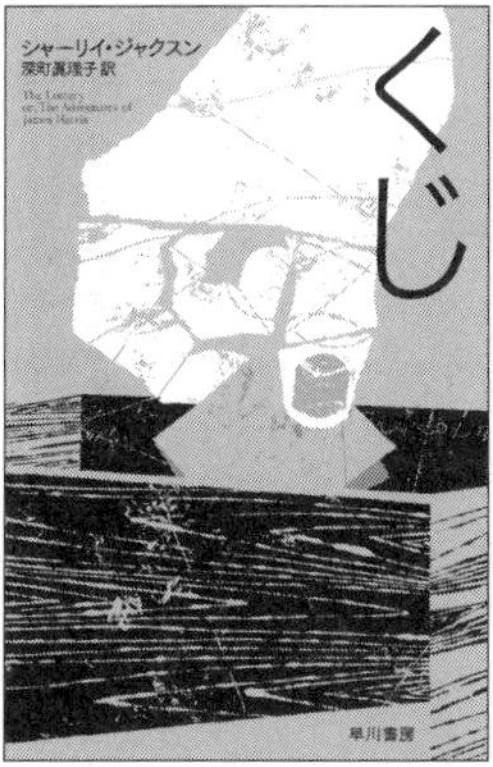

毎年恒例のくじ引きのために村の皆々が広場へと集まった。子供たちは笑い、大人たちは静かにほほえむ。この行事の目的を知りながら……。発表当時から絶大な反響を呼び、今なお読者に衝撃を与える表題作をふくむ二十二篇を収録。日々の営みに隠された黒い感情を、鬼才ジャクスンが容赦なく描いた珠玉の短篇集。

2分間ミステリ

Two-Minute Mysteries

ドナルド・J・ソボル
武藤崇恵訳

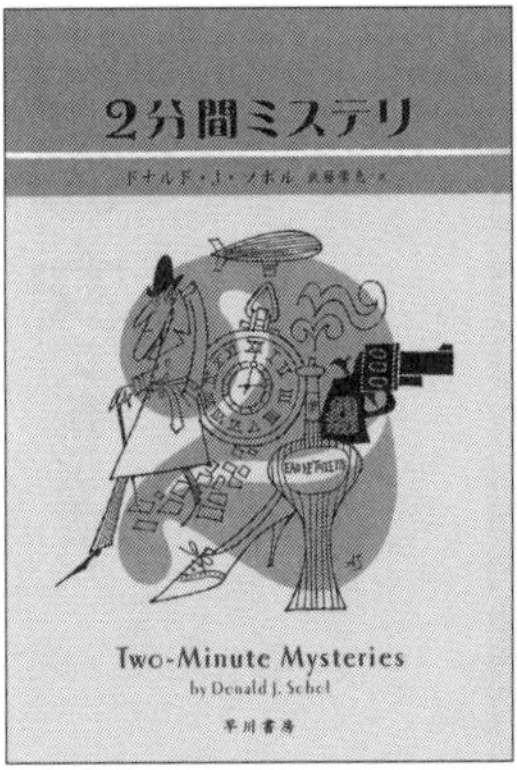

銀行強盗を追う保安官が拾ったヒッチハイカーの正体とは？　屋根裏部屋で起きた、首吊り自殺の真相は？　一攫千金の儲け話の真偽は？　制限時間は2分間、きみも名探偵ハレジアン博士の頭脳に挑戦！　事件を先に解決するのはきみか、博士か？　いつでも、どこでも、どこからでも楽しめる面白推理クイズ集第一弾

ハヤカワ文庫

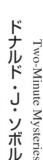

幻の女〈新訳版〉

Phantom Lady

ウイリアム・アイリッシュ
黒原敏行訳

妻と喧嘩し、街をさまよっていた男は、奇妙な帽子をかぶった見ず知らずの女に出会う。彼はその女を誘って食事をし、ショーを観てから別れた。帰宅後、男を待っていたのは、絞殺された妻の死体と刑事たちだった！　唯一の目撃者〝幻の女〟はいったいどこに？　新訳で贈るサスペンスの不朽の名作。解説／池上冬樹

生物学探偵セオ・クレイ
――森の捕食者

The Naturalist
アンドリュー・メイン
唐木田みゆき訳

モンタナの山中で調査をしていた生物学者セオ・クレイ。すると、近隣で自身の教え子が死体となって発見される。検死の結果、犯人は熊とされるが、結論に納得がいかないセオは独自の調査に乗り出す……。〝カオスの中に秩序を見出す〟生物情報工学を駆使して事件を解決する天才教授の活躍を描く、シリーズ第一弾！

訳者略歴　上智大学文学部卒，英米文学翻訳家　訳書『冷たい家』ディレイニー，『ビューティフル・デイ』エイムズ，『訴訟王エジソンの標的』ムーア（以上早川書房刊）

HM=Hayakawa Mystery
SF=Science Fiction
JA=Japanese Author
NV=Novel
NF=Nonfiction
FT=Fantasy

殺人《さつじん》記念日《きねんび》

〈HM㊽-1〉

二〇二一年三月 二〇日　印刷
二〇二一年三月二十五日　発行
（定価はカバーに表示してあります）

著者　サマンサ・ダウニング
訳者　唐《から》木《き》田《だ》みゆき
発行者　早川　浩
発行所　株式会社 早川書房
郵便番号　一〇一 - 〇〇四六
東京都千代田区神田多町二ノ二
電話　〇三 - 三二五二 - 三一一一
振替　〇〇一六〇 - 三 - 四七七九九
https://www.hayakawa-online.co.jp

乱丁・落丁本は小社制作部宛お送り下さい。
送料小社負担にてお取りかえいたします。

印刷・信毎書籍印刷株式会社　製本・株式会社川島製本所
Printed and bound in Japan
ISBN978-4-15-184451-5 C0197

本書は活字が大きく読みやすい〈トールサイズ〉です。